KB265126

THE INNOCENCE OF FATHER BROWN

브라운 신부의 동심

길버트 키스 체스터튼/박용숙 옮김

동서문화사

옮긴이 박용숙(朴容淑)

중앙대 국문학과 졸업. 〈자유문학〉에 단편 《부록》으로 문단 데뷔. 중앙일
보 신춘문예 미술평론 당선 미술평론 활동. 홍익대·동덕여대 교수 역임.
지은책 《구조적 한국사상론》 작품집 《순례자》《꿈을 꾸는 버러지》

DONGSUH MYSTERY BOOKS 5

브라운 신부의 동심

길버트 키스 체스터튼 지음/박용숙 옮김
초판 발행/1977년 12월 1일
중판 1쇄 발행/2003년 1월 1일
중판 3쇄 발행/2014년 5월 5일
발행인 고정일/발행처 동서문화사
창업 1956. 12. 12. 등록 16-3799
서울 강남구 도산대로 163(신사동, 1층)
☎ 546-0331~6 (FAX) 545-0331
www.dongsuhbook.com

*

편찬·필름·제작 일체 「동판」 자본으로 이루어짐에 따라
출판권 소유권자 「동판」에서 제조출판판매 세무일체를 전담합니다.
사업자등록번호 211-90-02201
ISBN 978-89-497-0086-1 04840
ISBN 978-89-497-0081-6 (세트)

브라운 신부의 동심
차례

등장인물

브라운 신부 성 프랜시스 자비엘이 창립한 예수회 소속 가톨릭 신부. 겉으로는 멍청하고 어리숙해 보이나 뛰어난 관찰력을 지니고 있다.

헬큐르 프랑보우 괴도. 브라운 신부로 말미암아 회개하고 사립 탐정이 됨.

앨리스티드 봐랑땅 프랑스 경시청의 경감.

푸른 십자가

아침의 은빛 하늘과 초록색으로 빛나는 바다 사이를 배는 천천히 해리지로 들어와 개미떼처럼 많은 승객을 쏟아 놓았다.

이제부터 우리들이 뒤따르게 될 인물도 이 승객들 틈에 끼어있는데, 쉽사리 눈에 띄질 않는다. 사실 본인도 그걸 바랬다. 다만 나들이웃처럼 화려한 옷차림과 관리처럼 생긴 엄격한 얼굴이 어울리지 않아 조금 두드러져 보일 정도다. 옷차림은 연한 쥐색의 날씬하고 짧은 윗옷에다 흰 조끼, 회색빛이 감도는 감색 리본이 달린 은빛 밀짚모자였다. 갸름하게 여윈 얼굴은 모자의 색깔과 대조적으로 가무잡잡하고, 턱 끝에는 그야말로 엘리자베드 왕조 시대의 주름잡은 칼라가 어울릴 듯한 스페인 식의 짧고 검은 턱수염을 기르고 있었다. 그는 자못 한가한 사람인 양 진지한 태도로 담배를 피우고 있었다. 설마 이 쥐빛 윗옷에 총알이 재어진 권총이 감추어졌으며 흰 조끼에는 경찰수첩이 들어 있고 밀짚모자 밑에는 유럽에서도 손꼽히는 강대한 두뇌가 감추어져 있다는 사실을 나타내는 것이라고는 아무 데도 없었다.

이 인물이야말로 파리 경찰의 주임 경감으로, 온 세계에 그 이름을 떨친 명탐정 봐랑땅 그 사람이며, 그는 바야흐로 금세기가 시작된 이래 가장 큰 상대를 잡으려고 브뤼셀에서 런던으로 향하는 길이었다.

프랑보우는 영국에 잠입해 있었다. 3개국의 경찰이 가까스로 이 대담한 범인의 발자취를 간에서 브뤼셀까지 추적하고 다시 브뤼셀에서 네덜란드의 호크까지 뒤쫓았다. 추측에 의하면, 아마 그는 현재 런던에서 열리는 가톨릭 성체 대회(聖體大會)로 한창 어수선하고 혼란한 틈을 타서 이곳에 들어오리라는 것이었다. 틀림없이 그는 이 대회와 관계가 있는 말단 서기나 비서로 둔갑하여 여행하리라는 것이었다. 그러나 물론 봐랑땅에게 그렇다는 확신이 있는 것은 아니었다. 프랑보우에 관한 한 아무도 확신은 가질 수 없는 것이다.

이 범죄계의 거물이 세상을 계속 떠들썩하게 뒤흔들다가 별안간 잠잠해진 지 벌써 여러 해가 지났다. 그 뒤로는 그 롤랑(8세기에 그리스도교 나라들을 지켜 사라센인과 싸운 용사)이 죽은 뒤에 떠도는 말처럼 이 지상에는 평화가 찾아왔다. 그러나 프랑보우의 전성 시대(물론 이것은 그의 극악한 시대라는 뜻이다)에는 그는 카이제르 못지않게 군림했던 국제적인 인물이었다. 프랑보우가 또 무언가 엉뚱한 범죄를 저질러 먼저 범했던 범죄를 흐지부지 얼버무리고 말았다고 아침 신문에 대문짝만한 기사가 나지 않는 날은 하루도 없을 정도였다.

그는 키가 매우 크고 대담무쌍한 완력을 지닌 가스콘 태생의 사나이로서, 그 담대한 힘의 폭발에 대해 실로 터무니없는 무용담이 헤아릴 수 없게 많이 퍼져 있었다. 이를테면 예심판사를 쓰러뜨려서 물구나무를 서게 하여 판사의 머리가 잘 돌도록 만들어 주었다느니, 두 팔로 경관을 한 사람씩 잡은 채 리볼리 거리를 한달음에 달려갔다느니 하는 이야기가 바로 그것이다. 그의 거짓말 같은 힘이 발휘된 것은 대강 이와 같이 존엄함은 없지만 피를 보는 참상은 벌어지지 않았다는데에서 그를 위해 한 마디쯤 해 두어야겠다. 그가 본디의 특질로

하는 범죄는 주로 교묘하게 짜여진 규모가 큰 절도였다. 그의 도둑질은 그 어느 것이나 거의 다 새로운 수법이었으며, 그 하나하나가 그 나름대로 한 편의 이야기가 될 만한 것들뿐이었다.

런던에서 그 대 티롤 유업(乳業) 회사를 경영한 것도 바로 그였는데, 이 회사는 낙농장이나 젖소는커녕 한 대의 배달차도 없고 한 방울의 우유도 없으면서 수천 명이나 되는 단골 손님을 갖고 있었다고 한다. 그는 다른 집 문 앞에 놓인 작은 우유병을 자신의 단골 손님 집 문 앞으로 옮겨놓는다는 간단한 수법으로 이들 수천 명의 손님을 처리해 왔던 것이다. 또 오는 편지마다 검열을 하기 위해 몰수당하고 있던 어떤 묘령의 부인과 신기한 방법으로 비밀리에 편지 왕래를 계속했던 것도 그였다. 현미경용 슬라이드에 아주 자그마한 글씨로 통신문을 복사한다는 특출한 방법을 썼던 것이다.

그러나 바보 같은 단순함이 특징인 범죄 실험도 적지 않았다. 이를테면 언젠가 그는 한 여행자를 함정에 빠뜨리기 위하여 일부러 한밤중에 도시의 한 구역 안의 문패를 모두 떼어 버렸다고 한다. 또 휴대용 우편함을 발명하여 한적한 교외의 길모퉁이에다 그것을 세워 놓고는 누군가 이 고장 사정을 잘 모르는 사람이 그 안에 우편환을 집어 넣지나 않을까 하고 기다렸다는 것도 사실인 듯하다. 끝으로 그가 놀라운 곡예사라는 것도 널리 알려져 있었다. 그 엄청나게 큰 몸집에 어울리지 않게 메뚜기도 무색할 만큼 이리 뛰고 저리 뛰며, 마치 원숭이처럼 나무 꼭대기에 모습을 감출 수도 있었다. 그러므로 과연 정평 있는 봐랑땅도 프랑보우를 찾아나서는 데는 비록 상대를 발견했다고 해도 그것만으로 이번 모험이 끝나지는 않을 것이라는 각오는 충분히 되어 있었다.

그러나 어떻게 해야 프랑보우를 찾아낼 수 있을까? 이 점에서는 대 봐랑땅의 생각은 아직도 정해져 있지 않았다.

프랑보우가 아무리 변장하는 재주가 뛰어나다 할지라도 한 가지 특징만은 아무래도 감출 수 없었다. 그것은 그의 유별나게 큰 키였다. 만약 봐랑땅의 재빠른 눈이 키가 후리후리하게 큰 사과 파는 여자나 키다리 근위병이나 또는 어느 정도 키가 커 보이는 공작 부인에게 눈길이 머무는 날에는 그는 당장에 그를 잡아 버렸을지도 모른다. 그런데 그가 탄 열차에는 어디를 둘러보나 변장한 프랑보우라고 생각되는 인물은 없었다.

배를 탔던 손님들에 대해서는 이미 혐의가 풀렸으며, 부두나 중간역에서 일행에 낀 승객은 틀림없이 여섯 사람밖에 없었다. 종점까지 가는 키가 작은 철도원이 한 사람, 두 정거장 지나서 올라탄 키가 자그마한 채소밭 주인이 셋, 웨섹스의 작은 마을에서 탄 아주 키가 작은 미망인이 한 사람, 그리고 역시 웨섹스의 한 외딴 마을에서 상경하는 키가 작달막한 로마 가톨릭 신부 한 사람이었다. 이 마지막 인물에 이르자 봐랑땅도 완전히 손을 들고 하마터면 웃음을 터뜨릴 뻔했다.

이 몸집이 작은 신부님은 동부 지방의 전형적인 멍청이처럼 생겼고, 그 얼굴은 노퍽의 명물인 경단처럼 동글동글하고 얼빠져 보였으며 눈은 북해처럼 흐리멍덩했다. 다갈색 종이꾸러미를 대여섯 개 가지고 있었는데, 그걸 제대로 정돈해 놓을 줄도 모르는 위인이었다. 마치 구멍에서 쫓겨난 두더지와도 같이 세상 물정을 모르는 얼간이들이 숱하게 여기저기 침체된 시골 구석에서부터 성체 대회로 몰려들 것이다. 봐랑땅은 프랑스식의 준엄한 회의주의자로 신부에게 애정을 가질 수가 없었다. 그러나 불쌍하게 여기는 마음을 가지는 일이라면 못할 것도 없었으며, 하물며 이 신부라면 누구의 마음에나 연민의 정을 불러일으켰을 것이다. 신부는 낡아빠진 큰 우산을 들고 있었는데, 그것이 또 자꾸만 바닥에 쓰러지는 것이었다. 그는 왕복 차표의 어느 쪽이 갈 때에 사용하는 것인지조차도 모르는 모양이었다. 게다가 차 안의 승객들을 둘러보며, 이 다갈색 종이꾸러미 가운데의 어느 하나에 '파란 보석이 달린' 진짜 은으로 된 물건이 들어 있으므로 아주 조심해야만 한다고 바보처럼 단순한 태도로 설명을 하는 것이었다. 이 웨섹스적인 어리석음이 성인인 듯한 순박함과 기묘하게 뒤섞여 있는 신부의 모습에 프랑스 사람인 봐랑땅은 언제까지나 흥미를 느끼고 있었다. 이윽고 신부는 (가까스로) 모든 종이꾸러미를 끌어안고 스트랫포드 역에서 내렸다. 그런가 했더니 이번에는 잊고 간 우산을 가지러 되돌아왔다.

그러자 봐랑땅도 그때는 호인의 기질을 나타내어 은으로 만든 물건을 조심하는 것도 좋지만 아무에게나 덮어놓고 말하는 것은 오히려 위험한 일이라고 한 마디 주의를 해주기까지 했다. 그러나 봐랑땅은 어떠한 상대에게 말을 걸고 있을 때라도 반드시 시선은 다른 사람을 찾느라고 번뜩이고 있었다. 부자건 가난뱅이건, 남자건 여자건 어쨌든 키가 좋이 6피트가 되는 인물이 있지나 않을까 하고 끊임없이 눈길을 이리저리 보내고 있었다. 프랑보우는 6피트를 4인치나 넘는 거한이었기 때문이다.

그러나 리버풀 거리에 내렸을 때의 그는 적어도 이제까지는 범인을 놓치지 않았다는 확고한 자신을 가지고 있었다. 그리고 그는 곧장 런던 경시청으로 가서 자신의 직책을 밝히고 여차할 때에 원조를 받을 수 있도록 수배를 해 놓았다. 그 일을 마치자 그는 또 새 담배에 불을 붙여 물고 런던 거리로 나와 오랜 산책을 시작했다.

빅토리아 역 맞은편 거리며 광장을 한참 돌아다니던 그는 갑자기 걸음을 멈추고 우뚝 섰다. 그곳은 예스러운 차분함과 런던 특유의 느낌이 있는 광장인데 뜻하지 않은 조용한 공기로 꽉 차 있었다. 주위의 높고 넓은 집들은 번창한 것 같기도 하고, 한편으로는 완전히 비어 있는 집 같기도 했다. 중앙의 네모난 동산은 태평양의 푸른 외딴 섬처럼 조용했고, 광장을 둘러싼 사방의 집 가운데 오직 한 집만이 다른 집보다 유별나게 높아 홀의 한 단 더 높은 상좌(上座)를 연상하게 했다.

이 부근의 집들은 런던에서 흔히 볼 수 있는 우연의 하나——다시 말해서 양쪽에 즐비한 식당가에서 길을 잃고 잘못 들어왔다고나 할 만큼 레스토랑에 의해 균형이 깨뜨려져 있었다. 관상용 나무를 심은 화분이 놓이고 레몬과 같은 노란 빛과 흰 빛의 얼룩무늬가 있는 긴 블라인드가 달려 있어 이상하게 매력을 풍기는 건물이었다. 그리고 그 집만이 특별히 큰길보다 높은 곳에 서 있어서 런던에서 흔히 볼 수 있는 건축 양식으로 돌층계를 올라가야 현관에 이를 수 있었다. 그것은 마치 비상용 계단이 2층 창문까지 닿아 있는 것처럼 보였다. 봐랑땅은 그 노란색과 흰 색의 블라인드 앞에 우뚝 선 채 담배를 피우면서 오래오래 그 블라인드를 바라보고 있었다.

기적에 관해 가장 믿기 어려운 점은 그것이 현실적으로 일어난다는 것이다. 하늘에 떠돌던 몇 조각의 구름이 한데 모여들어, 무엇을 노려보고 있는 사람의 눈 모양이 되는 수가 실제로 있다. 착잡한 마음을 안고 여행을 하다 보면 눈앞에 있는 한 그루의 나무가 틀림없는 '?'의 형태를 이루고 서 있는 수도 있다. 이것은 둘 다 필자 자신이 직접 요 며칠 동안에 목격한 일이다.

넬슨은 분명히 승리를 거둔 순간에 쓰러졌고, 윌리엄이라는 이름의 사나이는 정말 우연한 일로 윌리엄슨(윌리엄의 아들이라는 뜻)이라는 이름의 사나이를 살해했다. 마치 어린이를 죽인 것 같은 이야기다. 다시 말해서 인생에는, 산문적인 것에만 의지하고 사는 인종으로서는 영원토록 알 수 없을 것 같은 장난기어린 우연의 일치라는 요소가 있다. 포의 역설에 능숙하게 표현되어 있는 것처럼 사물을 꿰뚫어

보는 뛰어난 지혜는 뜻하지 않은 우연에 기대어야만 하는 것이다.

앨리스티드 봐랑땅은 철저한 프랑스 사람이었다. 그리고 프랑스 사람의 지성이야말로 정말 순수한 지성인 것이다. 그는 '생각하는 기계'는 아니었다. 그런 말은 근대적인 운명론이나 유물론의 어리석은 헛소리이기 때문이다. 기계는 생각할 수가 없기 때문에 단순히 기계인 것이다. 이와 반대로 그는 생각하는 인간이고 동시에 극히 평범한 인간이기도 했다. 얼핏 보기에 요술처럼 보이는 그의 눈부신 성공만 해도, 실은 모두가 착실히 쌓아올린 논리와 명석하고도 상식적인 프랑스식 사고에 의해 획득한 것이었다.

프랑스 인은 역설이나 궤변을 들고 나오는 대신 누구나 다 알고 있는 진리를 끝까지 실행한다. 프랑스 혁명이 그 좋은 예이다. 그러나 봐랑땅은 정말로 이성(理性)을 이해했기 때문에 이성의 한계도 잘 알고 있었다. 자동차에 대한 것을 아무것도 모르는 자만이 가솔린 없이 드라이브를 하자는 말을 꺼낸다. 이성에 대해 아무것도 모르는 사람만이 논의할 여지가 없는 강인한 제1원칙도 없이 추리를 하자고 실없는 말을 한다. 현재의 봐랑땅에게는 강인한 제1원칙이 하나도 없었다.

프랑보우는 해리지에는 없었다. 그리고 만약 런던에 있다고 하더라도 그는 아래로는 윔블던 광장을 어슬렁거리는 키다리 부랑자로부터 위로는 메트로폴 호텔 연회장의 키다리 사회자에 이르기까지 어떤 인물로 둔갑을 했을지 알 수 없는 일이다. 이렇게 어디까지나 암중모색의 상태에 있을 때는 봐랑땅은 그 나름의 독특한 견해와 방법을 취했다.

그런 경우 그는 뜻하지 않은 우연에 기대었던 것이다. 합리적인 연맥(連脈)의 실마리를 더듬어 갈 수 없는 이러한 경우, 그는 냉정하고 신중하게 불합리한 연맥을 따랐다. 은행이나 경찰서나 집회소 같은

갈 만한 장소로 나가는 대신 일부러 예측할 수 없는 엉뚱한 장소만을
골라서 돌아다녔다. 빈집인 줄 알면서 문을 두드리고, 막다른 골목에
도 일부러 들어가 보았으며, 쓰레기로 막힌 좁은 길을 샅샅이 다 살
펴보았을 뿐 아니라, 길을 삥 돌아 어차피 그 길로 나오게 되는 활
모양의 옆길도 모조리 돌아다녔다.

　그는 이런 미친 사람 같은 방법을 지극히 논리적으로 변호했다. 즉
어떤 단서가 한 가지라도 있는 경우라면 이런 방법은 말할 수도 없을
만큼 서투른 짓이지만, 전혀 아무런 단서도 없는 경우에는 이야말로
가장 좋은 방책이다. 왜냐하면 어떤 색다른 것이 있어 추적자의 눈길
을 끌었다면 쫓기고 있는 자도 역시 그것에 눈길이 끌릴 가능성이 있
기 때문이다. 어차피 어디서부터라도 손을 대어야 하는 이상 상대 인
물이 걸음을 멈출 만한 장소에서부터 손을 대는 것이 가장 좋을 것이
다──라는 것이 그의 생각이었다.

　이 가게로 올라가는 돌층계와 조용하고 얼핏 보기에 색다른 식당의
상태가 신기하게 탐정의 로맨틱한 공상력을 부추겨 그에게 어디 한
번 내친 김에 부딪쳐 보리라는 생각을 갖게 했다. 돌층계를 올라가
창가에 자리잡고 앉자 그는 블랙 커피를 주문했다.

　오전도 거의 다 지나고 있었지만 그는 아직 아침 식사를 들지 않았
다. 그는 다른 손님들이 먹다 남긴 아침 식사용 접시가 식탁 위에 그
대로 흩어져 있는 것을 보았다. 그래서 커피에 계란을 넣어 달라고
추가로 주문을 했다. 그런 다음 흰 설탕을 커피에 넣기 시작했으나
머릿속은 프랑보우의 일로 가득차 있었다.

　프랑보우의 도주 방법이 생각났던 것이다. 한번은 손톱 깎는 가위
를 이용해서 도망쳤다. 또 한 번은 불난 집을 이용하여 살짝 추적자
를 따돌린 일도 있었으며, 우표를 붙이지 않은 편지의 부족된 요금을
지불해야 한다는 구실로 도망친 일도 있다…… 그리고 또 세계를 파

멸시킬지도 모르는 혜성을 보라고 모든 사람에게 망원경을 들여다보게 해 놓고 감쪽같이 없어진 일도 있었다⋯⋯

봐랑땅은 자기의 두뇌도 이 범인의 두뇌 못지않다고 생각하고 있었으며, 사실 그것은 옳은 생각이었으나 그 반면 자신의 불리한 점도 충분히 알고 있었다. "범인은 창조적인 예술가이나 탐정은 비평가에 지나지 않지" 하고 그는 씁쓰레한 웃음을 띠었다. 그는 천천히 커피 잔을 입가에까지 들어올렸다가 별안간 다시 내렸다. 그만 커피에 소금을 넣고 말았던 것이다.

은빛 가루가 들어 있는 그릇을 바라보았다. 그것이 설탕 그릇이라는 것은 샴페인 병에 샴페인이 들어 있는 것과 마찬가지로 의심할 나위없는 사실이었다. 어째서 이 가게에서는 설탕 그릇에 소금을 담아 두는지 그로서는 이상하게 생각되었다. 이밖에 따로 소금 그릇이 있나 하고 주위를 살펴보니 있었다. 하나 가득 든 소금 그릇이 둘 있었다. 어쩌면 저 소금 그릇에 들어 있는 조미료는 보통 조미료가 아닐지 모른다. 그는 그것을 핥아 보았다. 설탕이었다.

이것으로 다시금 흥미를 느낀 그는, 이렇듯 설탕을 소금 그릇에 담고 소금을 설탕 그릇에 담아두는 진묘한 예술적 취미의 징후가 또 다른 곳에도 있지 않을까 하고 식당 안을 둘러보았다. 흰 벽지를 바른 벽 한쪽에 무언가 시커먼 액체가 튄 얼룩이 있는 것 말고는 어디나 말끔히 정돈된 명랑한 여느 가게와 다름없었다. 그는 초인종을 울려 종업원을 불렀다.

아직 이른 시간이었으므로 머리가 부시시하고 눈도 흐리멍덩한 종업원이 허둥지둥 나타났다. 탐정은——비교적 단순한 유머라면 이해하지 못할 것도 없었으므로——종업원에게 그 설탕을 좀 맛보고 과연 그 설탕맛이 호텔의 명성에 맞는가를 확인해 보라고 말했다. 그러자 종업원은 별안간 하품을 하더니 잠이 확 깨어 버린 듯했다.

"이 식당은 아침마다 손님에게 이처럼 수고스러운 장난을 하나?"
하고 봐랑땅은 물었다.

"장난도 좋긴 하지만, 소금과 설탕을 바꿔치기하는 일만 계속하고
도 용케 싫증을 느끼지 않는군."

이 빈정거리는 말의 의미가 확실해지자 종업원은 말을 더듬거리면
서 "저희들로서는 절대로 그럴 생각은 없었습니다. 무언가 이상한 잘
못이 있었을 것입니다" 하고 말했다. 그리고 설탕 그릇을 집어들고
살펴본 다음 다시 소금 그릇을 집어들고 들여다보았다. 그러나 그 얼
굴은 더욱 더 당황하는 빛을 띨 뿐이었다. 마침내 그는 느닷없이 "잠
깐 실례합니다"라고 말하자마자 허둥지둥 안으로 들어갔다가 곧 식
당 주인을 데리고 되돌아왔다. 주인도 설탕 그릇을 살펴보고 다시 소
금 그릇을 조사했으나 역시 매우 난처한 표정만 지을 뿐이었다.

그러자 갑자기 종업원은 한꺼번에 튀어나오는 말로 혀가 잘 돌지
않는 모양이었다.

"제가 생각하기에는," 하고 그는 더듬거리는 목소리로 열심히 말
했다. "이것은 그 두 신부가 한 짓이 아닌가 생각합니다."

"무슨 말인가? 그 두 신부라니."

"벽에 수프를 끼얹은 두 신부 말입니다" 하고 종업원은 대답했다.

"벽에 수프를 끼얹었다고?" 봐랑땅은 종업원의 말을 그대로 되받
았는데, 이것은 틀림없이 이탈리아식의 비유적인 말일 것이라고 생각
했다.

"그렇습니다." 종업원은 흥분한 어조로 이렇게 말하고 하얀 벽지
에 묻은 시커먼 얼룩을 손가락으로 가리켰다. "저 벽에 끼얹었었지요."

봐랑땅이 의아한 듯이, 무언가 묻고 싶은 듯한 표정으로 주인의 얼
굴을 보자, 주인은 종업원을 응원하여 좀더 자세하게 보고했다.

"그렇습니다." 주인은 말했다. "정말 그렇습니다. 그렇지만 이 설

탕과 소금의 일이 관련된 것은 아니겠지요. 오늘 아침 일찍 가게를 채 열기도 전에 두 신부가 함께 들어와서 수프를 드셨습니다. 두 분 다 매우 점잖고 훌륭하신 분이었습니다. 한 분은 계산을 끝내고 밖으로 나가셨는데, 함께 오신 분은 어째 좀 둔하신 분이었는지 소지품을 정리하는 데 시간이 걸려 몇 분인지 꾸물거리고 계셨습니다. 그러다가 결국 나가시긴 했는데, 다만 가게를 나가기 바로 직전에 절반쯤 잡수신 수프 그릇을 집어들어 일부러 벽에 철썩 끼얹었었답니다. 저는 그때 안에 들어가 있었고 이 종업원도 역시 안에 있었습니다. 그래서 제가 허둥지둥 뛰어나갔을 때에는 벽에 수프가 잔뜩 묻어 있을 뿐 가게 안에는 아무도 없었습니다. 뭐 이렇다 할 피해는 없습니다만, 저는 너무 화가 나서 그 두 신부를 붙잡으려고 거리로 쫓아나갔으나 도저히 따라갈 수 없을 정도로 멀리 가 버렸습니다. 그 두 신부가 모퉁이를 돌아 카스테아즈 거리로 꺾어져 가는 모습을 본 것만이 고작이었습니다. ”

탐정은 이미 모자를 쓰고 스틱을 들고 일어나 있었다. 지금처럼 머릿속이 캄캄할 때는 처음에 눈에 띄었던 색다른 지표를 따르는 수밖에 별도리가 없다고 정하고 있었지만 이 지표는 분명히 색다른 데가 있었다. 계산을 끝내고 밖으로 뛰쳐나와 유리문을 잘 닫고 봐랑땅은 곧 모퉁이를 돌아 다른 거리로 들어갔다.

이토록 열광된 순간에도 그의 눈이 냉정하고 재빨랐던 것은 다행스러운 일이었다. 어떤 가게 앞을 지나칠 때 무언가 흘끗 그의 눈길을 끄는 것이 있었다. 그래서 그는 일부러 그것을 확인하러 되돌아왔다.

그 가게는 흔히 눈에 띄는 청과물점으로 품명과 가격이 알기 쉽게 써붙인 물건이 진열되어 있었다. 그 가운데서도 특히 눈에 띄는 두 칸막이에는 오렌지와 호두가 각각 수북이 쌓여 있었다. 호두의 더미 위에 두꺼운 종이가 놓여 있는데, 거기에는 파란 분필로 대담하게

‘최상품 탄지르 산 오렌지 두 개 1펜스’라고 씌어 있었다.

한편 오렌지 위에도 역시 읽기 쉽게 뚜렷한 글씨로 ‘최상품 브라질 산 호도 1근 4펜스’라고 쓴 종이가 놓여 있었다.

이 두 장의 종이를 바라보면서 전에도 한 번 이런 지극히 수고스러운 유머를 어디선가 본 적이 있다는 생각을 했다. 그것도 아주 최근의 일이었다고 생각했다. 그는 왠지 불안한 표정으로 큰길 쪽을 여기저기 바라보고 있는 얼굴이 붉은 청과물점 주인을 붙잡고 그 가격표가 잘못되었다고 일러 주었다.

주인은 한 마디도 하지 않고 재빠르게 양쪽 카드를 바꾸어 놓았다. 탐정은 점잖게 스틱에 몸을 기대고 흘끔흘끔 가게 안의 상황을 살폈다.

“묘한 걸 물어 미안하오만, 실험심리학과 관념 연상에 관해 질문이 있소.”

붉은 얼굴의 가게 주인은 무슨 쓸데없는 잔소리냐고 말하고 싶은 듯한 눈초리로 그를 노려보았다. 그래도 그는 스틱을 휘휘 내두르면서 유쾌한 표정으로 이야기를 계속했다.

“대체 어떻게 된 일이오? 휴일에 어슬렁어슬렁 나타난 시골뜨기 신부의 모자처럼 청과물점의 가격표가 바뀌어 있는 것은? 이렇게 말해도 모른다면, 오렌지의 가격표가 붙은 호두가 키가 크고 작은 두 신부를 연상하게 하는 것은 어떠한 신비적인 연상 작용에 의한 것이오?”

가게 주인의 눈은 마치 달팽이의 눈처럼 머리에서 튀어나왔다. 한순간 그는 이 알지 못하는 사나이에게 정말 덤벼들려는 기세까지 보였다. 그러나 마침내 그는 화난 어조로 더듬거리면서 말했다.

“당신이 그들과 어떠한 관계가 있는지 나로선 알 수 없지만, 만약 그들의 친구라면 말좀 전해 주시오. 앞으로 한 번만 더 가게의 사

과를 뒤집어엎는다면 신부건 뭐건 그들의 썩어빠진 머리통을 두들
겨 주겠다고 말이오!”

“그래요?” 탐정은 적지않게 동정하는 말투로 말했다. “사과를 뒤
엎었단 말이지요?”

“엎은 것은 그중 한 사람이었소” 하고 흥분한 가게 주인이 말했
다.

“사과가 온통 이 큰길로 굴렀단 말이오. 그 얼빠진 녀석을 붙잡고
싶었소만, 먼저 사과를 주워야 했기 때문에 그만 놓치고 말았소.”

“그 신부들은 어디로 갔소?” 하고 봐랑땅은 물었다.

“저 왼쪽 두 번째 길로 들어가 네거리를 건너서 가 버렸소.”
상대는 그 자리에서 대답했다.

“고맙소.”

이렇게 말하자마자 봐랑땅은 요정처럼 사라져 버렸다. 두 번째의
네거리를 건너간 곳에 경관이 한 사람 서 있는 것을 발견하고 그는
그 경관에게 물었다.

“긴급 사태요, 경관. 모자를 쓴 두 신부를 못 보았소?”

경관이 이 말을 듣자 크게 웃기 시작했다.

“보다마다요. 내가 보기에 한 사람은 취했던데요. 길 한복판에 버
티고 서서 그 두리번거리는 꼴이라니…….”

고함을 치는 것처럼 봐랑땅은 물었다.

“어디로 갔소?”

“저기서 나오는 노란색 버스에 탔습니다.” 상대는 대답했다.

“햄스테드 행 버스지요.”

봐랑땅은 그의 공식 명함을 내보이며 “나와 함께 추적할 경관을 둘
불러 주시오” 하고 말하자마자 무서운 기세로 길을 건너갔으므로, 그
둔중한 경관의 몸도 그 기세에 휩쓸려 의외로 민첩하게 명령에 복종

했다. 1분 반이 지나자 반대쪽 보도에서 기다리고 있는 이 프랑스 탐정에게로 경감 하나와 사복 형사가 왔다.

경감은 거드름을 피우는 태도로 빙그레 웃으면서 말을 꺼냈다.

"그런데 여기서 대체 무엇을 하라는 말입니까?"

봐랑땅은 별안간 스틱을 들어 가리키면서 "저 버스를 타고 나서 이야기하리다" 하고 말하자마자 달아나는 토끼처럼 죽어라고 뛰어 사람과 자동차의 물결을 헤쳐 나갔다. 셋이 다 숨을 헐떡거리면서 노란색 버스 2층석에 털썩 앉자 경감이 "택시로 가면 네 배나 빠를 텐데" 하고 투덜거렸다.

"옳은 말이오." 이 지휘관은 태연히 대답했다. "만약 우리가 갈 곳을 분명히 알기만 한다면."

"그럼, 대체 어디로 가실 생각이시지요?"

상대는 눈을 휘둥그렇게 뜨면서 질문했다.

봐랑땅은 눈살을 찌푸리고 담배를 피우고 나더니 이윽고 담배를 입에서 떼며 "상대가 무슨 일을 저지를 것인지 알고 있을 때는 먼저 앞질러 가는 것이 가장 좋지만, 상대가 무슨 일을 저지르는가를 알고 싶을 때에는 뒤를 쫓는 거요. 상대가 건들건들 돌아다닐 때는 이쪽에서도 그래야 하오. 상대가 걸음을 멈추면 나도 멈추고 상대와 마찬가지로 천천히 걸어가는 거요. 그렇게 하면 상대의 눈에 뜨인 것은 이쪽의 눈에도 보이게 마련이어서 상대가 하는 행동과 똑같은 행동을 취할 수 있을지도 모르오. 지금 우리가 할 수 있는 것이라면 눈을 크게 뜨고 무슨 색다른 일이 없나 찾아 내는 일뿐이오" 하고 말했다.

"색다른 일이라면 어떤 일이지요?" 경감이 물었다.

"색다르기만 하면 어떤 것이라도 좋소."

봐랑땅은 이렇게 대답하자 또 완고하게 입을 다물고 말았다.

노란색 버스는 런던 북부의 길을 벌써 여러 시간이나 타고 왔다고 생각될 정도로 오랜 시간을 느릿느릿 기어가고 있었다.

대탐정은 더 이상 설명을 하려고 하지 않았기 때문에 조수가 된 그들은 입 밖에 내지는 않았지만 마음 속으로는 차츰 탐정의 용건에 의아심을 품기 시작했다. 그리고 역시 입을 다물고는 있었지만 점심을 먹었으면 하는 욕구도 더해 가고 있었을 것이다. 점심 시간은 벌써 오래 전에 지났는데도 북부 런던 교외의 길고 긴 길은 마치 악마의 망원경처럼 앞으로 뻗어 멈출 줄을 모르는 것 같았기 때문이다.

이제는 세계의 끝에 도착했을 거라는 생각이 자꾸만 들었다. 그러나 자세히 보면 아직도 겨우 타프넬 공원 어귀에 접어들었을 뿐인 그러한 여행이었다. 지저분한 선술집이며 황량한 잡목림이 나타나 이것으로 런던도 끝인가 하고 생각하면, 조금 뒤 또 마술처럼 굉장히 번성한 거리며 화려하게 들어선 호텔이 나타나는 것이었다. 마치 서로 맞붙은 그렇고 그런 거리를 열세 군데나 지나가는 것 같았다. 가는 길 앞에 벌써 겨울날 초저녁의 어둠이 깔리기 시작하는 데도 파리의 탐정은 여전히 말없이 앉아 차 옆을 스치고 지나가는 양쪽 집들을 눈도 깜박이지 않고 지켜보고 있었다.

캄덴 타운을 지났을 무렵에 두 경관은 꾸벅꾸벅 졸기 시작했다. 봐랑땅이 벌떡 일어나 두 사람의 어깨를 두드리고 운전기사에게 큰소리로 차를 멈추라고 명령했다. 그들은 깜짝 놀라 번쩍 눈을 떴다.

어째서 내려야만 하는지도 모르는 채 두 경관은 구르듯이 계단을 내려 밖으로 나왔다. 그리고 무슨 일인가 하고 주위를 두리번거리자 봐랑땅이 의기양양해서 왼쪽 가게의 창문을 손가락으로 가리켰다. 그것은 커다란 창문으로 번쩍거리는 호화로운 호텔의 넓은 현관의 일부를 이루고 있었다. 아마도 훌륭한 식당인 듯 거기에 '레스토랑'이라는 표시가 있었다.

이 창문은 호텔의 정면에 보이는 다른 창문과 마찬가지로 무늬가 들어 있는 흐린 유리인데, 어쩐 일인지 그 한복판에 얼음 속에 별이 들어 있는 것처럼 큼직하게 깨진 구멍이 휑하니 시커멓게 뚫려 있지 않은가.

"드디어 실마리가 잡혔군." 봐랑땅이 스틱을 휘두르면서 말했다. "저 깨진 창문이야."

"창문이 어쨌다는 거지요?" 하고 경감이 물었다. "이런 것이 범행과 관계가 있다니, 무슨 증거라도 있습니까?"

너무나도 화가 난 봐랑땅은 자기도 모르게 대나무 스틱을 꺾을 뻔했다.

"증거라고!" 하고 봐랑땅은 소리쳤다. "이거 참 놀랍군! 이분께서는 증거를 찾으시는 모양이지! 그야 물론 십중팔구는 그들과 전혀 관계가 없을지도 모르지. 그러나 이밖에 별도리가 있겠소? 아무리 엉뚱한 것일지라도 어쨌든 우리는 하나의 가능성을 추구하든가 아니면 집에 돌아가 자든가 둘 중의 하나요."

이윽고 그는 동료를 거느리고 힘차게 문을 열고 식당으로 들어갔다. 이윽고 세 사람은 작은 식탁에 둘러앉아 늦은 점심을 먹으면서 별 모양으로 깨진 유리 창문을 안쪽에서 바라보고 있었다. 그러나 아직도 그 깨진 유리창은 아무런 실마리를 제공해 주지 못했다.

"창문이 깨졌군요." 봐랑땅은 계산을 할 때 종업원에게 말했다.

"그렇습니다." 종업원은 아래를 내려다본 채 부지런히 돈을 세면서 대답했다. 그 돈 위에 봐랑땅이 팁을 듬뿍 놓아 주자 종업원은 조심스러워하면서도 눈에 띄게 활기를 띠며 벌떡 일어섰다.

"아, 네, 정말로 그렇습니다." 종업원은 새삼스럽게 대답했다. "정말 이상한 일이었지요."

"호오! 어디 이야기 좀 해주시겠소?"

탐정은 아무렇지도 않은 듯한 호기심을 보이며 부탁했다.

“실은 검은 옷을 입은 신부가 두 분 오셨답니다. 요즈음 거리에서 흔히 볼 수 있는 외국인 신부였지요. 싸고 손쉬운 점심 식사를 끝내자 한 사람이 계산을 하고 나가고 또 한 사람이 뒤쫓아나가려고 했을 때 제가 받은 돈을 보니까 청구한 금액보다 3배나 많지 뭡니까. 그래서 전 밖으로 막 나가려는 그 사람에게 ‘여보세요, 돈이 너무 많습니다’ 하고 말을 걸었습니다. ‘아, 그래요?’ 그 사람은 매우 침착한 태도로 이렇게 대답하는 것이었어요. ‘틀림없습니다’ 하고 저는 상대에게 보여 줄 생각으로 계산서를 집어들었습니다. 그랬더니 어찌나 놀라운지……. ”

“어떻게 되었다는 거지요 ? ” 봐랑땅이 물었다.

“그게 글쎄 전 절대로 틀림없이 계산서에 4실링이라고 써 두었는데 그때 다시 보니 마치 페인트로 쓴 것처럼 뚜렷하게 14실링이라고 씌어 있지 않겠습니까 ? ”

“흐음, 과연. ” 봐랑땅은 천천히 몸을 움직이면서 불타오르는 듯한 눈길로 물었다.

“그래, 그 다음은 어찌 되었소 ? ”

“밖으로 나가려던 신부는 얼굴빛 하나 변하지 않고 ‘자네의 계산을 형편없이 만들어 놓아 안되었네만, 그것은 유리창 값으로 받아 두도록 하게’ 하는 것이었습니다. ‘무슨 창문 말씀이신가요 ? ’ 하고 제가 물었더니 그는 ‘이제부터 내가 깨뜨릴 창문이지’ 하고 말하자마자 들고 있던 우산으로 저 유리를 깨뜨렸지 뭐예요. ”

이 말을 듣고 있던 사람들은 이구동성으로 외마디 소리를 질렀다. 경감은 목소리를 죽여 “우리가 쫓고 있는 것은 도망쳐 나온 정신병 환자인가 보군” 하고 중얼거렸다.

종업원은 자기도 어느 정도 흥이 났는지 아주 즐거운 듯이 이 엉뚱한 이야기를 계속했다.

"순간 저는 어이가 없어 멍해져 어찌 할 바를 몰랐습니다. 그 사람은 여기서 나가자 마침 저 모퉁이에서 함께 왔던 사람과 만났습니다. 그러더니 그들은 바로크 거리를 뒤도 돌아보지 않고 달아나 버렸으므로 모처럼 제가 카운터를 돌아나와 쫓아가 보았지만 붙잡지 못했습니다."

"바로크 거리라고 했지?" 하고 말하기가 무섭게 탐정은 기묘한 두 신부에 못지않은 재빠른 동작으로 문제의 큰길을 달렸다.

그들은 이윽고 벽돌 건물이 늘어선 터널 같은 거리를 빠져나가고 있었다.

불빛은커녕 창문도 거의 보이지 않는 거리와, 어느 집이나 다 마찬가지로 무표정한 불빛을 보이고 있는 것 같은 거리. 저녁 어스름이 점점 짙어져 런던에서 오래 살아 익숙해진 경관조차도 자기들이 나아가는 방향을 정확하게 알 수 없는 형편이었다. 그래도 경감은 이대로 가면 마지막에는 햄스테드 히드로 나갈 것이라고 짐작하고 있었다.

그러자 갑자기 창문의 가스등 불빛이, 가득히 깔린 파르스름한 저녁 어둠을 깨뜨리고 조그마한 꼬마 전구처럼 부옇게 떠올라 왔다.

봐랑땅은 한순간 그 야한 색깔의 싸구려 과자집 앞에서 우뚝 걸음을 멈추었다. 그리고 잠깐 망설인 다음 안으로 들어갔다. 그는 아주 엄한 표정으로 이 가게의 화려한 빛깔에 싸인 채 어느 정도 신중하게 물건을 고르더니 초콜릿 시가를 열세 개 샀다. 분명히 불을 붙일 준비를 하고 있는 듯했지만 그럴 필요는 없었다.

가게의 빼빼 마른 중년 여인은 아까부터 봐랑땅의 점잖은 풍채를 살피듯 기계적으로 바라보고 있었다. 그런데 그의 등 뒤 출입문께에 푸른 제복 차림의 경감이 가로막아 서 있는 것을 보자 순간 정신이 퍼뜩 든 모양이었다.

"저어, 만일 그 꾸러미 일로 오신 거라면 그건 이미 보내 버렸답니다” 하고 그 여인은 말했다.

“꾸러미라고?” 봐랑땅은 그녀의 말을 그대로 되받아 물었다. 이번에는 그녀가 의아한 표정을 지을 차례였다.

“아까 그분이 잊고 가신 꾸러미 말입니다. 그 신부님이 잊고 가신 …….”

“좀 무리한 부탁이지만,” 여기서 봐랑땅은 비로소 자신의 열성을 노골적으로 나타내며 상대에게 다그쳤다. “무슨 일이 있었는지 그 이야기를 좀 자세히 들려 주시오.”

“글쎄요,” 그녀는 도무지 알 수 없다는 표정으로 이야기하기 시작했다. “30분쯤 전에 그 신부님들이 와서 박하 과자를 사고 잠시 이야기를 하다가 히드 들판 쪽으로 가셨는데, 1초도 되기 전에 그 중의 한 신부가 허둥지둥 되돌아오더니 ‘꾸러미를 놓고 가지 않았던가요?’ 하는 것이었어요. 저는 여기저기를 찾아보았지만 전혀 보이지 않았습니다. 그러자 그분은 ‘없으면 좋소. 그러나 만일 나중에라도 나타나거든 이 주소로 보내주시오’ 하며 주소를 적은 종이와 제가 수고하는 수고료로 1실링을 놓고 가셨습니다. 그랬는데 이건 또 어찌된 일이겠어요? 아무리 찾아도 없던 것이 다시 찾아보니 정말로 누런 종이꾸러미를 놓고 가셨더군요. 꾸러미는 말씀하신 주소로 보냈습니다. 그 주소는 지금 생각나지 않습니다만 웨스트민스터의 어딘가였습니다. 그런데 매우 소중한 물건같이 보였으므로 경찰관께서 틀림없이 그 일로 오신 줄 알았답니다.”

“그게 틀림없습니다.” 봐랑땅은 소탈하게 말했다. “햄스테드 히드는 이 부근인가요?”

“거리를 곧장 가서 15분이면 히스가 가득히 펼쳐진 곳으로 나가게 됩니다.” 여인이 말하자마자 봐랑땅은 가게에서 뛰쳐나와 뒤도 돌아보지 않고 달리기 시작했다. 함께 간 경관들도 내키지 않는 걸음으로 다리를 끌다시피 하면서 억지로 따라갔다.

그들이 누비듯이 빠져나간 길은 매우 좁고 그림자로 어둡게 덮여 있었다. 그래서 갑자기 휑한 들판과 널따란 하늘 아래로 나왔을 때에 저녁 하늘이 아직도 밝게 맑아 있는 것을 보고 모두들 놀랐다.

공작의 깃털처럼 초록빛을 띤 하늘이 머리 위에 완전히 둥근 천장을 그리고 있고, 차차로 검은 색을 더하는 나무와 진한 보랏빛 원경(遠景)이 접하는 곳에서는 하늘이 금빛으로 빛나고 있었다. 훤하게 밝은 초록빛 하늘에서 벌써 수정 같은 별이 하나 둘 반짝이기 시작했다.

낮의 빛이라고는 햄스테드 저쪽 끝과 '건강한 골짜기'라고 불리는 이름난 우묵한 지대에 황금빛 광채가 되어 남아 있을 뿐이었다. 휴일을 이용하여 이 부근을 산책하는 하이커도 아직 다 없어지지 않았으며, 여러 쌍의 아베크가 이곳 저곳 벤치에 아무렇게나 모양 사납게 앉아 있었다. 먼 곳에서는 여기저기 그네를 타는 여자아이들이 아직도 야릇한 기성을 지르고 있다.

빛나던 하늘빛이 점점 깊어지고 어둠이 늘어나 인간의 숭고함과 비속함을 덮었다.

비탈에 서서 골짜기 저쪽을 바라보던 봐랑땅의 눈에 마침내 그가 찾고 있던 것이 들어왔다.

그 부근에 흩어져 있는 시커먼 사람들의 무리 속에서 떨어지지 않으려는 한 쌍의 사람 모습이 유달리 검게 보였다. 성직자의 옷차림을 한 두 사람이다. 그 모습은 형편없이 작게 보였으나 그래도 봐랑땅은 그 중의 한 사람이 함께 있는 또 한 사람에 비해 터무니없이 작다는 것을 알아차렸다.

동행인 큰 남자는 학자처럼 등이 꾸부정했으며 그 동작은 두드러지게 나타나 보이지 않았으나 얼핏 보기에도 키는 6피트는 좋이 넘어 보였다. 봐랑땅은 이를 악물고 초조한 듯이 스틱을 빙빙 휘두르면서 계속 앞으로 걸어나갔다.

목표와의 거리를 꽤나 좁혀서 두 개의 검은 그림자가 거대한 현미경을 들여다보았을 때처럼 눈앞에 확대되었을 때 그는 또 한 가지 사실을 알게 되었다. 그는 그 일을 알아차리고 몹시 놀랐으나 한편 그것은 전부터 예상했던 일이기도 했다.

키가 큰 신부가 누구인가는 그만두고라도 작은 쪽 신부의 정체는 이미 의심할 여지가 없었던 것이다. 해리지에서부터 같은 열차를 타고 왔던 그 웨섹스의 땅딸막한 교구 신부——그가 갖고 있던 누런 종이꾸러미에 대해 봐랑땅이 주의를 주었던 바로 그 사나이가 아닌가.

여기까지는 모든 일이 의심할 여지없이 합리적으로 들어맞는다. 웨섹스의 브라운 신부라는 인물이 성체 대회에 모이는 외국인 신부들에게 보이기 위해 꽤 값비싼 유물인 사파이어를 박은 은십자가를 갖고 올라오기로 되어 있다는 것을 봐랑땅은 오늘 아침에 들어서 알고 있었다. 그런데 이 유물이야말로 바로 그 '파란 보석이 달린 진짜 은제품'이며, 브라운 신부란 열차에 탔던 그 얼간이였던 것이다.

봐랑땅도 이만큼 알아냈으니 프랑보우가 이것을 알아냈다고 해도 이상할 것은 없다. 프랑보우는 뭐든지 알아내는 힘을 지니고 있기 때문이다. 또 사파이어가 박힌 십자가 이야기를 프랑보우가 들었다면 그것을 훔쳐야겠다고 생각하는 것도 지극히 당연한 일일 것이다. 모든 자연사(自然事) 가운데서도 이토록 자연스러운 일은 없을 것이다.

그리고 무엇보다도 분명히 말할 수 있는 것은, 그 우산과 종이꾸러미를 든 사나이만큼 얼빠진 호인이 상대라면 프랑보우는 얼마든지 뜻대로 목적한 물건을 가로챌 수 있을 것이라는 사실이다. 이 작은 사나이는 어느 누구든 목에 끈을 매어 북극 끝까지라도 끌고 갈 수 있을 만한 인물이었다. 그러므로 프랑보우와 같은 연기자가 같은 신부로 변장하고 있는 이상 그를 햄스테드 히드까지 끌고 오는 데 성공했다 하더라도 조금도 놀랄 것은 없다.

여기까지는 이 범죄가 더 말할 것 없이 명확해 보였다. 그리고 한편 어쩔 수 없는 신부의 무력함을 딱하게 생각함과 동시에, 이런 호인을 상대로 범죄를 저지를 만큼 보잘 것 없는 형편이 되어 버린 프랑보우를 경멸하지 않을 수 없었다. 그러나 여기에 이르는 사이에 일어난 모든 사건과 그를 이 승리로까지 이끌어 준 모든 일을 생각해 보면 과연 정평 있는 봐랑땅도 희미하게나마 앞뒤가 맞는 이유를 발견하지 못하고 골치를 앓을 뿐이었다.

대체 이 웨섹스의 신부로부터 파란 은십자가를 훔치는 일과 벽지에 수프를 끼얹은 일이 무슨 관계가 있단 말인가? 봐랑땅의 추적도 마침내 최종점에 다다른 듯한데 여기까지 이르는 동안에 일어났던 일들이 도무지 납득되지 않는 것이었다.

그가 실수를 저지르는 경우는──그런 일은 좀처럼 없었지만──대개 단서를 잡았으면서도 뻔히 범인을 놓치는 경우인데, 지금의 경우는 범인을 잡았으면서도 여전히 단서를 잡을 수 없는 것이다.

그들이 쫓고 있는 두 인물은 푸른 언덕의 거대한 지평선을 검은 파리처럼 기어올라갔다. 분명히 이야기에 열중하여 발길이 어디로 향하고 있는지도 염두에 두지 않는 것 같았다. 그리고 그들이 가는 곳은 아무래도 히드 가운데서도 비교적 인기척이 없는 쓸쓸한 고지대인 듯했다. 상대편에 가까이 다가감에 따라서 추적자들은 사슴을 쫓는 사냥꾼처럼 나무를 베어 낸 그루터기 그늘에 웅크리고 앉기도 하고, 깊은 풀숲 속을 배를 깔고 기어서 앞으로 전진하기도 했다. 이런 고생을 한 덕분에 사냥꾼들은 노리는 상대가 작은 목소리로 주고받는 이야기가 들릴 만큼 가까운 거리까지 접근할 수 있었다. 그렇지만 마치 어린아이같이 높은 소리로 여러 번 되풀이되는 '이성(理性)'이라는 말 외에는 단 한 마디도 알아들을 수 없었다.

거기 땅바닥에는 뜻하지 않은 웅덩이가 있고 깊은 풀숲이 울창하게 우거져 있어서 탐정들은 목표로 하는 두 사람의 모습을 놓치는 일도 있었다. 또 잃어버린 오솔길을 찾지 못해 10분 동안이나 쩔쩔매기도 했는데, 그 오솔길은 원형극장처럼 여유있게 펼쳐지는 황량한 저녁의 경치를 한눈에 내려다볼 수 있는 큼직한 돔 모양의 언덕을 둘러싸고 있었다.

이 탁 트인 조망에서 버림받은 듯 조용한 곳의 한 그루 나무 밑에 낡아서 금방 부서질 것 같은 나무 걸상이 하나 놓여 있었다. 이 걸상에 두 신부가 여전히 진지한 말투로 이야기를 주고받으면서 앉아 있었다.

찬연한 초록빛과 노란 광채가 저물어 가는 지평선 부근에 아직도 사라지지 않고 남아 있었다. 그러나 머리 위의 둥근 천장은 점차로 공작의 깃털과 같은 초록빛으로부터 파란 빛으로 변하고 별들은 더욱 더 뚜렷하고 단단한 보석처럼 빛나기 시작했다.

봐랑땅은 뒤에서 따라오는 동료에게 말없이 손짓을 하여 부르며 나뭇가지가 퍼진 그 큰 나무 그늘까지 가까스로 기어가서, 숨을 죽이고 그 자리에 가만히 서 있었다. 그제야 묘한 신부들의 이야기 소리가 들렸다.

1분이 넘게 귀를 기울이고 있던 봐랑땅은 난데없이 의심스러운 생각에 사로잡히기 시작했다. 어쩌면 자기가 영국의 경찰관을 둘씩이나 일부러 밤의 히드 광야까지 끌고 온 것은 결국 우거진 엉겅퀴 숲 속에서 무화과를 찾는 것과도 같이 미친 짓 같은 헛수고를 하기 위해서였단 말인가——하는 생각이 머리를 쳐든 것이다. 즉 두 신부는 어느 모로 보나 신부답게 경건한 태도로 학식과 여유를 가지고 신학 중에서도 가장 초속적(超俗的)인 어려운 문제를 논하고 있었기 때문이다. 웨섹스의 키 작은 신부는 그 동그란 얼굴을 들어 점차로 빛이 강해지는 별을 보면서 아주 소박하게 지껄이고 있었다.

상대방은 자기로서는 별을 쳐다볼 가치도 없다는 듯이 고개를 푹 숙이고 이야기하고 있었다. 그러나 이토록 순수하게 성직자다운 대화는, 비록 이탈리아의 '흰 수도원'이나 '스페인의 검은 대수도원'을 찾는다 해도 들을 수 없을 것이다.

맨 처음 그의 귀에 들려온 것은 브라운 신부가 지껄이고 있던 말의 끝부분이었는데, 그것은 "……중세의 사람이 하늘은 불멸이니라 한 것은 이런 의미였소" 라고 끝맺고 있었다.

키다리 신부는 고개를 수그린 채 끄덕이고 나서 말하기 시작했다.

"그렇지요, 분명히 현대의 신앙심 없는 사람들은 자신의 이성에 호소하겠지요. 그러나 누구든 이 무한한 우주를 바라보면 우리의 머리 위 어디엔가 이성이 전혀 불합리한 우주가 없지도 않다는 것을 느낄 것입니다."

"아니오." 브라운 신부는 반론했다. "이성은 언제나 합리적인 것이오. 가장 지옥에 가까운 림보(변경의 뜻), 그 저주받은 세계의 끝일지라도 이성이란 합리적인 것이지요. 이성을 저하시켰다고 하여 세상 사람은 교회를 비난하지만 실은 그 반대입니다. 지상에서 오직 하나 교회만이 이성을 참으로 지고한 것으로 하고, 지상에서 오직 하나 교회만이 신 자신도 이성에 속박되어 있다고 주장하는 것이오."

상대 신부는 그 엄하고 긴장된 얼굴로 별이 반짝이는 하늘을 쳐다보며 말했다.

"그러나 저 무한한 우주 속에 어떠한 ……?"

그러자 앉은 채로 갑자기 뒤를 돌아다보며 땅딸이 신부가 말했다.

"그것은 다만 물리학적으로 무한하다는 것일 뿐 진리의 법칙에서
달아날 수 있다는 의미의 무한은 아니지요."

나무 그늘에 숨어 있던 봐랑땅은 이를 갈며 손톱을 질겅질겅 씹고
있었다. 그의 귀에는, 탐정에게 끌려와 그의 엉뚱한 육감을 의지하여
멀리 여기까지 와 보니 두 신부가 형이상학의 논쟁을 벌이고 있을 뿐
이 아니냐고 투덜거리는 영국인 형사들의 냉소가 들리는 것 같았다.
마음이 초조한 나머지 봐랑땅은 키다리 신부의 열성어린 대답을 듣지
못하고, 다시금 귀를 기울였을 때에는 브라운 신부가 이야기를 하고
있었다.

"이성과 정의심은 가장 동떨어지고 가장 고독한 별까지도 사로잡지
요. 저 헤아릴 수 없이 많은 별을 보시오. 마치 다이아몬드나 사파
이어처럼 보이지 않습니까? 물론 비상식적인 식물학이나 지질학
을 상상하시는 것은 당신의 자유요. 브릴리언트 형의 잎사귀를 가
진 금강석 숲을 머리에 그리고, 달은 하나의 푸른 달, 한 덩어리의
거대한 사파이어라고 생각하는 것도 좋소. 그러나 그러한 착란된
천문학을 가지고서도 행위의 이성과 정의에 약간의 변화라도 가져
올 수 있다고 공상하는 것은 어리석은 짓이오. 오팔의 평원 위에도
진주의 벼랑 아래에도 '그대 도둑질 말라'는 표찰이 역시 서 있지
요."

봐랑땅은 일생의 큰 실수에 낙담하며 거북하게 웅크리고 있던 몸을
일으켜 되도록 살그머니 이 자리에서 떠나려 했다. 그러나 무뚝뚝하
게 입을 다물고 서 있는 키다리 신부의 모습이 어쩐지 마음에 걸렸기
때문에 그가 말을 할 때까지 기다려 보았다. 가까스로 입을 열었으나
키다리는 고개를 숙이고 두 손을 무릎에 놓은 채 단순히 이렇게 말했
을 뿐이었다.

"아니, 역시 나는 지구 이외의 세계가 인간의 이성을 초월한 높은

곳에 오지나 않을까 하고 생각하오. 하늘의 신비는 헤아릴 수 없는 것이며, 나로서는 다만 머리를 수그릴 뿐이오." 그리고는 여전히 고개를 숙인 채 태도도 목소리도 전혀 바꾸지 않고 "이제 되었으니 갖고 있는 사파이어 십자가를 이리 내놓으시오. 여기 있는 것은 우리 두 사람뿐이니까 내가 그럴 생각만 갖는다면 당신쯤은 짚으로 만든 인형처럼 갈기갈기 찢어 줄 수도 있소" 라고 덧붙여 말했다.

목소리나 태도가 조금도 변하지 않았기 때문에 이 의표를 찌른 이야기의 변화에 한층 더 이상한 폭압(暴壓)이 느껴졌다. 그러나 성보(聖寶)를 지키고 있는 상대편 신부는 겨우 1치쯤 목을 움직였을 뿐이었다. 그는 여전히 어딘지 얼빠져 보이는 얼굴을 하늘의 별 쪽으로 향하고 있는 것 같았다. 어쩌면 상대가 한 말의 뜻을 모르는 것인지도 모른다. 아니면 알았기 때문에 그 두려움으로 돌처럼 굳어 버린 것일까?

"알았겠지?" 키다리 신부는 똑같이 낮은 목소리로 조금도 자세를 허물어뜨리지 않고 말했다.

"나는 바로 프랑보우요."

그리고 잠깐 사이를 두었다가 덧붙였다.

"자아, 그 십자가를 이리로 내놓으시오!"

"그건 안되오" 하고 상대는 대답했다. 이 퉁명스러운 한 마디는 기묘하게 울렸다.

프랑보우는 갑자기 이제까지의 시치미를 뚝 뗀 신부다운 겉모습을 모조리 내팽개쳤다. 이 정체를 드러낸 큰 도둑은 거드름을 피우며 벤치에 앉아 낮은 소리이기는 했지만 한동안 낄낄대며 웃었다.

"안되겠군!" 그는 고함을 쳤다. "내놓기 싫다는 말이로군, 이 건방진 신부 놈아. 내주기가 싫은 모양이야, 이 홀아비 난쟁이가! 어째서 그것을 나에게 내줄 수 없는지 그 이유를 가르쳐 줄까? 별것도

아니야. 내가 벌써 한참 옛날에 내 윗주머니에 넣어 두었기 때문이
지. ”

어둠을 통해 본 바로는 웨섹스에서 온 작은 남자는 눈앞이 아찔한
듯한 얼굴을 상대에게 돌리더니 겁먹은 얼굴로, 그러나 열성적인 태
도로 되물었다.

“호오…… 그게 틀림없나요 ? ”

프랑보우는 유쾌해서 견딜 수 없다는 태도로 환성을 질렀다.

“이거 참, 정말 당신은 마치 희극에 나오는 어릿광대와 똑같군. ”

그는 큰소리로 말했다. “그렇지, 이 멍청한 양반. 그게 틀림없소.
나는 진짜 꾸러미와 똑같은 가짜를 만들 만한 머리가 있단 말이오.
그래서 지금 당신이 가지고 있는 것은 가짜 보석이고 진짜는 내가 갖
고 있소. 낡은 방법이지만 브라운 신부님, 아주 낡은 수법이지만. ”

“그렇군” 하고 브라운 신부는 여전히 묘하게 모호한 태도로 머리
카락을 쓸어올리고 있었다. “그렇소, 그 수법은 나도 전에 들은 일이
있어요. ”

범죄계의 거물은 갑자기 흥미를 느낀 듯 시골의 땅딸이 신부에게로
윗몸을 내밀었다.

“아니, 그런 말을 들은 일이 있다고 ? 당신 같은 주제에 어디서 들
었소 ? ”

“으음, 물론 말한 사람의 이름을 밝힐 수는 없지만, ” 하고 작은 남
자는 담담하게 말했다. “그는 이미 죄를 뉘우친 사람이오. 2년 동안
이나 누런 종이꾸러미를 바꿔치는 것만으로 호화롭게 먹고 산 사나이
지요. 그렇기 때문에 당신이 좀 수상하다고 여겨지자 곧 나는 그의
수법을 생각해냈던 것이오. ”

“나를 수상하게 여겼다고 ? ” 무법자는 더욱 어이가 없는 듯 되물
었다. “내가 이 히드의 인기척 없는 장소까지 끌고 왔다는 것만으로

나를 수상하다고 생각할 만큼의 머리가 당신에게 정말로 있었단 말이
오?"

"아니," 하고 변명이라도 하듯이 브라운이 말했다. "실은 처음에
만났을 때부터 의심했었소. 그것 보시오. 그 소맷부리가 좀 봉긋하게
부풀어 있었으니까요. 당신 같은 사람은 거기에 스파이크가 달린 팔
찌를 끼고 있을 것 아니오?"

"대체 어디서 스파이크가 달린 팔찌 이야기를 들었소."
프랑보우가 소리쳤다.

"뭘, 내가 잘 아는 신자이지요!" 브라운 신부는 얼마쯤 멍한 표정
으로 눈살을 찌푸리고 말했다. "내가 하틀풀에서 보좌신부로 있을 때
스파이크 달린 팔찌를 낀 신자가 세 사람 있었지요. 그래서 처음부터
당신을 수상하다고 생각했기 때문에, 아시겠소? 나는 무엇보다도 그
십자가가 무사히 목적지까지 닿을 수 있도록 신중한 수단을 강구했
소. 그러자 마침내 당신이 내 꾸러미를 슬쩍 바꾸어치는 것을 보고
말았소. 그래서, 아시겠소? 나는 그것을 또 다시 바꿔서 진짜를 거
기에 놓고 온 것이오."

"거기에 놓고 왔다고?" 프랑보우는 되물었다. 이때야 비로소 그
의 목소리에는 의기양양함과는 다른 어조가 담겨 있었다.

"아시겠소? 이렇게 된 것이오." 작은 신부는 여전히 담담한 어조
로 말했다. "나는 아까 그 과자집으로 되돌아가서 꾸러미를 놓고 가
지 않았느냐고 묻고, 만약 나중에 꾸러미가 나오거든 보내 달라고 어
떤 장소의 주소를 적어 놓고 왔소. 실은 잊은 꾸러미 따위는 없었소.
잊기는커녕 두 번째로 과자집을 나올 때 그 꾸러미를 그곳에 두고 온
것이오. 그러므로 그 과자집 사람은 그 귀중한 꾸러미를 들고 나를
뒤쫓아오는 대신 웨스트민스터에 있는 나의 친구에게로 직접 보내 준
셈이지요." 여기까지 말한 다음 신부는 조금 슬픈 듯한 말투로 덧붙

였다. "이 방법도 또한 하틀풀에 있는 사나이로부터 배운 것이오. 그
는 역에서 핸드백을 슬쩍 가로채는 데 이 수법을 썼던 것이오. 물론
지금은 수도원에 있소만. 정말 싫어도 여러 가지를 알게 되지요" 하
고 그는 전과 마찬가지로 매우 미안한 듯이 머리를 긁적였다.
  "신부 노릇도 힘들다오. 별의별 사람이 다 와서는 이런 이야기를
  들려 주니 말이오."
  프랑보우는 안주머니에서 누런 종이꾸러미를 가까스로 끄집어 내
더니 북북 찢었다. 속에는 종이와 납으로 만든 막대기가 몇 개 있을
뿐이었다. 그는 허풍스러운 몸짓을 해보이며 벌떡 일어섰다.
  "믿어지지 않아. 당신 같은 얼빠진 자가 그런 재치있는 흉내를 낼
  수 있다니 정말이라고 생각할 수 없어. 당신은 아직도 그것을 가지
  고 있을 것이오. 좋게 말할 때 내놓지 않으면 여기 있는 것은 우리
  둘뿐이니까 힘으로라도 빼앗겠소!"
  "아니오." 브라운 신부도 일어서며 담담하게 말했다. "힘으로도
빼앗지 못하오. 나는 이미 그것을 갖고 있지 않으며, 여기는 우리 말고
도 사람이 있으니까요."
  프랑보우는 앞으로 내디디려던 발걸음을 흠칫 멈추었다.
  "저 나무 그늘 뒤를 보시오," 하고 손가락으로 가리키면서 브라운
신부는 말했다. "제법 완력이 센 형사가 둘, 그리고 오늘날 으뜸가는
명탐정 한 분이 숨어 계시오. 저 세 사람이 어떻게 여기까지 왔는지
를 알고 싶으시오? 어려울 것은 없소. 내가 데리고 온 것이니까!
어떻게 데려왔느냐고? 궁금하다면 가르쳐 드리지! 아시겠소? 우
리도 범죄자들 속에서 일하는 이상 이런 것쯤은 충분히 알고 있어야
하겠지요! 아시겠소? 하기야 나도 당신이 도둑일 것이라는 확신은
없었다오. 같은 성직에 있는 분께 오명을 입히면 큰일이니까요. 그래
서 나는 당신의 정체를 알아내기 위해 테스트를 해보았지요. 보통 사

람이라면 자신의 커피에 소금이 들어 있다면 대개 떠들어대기 마련이지요. 그런데도 떠들어대지 않는 경우에는 얌전히 있어야만 할 어떤 이유가 있을 거요. 나는 소금과 설탕을 슬쩍 바꾸어 놓았는데도 당신은 아무 말이 없었소. 또 계산이 실제보다도 3배나 많다면 보통 사람은 당장 불평을 할 것이오. 그래도 잠자코 3배나 되는 돈을 지불하는 것은 남의 눈에 뜨이지 않게 그 자리를 떠나야 할 이유가 있었기 때문이 아니겠어요. 또 나는 당신의 계산서를 바꿔 썼소. 그런데도 당신은 군말없이 그 돈을 지불했지요.”

주위의 세계는 프랑보우가 사나운 호랑이처럼 덤벼들기를 기다리는 것 같았다. 그러나 그는 마치 주문에라도 걸린 것처럼 꼼짝도 하지 못했다. 극도의 호기심에 사로잡혀 자신을 잊고 있었던 것이다.

“아시겠소?” 하고 브라운 신부는 더듬거리기는 하나 의미가 또렷한 말로 이야기를 계속했다. “당신이 경찰 때문에 단서를 남기지 않으려고 한다면, 누군가가 단서를 남겨야만 하오. 이것은 당연한 일이오. 그래서 나는 어디에 들를 때마다 나중에 우리들의 이야기를 하루 종일 화제에 올릴 만한 짓을 뭐든지 저지르도록 마음을 썼던 것이오. 물론 굉장히 나쁜 짓은 할 생각이 없었소. 기껏해야 벽을 더럽힌다든가, 사과를 뒤엎어 놓는다든가, 유리창을 깨뜨리는 정도였지만, 덕분에 십자가를 구할 수 있었소. 그리고 십자가는 앞으로도 계속 지켜질 것이오. 지금쯤은 웨스트민스터에 이미 도착했겠지요. 어째서 당신은 그것을 ‘당나귀의 휘파람’으로 막지 않았는지 좀 납득이 가지 않는군요.”

“무엇으로 막는다고?” 프랑보우가 물었다.

“그런 말을 들은 적이 없다면 다행스러운 일이군.” 신부는 얼굴을 찡그리며 말했다. “옳지 않은 일이니까요. 그래요, 당신은 ‘휘파람’을 불 정도로 나쁜 사나이는 아니오. 그렇게 했다면 비록 이쪽에 ‘형사’

가 있었다 할지라도 대항할 수는 없었을 거요."

"대체 무슨 이야기를 하는 거요." 상대가 물었다.

"호오, '형사'라면 아실 거라고 생각했는데." 브라운 신부는 기쁜 듯한 놀라움을 나타내며 말했다. "그렇지, 당신은 아직도 그렇게 나쁜 길로 들어가지는 않았군!"

"당신은 어쩌면 이렇게 무시무시한 일을 이것저것 알고 있소?" 프랑보우가 외쳤다.

브라운 신부의 순진하고 귀여운 동그란 얼굴에 살짝 미소가 떠올랐다.

"뭘요, 마누라도 없는 홀아비 얼간이라서 그렇겠지요." 그는 대답했다. "다른 사람이 실제로 저지른 죄를 듣는 것밖에는 아무 할 일이 없는 사나이가 인간의 악에 대해 아무것도 모를 수가 있겠소? 뭐 그건 그렇다 치고, 솔직히 말해서 내 직업의 또 다른 한 면으로 보아서도 당신이 신부가 아니라는 것은 명백히 알았소."

"그게 뭐요?" 어이없는 표정으로 도둑은 물었다.

"당신이 이성을 공격했기 때문이오. 그것은 옳지 못한 신학이오."

그리고 신부가 돌아서서 소지품을 모으려고 했을 때 세 형사가 어두컴컴한 나무 아래에서 나타났다. 프랑보우는 예술가이며 스포츠맨이었다. 그는 한 걸음 뒤로 물러서더니 봐랑땅에게 깍듯이 머리를 숙였다.

"나에게는 머리를 숙이지 않아도 돼." 카랑카랑한 목소리로 봐랑땅은 말했다. "자아, 함께 우리의 선생께 인사드리세."

그리하여 두 사람은 모자를 벗고 한동안 경의를 나타내고 서 있었다. 당사자인 웨섹스에서 온 몸집이 작은 신부는 그 동안에도 눈을 꿈벅이면서 우산을 찾고 있었다.

비밀의 정원

　파리 경찰의 주임 경감 앨리스티드 봐랑땅은 귀가 시간이 늦어져, 그가 초대한 손님들이 몇몇 그보다도 먼저 모습을 보이기 시작했다. 그들의 기분을 실수 없이 접대하고 있는 사람은 주인의 심복인 하인 이반이었다. 이 노인은 얼굴에 상처 자국이 있고 그 얼굴빛은 반백의 턱수염과 분간할 수 없을 정도로 혈색이 나빴다. 그는 언제나 무기를 주욱 걸어 놓은 현관 홀에서 테이블을 앞에 놓고 앉아 있었다.

　그런데 이 봐랑땅의 저택은 이 집 주인을 닮았는지 좀 색다른 것으로써 유명하기도 했다. 오래된 건물로 높은 담과 키가 큰 포플러 나무가 센 강 위를 뒤덮을 듯이 서 있었다. 그러나 이 건축의 기묘함——그것은 동시에 방범 대책상의 잇점이기도 했는데——은 정면 현관 외에는 외부로 통하는 문이 하나도 없다는 점에 있었다. 더욱이 그 현관은 이반과 무기류로 엄중하게 경호되어 있었다.

　정원은 넓고 손질이 잘 되어 있었으며, 건물 안으로부터 정원으로 나가는 문은 몇 군데 있었지만 정원에서 밖으로 통하는 길은 하나도 눈에 띄지 않았다. 정원은 편편하여 발을 붙일 만한 곳이라고는 전혀 없는 높은 담으로 완전히 둘러싸이고, 담 꼭대기에는 기어오르는 불량자들 때문에 특별히 만들어 놓은 방범 장치가 되어 있었다. 몇백 명이나 되는 악당들로부터 그가 죽기를 바라는 저주의 말을 듣고 있는 사나이가 심사숙고하는 장소로서는 정말로 나쁘지 않은 정원이었다.

이반이 손님들에게 양해를 구했듯이 주인으로부터 조금 전에 예정보다 10분쯤 늦어지겠다는 전화가 걸려 왔다. 실은 사형 집행이며 또는 그러한 불쾌한 일의 마지막 수속에 시간이 걸렸던 것이다.

봐랑땅은 이런 일은 정말로 지긋지긋했지만, 의무 수행에 있어서는 절대로 아무렇게나 해치우는 일이 없었다. 죄를 추궁하는 데는 그 손을 늦추지 않는 그였지만, 그 형벌에 대해서는 그만 너그러워지는 경향이 있었다. 그는 프랑스뿐만 아니라 널리 유럽에서도 경찰 제도의 권위자로 군림하고 있었으므로 그의 영향은 매우 컸으며, 형 판결의 경감이며 형무소 정화에도 그 성과가 훌륭하게 나타나 있었다. 그는 위대한 프랑스의 인도주의적 자유사상가의 한 사람이었는데 이러한 사람들의 유일한 결점은 자비라는 것을 정의보다도 한층 더 을씨년스러운 것으로 바꾸어 버리는 데 있다.

이윽고 봐랑땅은 검은 정장에 빨간 장미를 꽂고(유감스럽게도 검은 구레나룻에 희끗희끗 은빛으로 빛나는 것이 보이기는 했지만) 더할 나위 없이 점잖은 차림으로 귀가했다. 그는 집으로 들어오자 뒤편 정원으로 면한 자기의 서재로 곧장 걸어갔다. 정원을 향한 문이 열려 있었으므로 서류 가방을 적당한 곳에 넣고 조심스럽게 쇠로 잠가 버린 다음 그는 잠시 그 문으로 밖의 정원에 눈길을 보내고 있었다.

싸늘하게 맑은 반달이 폭풍의 여운을 담은 조각구름과 경주를 하고 있었다. 그것을 바라보고 있는 봐랑땅은 평소의 과학자다운, 그답지 않은 우수에 잠긴 표정이었다. 어쩌면 그와 같은 과학자 기질의 사나이는 평생에 한 번뿐인 무시무시한 난제에 관해 무언가 심령적인 예감을 느끼는 법인지도 모른다. 그러나 그는 자기가 늦었기 때문에 손님들은 이미 거의 다 모여 있으리라고 생각하고 곧 이 초자연적 감각에서 되돌아와 자신을 되찾았다.

객실로 들어서자 그는 얼핏 방 안을 휘둘러보고 오늘밤의 주빈이 아직도 보이지 않는 것을 확인했다. 그 주빈을 빼놓으면 오늘 밤의 작은 파티에 필요한 사람들은 모두 모여 있었다. 가터 훈장의 파란 리본을 단 갤러웨이 경——이 사나이는 영국 대사로서 사과처럼 얼굴이 붉고 성질이 까다로운 노인이었다. 선향(線香)처럼 가냘픈 갤레웨이 부인의 거만한 얼굴도 은빛 머리칼 아래로 슬쩍 드러났다. 부인의 딸인 마아가렛 그레엄 양은 머리가 구릿빛이었으며, 창백하고 아름다운 얼굴은 어딘지 장난기 어린 작은 요정을 연상케 했다. 그리고 풍만한 몸매와 까만 눈동자의 몬 생 미셀 공작 부인이 또한 풍만한 체격과 까만 눈동자의 두 딸을 데리고 와 있었다. 안경을 끼고 갈색 턱수염을 기른 프랑스 과학자의 전형 같은 시몬 박사의 이마에는, 언제나 거만한 태도를 취하고 계속 눈썹을 치켜올리는 버릇으로 인해 주름이 여러 개나 새겨져 있었다.

웨섹스 주 코보울의 브라운 신부의 얼굴도 보였다. 봐랑땅은 이 신부와는 최근 영국에서 알게 된 사이였다. 다른 어떤 손님보다도 봐랑땅의 관심을 끈 인물은 군복 차림의 키가 후리후리한 사나이였다. 그 사나이는 갤러웨이 집안 사람들에게 인사를 했으나 도무지 친밀감이 담긴 반응을 보여 주지 않았기 때문에, 이번에는 이 파티의 주인공에게 존경하는 마음을 나타내려고 혼자 앞으로 나오는 참이었다.

그 사람이야말로 다름아닌 프랑스 외인부대 사령관 오브라이언 대령이었다. 깡마른 몸집을 위풍당당하게 뒤로 젖히고 검은 머리에 눈동자는 파랗고 얼굴은 말쑥하게 면도를 했다. 그 태도에는 빛나는 패

퇴(敗退)를 하여 옥쇄(玉碎)로 승리를 얻은 그 유명한 연대의 사관에게서 흔히 볼 수 있는 위세가 있는 반면 어딘지 모르게 서글퍼 보이는 분위기가 감돌고 있었다.

그는 아일랜드의 명문 태생으로 소년 시절에 갤러웨이 집안과 알게 되었던 것이다. 산더미 같은 빚에 쫓기는 몸으로 고향을 떠난 뒤 지금은 군복에 군도와 박차(拍車)를 달고 위세좋게 돌아다녀 영국식 예절에서는 완전히 해방되어 있는 것 같았다.

그런데 이러한 그가 대사 일가에게 인사를 하자 갤러웨이 부처는 별로 달갑지 않은 태도로 허리를 굽혔고, 마거리트 양은 대담하게도 외면하고 말았다.

이 사람들이 서로 사이가 좋지 않은 것은 예부터의 어떠한 인연에 의한 것이라 해도, 그들을 맞고 있는 명성 높은 주인공 쪽은 그들에게 아무런 관심도 갖고 있지 않았다. 적어도 봐랑땅에게 있어서 오늘 밤의 주빈이라고 할 만한 사람은 아직 그 자리에 없었다.

봐랑땅이 어떤 특별한 이유로 기다리고 있는 주빈은 세계적으로 유명한 인물로서, 봐랑땅이 위대한 탐정으로 합중국을 여행하고 다니며 크나큰 성공을 거두었을 때 친해진 사나이였다. 억만장자인 줄리어스 K 브레인이 바로 그 사람인데 군소 종교 단체에 상식을 넘는 거액의 기부를 하여, 영미의 신문들이 장난 반 진정 반으로 왁자하게 떠들어 댄 위인이었다.

브레인 씨가 무신론자인지 아니면 모르몬교도인지 크리스천 사이언스 신자인지는 전혀 짐작할 수 없었지만, 아무튼 이 억만장자는 지적인 인물이라 여겨지며 그 사나이가 예상 밖의 돈을 들이는 데 주저하지 않는 것만은 확실했다. 그가 즐기는 도락 중의 하나로 아메리카에 셰익스피어가 나타나기를 기다린다는 느긋한 도락이 있는데 아무리 참을성을 필요로 하는 게 낚시질이라 한들 이 정도의 느긋함에는 당해낼 수는 없을 것이다.

그는 또 월트 휘트먼의 찬미자였지만 휘트먼보다는 펜실베이니아 주 파리의 루크 P 타녀 쪽이 더 '진보적'이라고 생각하고 있었다. 그는 자기가 '진보적'이라고 생각하는 것이라면 뭐든지 좋아했다. 그는 봐랑땅도 '진보적'인 사나이라고 생각하고 있었는데, 이것은 터무니없는 착각이었다.

줄리어스 K 브레인이 그 당당한 모습을 나타내자 객실에는 한순간 저녁 식사를 알리는 벨소리가 일으키는 그 긴장된 분위기로 꽉 찼다. 그에게는 그 존재가 그곳에 있다는 것이 없을 때나 마찬가지로 크나큰 자리를 차지한다는 뛰어난 자질이 있었는데, 이것은 누구에게나 요구할 수 있는 자질은 아닌 것이다. 그는 키의 높이 못지않을 정도로 전후좌우로 뚱뚱하고 우람한 몸을 까만 야회복으로 완전히 감싸고 장식품류는 시계의 쇠사슬 줄이며 반지도 몸에 지니고 있지 않았다. 새하얀 머리카락을 독일 사람처럼 말쑥하게 뒤로 넘겨 빗고 통통히 살찐 불그레한 얼굴은 입술 밑에 까만 턱수염을 수북이 기르고 있었기 때문에 본디의 동안(童顔)이 빛을 잃고 연극적이 되어서 메피스토펠레스처럼 잔인한 감을 느끼게 했다.

그러나 이 살롱은 언제까지나 이 유명한 미국의 부호에게 놀라운 눈길을 보내고 있지만은 않았다. 그의 지각은 이미 조리장 쪽에서 영향을 미치는 중대 문제가 되어 있었으므로, 갤러웨이 부인은 그의 팔을 잡자 서둘러 식당으로 끌고 갔던 것이다.

다만 한 가지 점을 빼놓으면, 갤러웨이 집안 사람들은 매우 상냥하고 온후한 인품이었다. 마거리트 양이 그 모험가 오브라이언과 팔을 끼거나 하지 않는 한 그녀의 아버지는 매우 만족했을 것이다. 그녀도 그런 짓은 하지 않고 얌전하게 시몬 박사를 따라 식당으로 들어갔다. 그런데도 노 갤러웨이 경은 공연히 들떠서 행동하고 있었다. 마침내 잎담배가 나오고 얼마쯤 젊다고 볼 수 있는 세 젊은이들——시몬 박사와 브라운 신부, 그리고 외국의 군복을 입은 달갑지 않은 망명자 오브라이언——이 숙녀들 사이에 끼어들거나 부인들과 함께 어울려서 온실에서 담배를 피우기 위해 한 사람 또 한 사람 사라져 가자 그 영국 외교관도 완전히 외교관답지 못한 태도를 보이고 말았다. 갤러웨이 경은 저 불량끼가 있어 보이는 오브라이언이 어떠한 방법으로 마거리트에게 눈짓이라도 하지나 않을까 하고 불안해서 안절부절못했다. 갤러웨이 경은 그것이 어떤 방법으로 이루어질 것인지는 상상할 기운도 없었다.

갤러웨이 경은 지금 온갖 종교를 믿고 있는 백발의 미국인 브레인과, 아무 종교도 믿지 않는 백발이 섞인 프랑스 인 봐랑땅과 그 자리에 남아 커피를 마시고 있었다. 두 사람은 열심히 입씨름을 벌이고 있었으나 어느 쪽도 경의 흥미를 끌지는 못했다.

한참이 지나자 이 '진보적'인 입씨름도 완전히 맥이 빠지기 시작하여, 갤러웨이 경도 응접실을 찾아 보려고 자리에서 일어났다. 그는 길다란 복도에서 방향을 잃고 거의 칠팔 분 가량이나 헤매게 되었다. 그러다가 가까스로 박사의 타이르는 듯한 높은 어조의 목소리와 신부의 귀찮은 듯한 목소리에 이어 모든 사람이 웃는 소리가 들려오는 곳에 이르렀다.

경은 저 사람들도 아마 '과학과 종교'에 대해 이야기하고 있을 것이라 생각하고 넌더리를 냈다. 그러나 객실 문을 연 순간 경이 본 것은 오직 하나, 거기에 와 있지 않은 사람이 누군인가 하는 일이었다. 오브라이언 사령관의 모습이 아무 데도 보이지 않고, 마거리트 양도 또한 보이지 않았던 것이다.

경은 식당에서 나올 때와 같이 참을 수 없다는 태도로 이번에는 응접실에서 뛰쳐나와 복도를 쾅쾅 구르며 걸었다. 평생 역경에서 헤어

날 것 같지 않은 그 아일랜드 계 알제리아 인으로부터 딸을 보호해야한다는 생각이 머리에 달라붙어서 경은 미칠 것만 같았다. 집 뒤편에있는 봐랑땅의 서재를 향해 걷고 있노라니까 놀랍게도 거기서 마주친것은 다른 사람 아닌 딸 마거리트였다.

그녀는 창백한 얼굴에 비웃는 듯한 표정을 띠고 눈 깜짝할 사이에지나쳐 갔다. 아무래도 이상했다. 이것은 제2의 수수께끼였다. 지금까지 딸이 오브라이언과 함께 있었다면 오브라이언은 어디에 있는 것일까? 만약 오브라이언과 함께 있지 않았다면 딸은 지금까지 어디에있었을까. 노인에게 흔히 있기 쉬운 격렬한 의혹에 마음을 빼앗긴 경은 집 뒤편의 어두운 쪽으로 더듬더듬 걸어서 갔다. 그러다가 우연히정원을 향해 활짝 열려 있던 부엌문에 부딪쳤다.

벌써 초승달은 그 언월도(偃月刀)로 폭풍우가 남기고 간 뜬구름을갈라 흔적도 없이 쫓아 버리고 말았다. 은백색의 달빛은 정원을 구석구석 비추고 푸른 옷을 입은 키가 후리후리하게 큰 사람의 그림자가잔디밭을 가로질러 서재 쪽으로 성큼성큼 걸어왔다. 칼라에 단 휘장이 달빛에 번쩍 하고 빛나는 것을 보니 오브라이언 사령관이 분명했다.

오브라이언은 프랑스식 창문을 통해 집 안으로 사라졌다. 그 자리에 남은 경은 미움과 놀라움이 섞인 일종의형용할 수 없는 복잡한 기분을 맛보고 있었다. 무대 배경과도 흡사한 이 은빛 정원이 강압적인섬세한 정으로 경을 우롱하고 있는 것 같았다. 이런 폭군적인 다정함과 경의 세속적인 권위 의식은 필사적으로 맞싸우고 있었다.

저 아일랜드 인의 성큼성큼 걷는 걸음걸이의 활달함은 나이가 아버지 뻘이 되고도 남는 그에게 연적(戀敵) 같은 경쟁심을 일으키게 하여 화를 돋구었다. 달빛은 그의 분노를 더욱 부채질했다. 마술에 걸린 것처럼, 중세의 순정시인이 사랑을 속삭이던 정원——와토가 묘사한 저 옛날 이야기의 나라에 끌려들어가고 만 것이라고 생각하니, 어리석기 짝이 없는 이 야릇한 기분을 떨쳐 버리기 위해서라도 이야기의 상대가 필요했다. 그는 위세좋게 적의 뒤를 쫓았다.

그 순간 그는 풀숲에 가려진 나무뿌리나 돌 같은 것에 걸렸던 모양이다. 처음에는 화를 내며 발 밑을 내려다보던 그는 이번에는 다시 한 번 호기심을 가지고 찬찬히 살펴보았다. 다음 순간 뜻하지 않은 광경을 목격했다.

이어서 달과 높은 포플라 나무 아래 전개된 이상한 광경——다른 사람도 아니고 하필이면 영국의 외교관이 그 점잖은 나이에 정신없이 뛰어다니면서 큰소리로 고함을 질러댔다.

경의 쉬어 터진 고함 소리가 나자 서재 문에서 한 창백한 얼굴이 쑥 나왔다. 경이 처음으로 똑똑히 입 밖에 낸 말을 듣고 시몬 박사의 안경이 번쩍 빛나며, 걱정스러운 얼굴이 되었다.

"풀숲에 시체가…… 피투성이 시체가."

갤러웨이 경은 고함을 쳤다. 이렇게 되고 보니 오브라이언에 대한 일은 머리에서 완전히 사라져 버렸다.

경이 용기를 내어 자기가 본 사실을 헐떡거리며 이야기하자 박사는 말했다.

"곧 봐랑땅에게 알려야겠군. 마침 그가 있어 주어서 다행입니다."

그런데 이 말이 채 끝나기도 전에 당사자인 명탐정이 고함 소리를 듣고 무슨 일인가 의아해 하면서 서재로 들어왔다. 보기에도 탐정다운 그의 변모하는 모습을 관찰하고 있노라면 재미있다는 말이 저절로 나오게 된다.

처음에 그는 손님을 초대한 주인으로서, 아울러 신사의 입장으로서 손님이나 하인에게 무슨 일이 생기지나 않았나 하는 걱정스러운 마음으로 이곳에 온 것이다.

그런데 피비린내 나는 사건이라는 말을 듣자 그 순간 생기가 돌아 정확하고 민첩하게 일을 처리하기 시작했다. 그것은 아무리 끔찍한 돌발 사건이라 해도 그러한 일이야말로 그가 할 일이었기 때문이다.

모두들 급한 걸음으로 정원으로 나가자 봐랑땅은 말했다.

"나는 수수께끼에 싸인 사건을 찾아 온 세계를 두루 돌아다녔지만, 마침내는 우리 집 뒤뜰에 그 같은 사건이 찾아와 있다는 건 참으로 묘한 일입니다. 그건 그렇고, 현장은 어디입니까?"

센 강에서 안개가 자욱이 몰려오기 시작했다. 짙은 안개 속에 잔디밭을 건너가기는 쉬운 일은 아니었다. 겁에 질린 갤러웨이 경의 안내로 깊은 풀숲에 가려진 시체를 찾아냈다. 매우 키가 크고 어깨폭이 넓은 사나이의 시체였다.

얼굴을 땅에 묻고 엎드려 있기 때문에 눈에 보이는 것은 딱 벌어진 어깨를 싸고 있는 까만 옷과 꼭대기에 갈색 머리카락이 조금 젖은 해초처럼 찰싹 눌러붙어 있는 커다란 대머리뿐이었다. 엎드린 얼굴에는 한 줄기 시뻘건 피가 뱀처럼 흘러나와 있다.

시몬이 묘하게 낮은 목소리로 말했다.

"아무튼 우리의 동료는 아니오."

"잘 조사해 주십시오, 선생님. 아직도 맥박이 뛰고 있을지 모르니까요." 봐랑땅이 얼마쯤 퉁명스럽게 말했다.

박사는 시체 옆에 웅크리고 앉으며 "아직 몸이 식지는 않았지만 완전히 죽어 있는 것 같습니다. 몸을 들어올려야겠으니 좀 도와주십시오" 하고 대답했다.

힘을 합쳐 조심스럽게 시체를 땅에서 1인치쯤 들어올리자 정말로 죽어 있는가 어떤가 하는 의문은 끔찍스러운 형태로 순식간에 사라져 버렸다. 시체의 머리가 목없이 데구르르 굴러떨어진 것이다. 몸에서 완전히 절단되어 있었던 것이다. 누가 한 짓인지는 모르나 목을 완전히 잘라 버린 것이다. 봐랑땅도 충격을 받은 듯했다.

"분명히 고릴라처럼 힘이 센 놈일 것이오."

그는 뱉듯이 중얼거렸다.

시몬 박사는 해부학상의 수술에 익숙했으나, 그 머리를 집어들었을 때에는 그도 몸이 덜덜 떨렸다. 목과 턱께에 깊은 칼자국이 남아 있었지만 얼굴은 거의 상처가 없었다. 살이 없는 뾰족한 코와 부은 듯한 소복한 눈까풀의 못생긴 누런 얼굴은 포학한 로마 황제에다 중국 황제의 모습을 조금 가미한 것 같은 표정이었다. 그 자리에 있던 사람들은 일찍이 본 적이 없는 그 얼굴을 완전히 차디찬 타인의 눈초리로 바라보았다.

이렇다 하게 눈에 띄는 것은 없었으나 시체를 들어올리자 눈부시게 흰 셔츠의 가슴께에서 핏자국이 빛나고 있었다. 시몬 박사의 말대로 이 사나이는 그들의 동료는 아니었지만, 오늘 밤의 파티에 어울리는 정장을 하고 있는 것을 보면 그 파티에 참석할 작정이었던 모양이라고 생각해도 이상할 것은 없었다.

봐랑땅은 팔을 짚고 엎드려 시체를 중심으로 20야드쯤 풀숲 속을 탐정 특유의 세심한 주의를 기울여 샅샅이 점검했다. 박사는 서투른 솜씨로 그것을 도왔으며, 영국 대사도 겉으로는 돕는 채 하는 모습을 보였다.

그러나 그렇게 하여 그들이 얻은 성과는 매우 짧게 꺾었거나 자른 것으로 보이는 나뭇가지가 몇 개 있었을 뿐 아무것도 없었다. 봐랑땅은 한동안 그것을 세밀히 조사했으나 곧 멀리 집어던져 버렸다.

"나뭇가지 몇 개라……" 봐랑땅이 무거운 어조로 말했다. "나뭇가지와 그리고 머리가 잘린 낯선 사나이의 시체가 하나, 잔디밭에서 발견된 것은 이것이 모두란 말이지."

한동안 소름이 끼칠 정도의 침묵이 계속되었다. 이때 마음이 약해진 갤러웨이 경이 날카로운 소리로 외쳤다.

"누구야, 거기에 있는 것은? 그 담장 옆에 있는 건 누구냐?"

머리만이 유난히 크고 몸집이 작은 사람의 그림자가 건들건들 이쪽으로 오는 것이 달빛에 희미하게 보였다. 한순간 귀신인 줄 알았던 그 사람은 알고 보니 응접실에 남아 있던 그 몸집이 작은 신부였다.

"여러분, 이 정원에는 문이 하나도 없군요"

그는 조심스럽게 말했다.

봐랑땅은 불쾌한 듯이 검은 눈썹을 모았는데, 이것은 그가 법의(法衣) 같은 것을 보았을 때의 버릇이다. 그래도 그는 공정한 사나이였으므로 신부의 말이 타당한 것까지는 부인하지 않았다.

"그렇습니다" 하고 그는 말했다. "이 사나이가 어째서 여기서 살해되게 되었는가를 조사하기 전에, 이 사나이가 어떻게 여기까지 들어왔는지 생각해 볼 필요가 있을 것 같습니다. 여러분, 부디 잘 들어 주십시오. 만약 내 지위나 임무를 손상시키지 않고 할 수 있는 일이라면 몇몇 저명 인사의 이름을 이 사건에서 제외하고 싶습니다만, 어떻습니까? 아무튼 일류 신사숙녀들뿐인 데다가 외국 대사도 한 분와 계시므로, 만약 이것을 범죄로 보아야 한다면 그에 따르는 조사를 해야만 합니다. 그러나 확실해질 때까지는 내가 직접 신중히 조사할 수 있습니다. 나는 경찰 주임이고 이 방면에서는 세상에 널리 알려져 있으니까 비밀리에 끝낼 수도 있습니다. 어떻게든지 여기에 와 주신 여러분의 결백을 증명한 다음 경관을 불러 범인 수사를 하게 하고 싶습니다. 부디 여러분 자신의 명예를 걸고 어느 분이든 내일 정오까지 여기를 떠나지 말아 주십시오. 침실은 충분히 있으니까요. 시몬 박사, 현관 홀에 있던 하인 이반을 아시지요? 그 사나이라면 믿을 수 있습니다. 그에게로 가서 뒷일은 다른 하인에게 맡기고 곧 이리로 와 달라고 말씀해 주십시오. 갤러웨이 경——당신께서 하시는 것이 가장 좋겠습니다——부인들께 사건에 대한 일을 이야기하시어 소란이 일어나지 않도록 해주시렵니까? 부인들께서도 여기서 주무셔야 할 테니까요. 브라운 신부와 나는 여기서 시체를 지키고 있겠습니다.”

봐랑땅의 권위 있는 지시는 진군 나팔처럼 모두를 얌전히 움직이게 했다. 시몬 박사는 무기고로 가서 세상이 다 아는 탐정의 개인 조수 이반을 불러냈다. 응접실에 파견된 갤러웨이 경은 끔찍스러운 뉴스를 언변좋게 발표했으므로, 모두가 그곳에 모일 무렵에는 부인들도 이미 한 번씩 놀란 뒤 침착해져 있었다.

한편 선량한 신부와 선량한 무신론자는 달빛을 받으며 조용히 시체의 머리맡과 발치에 서 있었다. 그것은 얼핏 보기에 죽음에 대한 두 개의 철학을 상징하는 상(像) 같았다.

상처 자국과 수염이 있는 신임 두터운 이반 노인은 총알처럼 집 안에서 뛰어나와 주인에게로 달려오는 강아지처럼 잔디밭을 달려 봐랑땅에게로 왔다. 이반의 납빛 얼굴은 집안에서 일어난 탐정 사건으로 완전히 생기를 되찾고 있었다. 그가 시신을 조사하게 해 달라고 주인에게 부탁했을 때의 열성은 불쾌할 정도였다.

“아아, 보고 싶으면 보게, 이반.” 봐랑땅은 말했다. “그러나 오래는 안돼. 이제부터 집으로 들어가서 사건을 검토해 보아야만 하니까.”

이반은 머리를 쳐들었으나 곧 다시 아래를 보았다.

“이런,” 하고 그는 신음하듯이 말했다. “이건, 아니 그렇지 않아——그런 어이없는 일이. 이 사나이를 아십니까, 나리?”

“아니.” 봐랑땅이 내키지 않는 어조로 말했다.

“안으로 들어가는 게 좋겠군.”

두 사람은 시체를 서재로 운반하여 소파에 올려놓고 함께 응접실로 향했다.

경찰 주임은 망설이는 듯이 천천히 책상 앞에 앉았는데, 그 눈은 법정에서의 재판관처럼 냉엄했다. 그는 앞에 있는 종이조각에 몇 자 갈겨쓰더니 재빠르게 말했다.

"여러분, 다 모이셨습니까?"

"브레인 씨가 아직……." 몬 생 미셸 공작 부인이 주위를 둘러보면서 말했다.

"없는 것 같군." 갤러웨이 경이 귀에 거슬리는 목쉰 소리로 말했다. "게다가 네일 오브라이언 씨도 보이지 않는군요. 나는 시체가 아직도 따뜻할 무렵에 그 사나이가 정원을 걷고 있는 것을 보았소만."

"이반, 오브라이언 사령관과 브레인 씨를 찾아서 모셔 오게나." 주임이 말했다.

"브레인 씨는 식당에서 잎담배를 피우고 계시네. 오브라이언 사령관은 아마 온실이라도 산책하시는 모양이지. 분명히 알 수는 없지만."

충실한 조수가 방에서 뛰어나가자 누구 한 사람 몸을 움직일 사이도 말을 할 틈도 없는 사이에 봐랑땅이 그 군대식 어조로 재빠르게 설명을 계속해 나갔다.

"여기 계시는 분께서 다 아시는 바와 같이, 정원에서 머리가 뎅겅 잘린 남자 시체가 발견됐습니다. 시몬 박사께서 검시를 하셨습니다. 어떻습니까, 박사님? 그렇게 사람의 목을 자르는 건 힘드는 일입니까, 아니면 아주 잘 드는 칼만 있으면 되는 일일까요?"

"칼 같은 것으로는 절대로 불가능하다고 봅니다."

얼굴이 창백한 박사가 말했다.

"그런 짓을 할 수 있는 도구에 대해 뭔가 가능한 흉기 중 뭐든지 생각나는 것이 없습니까?" 봐랑땅은 다시 물었다.

"현재 손쉽게 구할 수 있는 도구로는 좀처럼 생각할 수 없는데요."

박사는 매우 난처한 듯이 이맛살을 찡그리며 말했다. "목을 단번에 잘라 낸다는 것은, 그저 가까스로 잘라 내기도 쉽지 않은데, 그것도 절단된 곳이 깨끗하니 말입니다. 가능한 것이라면 작두나 옛날에 목을 자르는 망나니가 쓰던 칼이나 두 손으로 쓰는 검(劍) 정도겠지요."

"하지만 이상해요." 공작 부인이 히스테릭하게 큰소리로 말했다.

"이 부근에는 두 손으로 쓰는 검이나 작두 따위는 없는걸요."

봐랑땅은 여전히 앞에 높인 종이에 바쁘게 글을 쓰고 있었다. 그는 펜을 바삐 놀리며 물었다.

"어떻습니까? 프랑스 기병대가 쓰는 긴 군도라면 가능하겠습니까?"

그때 낮게 문을 노크하는 소리가 들렸다. 그것은 웬일인지 '맥베드'에 나오는 노크 소리처럼 그 자리에 있는 사람들의 피를 얼어붙게 했다. 그 긴장된 침묵을 깨뜨리고 가까스로 시몬 박사가 입을 열었다.

"군도라, 그렇지요. 가능하리라고 생각합니다."

"고맙습니다. 들어오게, 이반" 하고 봐랑땅이 말했다.

심복 하인 이반이 문을 열고, 네일 오브라이언 사령관을 데리고 들어왔다. 이반은 정원을 산책하고 있는 그를 가까스로 찾아냈던 것이다.

아일랜드 태생인 사령관은 침착성을 잃은 자세로 적의를 드러내며 문 앞에서 걸음을 멈춘 채 고함치듯이 말했다.

"대체 나를 어쩌자는 거요?"

"자, 앉으시지요." 봐랑땅은 부드러운 어조로 상냥하게 말했다.

"저런, 당신께서는 검을 차시지 않으셨군요! 어디에 두셨습니까?"

"도서실 테이블 위에," 하고 오브라이언은 말했으나, 몹시 당황하였기 때문에 고향 사투리가 심하게 튀어나왔다. "어찌나 거추장스러운지. 아참, 그렇소, 그것이……."

"이반, 도서실에 가서 사령관님의 군도를 좀 가져다 주게." 봐랑땅의 말이 채 끝나기도 전에 하인은 벌써 거기에 없었다. "갤러웨이 경께서 시체를 발견하기 직전에 정원에서 집으로 들어가시는 당신을 보았다고 말씀하셨는데, 정원에서 무엇을 하셨습니까?"

사령관은 무관심한 태도로 의자에 앉았다.

"그야 뭐, 달 구경을 하고 있었지요, 대자연과 이야기를 하고 있었답니다." 그의 말투에는 아일랜드 사투리가 그대로 나타났다.

무거운 침묵이 한동안 그들을 에워쌌다. 조금 뒤 다시 또 그 으스스한 낮은 노크 소리가 울리고 이반이 칼이 들어 있지 않은 강철 칼집을 들고 다시 나타났다.

"이것밖에 보이지 않았습니다." 이반은 말했다.

"테이블 위에 놓아 두게" 하고 봐랑땅은 말했으나 얼굴은 들지 않았다.

방 안 가득히 퍼진 침묵은, 유죄가 선고된 살인자인 피고석에 밀려오는 그 냉혹하기 이를 데 없는 침묵의 물결이었다. 공작 부인의 힘없는 고함 소리도 지금은 여운조차 남아 있지 않았다. 갤러웨이 경도 그 쌓이고 쌓인 증오가 완전한 배출구를 찾아 지금은 마음이 조금 조용히 가라앉기까지 했다.

이때 전혀 예기하지 못했던 방향에서 목소리가 들렸다.

"제가 이야기해도 좋겠습니까?" 마거리트 양은 용감한 여성이 공식석상에서 이야기할 때에 내는 그 떨리는 맑은 목소리로 말을 꺼냈다. "저 분께서 침묵을 지키실 생각인 것 같아 제가 오브라이언 씨가 정원에서 무엇을 하셨는지 말씀드리겠어요, 저분은 정원에서 저에게 결혼을 신청하셨습니다. 전 거절했지만요, 부모님을 생각하여 신청을 받아들일 수는 없으나 존경하고 있다고 말씀드렸지요. 그래서 저분은 좀 화가 나신 것 같았어요. 틀림없이 제 존경심은 아무래도 상관 없다고 생각하셨겠지요. 하지만," 여기서 그녀는 가냘프게 방그레 웃었다. "지금이라면 조금은 마음을 써 주실지도 모르겠습니다. 왜냐하면 전 역시 저분을 존경하고 있으며 결코 이런 엉뚱한 짓을 하실 분이 아니라는 것을 어디에 가더라도 맹세코 말씀드릴 수 있어요."

갤러웨이 경은 딸 곁으로 다가서 위협하듯이 말했다.

"잠자코 있거라, 매기." 그는 자기로서는 작은 목소리인 줄 아는 모양이었으나 마치 우레와도 같은 목소리였다. "어쩌자고 너는 저 남자를 편드는 거냐? 대체 검은 어디에 있느냐? 괘씸한 기병의 군도는⋯⋯."

경은 자신을 뚫어지게 노려보고 있는 딸의 이상한 눈길에 부딪치자 자기도 모르게 입을 다물었다. 정말로 그 눈초리에는 독기가 어려 있었고, 그 자리에 있는 사람들의 눈은 일제히 빨려들 듯이 그녀에게로 집중되었다.

"답답하시군요!" 그녀는 조심성 있는 태도를 집어던지고 낮은 목소리로 말했다. "아버지는 대체 무엇을 증명하시려는 거예요? 이분은 저와 함께 계셨으니까 결백하셔요. 결백하지 않더라도 저와 함께 있었다는 사실은 변함없어요. 이분이 정원에서 정말로 사람을 죽였다면, 그것을 보았던——적어도 알았던——사람이 누구겠어요? 아버지는 너무나도 네일이 미우니까 자기 딸까지도 함께⋯⋯."

갤러웨이 부인이 쇳소리를 질렀지만, 그밖의 사람들은 그대로 앉은 채 과거의 연인들 사이에 존재했던 삼각 관계의 악령과 같은 비극의 일단을 생생히 엿볼 수 있었다. 그들은 자랑스러운 스코틀랜드의 귀족에 어울리는 흰 얼굴과 그 애인인 아일랜드의 방탕아를 어두운 집 안에서 보는 한 쌍의 초상화처럼 바라보고 있었다.

오랜 침묵 속에서 저마다 살해된 남편들과 배신의 독을 먹이는 여자들을 둘러싼 역사상의 이야기를 상기하고 있었던 것이다. 이 소름 끼치는 침묵을 깨고 악의 없는 목소리가 들렸다.

"매우 긴 잎담배 같군요?"

너무도 불시에 다른 말을 꺼냈으므로 모두들 저도 모르게 누가 그런 말을 했는가 하고 주위를 둘러보아야만 했다.

"다시 말해서," 작은 몸집의 브라운 신부가 방구석에서 말을 걸었다. "다시 말해서 브레인 씨의 잎담배에 대한 것인데, 스틱 정도나 되는 것 같군요."

퍽이나 동떨어진 엉뚱한 이야기였지만, 머리를 쳐든 봐랑땅의 얼굴에는 초조함과 아울러 찬동하는 빛이 보였다.

"정말입니다." 그는 날카로운 어조로 말했다. "이반, 다시 브레인 씨가 뭘하고 계시는지 보고 오게나. 그리고 곧 이리로 모셔 오게."

잠시도 지체하지 않고 하인이 뛰어나가 문을 닫자 봐랑땅은 전혀 달라진 열의를 보이며 아가씨에게 이야기했다.

"마거리트 양, 당신이 하찮은 위엄을 차리는 데 구애되지 않고 대령의 행동을 설명해 주신 것은 고마운 일이고 훌륭하다고 생각합니다. 그러나 아직 분명하지 않은 점이 있습니다. 갤러웨이 경께선 서재에서 응접실로 향하는 당신을 만났다고 하셨는데 불과 몇 분 뒤에 정원으로 나가신 아버님은 그 부근을 거니는 사령관을 보셨습니다."

"이 점을 잊으시면 안돼요." 마거리트는 조롱 섞인 어조로 대답했다. "제가 저분의 신청을 거절했으니까, 그대로 팔짱을 끼고 돌아올 수는 없었을 거예요. 저분은 뭐라고 해도 신사분이니까 뒤에 남아서 좀 거니셨겠지요. 그래서 살인 혐의를 받으신 거예요."

"그 얼마 되지 않는 사이에," 봐랑땅은 무거운 어조로 말했다. "그가 정말로……" 하고 말을 꺼내려는 순간에 또다시 노크 소리가 나고, 이반이 흉터 있는 얼굴을 내밀었다.

"말씀 도중이십니다만, 나리" 하고 그는 말했다. "브레인 씨는 이 집을 나가셨습니다."

"뭐라고?" 이렇게 외치고 봐랑땅은 의자에서 벌떡 일어났다.

"가 버리셨습니다. 도망치신 겁니다. 증발해 버렸습니다." 이반은 유머러스한 프랑스 어로 말했다. "모자와 코트도 함께 없어졌습니다. 그것만이 아닙니다. 그분이 남긴 흔적이 없을까 하고 제가 집 밖으로 뛰어나가 보니까, 웬걸 꼭 한 가지 그것도 커다란 흔적이 발견되었습니다."

"무슨 말을 하는 건가?"

"보여 드리겠습니다."

이렇게 말하자 하인은 일단 나갔다가 두 번째로 나타났을 때는 뾰족한 칼 끝과 칼날에 피가 묻은 칼집 없는 기병용 군도가 그 손에서 번쩍이고 있었다. 방에 있던 사람들은 벼락이라도 맞은 것처럼 그것을 바라보았다. 그러나 그런 일에 경험이 많은 이반은 조금도 동요하는 기색이 없이 침착하게 이야기를 계속했다.

"저는 파리 가도를 50야드쯤 간 수풀 속에서 이것을 발견했습니다. 다시 말해서 저 존경할 브레인님께서 이 집에서 도망치시는 도중에 던져 버린 그 장소에서 발견한 것입니다."

또 다시 모두들 입을 다물어 버렸다. 지금까지의 침묵과는 상태가 다른 새로운 침묵이었다. 봐랑땅은 군도를 집어들어 살펴보더니 스스로의 생각에 몰두했다. 조금 뒤 공손한 얼굴을 들어 오브라이언에게로 향하며 그는 말했다.

"대령님, 당신이라면 경찰의 조사에서 이 무기가 필요해질 때는 언제라도 내어 주시리라고 믿습니다. 그때까지 이 군도를 당신께 돌려 드리겠습니다.”

봐랑땅은 칼을 둥근 칼집에 찰칵 하고 넣었다. 이 군인다운 훌륭한 행동에 보고 있던 사람들은 박수를 칠 만큼 감탄했다.

네일 오브라이언에게 있어 봐랑땅의 그 행동은 실제로 하나의 전기가 되었던 것이다. 아침 햇빛을 받으며 또다시 그 신비로운 정원을 산책할 무렵에는 여느 때의 비극적이며 공허한 태도가 말끔히 없어져 버렸다. 그도 그럴 것이, 그는 행복해질 이유가 많은 남자였다.

갤러웨이 경은 신사였기 때문에 그에게 감사하다는 뜻을 표했고 마거리트 양은 숙녀로서의 이상의 것——적어도 여자였으므로 아침 식사 전에 나란히 화단을 두루 돌며 거닐던 것을 보아도 감사하다는 뜻 이상의 마음을 전한 모양이었다. 파티에 참석했던 사람들은 완전히 마음을 풀고 평화로운 마음을 갖게 되었다. 죽음의 수수께끼는 아직 풀리지 않고 남아 있었지만 혐의에 대한 무거운 짐은 풀려 그다지 친하지 않았던 기묘한 백만장자와 함께 멀리 파리까지 날아가 버렸기 때문이다. 악마는 집 밖으로 집어던져졌다. 아니, 악마가 자기 스스로를 쫓아냈던 것이다.

그러나 여전히 수수께끼는 풀리지 않았으므로 오브라이언이 정원 벤치에 앉아 있는 시몬 박사 옆으로 가까이 가자, 이 매우 과학적인 정신을 지닌 의사는 곧 그 수수께끼를 화제로 삼았다. 그러나 보다 즐거운 생각에 빠져 있는 오브라이언에게서 별로 많은 이야기를 끌어 낼 수는 없었다.

“저로선 그다지 흥미를 가지고 있지 않습니다”

아일랜드 인은 솔직하게 말했다.

“게다가 이제는 어느 정도 명백해졌다고 보니까요. 브레인 씨가 어떠한 이유로 그 낯선 사나이를 미워했던 것만은 확실합니다. 아무튼 그를 정원으로 꾀어 내어서 내 군도로 찔러 죽였으니까요. 그리고 그 군도를 파리로 달아나던 도중에 버린 것입니다. 그건 그렇다치고 이반에게 들었습니다만, 살해된 사나이는 주머니에 미국 지폐를 갖고 있었다고 합니다. 그렇다면 그 사나이는 브레인과 한 고향이었으니까 사건은 이것으로 결말이 지어진 거나 같지 않겠습니까? 어려울 것은 아무것도 없다고 생각됩니다.”

“아니, 아주 어려운 일이 다섯 가지나 있소.” 박사는 조용하게 말했다. “마치 담 안쪽에 또 높은 담이 있는 것과도 같소. 그러나 오해하지는 마십시오. 나도 분명히 브레인이 한 짓이라고 보니까요. 그가 도망친 것이 그것을 말해 주고 있습니다. 그러나 문제는 그가 왜 그런 방법을 썼느냐 하는 것입니다. 첫째 의문은 사람을 죽이는 데 어째서 그런 부피가 큰 군도를 썼는가 하는 것입니다. 포켓 나이프로도 가능했을 텐데 말이지요. 그렇다면 다시 주머니 속에 넣어 두면 되었을 것 아닙니까. 두 번째로, 어째서 아무런 소리도 들리지 않고 비명 소리도 들리지 않았는가 하는 문제가 있습니다. 상대가 큰 군도를 치켜 들고 접근하는 것을 잠자코 보고만 있는 사나이가 있을까요. 셋째 의문——어젯밤은 하인이 밤새도록 현관에 지켜서서 쥐새끼 한 마리도 들어올 틈이 없었는데 어떻게 그 죽은 사나이가 정원에 들어왔을까요? 넷째로 어려운 문제는 그와 같은 상황 아래서 브레인 씨는 어떻게 정원에서 빠져나갈 수 있었을까요?

“그리고 다섯 번째의 문제는?” 하고 네일은 이때 천천히 오솔길을 올라오는 영국인 신부에게로 눈길을 보내며 말했다.

“대수롭지 않은 일이라고 생각합니다만 저로선 도무지 납득이 가지 않는 수수께끼가 있습니다. 맨 처음에 목이 절단된 것을 보았을 때, 범인은 한 번에 칼로 잘랐다고 생각했습니다. 그러나 조사해 가는 동안 목이 잘린 단면에 벤 상처가 많이 나 있는 것을 알아차렸습니다. 결국 상처는 머리를 절단한 뒤에 난 것입니다. 브레인은

달빛 아래에서 시체를 난도질할 만큼 상대를 증오했었던 것일까
요?"

"끔찍스러운 이야기로군!"

오브라이언은 진저리를 치면서 말했다.

몸집이 작은 신부는 두 사람이 이야기를 주고받는 사이에 곁에까지
와 있었지만, 워낙 내성적인 성격이라 이야기가 끝나기를 기다리고
있었다. 이 기회를 잡아 그는 겸연쩍은 듯이 말참견을 했다.

"방해를 해서 죄송합니다만, 당신네들에게 뉴스를 전해 드리라는
부탁을 받았기 때문에……."

"뉴스라고요?" 시몬 박사가 약간 까다로운 얼굴로 안경 너머로
신부를 보면서 이렇게 되물었다.

"네, 유감스럽게도 또 살인입니다." 브라운 신부는 태연한 얼굴로
말했다.

두 사람이 일제히 벌떡 일어났기 때문에 벤치가 건들건들 흔들렸
다. 신부는 그 무딘 눈길을 석남화(石南花) 꽃에 쏟으면서 말을 이었
다.

"전과 마찬가지로 끔찍하게 또 목을 잘랐습니다. 브레인이 파리로
달아난 길에서 불과 몇 야드 떨어진 강에서 피투성이가 된 목이 발
견되었지요. 그러니까 그것도 브레인이……."

"이게 무슨 일이람!" 오브라이언이 크게 소리를 질렀다. "브레인
은 편집광이란 말인가요?"

"미국식 복수라는 것이 있지요."

신부는 태평스럽게 그렇게 말한 다음 다시 계속했다.

"모두들 도서실로 와 달라는 전갈이었습니다."

외인부대 대령은 일종의 혐오감을 느끼며 두 사람을 따라 검시장으
로 걸음을 옮겼다. 군인으로서 그는 이 음험한 살육에는 도무지 견딜

수가 없었다. 이처럼 어이없는 절단 소동은 어디까지 가야만 끝날 것인가? 목이 잘리는 사건이 계속 두 번씩이나 일어나다니……이런 경우에——하고 그는 괴로운 듯이 혼잣말을 했다. 세 사람이 모이면 지혜가 낫다——한 사람의 머리보다도 두 사람의 머리가 훨씬 낫다——고 할 수는 없었다. 이렇게 생각하면서 서재 한가운데까지 왔을 때, 그는 하나의 몸서리쳐지는 우연의 일치에 너무나 깜짝 놀라 하마터면 발이 걸려 넘어질 뻔했다.

봐랑땅의 책상 위에 세 번째의 피투성이가 된 머리가 칼라 사진으로 놓여 있지 않은가. 더욱이 그것은 봐랑땅 자신의 목이었다. 자세히 보니 '길로틴'이라는 국수주의파 신문으로, 이 신문은 매주 그 정적(政敵) 중에서 한 사람을 선정하여 처형 직후의 단말마의 모습을 꾸며서 게재하고 있었다. 봐랑땅이 나와 있는 것은 그가 반교권주의자로서 상당히 이름이 알려져 있기 때문이었다.

그러나 오브라이언은 죄에 있어서도 일종의 순결함을 지킨다는 아일랜드의 남자였으므로, 프랑스의 지식인에게서 볼 수 있는 이런 엉뚱한 잔인성에 가슴이 메슥거렸다. 그는 고딕식 교회의 기괴한 모습에서 신문의 저열한 만화에 이르기까지 전체적으로 파리 그 자체를 느끼고 있었다. 저 프랑스 혁명의 굉장한 멋을 상기해도 파리의 거리 전체가 위로는 노트르담 대성당의 그 수많은 마귀 모양의 홈통, 아래로는 봐랑땅의 책상 위에 놓여 있는 피비린내나는 스케치까지 하나의 추악한 에너지 덩어리로 생각되었다.

도서실은 좁고 길쭉한 방으로 천장이 낮고 어두컴컴했다. 낮게 드리워진 블라인드 밑으로 스며드는 짧은 햇살에는 아직 아침 노을의 붉은 빛이 남아 있었다. 봐랑땅과 하인 이반이 좀 비스듬히 기운 길다란 테이블 안쪽에 서서 세 사람을 기다리고 있었는데, 그 위에 놓여 있는 시체가 어두컴컴한 속에서 터무니없이 크게 보였다. 정원에서 발견된 사나이의 시커먼 큰 몸통과 누런 얼굴이 어젯밤과 거의 같은 모습으로 앞쪽에 놓여 있고 오늘 아침에 강가 갈대 사이에서 건져 올린 제2의 목이 물을 뚝뚝 떨어뜨리면서 그 옆에 놓여 있었다. 봐랑땅의 부하들이 아직 강물 속에 떠 있으리라고 생각되는 이 목에서 떨어져나간 제2의 몸을 찾고 있는 중이었다.

브라운 신부는 오브라이언과 같은 감상 따위는 전혀 갖고 있지 않은 듯 제2의 머리 곁으로 다가서 눈을 깜박거리며 세밀히 관찰했다. 그 머리는 물에 흠뻑 젖은 긴 걸레와 흡사했으며, 수평으로 스며드는 아침 햇살에 백발 언저리가 불타는 듯한 은빛으로 빛나고 있었다. 추하게 보랏빛을 띤 얼굴은 범죄 상습자의 얼굴 그것으로, 물 속을 여기저기 떠돌아다니는 사이에 나무며 돌에 심하게 부딪친 흔적이 뚜렷이 나타나 있었다.

"굿모닝, 오브라이언 사령관." 봐랑땅이 유난히 다정하게 말했다.

"브레인 씨가 새로 시도한 대학살의 실험에 대해 들으셨겠지요?"

브라운 신부는 여전히 백발이 성성한 머리 위에 몸을 웅크리고 있었는데, 그대로 얼굴도 들지 않고 말했다.

"분명히 이 머리도 브레인 씨가 잘라 낸 것 같군요."

"글쎄요. 그렇게 보는 것이 타당하겠지요." 주머니에 손을 넣은 채 봐랑땅이 말했다. "앞의 경우와 같은 수법으로 살해되었고, 또 앞의 그 머리가 발견된 곳에서 몇 야드 떨어진 장소에서 발견되었으니까요. 게다가 그 사나이가 들고 간 것으로 알고 있는 흉기로 뎅겅 잘려져 있소."

"그렇군요. 말씀하신 대로입니다" 하고 브라운 신부는 솔직하게 말했다. "그러나 역시 나는 그 사나이가 이 목을 자를 수 있었는지 의심스럽습니다."

"어째서요?" 시몬 박사는 도리에 벗어난 이야기가 이상하여 눈을 크게 뜨고 물었다.

"바로 그것입니다, 박사님. 대체 자기의 목을 절단할 수 있는 사나이가 있을까요?" 신부는 눈을 깜박거리면서 올려다보고 말했다.

오브라이언은 상궤를 벗어난 세계가 귓가에서 산산이 깨어진 것 같았으나, 시몬 박사는 충동적으로 벌떡 일어나더니 자신의 눈으로 확인하려고 달려가 머리의 젖은 머리카락을 걷어올렸다.

"글쎄, 그것은 브레인 씨가 틀림없습니다." 신부는 조용히 말했다.

"그 사람의 왼쪽 귀에는 틀림없이 그 작은 칼자국이 있었거든요."

경찰 주임은 그때까지 눈을 빛내면서 물끄러미 신부가 하는 짓을 지켜보고만 있었는데, 꽉 다문 입을 열어 날카롭게 말을 꺼냈다.

"그 사나이를 잘 아시는 것 같군요, 브라운 신부?"

"알고말고요." 신부는 선뜻 말했다. "요 몇 주일 동안 그 사람을 자주 만났으니까요. 그 사람은 우리 성당에 들어오려고 했었습니다."

광적인 빛이 봐랑땅의 눈에 별처럼 반짝였다. 그는 두 손을 꽉 쥐고 성큼성큼 신부 곁으로 다가와 괘씸하다는 듯 냉소를 띠고 고함치듯이 말했다.

"그러면 아마 그는 모든 재산을 당신의 성당에 남기려고 생각했겠군요."

"그랬을지도 모르지요." 브라운 신부는 서두르지 않고 대답했다.

"있을 법한 일입니다."

"그렇다면," 하고 봐랑땅은 불쾌한 웃음을 띠고 큰소리로 말했다.

"그렇다면 그 사나이에 대한 것을 충분히 아시겠군요. 그의 생활이라든가 그밖에……"

오브라이언 사령관이 봐랑땅의 팔에 한 손을 놓으며 말했다.

"그런 쓸데없는 중상 모략은 그만두시지요. 그러다간 더 많은 군도가 날뛸지 모르니까요."

봐랑땅은 신부의 침착하고 조용한 눈길을 받자 여느 때의 자기로 되돌아가 있었다.

"됐어요," 그는 재빠른 어조로 말했다. "개인적인 의견은 우선 뒤로 미루기로 하고 여러분께서는 약속대로 계속 자리에 계셔야겠습니다. 이것은 손님들끼리 서로——또 자기 자신이——지키도록 해주십시오. 자세한 일이 알고 싶으시다면 이반이 뭐든지 말씀드릴 겁니다. 저는 즉시 일을 시작하여 관계 당국에 보고서를 제출해야만 합니다. 이렇게 되면 이 사건을 덮어 둘 수는 없으니까요. 또 어떠한 뉴스가 들어오면 그때 말씀드리기로 하고, 나는 서재에서 뭘 좀 써야겠어요."

경찰 주임이 성큼성큼 방에서 나가 버리자 "또 무슨 새로운 뉴스가 있나, 이반?" 하고 시몬 박사가 물었다.

"네, 선생님. 한 가지 더 있습니다." 이반은 잿빛 도는 늙은 얼굴에 주름을 모으고 말했다. "그러나 그것은 그 나름대로 상당히 중요한 일입니다. 어젯밤 잔디밭에서 발견된 그 늙은이는 저기 있습니다만," 하고 그는 누런 얼굴의 커다랗고 검은 시체를 손가락으로 가리키며 말했다. 그는 허식적인 경의도 나타내려고 하지 않았다.

"아무튼 그 사나이의 정체를 알았습니다."

"정말인가?" 박사는 놀라운 듯이 외쳤다. "그래, 어떤 사람인가?"

"이름은 아놀드 베커라고 하는데," 하고 명탐정의 조수는 설명했다. "여러 가지로 가짜 이름을 쓰던 사나이입니다. 여기저기 사방을 떠돌아다니는 무뢰한으로 요즈음은 미국에 있었다는 말을 들었습니다. 그곳에서 브레인의 원한을 산 모양입니다. 우리하고 별로 관계가 없었던 것은 그 사나이가 활동하는 장소가 대부분 독일로 국한되어 있었기 때문이랍니다. 물론 이미 독일 경찰에도 연락했습니다만, 정말 놀랍게도 그에게는 루이스 베커라는 쌍둥이가 있었습니다. 이 사나이와는 우리도 깊은 관계가 있어서, 바로 어제도 그를 길로틴에 가상으로 처형하지 않으면 안되었답니다. 이거 참, 여담이 되어 버렸습니다만, 선생, 잔디밭에 쓰러져 있는 그 사나이를 보았을 때 내 생전에 그렇게 놀란 적은 없었습니다. 내가 만약 루이스 베커가 길로틴에 게재된 것을 직접 보지 않았다면 잔디밭에 쓰러져 있는 것은 루이스 베커라고 단언했을 것입니다. 물론 저는 즉시 독일에 있는 쌍둥이를 생각해냈기 때문에 단서를 추적하다 보니……. ”

이반은 여기서 설명을 중단했는데, 그것은 그의 이야기를 듣는 사람이 아무도 없다는 지극히 당연한 이유에서였다. 대령도 박사도 다 브라운 신부를 뚫어지게 쳐다보고 있었다. 신부는 방금 벌떡 일어나서 심한 발작이라도 일으킨 것처럼 관자놀이를 꽉 누르고 있었다.

“좀 잠자코 있어요, 아무 말도 마시오! ” 신부는 큰소리로 말했다. “잠깐 동안만 아무 말도 하지 마시오, 절반쯤 알 것 같소. 신이여, 나에게 힘을 주옵소서. 앞으로 한 단계만 머리가 비약하면 모든 것이 딱 들어맞겠는데. 제발 나에게 도움을! 여느 때는 굉장히 머리가 잘 돌아가는데, 토머스 아퀴나스의 저작이라면 어떤 페이지건 다 해석할 수 있었던 시절도 있었는데. 내 머리가 깨지든가, 아니면 모든 것이 해명되든가…… 절반까지 갔는데 나머지 절반을 알 수가 없군요. ”

신부는 머리를 두 손으로 감싸쥐고 깊은 생각에 잠겼는지 기도를 드리고 있는지, 고민으로 몸이 굳어져 서 있었다. 나머지 세 사람은 미칠 것 같은 이 24시간의 마지막 기이한 광경을 정신나간 듯이 바라보고 있을 뿐이었다.

브라운 신부가 두 손을 내리자 어린아이처럼 생기 넘치는 진지한 얼굴이 나타났다. 그는 한숨을 크게 쉬었다.

"자, 서둘러 이야기를 해서 결말을 짓기로 할까요? 그러는 것이 진상을 충분히 납득할 수 있는 지름길일 겁니다." 그리고 그는 박사에게로 얼굴을 돌렸다. "시몬 박사, 당신은 머리가 비상하십니다. 오늘 아침에 당신께서 이 사건에 대해 내놓은 다섯 가지 난점을 들었습니다. 지금 다시 한 번 그 문제를 들려 주시면 제가 대답해 드리지요."

시몬 박사는 의문과 놀라움으로 하마터면 코에 건 안경을 떨어뜨릴 뻔했으나, 곧 신부의 말에 응했다.

"그래요? 그럼, 말씀드리지요. 첫째 질문은 단검으로도 사람을 죽일 수 있는데, 어째서 불편하게 군도를 써야만 했을까요?"

"단검으로는 목을 뎅경 잘라 낼 수가 없기 때문이지요." 브라운 신부는 조용히 말했다. "이 살인에서는 머리를 절단하는 것이 절대로 필요했답니다."

"어째서입니까?" 흥미를 느낀 듯이 오브라이언이 물었다.

"다음 질문은?" 브라운 신부가 말했다.

"그렇다면 어째서 살해된 사나이는 소리를 지르거나 반항을 하지 않았을까요?" 하고 박사는 물었다. "정원에서 군도를 휘두르는 사람을 보았다면 이것은 예삿일이 아니라고 생각하는 게 보통일 것입니다."

"나뭇가지입니다." 신부는 음산한 어조로 이렇게 말한 다음 살인 현장이 내려다보이는 창문 쪽으로 얼굴을 돌렸다. "여러분께선 나뭇가지가 뜻하는 바를 보지 못하고 계십니다. 그 나뭇가지는 어째서 잔디밭의 그런 장소에 있었을까요? 보십시오, 저 부근에는 나무가 없지 않습니까? 저것은 손으로 꺾은 것이 아니라 칼로 벤 것입니다. 살인자는 군도로 재주를 부렸거나 어떻게 해서 상대편의 주의를 다른 데로 끌어 놓은 것이지요. '공중으로 내민 나뭇가지는 이렇게 베어진

다'든가 하고 말하면서 말입니다. 상대편이 나뭇가지가 얼마나 날카롭게 베어졌는가 보려고 몸을 구부린 순간 소리도 없이 단칼에 목을 뎅경 잘라 버린 것입니다. ”

“과연, ” 하고 박사는 천천히 말했다. “그 생각은 매우 훌륭하십니다. 지당하십니다. 그러나 이제부터 하는 두 가지 질문에는 누구나 말문이 꽉 막힐 것입니다. ”

신부는 여전히 비판적인 눈길을 창문 밖으로 돌린 채 다음 말을 기다리는 것처럼 서 있었다.

“이 정원은 물샐 틈 없이 철저하게 지키는 밀실과 다름없다는 걸 알고 계시겠지요? ” 박사는 말을 계속했다. “그런데 어떻게 낯선 사나이가 정원으로 들어올 수 있었을까요? ”

“절대로 정원에는 낯선 사나이라고는 없었습니다. ”

모두 한동안 잠자코 있었는데, 갑자기 어린아이 웃음 같은 소리가 들려 와 그 긴장된 공기를 풀어놓았다. 브라운 신부의 말이 너무 어이없었기 때문에 터져나온 것이다.

“허어, 그거 참! 그렇다면 우리는 어젯밤 굉장히 몸집이 큰 시체를 소파까지 날라 간 일이 없다는 말이 되나요? 그 사나이는 정원에 들어온 일이 없다는 말이 되는군요? ”

“정원에 들어왔다고요? ” 브라운 신부는 깊은 생각에 잠긴 듯한 표정으로 물었다.

“아니, 절대로 그렇지 않습니다. ”

“농담하지 마시오. ” 시몬 박사가 한탄하는 것처럼 말했다. “정원에 들어왔느냐, 안 들어왔느냐 둘 중의 하나입니다. ”

“그렇게만 말할 수는 없을 것입니다. ” 신부는 빙긋이 웃으며 말했다. “다음 질문은 뭡니까, 박사님? ”

“아무래도 당신께선 컨디션이 좋지 못하신 것 같군요. ” 시몬 박사는 날카로운 어조로 말했다. "그렇지만 바라신다면 다음 질문을 내놓겠습니다. 브레인은 어떻게 정원에서 나갈 수 있었습니까?"

"그는 정원에서 나가지 않았습니다." 이번에도 창 밖을 바라보면서 신부는 대답했다.

"정원에서 나가지 않았다고요?" 시몬이 더이상 참지 못하겠다는 듯이 말했다.

"완전히는 나가지 않았다고 할 수 있지요."

브라운 신부는 대답했다.

옳고 그름을 분명하게 가리는 프랑스식 논리를 내세우며 시몬은 두 주먹을 불끈 쥐고 소리쳤다. "정원에서 나갔든가 아니면 안 나갔든가 둘 중의 하나가 아닙니까?"

"언제나 그렇다고 할 수는 없지요." 브라운 신부가 말했다.

시몬 박사는 화를 내며 벌떡 일어나더니 "이런 알아들을 수도 없는 이야기로 시간을 보낼 수는 없소" 하고 불평을 쏟아놓았다. "사람이 담 안쪽에 있는지 바깥쪽에 있는지도 구별할 수 없다면 더 이상 당신을 번거롭게 해 드리고 싶지 않습니다."

"시몬 박사." 신부의 목소리는 조용했다. "모처럼 이제까지 줄곧 즐겁게 해 왔으니 그 우정을 생각해서라도 아무 말씀 마시고 다섯 번째 의문을 들려 주십시오."

시몬은 신경질적으로 문 가까이에 있는 의자에 주저앉더니 무뚝뚝하게 말했다.

"머리와 어깨에 난 칼자국이 이상했습니다. 죽은 뒤에 난 것 같았습니다."

"그렇습니다." 눈썹 하나 까딱하지 않고 신부는 말했다. "당신께서 저지른 그 단순한 착각, 실로 그것을 당신에게 믿도록 하기 위해 그 머리는 붙여졌습니다. 다시 말해서 그 머리가 그 몸체에 붙어 있던 것이라고 믿게 하고 싶었겠지요."

갖가지 괴물을 만들어 내는 뇌의 일부분이 게일 사람인 오브라이언을 극도로 자극하여 인간의 부자연한 공상이 낳은 반인반수(半人半獸)와 인어(人魚)가 서로 뒤섞인 모습을 몸 가까이에서 보는 듯한 혼란을 느끼게 했다. 옛 선조의 목소리가 귓가에서 속삭이고 있는 것 같았다.

"두 가지 빛깔의 열매가 여는 나무가 있는 정원에 가까이 가지 말라. 두 개의 머리를 가진 사나이가 죽은 악마의 정원에는 문 앞에도 서지 말라"라고. 그래도 아일랜드 인의 예부터의 마음의 거울에 이같이 치욕스러운 상징적 이미지가 떠올랐다가는 곧 사라지긴 했지만, 이 사나이의 프랑스화된 지성은 도무지 지칠 줄 모르고 다른 사람들과 마찬가지로 이 기묘한 신부를 믿을 수 없는 존재인 양 뚫어지게 쏘아보고 있었다.

브라운 신부는 마침내 이쪽으로 몸을 돌리고 얼굴만은 어두운 그늘에 둔 채 창문에 등을 기댔다. 그러나 그 어두운 그늘 속에서도 그의 얼굴이 몹시 창백하다는 것을 알아볼 수 있었다. 그래도 신부는 이 세상에 게일 사람의 영혼 따위는 존재하지 않는 것처럼 매우 합리적으로 이야기를 이었다.

"여러분, 여러분께서 정원에서 발견하신 것은 얼굴도 본 적이 없는 베커의 시체가 아니었습니다. 결코 정원에서 낯선 사나이의 시체가 발견된 것은 아니었소. 시몬 박사의 합리주의를 앞에 두고, 감히 나는 베커는 일부분밖에는 보이지 않았다고 단언합니다. 보십시오." 신부는 검고 큰 수수께끼에 싸인 시체를 가리켰다. "여러분께서는 한 번도 그 사나이를 보신 일이 없으실 것입니다. 그럼, 이 사나이는 보신 일이 있습니까?"

그는 재빠르게 낯선 사나이의 누렇고 대머리진 머리를 밀어내고 그 자리에 백발 머리를 놓았다. 그러자 거기에 완전히 한 몸이 된 어김 없는 줄리어스 K 브레인이 누워 있었다.

브라운 신부는 다시 조용히 말을 이었다.

"살인범은 상대편의 머리를 뎅겅 베어 버리자, 군도를 담 밖으로 집어던졌지요. 그러나 그는 두뇌가 비상한 사나이였으므로 군도만 버리는 어리석은 짓은 하지 않았습니다. 머리도 함께 내던졌습니다. 그런 다음 다른 사람의 머리를 시체에 붙여 놓기만 하면 되었지요. 그래서 당신들은——범인이 비공식 검시 심문에서 주장한 것처럼——이것을 글자 그대로 고지식하게 다른 사람이라고 생각해 버린 것입니다."

"다른 사람의 머리를?" 알 수 없다는 표정으로 오브라이언이 말했다. "다른 사람이라면, 누구의 머리입니까? 정원 풀숲에 사람의 머리 같은 것이 생겨날 리는 없을 텐데요."

"그렇습니다." 브라운 신부는 쉰 목소리로 이렇게 말하고는 자기 구두 끝으로 눈길을 떨구었다. "사람의 머리가 나는 장소가 꼭 한 군데 있지요. 바로 길로틴의 바구니 속입니다. 경찰 주임 앨리스티드 봐랑땅은 이 살인 사건이 생기기 한 시간쯤 전에 그 바구니 옆에 입회하고 있었습니다. 아아, 여러분. 린치(私刑)로 나를 갈기갈기 찢기 전에 내 이야기를 잠깐만 들어 주십시오. 논쟁으로 처리되는 일에 이성을 잃는 사나이를 성실한 사람이라고 한다면 봐랑땅은 성실한 사람입니다. 그러나 누구건 그 사나이의 차디찬 잿빛 눈에 광기가 어린 것을 알아보신 분은 없으십니까? 그 사나이는 그가 말하는 이른바 십자가의 미신을 깨뜨리기 위해서라면 어떤 일이라도 해치우는 사람이었습니다. 그 때문에 싸웠고, 승리를 꿈꾸고 마침내는 살인을 범한 것입니다. 브레인의 많은 거액의 부는 이제까지 매우 많은 단체에 나누어 뿌려져 왔으므로 세력의 밸런스에 변화를 가져 오는 일이 없었습니다. 그런데 브레인이 싫증을 잘 내는 회의가들에게 흔히 있듯이, 우리 성당에 깊이 관계하고 있다는 소문이 봐랑땅의 귀에 들어가자 사정은 확 달라졌습니다. 브레인은 돈 없고 싸움질만 하는 성당에 자금을 쏟아넣을 것이고, 〈길로틴〉을 비롯하여 6개나 되는 국가주의 신문을 지지할 것이라고 생각되어 양 세력의 투쟁은 당장에라도 밸런스를 잃을 것 같은 위태로운 상태에 있었습니다. 이 위기감에 견딜 수 없게 되어 이성을 잃은 그는 이 억만장자를 없앨 결의를 굳히고 위대한 탐정이 죄를 범하는 데 아주 어울리는 방법을 골라 실행에 옮긴 것입니다. 그는 범죄학 연구에 필요하다는 구실로 베커의 절단된 머리를 들고 나와 공무용 가방에 담아 집으로 가지고 돌아왔습니다. 갤러웨이 경이 도중까지 들으신 그 진보적인 최종 논쟁을 그는 브레인과 벌였는데, 그것도 실패했기 때문에 이번에는 달아날 길도 없는 정원으로 브레인을 끌어내어 나뭇가지와 군도로 펜싱의 기술을 설명하면서 결국은……"

이반이 펄쩍 뛰며 소리질렀다.

"이 미치광이야, 당장 주인 어른 앞으로 가자. 멱살을 잡아끌고라도……"

"왜 이러나? 그러지 않아도 난 지금 주인을 찾아갈 생각이오. 그 사람에게 참회할 것을 권해야 하오. 그밖의 일도 있고……."

불쌍하게도 브라운 신부를 인질이나 제물처럼 등 뒤에서 몰아대며 사람들은 쥐죽은 듯 조용한 봐랑땅의 서재로 우르르 몰려들어갔다.

위대한 탐정 봐랑땅은 책상 앞에 앉은 채 손님들이 소란을 떨며 몰려들어와도 듣지 못하는 것 같았다. 그들은 일시에 걸음을 멈추었다. 똑바로 굳어 있는 우아한 뒷모습에 어딘지 모르게 불안을 느끼고 시몬 박사는 급히 달려갔다.

손을 잠깐 만져 보고 얼핏 책상 위를 보기만 해도 충분히 알 수 있

었다. 봐랑땅의 팔꿈치 가까이에 환약이 담긴 작은 병이 뒹굴고, 봐
랑땅은 의자에 앉은 채 죽어 있었다. 이미 눈을 감은 자살자의 얼굴
에는 카르타고를 반드시 멸망시켜야 한다고 외친 용장 카토의 긍지가
나타나 있었다.

기묘한 발걸음 소리

　만약 독자 여러분이 저 선발된 '참된 12어부의 모임'의 한 회원이 1년에 한 번 있는 클럽의 만찬회에 출석하려고 바논 호텔에 들어온 것을 만났다면, 그가 외투를 벗을 때 알겠지만 그 회원의 야회복은 초록색이지 검은 색이 아니다. 그리고 만약 그 인물에게 말을 걸 만큼 대담한 배짱이 여러분에게 있다고 가정하여 그 이유를 물었다면 아마도 그 회원은 호텔 종업원과 혼동되지 않도록 하기 위해서라고 대답할 것이다. 그러면 여러분은 더 이상 아무 말도 하지 못하고 힘없이 물러나게 될 것이다. 그러나 그것으로는 어떤 해결되지 못한 수수께끼와 들을 만한 가치가 있는 이야기를 듣지 못하고 돌아오게 된다.

　가령 여러분이——이것 역시 있을 듯하지 않은 가정 아래——브라운 신부라는 이름의 온화하고 부지런하며 키가 아주 작은 신부를 만나 신부의 일생 중에서 최상의 행운이 무엇이었느냐고 묻는다면, 신부는 틀림없이 "최상의 행운은 바논 호텔에서 있었던 일이겠지요. 그때는 복도의 발소리를 듣는 것만으로 어떤 범죄를 미연에 방지했

고, 한 사람의 영혼까지도 구했으니까요” 하고 대답할 것이다. 신부
는 그 무렵의 대담하고 놀라운 자신의 추리력을 조금은 자랑스럽게
생각하고 있을 터이므로 그에 대해 이야기해 줄지도 모른다. 그러나
여러분이 ‘참된 12어부의 모임’을 눈앞에 볼 수 있을 정도로 사교계
에 오를 가망성은 우선 없을 것이고, 그렇다고 빈민굴이나 범죄자들
사이에 끼어 있는 브라운 신부를 만나게 될 정도로 타락할 것 같지도
않고 보면 필자가 말해 주지 않는 한 이 이야기는 영원토록 여러분의
귀에는 들어가지 않을 것이다.

‘참된 12어부의 모임’이 1년에 한 번씩 만찬회를 베풀고 있는 이
바논 호텔은 편집광처럼 예의 범절에 대해 시끄럽게 구는 과두정치
사회에만 존재할 수 있는 그런 시설이었다. 그것은 이 사회의 특산인
도착(倒錯)된 산물, ‘배타적’ 영리 사업이었다. 그것은 즉 손님을 끌
어당기는 대신 글자 그대로 손님을 쫓아 버림으로써 돈을 버는 장사
였다.

금권정치의 중심지쯤 되면 빈틈없는 상인은 거꾸로 손님을 골라 잡
는 것이다. 상인은 적극적으로 까다롭고 귀찮은 조건을 설정하여 몹
시 지루해 하는 것을 부추긴다. 만약 키 6피트 이하의 사람은 입장을
금하는 일류 호텔이 런던에 있다고 한다면 사교계는 얌전하게 6피트
이상이 되는 사람들만을 모아 거기서 만찬회를 열 것이다. 또 경영자
의 대수롭지 않은 들뜬 기분으로 목요일 오후에만 가게 문을 여는 고
급 레스토랑이 있다고 한다면 그 가게는 목요일 오후에는 손님들이
물밀 듯이 몰려드는 성황을 이룰 것이다.

마치 거기에 서 있는 것은 우연에 불과하다는 듯이 런던의 바논 호
텔은 귀족적인 주택지 베르그라비아 광장의 한 모퉁이에 서 있었다.
작은 데다가 매우 불편한 호텔이었다. 그런데 바로 이 불편함이야말
로 어느 특수한 계급을 보호하는 성벽이라고 생각되었던 것이다. 그

가운데서도 특히 이 호텔에서는 한 번에 24명의 손님밖에는 식사를 할 수 없다는 불편함이 아주 중히 여겨지고 있었다. 거기에 단 하나밖에 없는 큰 식탁은 유명한 테라스테이블로 런던에서도 손꼽히는 아름다움을 자랑하는 오래된 정원을 한눈에 내려다볼 수 있는 일종의 베란다 위에 있어 바깥 공기를 쐬게 되어 있었다.

이러한 까닭으로 그렇지 않아도 좁은 이 식탁의 24인분의 자리를 사용할 수 있는 것은 날씨가 좋을 때에만 가능했다. 그 때문에 더욱더 이 식탁에서 식사를 하고 싶어하는 손님이 늘게 되었다. 당시의 호텔 주인은 리바라는 이름의 유대인이었는데, 그는 호텔에 손님이 들어가기 힘든 조건을 설치함으로써 백만 파운드에 이르는 많은 돈을 벌었다. 물론 그는 이렇게 해서 문호를 좁히는 반면 경영에는 세심한 주의를 하여 서비스에도 최선을 다했다. 포도주와 요리는 유럽 안의 어느 호텔에도 뒤떨어지지 않았고, 종업원의 태도는 영국 상류 계급 사람들의 한결같은 기분을 조금도 틀리지 않게 반영하고 있었다.

경영자는 종업원 한 사람 한 사람을 자신의 손가락처럼 잘 알고 있었다. 종업원은 모두 다해야 15명밖에 안되었기 때문이다. 이 호텔 종업원이 되는 것보다는 국회의원이 되는 편이 그래도 쉬울 정도였다. 어느 종업원이나 마치 귀족의 종복처럼 이상할 정도로 말이 없고 몸놀림 하나에도 상대편의 마음을 놓치지 않는 방법을 익혀야만 했다. 사실상 식탁에 앉은 신사 한 사람에 대하여 적어도 종업원 한 사람이 붙는 것이 관례였다.

'참된 12어부의 모임'은 어디까지나 남의 눈에 띄지 않는 호화롭고 독점적인 분위기를 바라고 있었으므로, 만찬회를 여는 데 있어서도 이런 호텔 말고는 경원하는 것이 당연했다. 그들은 같은 빌딩 안에서 다른 클럽이 만찬회를 베풀고 있다고 생각하기만 해도 기분이 언짢아질 것이다. 1년에 한 번 있는 만찬회에 이 클럽의 회원은 마치 자기

집에라도 있는 것처럼 갖고 있는 보물을 모조리 공개하는 습관이 있었다. 특히 귀중한 것은 이 클럽의 상징이라고도 할 수 있는 한 쌍의 유서 깊은 생선용 나이프와 포크였다. 그것은 물고기의 모양을 딴 정교한 은제품으로, 손잡이에는 큼직한 진주가 박혀 있었다. 이 식기는 언제나 어류 요리용으로 놓였는데, 그 생선 요리는 언제 어떤 때에나 이 호화로운 식단 가운데서 가장 뛰어난 것이었다.

이 클럽에는 굉장히 많은 의식이며 습관이 있었지만 역사나 목적은 하나도 없었다. 이것이 이 모임의 극히 귀족적인 점이었다. '12어부의 모임'의 회원이 되기 위해서는 이렇다할 특별한 자격이 필요하지는 않았다. 상당한 인물이 되어 있지 않는 한 이 모임의 존재를 알 기회조차도 없었기 때문이다. 이 클럽은 이미 12년 전부터 존속되고 있었다. 회장은 오드레이 씨이고 부회장은 체스터 공작이었다.

만약 필자가 독자에게 이 놀라운 호텔의 분위기를 조금이나마 전달할 수 있었다면 독자는 당연히 어떻게 필자가 그 호텔을 알게 되었으며, 또 나의 친구인 브라운 신부와 같은 평범한 사람이 그 호텔의 눈부신 복도에 들어서게 되었는지 이상하게 생각할 것이다. 이 점에 관한 한 나의 이야기는 단순하며, 속되고 고약하기조차 할지도 모른다. 이 세상에는 매우 늙고 포학한 민중 선동가가 한 사람 있는데, 이 사나이는 어떤 훌륭한 은신처일지라도 거침없이 침입해서는 모든 사람은 형제이니라 하는 두려운 소식을 말하고 가는 것이었다. 이 평등주의자가 창백한 말(馬)――요한 묵시록 제6장에 "보라, 창백한 말이 있나니, 이에 올라타는 자의 이름을 죽음이라 하느니라" 라고 씌어 있다――을 타고 가는 곳이라면 어디건 따라가는 것이 브라운 신부의 직책이었다.

이날 오후 이탈리아인 종업원 한 사람이 뇌일혈로 쓰러졌다. 그래서 유대인 주인은 이런 미신에 얼마쯤 어이없어하면서도 아무튼 가장 가까운 가톨릭 성당의 신부를 불러 오도록 했던 것이다. 종업원이 브라운 신부에게 어떤 참회를 했는가 하는 점은 여기서는 문제삼지 않겠다. 신부가 그것을 밝히려고 하지 않는 한 그것은 그렇게 할 수밖에 없다. 그러나 아무래도 그 참회의 결과, 신부가 어떤 유언을 전하고 어떤 부정을 바로잡기 위해 각서나 진술서를 써 줄 필요가 생긴 것 같았다. 그래서 브라운 신부는 조용하면서도 당당한 태도로——그는 이를테면 버킹엄 궁전에 갔다고 해도 이와 같은 태도를 취했을 것이다——부디 방과 필기구를 빌려 달라고 말했다. 이에 리바 씨는 완전히 갈피를 잡지 못했다. 리바 씨는 친절한 사람이었지만, 한편 친절한 마음과 흡사한 무사안일주의를 믿고 시비와 소란을 싫어하는 성격을 지니고 있었다. 하지만 그날 밤 자신의 호텔에 낯선 사람이 하나 있다는 건 지금 막 닦아 놓은 물건에 한 점의 얼룩이 묻은 것과도 같은 것이었다.

바논 호텔에서는 홀에서 기다리는 사람도 없고 갑자기 찾아오는 손님도 없었으므로 빈 방도 없고 대기실도 없었던 것이다. 종업원 15명과 손님이 12명 이외에 오직 그 사람뿐이었다. 그날 밤, 이 호텔에 새 손님이 한 사람이라도 는다면 그것은 일반 가정에 느닷없이 형이나 동생이 생겨 가족의 일원이 되어 식사나 차를 함께 나누는 것과 마찬가지로 놀라운 일인 것이다. 그뿐만 아니라 이 신부의 풍채는 보잘 것 없는 데다 입은 옷에는 진흙이 묻어 있었다. 이런 사나이를 먼 데서 얼핏 보기만 해도 클럽 사람들은 두려움을 일으켜 모임은 위기에 처해질 것이다.

그래도 리바 씨는 마침내 한 가지 방책을 생각해 냈는데, 그것은 이 창피스러움을 없애 버릴 수 없는 이상은 적어도 덮어 두려는 계획이었다. 만일 바논 호텔에 들어가면——아마 영원히 들어갈 수 없겠지만——여러분은 그을기는 했지만 귀중한 그림으로 꾸며진 짧은 통로를 빠져나가 정면의 홀 겸 휴게실로 들어갈 것이다. 이 홀 오른쪽에는 객실로 통하는 복도가 몇 개 있고, 왼쪽에는 이 호텔의 조리장과 사무실에 이르는 똑같은 복도가 나 있다. 여러분의 왼편 바로 옆 모퉁이에는 홀과 맞닿아 유리로 된 사무실이 있는데, 이것은 이른바 건물 중의 건물이라고도 할 만한 것으로써 아마도 옛날에는 그곳에 옛호텔에서 곧잘 보게 되는 바가 있었을 것이다.

이 사무실에는 경영자의 대리인이 앉아 있고——그런 지위에 있는 사람은 본인은 가능한 한 모습을 나타내지 않는 법이다——사무실 바로 건너편에는 종업원실로 가는 도중에 신사의 휴대품 예치소가 있어 신사 영역의 최전선을 이루고 있었다. 그러나 이 사무실과 예치소의 중간에는 따로 빠져나갈 문이 없는 작은 방이 있었다. 이곳은 호텔 경영자가 공작에게 1천 파운드의 돈을 빌려준다든가, 경우에 따라서는 6펜스의 빚을 거절한다든가 하는 미묘하고 중대한 용건을 위해 이따금 쓰는 방이었다. 종이쪽지에 무언가 쓰기 위해 대수롭지도 않은 한갓 신부가 30분이나 이 신성한 방을 더럽히는 것을 허가한 것은 리바 씨의 이만저만이 아닌 관대함을 나타낸 증거일 것이다.

브라운 신부가 써 나간 이야기는 십중팔구 이 이야기보다 훨씬 나은 것이었겠지만 유감스럽게도 영원토록 공표되지 않을 것이다. 여기서 말할 수 있는 것은 그것이 이 이야기와 거의 같을 만큼의 길이이며, 그 맨 끝 두서너 절은 그 가운데서도 가장 자극이 없고 지루한 것이었다는 사실뿐이다.

그것은 이 맨 끝 몇 절까지 써내려 왔을 무렵이 되자 신부는 조금 마음을 놓고 생각이 산만해져서, 한 마디로 말하여 예민한 동물적 감각이 눈뜨기 시작했던 것이다. 저녁의 어둠과 만찬 시간이 다가와 있었다. 동그마니 내버려진 것 같은 이 작은 방에는 불빛이 하나도 없었으므로, 이럴 때는 어쩌다 있는 일이기도 하지만 점점 짙어지는 황혼이 청각을 예민하게 만들었던 모양이다. 그 문서의 가장 하찮은 마지막 부분을 쓰던 브라운 신부는 문득 깨닫고 보니 방 밖에서 거듭 되풀이되어 들려 오는 소리에 장단을 맞추어 글을 쓰고 있었던 것이다. 그것은 달리는 열차 소리에 맞추어 깊은 생각에 잠기는 것과도 같았다. 이 소리를 의식했을 때 신부는 그것이 무슨 소리인가를 알았다. 문 앞을 지나가는 사람의 보통 발소리에 지나지 않았던 것이다.

호텔 안에서는 이런 일이 별로 신기할 것도 없는데, 그래도 신부는 어두워진 천장을 뚫어지게 노려보며 그 소리에 귀를 기울이고 있었다. 몇 초 동안 꿈꾸는 듯한 마음으로 귀를 기울이던 신부는 이번에는 벌떡 일어나 고개를 갸웃거리면서 더욱 열심히 귀를 기울이고 있었다. 그러다가 다시 자리에 앉자 얼굴을 두 손에 묻고 이번에는 귀를 기울일 뿐만 아니라 깊은 생각에 잠기기 시작했다.

밖의 발소리는 순간적으로 들으면 어느 호텔에서나 들을 수 있는 발소리였지만 전체로 들으면 어딘지 모르게 기묘한 느낌이 들었다. 다른 발소리는 없다. 대체로 아주 조용한 호텔인 것이다. 몇 사람 되지 않는 단골 손님은 오기만 하면 곧장 자기 방으로 가 버리고 훈련이 잘 되어 있는 종업원들도 부르기 전에는 전혀라고 해도 될 만큼 모습을 나타내지 않기 때문이다. 아마도 이 호텔만큼 이상한 일이 일어날 염려가 없는 장소는 달리 없을 것이다. 그런데 이 발소리는 대체 정상적인지 이상한 것인지조차도 결정할 수 없을 정도로 묘했다. 브라운 신부는 피아노로 곡을 치는 연습을 하는 사람처럼 발소리를 따라 손가락으로 테이블 끝을 두드려 보았다.

우선 가볍게 몸을 놀리는 경보선수가 걷고 있는 듯한 종종걸음의 재빠른 발소리가 한동안 계속되었다. 그러나 일정한 지점에 오면 그 소리는 딱 멎고, 이번에는 천천히 몸을 흔들며 걷는 걸음걸이로 바뀌어 그 걸음 수는 전의 것에 비해 4분의 1에도 이르지 못했으나 그것이 계속되는 시간은 전의 것과 거의 같았다. 그리고 이 무거운 발소리가 완전히 사라졌는가 하면, 또다시 가볍고 급한 걸음의 발소리가 들리기 시작하여 다시금 그것은 무겁게 밟는 듯한 발소리로 바뀌는 것이었다. 그것은 분명히 같은 구두 소리였다. 왜냐하면——앞서 말한 대로——이 부근을 걷는 사람은 달리 또 없을 것이고, 또 그 구두 소리는 작게 들리기는 하지만 잘못 들을 리가 없는 분명한 소리를 내고 있었기 때문이다.

브라운 신부의 머리는 무슨 일에든지 의문을 제기하지 않고는 못 배기는 성질로서, 이 얼핏 보기에 사소한 의문에도 그의 머리는 깨질 것만 같았다. 신부는 도약하기 위해 달리는 사람을 본 적이 있다. 미끄러지기 위해 달리는 사람도 본 일이 있다. 그러나 대체 걷기 위해 달릴 필요가 있단 말인가? 아니면 달리기 위해 걷는다는 것이 있을 수 있는 일인가? 그렇지만 이 보이지 않는 두 개의 다리의 익살스러운 걸음을 표현하려면 이렇게 설명하는 수밖에는 없을 것이다.

이 사나이는 복도 절반을 느릿느릿 걷기 위해 처음 절반을 매우 급하게 걷고 있는지, 그렇지 않으면 그 뒷부분 절반을 급히 걷는 황홀감에 잠기고 싶어 앞부분 절반을 천천히 걷고 있는지 두 가지 중 어느 한쪽이겠지만, 어느 쪽이거나 이상하지 않은가.

신부의 머리는 그 방과 똑같이 점차로 캄캄해졌다.

그러나 차분히 앉아서 생각하기 시작하자, 이 작은 방의 어둠이 오히려 신부의 생각을 맑게 해주는 것 같았다. 신부의 눈에는 마치 환영인 양 부자연스럽다고 할까 상징적인 태도로 복도를 뛰어가는 기괴한 발이 뚜렷이 보이기 시작한 것이다.

대체 이것은 이교도의 종교 춤인가, 아니면 과학적인 최신식 체조인가? 브라운 신부는 그 발소리가 암시하는 것을 정확히 잡기 위해 자문하기 시작했다.

우선 느릿느릿한 보조를 생각한다. 그것은 분명 이곳 경영자의 발소리는 아니다. 그러한 타입의 사나이는 빠른 걸음으로 재게 걷거나 아니면 가만히 앉아 있을 것이다. 분부를 기다리고 있는 하인이나 심부름꾼이 어정대고 있다고 생각할 수도 없다. 그런 발소리라고는 생각되지 않았다. 빈곤한 계급의 사람은——과두정치 사회에서는——술기가 조금만 돌면 갈짓자 걸음으로 비틀비틀 돌아다니는 일이 때로 있지만, 여느 때는——하물며 이처럼 호화로운 장소에서는——긴장하여 몸을 웅크리고 걸음을 멈추고 있거나, 가만히 앉아 있는 법이다. 절대로 다르다. 저 묵직하면서도 탄력 있는 걸음걸이는 특별히 소란스럽게 들리지는 않았지만, 어떤 소음을 내거나 조금도 개의치 않는 저 태연한 발소리는 이 지상에 사는 동물 중 유일한 종류의 동물에만 있는 특유의 발소리다. 그 동물이란 서구의 신사이며 아마도 먹기 위해서 일한 일이 없는 신사일 것이다.

신부가 확고한 결론에 이른 바로 그때 발소리는 빠른 보조로 바뀌어 문 앞을 마치 쥐처럼 허둥지둥 달려갔다. 귀를 기울이던 신부는 이 발소리는 아까보다 훨씬 빠르기는 하나 마치 발끝으로 살며시 걷는 것처럼 훨씬 작게 들렸다는 것을 깨달았다. 그러나 그것은 신부의 마음 속에 어떤 비밀을 연상케 하는 것이 아니라 무언가 다른 것——이렇다 하고 뚜렷이 생각해낼 수 없는 것을 연상케 했다. 자신이 멍텅구리가 되어 버린 것같이 그 생각이 날 듯 날 듯하면서 생각나지 않는 기억 때문에 신부는 미칠 것 같았다.

분명히 이 이상한 재빠른 발소리를 어디선가 들은 기억이 있는 것이다. 갑자기 그는 머리에 어떤 새로운 생각이 떠올라 자리에서 벌떡 일어나 문 앞으로 걸어갔다. 이 방에는 직접 복도로 나가는 문은 없고, 그 대신 한편은 유리를 낀 사무실로 다른 한편은 휴대품 예치소로 통하고 있었다. 신부는 창문을 바라보았다. 네모난 유리창 가득히 납빛 어린 황혼에 의해 단절된 보랏빛 구름이 보이고, 그는 한순간 개가 쥐 냄새를 맡은 것처럼 불길한 예감에 사로잡혔다.

신부의 이성적인 면이 그것이 본능보다 현명한지 어떤지는 알 수 없으나 다시금 머리를 들었다. 아까 호텔 주인이 문에는 자물쇠를 채워 두어야 하니까, 나중에 다시 데리러 오겠습니다, 라고 말한 것을 신부는 생각해 냈다. 그리고 밖에서 나는 이 기묘한 발소리도 다만 생각이 떠오르지 않을 뿐이지 실은 모든 것을 설명할 수 있는 것이라고 자신에게 타일렀다. 그리고 자기가 본디 해야 할 일을 해내기에 겨우 족할 만큼의 저녁 어스름밖에는 남지 않았다는 것도 알게 되었다. 그는 저물어 가는 황혼의 잔광을 잡으려고 종이를 창가로 가지고 가서 있는 힘을 다해 이제 곧 완성될 기록을 적기 시작했다.

신부는 어스름한 빛이 약해짐에 따라 점차로 종이 쪽으로 몸을 굽히면서 20분쯤 일을 계속하다가 갑자기 흠칫 놀라 몸을 일으켰다. 그 묘한 발소리가 또 울려 온 것이다.

그런데 이번에는 묘한 점이 다시 또 하나 늘어났다. 아까까지는 이 정체를 알 수 없는 사나이는 걷고 있었다. 마치 허공에 떠 있듯 전광 석화와도 같이 빠르긴 했지만 어떻든 걷고 있었다. 그러나 이번에는 뛰고 있는 것이다. 나는 듯이 질주하는 표범처럼 재빠르고 부드럽게 복도를 달려오는 소리가 들려 왔다. 이쪽으로 접근해 오는 것이 누구이든간에 그것이 억세고 민첩한 사나이로 소리를 억누르고 있지만 몹시 흥분하고 있는 것만은 사실이었다. 그런데 살짝 속삭이는 선풍과도 같은 그 발소리는 사무실 앞까지 돌진했는가 싶더니 갑자기 또 느릿느릿한 무거운 보조로 변하는 것이 아닌가.

브라운 신부는 종이를 집어던지자 사무실 문은 잠겨 있다는 것을 알고 있었으므로 곧 반대쪽 예치소로 달려갔다. 이곳 계원은 때마침 자리에 없었다. 아마 몇 사람 되지 않는 손님이 지금 식사 중이어서 자기의 일이 한가해졌기 때문일 것이다. 신부가 잿빛 나무숲을 연상케 하는 외투 사이를 손으로 더듬거리며 빠져나가 보니 어두컴컴한 예치소 앞쪽에는 우산을 내주고 예치증을 받는 데 쓰는 여느 카운터가 있어 밝은 복도와 이어지고 있었다. 이 반원형 카운터 바로 위에 등불이 하나 켜져 있었다. 이 등불은 브라운 신부에게 전혀 닿지 않았으므로 신부의 모습은 어스름한 황혼이 깃든 창문을 배경으로 시커멓게 윤곽만이 떠올라 보일 뿐이었다. 그러나 예치소 밖의 복도에 서 있는 사나이에게는 이 불빛은 무대 조명처럼 눈부신 빛을 던지고 있었다.

사나이는 매우 검소한 야회복을 입은 점잖은 사람이었다. 키는 후리후리했지만, 종적인 공간은 그다지 차지하는 것 같지 않았다. 그보다 더 몸집이 작은 사람일지라도 남의 눈에 띄어 방해가 될 것 같은 장소에서도 이 사나이라면 그림자처럼 쉽게 빠져 나갈 것 같았다. 뒤로 젖혀 등불을 받은 얼굴은 햇볕에 그을린 건강한 외국인의 얼굴이었다. 몸매가 훌륭했고 태도도 불쾌감을 주지 않고 자신이 있어 보였다. 다만 한 가지 결점은 그 풍채나 태도에 비해 검은 윗옷이 조금 초라해 보이는 데다 묘하게 봉긋한 데도 있고 불쑥 튀어나온 데도 있는 것이었다. 사나이는 저녁 빛을 등지고 서 있는 브라운 신부의 시커먼 그림자를 알아보자마자 종이로 된 번호표를 휙 내던지며 부드러우면서도 위엄 있는 높은 어조로 말했다.

"미안하오만 모자와 외투를 부탁하오. 급히 나가야겠소."

브라운 신부는 말없이 종이표를 받아들더니 얌전하게 외투를 찾으러 갔다. 이런 일을 하는 것은 이번이 처음은 아니었다. 그는 외투를 가지고 와서 카운터 위에 놓았다.

조끼 주머니를 뒤지면서 외국 신사는 웃음 띤 얼굴로 "마침 갖고 있는 은화가 없군요. 이것을 받아 두시오" 하고 반 소브린짜리 금화를 한 닢을 던져 주고는 외투를 집어들었다.

브라운 신부의 모습은 여전히 어둠 속에서 꼼짝도 하지 않았다. 그 순간 신부는 판단력을 잃었던 것이다. 그러나 신부의 두뇌는 판단력이 없어져 버렸을 때 그 값어치를 발휘하는 것이다. 이 순간에 신부는 2와 2를 더하면 4백만이라는 답이 나오게 했다. 가톨릭 교회는──상식을 고집하고 있는 이상──그런 기발한 재주를 시인하지 않는 일이 많았다. 신부 자신도 시인하지 않는 일이 많았다. 그러나 이것은 그야말로 진정한 영감이며 판단력을 잃은 당사자가 어떻게든 잃은 판단력을 되찾아야만 하는 더없이 위급한 때의 중요한 영감이었다.

"실례올시다만," 신부는 정중하게 말했다. "당신의 주머니에 은화가 있을 것입니다."

키가 후리후리한 신사는 눈을 휘둥그렇게 뜨며 "무슨 말을 하는 거요?" 하고 소리쳤다. "금화를 주었는데, 어째서 불평이오?"

"때로는 금보다 은이 귀중한 일도 있으니까요." 신부는 조용히 말했다. "하기는 양이 많을 경우입니다만."

낯선 사나이는 수상쩍은 듯 신부의 얼굴을 바라보더니 한층 더 의아한 표정으로 복도를 거쳐 현관 쪽으로 눈길을 돌렸다. 그리고 다시 브라운에게로 눈길을 돌리더니 이번에는 신부의 머리 너머로 창문을 바라보았다. 창문은 폭풍이 일 것 같은 일몰 뒤의 잔광에 여전히 물들어 있었다. 그런 다음 사나이는 마음을 정한 모양이었다. 한 손으로 카운터를 짚고 훌쩍 곡예사처럼 가볍게 뛰어넘어 신부 앞에 버티고 서더니, 굉장히 큰 손으로 상대의 옷깃을 움켜쥐었다.

"얌전히 굴어," 하고 재빠른 말로 속삭였다. "겁을 주고 싶지는 않지만, 만일……."

"내가 겁을 주고 싶군." 브라운 신부는 북처럼 울리는 목소리로 말했다. "한없이 많은 구더기와 꺼지지 않는 지옥의 불(마르코 복음 제

8장)로 놀라게 해주고 싶어.”

“예치소 계원 치고는 이상한 놈 다 보겠군” 하고 상대가 말했다.

“나는 신부요, 프랑보우 씨. 당신의 참회를 들을 준비는 되어 있소.” 브라운 신부는 말했다.

상대는 잠시 동안 숨도 제대로 못 쉬고 버티고 서 있더니, 조금 뒤 비틀거리는 것처럼 뒤로 물러나 의자에 털썩 앉았다.

‘12어부의 모임’의 만찬은 처음 두어 가지 음식이 나오는 동안은 평온한 가운데 순조롭게 진행되고 있었다. 이때의 메뉴를 필자는 지금 갖고 있지 않다. 비록 갖고 있다 해도 무슨 말인지도 아무도 알아보지 못할 것이다. 메뉴는 요리사들이 쓰는 초(超) 프랑스어로 씌어 있었는데 이 프랑스어야말로 프랑스인도 전혀 읽을 수 없는 그런 것이었다. 이 클럽에는 오르 되브르(前菜)는 정신이 올바른 사람의 짓이라고는 생각할 수 없을 만큼 다종다양한 것을 내놓는 전통이 있었다. 전채 요리가 중요시된 것은 그것이 만찬회 자체나 클럽 그 자체와 다름없이 어느 모로 보나 쓸데없는 사치에 지나지 않는 일이었다.

또 수프는 산뜻한 것으로 그 뒤에 나오는 생선 요리에 대비한 간단하고도 검소한 것이어야 한다는 전통이 있었다. 주고받는 화제는 영국 제국의 운명을 지배하고 있는, 그것도 은밀히 지배하고 있는 그 묘한 분별없는 이야기였는데, 가령 그 이야기를 여느 영국 사람이 엿들었다 하더라도 별로 유익할 것도 없었을 것이다. 보수·진보 양당 각료의 이야기만 해도 세례명을 마구 부르며, 재미도 없는 일이지만 봐 줘서 화제로 삼아 준다는 듯한 말투였다. 직권을 남용하여 부당한 이득을 얻었다 해서 모든 보수당이 격분해하고 있는 급진파의 재무 대신에 대해서도, 그 서투른 시와 사냥터에서 말타는 모습을 칭찬하고 있었다. 자유당 사람들이 모두 폭군처럼 미워할 보수당 당수도 화제에 올라 대체적으로 훌륭하다고 칭찬을 받았다. 단 자유당원으로서 칭찬을 받은 것이다. 아무래도 이 클럽에서는 정치가가 매우 중요시되고 있는 모양이었다. 그러나 정치가의 정치만은 전혀 중요시하고 있지 않는 것 같았다.

회장인 오드레이 씨는 아직도 그래드스턴 식의 높은 칼라를 달고 있는 빈틈없는 초로의 인물이며, 이 환상 같으면서도 확고 불변한 사교계의 상징이라고나 할 만한 존재였다. 이 사람은 일생 아무것도——나쁜 짓조차도——한 일이 없는 사람이었다. 방랑자도 아니고 뛰어난 부자도 아니었다. 말하자면 거물이었다. 다만 그것뿐이었다. 어떠한 정당도 그를 무시할 수 없었으며 그가 입각을 희망한다면 틀림없이 대신이 될 수도 있었을 것이다.

부회장 체스터 공작은 현재 한창 인기를 모으고 있는 청년 정치가였다. 다시 말해서 그는 아름다운 금발을 찰싹 붙게 빗어넘기고 얼굴은 주근깨투성이의 유쾌한 젊은이로서 적당한 지성과 막대한 재산을 갖고 있었다. 그는 공적인 자리에 나가면 반드시 성공을 거두었는데, 그의 사고 방식은 매우 단순했다. 무언가 우스갯말이 생각나지 않을 때에는 지금은 그런 우스갯말 따위를 할 경우가 아니라고 하여 상당한 수단가라는 평판을 받았다.

개인적으로 지체가 같은 동료와 클럽에 있을 때에는 초등학교 학생도 무색하리만큼 순진함과 어수룩함을 아주 유쾌하게 발휘하곤 했다. 그에 비해서 오드레이 씨는 한 번도 정치에 손을 댄 일이 없었으므로 정치에 대한 태도에는 좀더 진지한 데가 있었다. 이따금 자유당과 보수당 사이에는 얼마쯤의 차이가 있다는 의미의 말을 해서 그 자리에 있던 모든 사람들을 당황하게 하는 일도 있었다. 그 자신은 사생활에 이르기까지 보수당이었다. 마치 옛스러운 정치가처럼 구불거리는 백발이 칼라 뒤를 뒤덮고 있었으므로 뒤에서 보면 그야말로 대영제국이 바라는 인물이 아닌가 하고 생각되었다. 앞에서 보면 올바니 관에 방을 가지고 있는 온화하고 자신을 소중히 하는 독신자와 같은 모습인데, 실제로도 그와 같았다.

앞서 말한 대로 테라스의 테이블에는 24명분의 자리가 있는데 클럽의 회원 수는 12명에 지나지 않았다. 그래서 회원은 맞은편에는 한 사람도 앉지 않고, 모두 테이블 앞쪽에 나란히 앉아 아무런 방해도 받지 않고 마음껏 정원의 경치를 바라보며 더없이 사치스러운 마음으로 테라스를 차지할 수가 있었다.

저녁 어스름이 이 계절 치고는 좀 기분 나쁘게 깔려 있었지만 정원의 갖가지 빛깔은 아직도 선명하게 반영되고 있었다. 회장은 중앙에 앉고 부회장은 그 왼쪽 끝에 앉아 있었다. 12명의 손님이 맨 처음 열을 지어서 자리잡고 앉을 때에는 어떤 이유에서인지 잘 모르겠지만 15명의 종업원이 모두 나와 국왕에게 받들어 총을 하는 군대처럼 벽을 따라 한 줄로 늘어서는 습관이 있었고, 한편 뚱뚱한 주인은 마치 이 클럽에 대한 것을 이제 처음으로 알았다는 듯이 놀라운 표정으로 얼굴을 빛내면서 머리를 숙여 맞이하게 되어 있었다.

그러나 막상 나이프며 포크가 서로 부딪치는 소리가 나기 시작할 무렵에는 이 종업원들은 모두 모습을 감추어 버리고, 접시를 모으기도 하고 나누어 주는 데 필요한 한두 사람만이 남아 죽음과 같은 침묵으로 말없이 뛰어다닐 뿐이었다. 말할 것도 없이 주인 리바 씨는 벌써 오래 전에 굽신굽신 절을 하면서 물러가고 없었다. 주인이 그 뒤로 한 번이라도 뚜렷이 모습을 나타낸 일이 있었다고 하는 것은 과장된 말이기도 하고 불경스러운 일이 되기도 할 것이다.

그러나 그 중요한 생선 요리가 나올 때 뭐라고 해야 할지 생기 있는 사람의 그림자, 즉 주인의 인격의 투영이라 할 수 있는 것이 나타나 그가 부근을 어슬렁거리고 있다는 것을 말해 주고 있었다. 이 신성한 생선 요리는 비천한 사람의 눈에는 크기도 모양도 결혼케이크 같이 어마어마한 푸딩으로 보였다. 그 속에는 신에게서 받은 모습을 완전히 잃은 상당수에 이르는 진귀한 물고기가 녹아들어 있었다.

12명의 참된 어부들은 유명한 생선 나이프와 생선 포크를 들고 마치 푸딩 한 입이 그것을 먹는 데 쓰는 은 포크나 다름없는 비싼 돈이 들기라도 한 것처럼 엄숙한 표정으로 손을 대기 시작했다. 아니, 사실 그만큼 값비싼 요리였던 것이다. 이 요리만은 누구나 모두 헛기침 하나 들리지 않는 가운데 열심히 허기진 사람처럼 입으로 가져갔다. 그러므로 그 젊은 공작이 격식을 차린 발언을 한 것은 그의 요리 접시가 거의 비어 가고 있을 때였다. 공작은 말했다.

"이런 요리는 여기서밖에는 맛볼 수가 없어요."

"정말이오" 하고 오드레이 씨는 공작 쪽을 향하여 그 늙어 품위있는 머리를 몇 번이고 끄덕이면서 낮고 굵은 목소리로 말했다. "네, 정말 그렇다오. 여기서밖에는 만들지 못하지요. 내가 들은 바에 의하면, 카페 앙글레즈에서도……."

여기까지 말했을 때 그는 종업원이 눈앞에 있던 접시를 가져갔기 때문에 어쩔 수 없이 이야기가 중단되고 그의 마음도 조금 동요하는 듯했지만, 다시 귀중한 사고의 실마리를 되찾았다.

"내가 들은 바에 의하면, 카페 앙글레즈에서도 같은 요리를 만들 수 있다더군요. 그렇지만 이 정도는 못될 겁니다." 그는 교수형을 선고하는 재판관처럼 무정하게 머리를 저어 가면서 말했다. "이 정도는 못될 겁니다."

"지나친 평가를 받는군요" 하고 파운드라는 대령이 말했다. 얼굴 표정으로 살피건대 몇 달 만에 처음으로 입을 여는 것 같았다.

"글쎄요, 어떨까요." 낙천가인 체스터 공작이 말했다. "그곳도 물건에 따라서는 좋으니까요. 이를테면……."

　종업원 한 사람이 총총걸음으로 들어오는가 했더니 걸음을 딱 멈추었다. 걸어오는 발소리가 나지 않았듯이 걸음을 멈출 때에도 소리가 나지 않았다. 이들 비현실적인 유쾌한 신사들은 자기들의 생활을 받쳐 주고 있는 주위의 보이지 않는 기구가 완전히 순조롭게 움직이는 데 익숙해 있기 때문에 한 종업원이 무언가 뜻하지 않은 짓을 한 것만으로도 펄쩍 뛸 만큼 놀랐다. 그 놀라움은 이를테면 의자가 우리 앞에서 달아나는 것처럼 무생물의 세계가 사람 말을 듣지 않게 되었을 때에 여러분이나 필자가 느끼는 놀라움과 같았다.

　종업원은 잠깐 동안 눈을 휘둥그렇게 뜬 채 우뚝 서 있었다. 그 사이 테이블 앞에 앉아 있는 사람들의 얼굴에는 괘씸한 녀석이라고 말하고 싶은 듯한 기묘한 표정이 깊어졌다. 이 표정은 현대 특유의 산물로 현대식 박애주의와 부자와 가난한 사람의 영혼 사이에 뻥뚫린 가공할 현대의 심연이 서로 섞여서 생긴 것이다. 옛날의 순수한 귀족이라면 우선 빈 병을 시초로 물건을 집어던지고 마지막에는 아마도 돈을 던져 주었을 것이다.

　진정한 민주주의자라면 동료들에게 말하는 것처럼 또렷한 말로 대체 자네는 무엇을 하는 거냐고 물었을 것이다. 그러나 여기에 모여 앉은 현대의 금권주의자들로서는 노예로서건 친구로서건 가난한 사람이 가까이에 있는 것은 참을 수 없는 일이었다. 종업원이 어떤 실수를 했다는 건 웬일인지 화가 치밀어 귀찮았다. 그들은 냉혹한 태도를 보이기는 싫었다. 그러면서도 너그러움을 보여 주어야 하는 입장에 놓이게 되는 것도 두려워했다. 그들은 어쨌든 그 귀찮은 일이 조금이라도 빨리 끝났으면 좋겠다고 생각할 뿐이었다. 이윽고 그것은 끝났다. 종업원은 잠깐 동안 강직증 환자처럼 굳어져 서 있더니 홱 돌아서서 허둥지둥 방을 뛰쳐나갔던 것이다.

　이 방에 아니, 방문 앞에 이 종업원이 다시 나타났을 때 그는 다른 종업원과 함께였으며, 남국인 특유의 격렬한 몸짓으로 소곤거리고 있었다. 그러자 첫 번째 종업원은 두 번째 종업원을 남겨 둔 채 사라지더니 곧 세 번째 종업원을 데리고 다시 나타났다. 이 황급한 사태에 네 번째 종업원이 참가할 무렵이 되자, 오드레이 씨는 이 자리를 잘 수습하기 위해서라도 침묵을 깨뜨릴 필요를 느낀 듯했다.

"무챠 청년은 젊지만 버마에서 아주 훌륭하게 일을 하고 있더군요. 이렇게 되면 세계 어떤 나라에 가더라도……"

다섯 번째 종업원이 그를 향해 쏜살같이 달려오더니 그의 귀에 대고 "참으로 실례입니다만 중대 사건입니다! 주인께서 말씀을 드리고 싶다고 하시는데요" 하고 말했다.

회장이 놀란 모습으로 뒤를 돌아보자 그 멍하게 부릅뜬 눈에 리바 씨가 무거운 몸을 질질 끄는 것처럼 급한 걸음으로 다가오는 것이 보였다. 선량한 호텔 주인의 걸음걸이는 전과 조금도 다름없었으나 그의 표정에는 심상치 않은 데가 있었다. 여느 때는 벙글벙글 웃는 구릿빛 얼굴이 지금은 앓는 사람처럼 누렇지 않은가.

"용서하십시오, 오드레이님." 그는 천식을 앓는 것처럼 숨가쁜 목소리로 말했다.

"굉장한 걱정거리가 생겼습니다. 여러분의 생선 요리용 접시 말씀인데, 나이프와 포크를 올려놓은 채 깨끗하게 치워졌습니다!"

"그거 잘되었군요." 회장은 좀 화난 어조로 말했다.

"보셨습니까?" 흥분한 호텔 경영자는 숨을 헐떡이면서 말했다.

"접시를 가져간 종업원을 보셨습니까? 그 사나이를 알고 계십니까?"

"종업원을 알고 있느냐고?" 분개한 태도로 오드레이 씨는 대답했다. "종업원 따위를 알 게 뭔가?"

리바 씨는 고민스러운 몸짓으로 두 팔을 벌렸다.

"저는 그런 사나이를 이리로 보낸 일이 없습니다. 그 사나이가 언제 왔는지, 무엇을 하러 왔는지도 모릅니다. 제가 접시를 치우라고 종업원을 보냈더니 접시는 벌써 말끔히 치워져 있더라고 말하지 않겠습니까?"

오드레이씨는 여전히 당혹한 표정을 띠고 있었는데, 그 모습은 아무리 보아도 대제국이 바라는 인물이라고는 생각할 수 없었다. 그 자리에 앉아 있는 사람들은 말도 하지 못하고 있다. 오직 한 사람, 말뚝과도 같은 파운드 대령만이 전류를 받은 것처럼 이상하게 활기를 띤 것 같았다. 그는 다른 사람은 다 앉아 있는데 어색한 동작으로 자리에서 일어나 한쪽 눈에 렌즈를 끼고, 말하는 방법 따위는 잊어 버린 것처럼 귀에 거슬리는 낮은 목소리로 이야기하기 시작했다.

"그렇다면 어떤 자가 우리의 은제 세트를 훔친 셈이군?"

호텔 주인은 한층 더 과장된 몸짓으로 어떻게도 할 수 없다는 듯이 다시 두 팔을 벌려 보였는데, 그 순간 테이블 앞에 앉아 있던 모든 사람들이 일제히 일어났다.

"종업원들은 모두 호텔 안에 있소?"

낮고 거친 목소리로 대령이 물었다.

"네, 모두 있습니다. 그건 내가 확인했소." 청년 공작이 앳되어 보이는 얼굴을 불쑥 앞으로 내밀며 외쳤다.

"방에 있으면 늘 헤어본다구. 왜냐면, 벽에 등을 대고 서 있는 폼들이 너무 웃기니까 말이야."

"하지만 인간의 기억에는 한계가 있지……." 오드레이가 조심조심 신중한 어조로 말을 꺼냈다.

"아니, 내 기억은 분명해요!" 공작은 흥분해서 소리쳤다. "이곳에 종업원이 15명은 넘었던 적은 지금껏 한번도 없었고, 오늘밤에는 딱 15명이었소. 맹세해도 좋소, 정확히 15명이었어."

주인은 경악을 금치 못하고 마비라도 온 것처럼 부들부들 몸을 떨면서 다시 공작을 쳐다보았다. "그럼……그렇다면……?" 말을 더듬었다. "15명의 종업원을 전부 보았다는 말입니까?"

"늘 하던 대로요." 공작은 고개를 끄덕였다. "그게 뭐 이상하다는 소리라도 하고 싶은가보군요?"

"아니……전혀." 리바 씨는 점점 어조를 높였다. "단지 그럴 리가 없다는 말만은 하고 싶습니다. 15명 중에서 분명 한 명은 2층에서 죽어 있으니까요."

한순간 끔찍한 침묵이 실내에 지배했다. 분명 죽음이란 너무도 초자연적인 현상이므로, 여기 있던 사람들은 순간 저마다 자신의 영혼을 돌아보고 그것이 너무도 미미하고 하찮은 것에 불과하다는 것을 알아챈 탓이리라. 일동 중의 한사람——분명 그 공작——은 끝내 부자다운 멍청한 친절을 발휘하여 "제가 뭐 해드릴 수 있는 일이라도?" 하는 소리를 내뱉었다.

"신부님을 모셔다 드렸지요." 유대인 주인은 얼마간 자랑하는 투로 말했다.

여기까지 얘기했을 때 이 자리에 모인 사람들은 갑자기 운명의 종소리라도 들은 듯이 자신들의 본래 입장을 떠올렸다. 음울한 지금 이 수초에 불과한 시간 동안, 그들은 15번째의 종업원이 2층에 있는 죽은 자의 망령이 아니었을까 하고 진지하게 생각하였던 것이다. 이 질식할 것 같은 생각에 압도당해 그들은 아연실색했다. 왜냐하면 망령이란 이들에게는 거렁뱅이와 마찬가지로 정말이지 딱 귀찮은 존재였기 때문이다. 하지만 역시 은그릇을 생각하자 이 신비로운 마력도 순식간에 부서졌다. 당돌하게, 그리고 엄청난 반동을 동반하면서 깨어진 것이다. 대령은 퍼뜩 자리에서 일어나더니 성큼성큼 문으로 다가갔다.

"여러분, 만약 여기에 15번째의 남자가 있었다면 그가 바로 도둑입니다." 대령이 말했다.

"즉시 현관과 뒷문으로 가서 모든 문을 잠가주게, 애기는 그 다음에 하기로 하지. 24개의 진주는 꼭 되찾아야만 해."

오드레이 씨는 무슨 일이건 간에 허둥대는 것은 신사로서 체면이 깎이는 짓이라고 처음에는 주저하는 눈치더니, 공작이 젊은이답게 기세 좋게 계단을 뛰어 내려가는 것을 보고는 약간 점잔을 빼면서 그 뒤를 좇았다. 그들과 엇갈리면서 6번째 종업원이 방으로 뛰어 들어와, 생선접시가 찬장에 쌓여 있었는데 은그릇만 감쪽같이 사라졌다고 보고했다.

야단법석이 난 가운데 복도를 구르듯이 달리던 식사하러온 손님들과 급사들이 두 패로 갈렸다. 어부 클럽의 회원 대부분은 누군가 호텔을 빠져나간 자는 없는지 알아내기 위해서 주인을 따라 맞은편에 있는 홀로 향했다. 파운드 대령은 회장과 부회장, 그리고 다른 두서너 명의 사람과 함께 이쪽이 수상쩍다는 듯이 종업원들의 방으로 통하는 복도를 굉장한 기세로 뛰어갔다. 그 도중 어두컴컴하게 들어간 곳이라기보다 동굴 같은 휴대품 예치소 앞을 지나가려고 했을 때 그곳 어둠 속 조금 깊숙한 곳에 아무래도 계원으로 생각되는 검은 옷을 입은 키가 작은 사람의 그림자가 서 있는 것이 보였다.

"여보게!" 하고 공작이 말을 걸었다. "어떤 사람이 지나가는 것을 보지 못했나?"

키가 작은 사람의 그림자는 질문에 직접 대답하는 대신 다만 "아마 여러분이 찾으시는 것이라면 제가 가지고 있을 겁니다" 하고 말했다.

그들이 이상히 여기고 주저하면서 걸음을 멈추자, 그 키 작은 사나이는 조용히 예치소 안으로 가더니 번쩍번쩍 빛나는 은식기를 두 손에 잔뜩 끌어안고 나와 마치 판매원처럼 차분한 태도로 그것을 카운터 위에 늘어놓았다. 잠깐 사이에 12개의 기묘한 모양을 한 포크와 나이프가 쭉 늘어놓였다.

"자넨…… 자넨 대체……" 하며 대령이 침착성을 잃고 말하려고 했다. 그러나 이 어두컴컴한 작은 방 안을 들여다본 그에게 두 가지 사실이 눈에 띄었다. 첫째로 몸집이 작은 검은 옷을 입은 사나이는 신부 옷차림을 하고 있다는 것과 둘째로 그 사나이의 뒤에 있는 창문이 마치 누군가가 억지로 빠져나가기라도 한 것처럼 깨어져 있다는 것이었다.

"예치소에 맡기시기에는 너무 귀중한 물건인데요?"

신부는 쾌활하게 태연히 말했다.

"자네…… 자네가 이것을 훔쳤나?"

오드레이 씨는 눈을 커다랗게 뜨면서 더듬더듬 물었다.

"비록 내가 훔쳤다고 하더라도 적어도 이렇게 되돌려 드리고 있잖습니까." 유쾌한 듯이 신부가 말했다.

"하지만 당신이 훔친 것은 아니오." 파운드 대령은 아직도 깨어진 창문을 뚫어지게 쳐다보며 말했다.

"솔직하게 고백하면 저는 아닙니다."

상대는 조금 익살스럽게 말하고 나서 묘한 표정으로 둥근 의자에 앉았다.

"그렇지만 누가 그랬는지는 알 것 아니오" 대령이 말했다.

"그 사람의 본명은 모릅니다." 신부는 눈썹 하나도 까딱하지 않고 침착하게 말했다. "그러나 그의 투쟁력은 대개 짐작할 수 있고 그의 정신적인 장애라면 너무나 잘 알고 있지요. 그가 나의 목을 졸라 죽이려고 했을 때 녀석의 체력이 어느 정도인지 측정할 수 있었고, 녀석이 뉘우쳤을 때는 그의 덕성과 신의를 평가할 수 있었으니까요."

"뭐라고? 뉘우쳤다고!"

체스터 청년이 껄껄 웃음을 터뜨리며 소리쳤다.

브라운 신부는 두 손을 뒤로 돌려 뒷짐을 지면서 일어섰다.

"참으로 묘한데요" 신부는 말했다. "도둑이나 집 없는 떠돌이 부랑자가 회개를 하는데, 한편에서는 돈이 있고 지위가 있는 사람들이 언제까지나 옳지 못한 생활을 그만두지 못하고 신께나 사람들에게나 죄값을 하려고 하지 않으니까요, 뭐 그건 그렇다 하고, 실례지만 당신은 내 영역을 약간 침해하고 있는 것 같소. 그가 뉘우쳤다는 것이 사실이 아니라고 생각한다면 이 나이프와 포크를 보십시오. 당신네들은 참된 12 어부들이고, 여기 있는 것은 당신네들의 물고기 모양의 은식기입니다. 그러나 신께서는 나를 사람을 잡는 어부로 만들어 주셨소."

"당신은 그 사나이를 잡았습니까?"

대령이 얼굴을 찡그리고 물었다.

브라운 신부는 상대의 찡그린 얼굴을 찬찬히 바라보며 말했다.

"그렇소, 눈에 보이지 않는 갈고리와 긴 끈으로 잡았지요. 그 끈은 그가 세상 끝까지 방황하며 갈 수 있을 만큼 길게 해 두었지만, 힘주어 잡아당기면 그는 곧 돌아올 겁니다."

오랫동안 침묵이 계속되었다. 함께 있던 다른 사람들은 되돌아온 은식기를 동료들이 있는 곳으로 가져가기도 하고 이 기묘한 사태를 어떻게 수습할 것인가에 대해 경영자와 의논을 하러 가기도 하여 제각기 뿔뿔이 흩어져 갔다. 그러나 대령만은 엄숙한 표정을 띠고 여전히 카운터 위에 비스듬히 걸터앉아 가늘고 긴 다리를 건들건들 흔들며 검은 콧수염을 씹고 있었다.

조금 뒤 대령은 조용히 신부에게 말했다.

"그는 영리한 사나이였음에 틀림없지만 나는 그보다도 더 영리한 사람을 알고 있소."

“그는 영리했지요.” 신부가 대답했다. “그러나 당신이 말하는 또 하나의 영리한 사람은 누구지요?”

“당신이오.” 대령은 잠깐 웃고 나서 말했다. “나는 그를 감옥에 처넣을 생각은 없소. 그 점은 안심하시오. 다만 당신이 어떻게 이 사건에 말려들었으며, 어떻게 그 물건을 되찾았는지 사실을 말해 주시면은 포크 같은 것은 얼마든지 드리겠습니다. 아무래도 여기 있는 사람들 가운데서는 당신이 가장 영리한 사나이인 것 같소.”

브라운 신부는 어쩐지 이 군인의 무뚝뚝하고 솔직한 모습이 마음에 든 모양이다.

“글쎄요.” 미소를 띠고 신부는 말했다. “그 남자의 신분에 대해서는 물론 아무것도 말씀드릴 수 없지만, 내가 직접 알아낸 표면적 사실이라면 이야기해서 안될 이유가 없겠지요.”

이렇게 말하자 신부는 의외로 활발한 동작으로 훌쩍 카운터를 뛰어넘어 파운드 대령 옆에 앉더니, 문을 타고 앉은 어린아이처럼 그 짧은 다리를 흔들었다. 그리고 그는 이야기를 시작했다. 마치 크리스마스 때 난로가에서 옛 친구에게 이야기하고 있는 것처럼 허물없는 태도로 설명을 했다.

“아시겠습니까, 대령” 하고 신부는 말했다. “내가 저기 있는 작은 방에서 글을 쓰고 있는데 누군가 이 복도에서 죽음의 무도처럼 기괴한 댄스를 하고 있는 사람의 발 소리가 들려 왔소. 우선 처음에는 경보 대회에 출전한 사나이가 발끝으로 걷고 있는 듯이 재빠르고 이상한 발소리가 가볍게 들리고 다음에는 몸집이 큰 사나이가 천천히 잎담배를 피우면서 걷고 있는 것같이 느릿느릿하고 무관심한 구두 소리가 들렸습니다. 그런데 이것이 양쪽 다 틀림없이 같은 사람의 발소리였지요. 그리고 그것이 번갈아 들려 오는 것이었소. 먼저 뛰고 다음에는 천천히 걷고 그러다가 또 뛰는 식으로 말입니다. 도대체 같은 사람이 한꺼번에 이런 두 가지 역할을 해대다니 어찌 된 일일까 하고 나는 이상하게 생각했지요. 처음에는 이 의문도 막연한 것이었지만 그러다 보니 몹시 신경이 쓰이게 되었습니다. 천천히 걷는 쪽은 나도 알 수 있었소. 꼭 당신의 걸음걸이와 똑같았지요, 대령님. 살찐 신사가 무언가를 기다리는 것 같은 걸음걸이로 정신적으로 조바심한다기보다 육체적으로 긴장하고 있기 때문에 그 부근을 돌아다니며 기다리는 것 같았소. 다른 하나의 걸음걸이도 들어 본 기억이 있었지만 도무지 생각이 나지를 않더군요. 그처럼 이상하게 발 끝으로 걷는 사나이를 내가 어디서 만났던가 하고 머리를 쥐어짜고 있는데, 어디선지 접시가 딸가닥 하고 부딪치는 소리가 들려 왔지요. 그 소리로 이 수수께기의 대답은 명백해졌습니다. 그것은 종업원의 걸음걸이였던 것입니다. 윗몸을 앞으로 기울이고, 눈은 아래로 내리깔고 윗옷자락과 냅킨을 펄럭거리면서 발끝으로 마룻바닥을 차며 걷는 그 걸음걸이였어요. 그래서 나는 또 1분 반쯤 생각했지요. 그랬더니 이 범죄의 정체를 알 수 있었습니다. 마치 스스로 그 범죄를 저지르려고 하는 것처럼 똑똑히 알 수 있었지요."

파운드 대령은 뚫어지게 상대방의 얼굴을 지켜보았으나 이야기를 하는 사람의 온화한 잿빛 눈은 생각에 잠겨 멍하니 천장에 못박혀 있었다.

"범죄라는 것은 다른 모든 예술 작품과 다름이 없습니다"라고 신부는 천천히 말했다. "놀랄 것 없습니다. 결코 범죄만이 지옥의 아틀리에에서 생겨나는 유일한 예술 작품이라고 할 수는 없으니까요. 그러나 숭엄한 작품이거나 악마적인 작품이거나 예술작품이라고 이름이 붙은 것에는 반드시 한 가지 특징이 있습니다. 아무리 완성된 모습은 복잡해 보이더라도 그 중심은 어디까지나 단순하다는 것입니다. 그러므로 이를테면《햄릿》도 무덤을 파는 인부의 이상한 모습, 발광

한 소녀가 가진 꽃다발, 칙칙하게 꾸민 오즈릭의 의상, 망령의 창백한 표정, 냉소하고 있는 듯한 해골, 그러한 것들은 모두 눈에 띄지 않는 검정 옷을 입은 한 비극적인 인물을 꾸미는 얽히고 설킨 기이한 화환에 지나지 않지요. 그래서 이번 사건도 또," 하고 말을 이으면서 신부는 미소를 띠고 천천히 마룻바닥에 내려섰다. "이번 사건 역시 검정 옷을 입은 사나이의 간단 명료한 비극입니다. 그렇고말고요." 신부는 대령이 조금 의아스러운 듯한 얼굴을 드는 것을 보면서 말을 계속했다. "이 사건 전체가 한 벌의 검은 옷을 중심으로 전개되고 있지요. 이 이야기에도 《햄릿》과 마찬가지로 로코코 식의 필요 이상의 장식이 달려 있습니다. 이를테면 당신네들의 그 장식이지요. 그 자리에 있을 리가 없는데 있었던 그 죽은 종업원도 그렇고, 당신들의 식탁에서 은식기를 훔쳐 갖고 감쪽같이 달아난 눈에 보이지 않는 사람의 손도 그렇지요. 그러나 어떤 빈틈없는 범죄이거나 결국은 어느 하나의 단순하기 이를 데 없는 사실을 바탕으로 하고 있는——그 자체에는 조금도 이상한 점이 없는 사실에 입각하고 있습니다. 그것이 신비화되는 과정은 이 단순한 사실을 커버하고, 그리고 다른 사람의 관심을 물리치려고 하기 때문이지요. 이번의 치밀하고——성공했더라면——벌이가 많았을 큰 범죄의 기초는 신사의 야회복이 종업원의 옷과 같다는 단순한 사실에 있었던 것입니다. 나머지는 모두 연극의 힘이었소. 그것도 특히 뛰어나게 잘한 연극이지요."

"그렇더라도," 대령은 일어서면서 자기의 구두를 찡그린 얼굴로 내려다보며 말했다. "도무지 잘 모르겠소."

"대령님" 하고 브라운 신부는 말했다. "아시겠습니까? 당신네들의 포크를 훔친 이 뻔뻔스러운 대악당은 휘황한 등불이 켜져 있는 복도를 모두가 힐끔힐끔 보는 데도 스무 번이나 왕복했답니다. 그는 어두운 곳에 숨지는 않았습니다. 그런 장소는 누구나 수상하다고 생각할 터이니까요. 그는 등불이 켜진 복도 어딘가에서 끊임없이 움직이고 있었으므로 어디를 가든지 당연히 그곳에 있어야 할 사람처럼 생각되었습니다. 그의 생김새가 어떠했는가 하는 것은 나에게 물을 것도 없지요. 당신 자신이 오늘 밤 예닐곱 차례나 그를 보았을 터이니까요. 당신은 다른 훌륭하신 분들과 함께 이 복도의 막다른 곳에 있는, 그 뒤쪽에 테라스가 있는 응접실에서 기다리셨지요. 그는 당신네들 신사 앞에 나설 때에는 머리를 숙이고 냅킨을 펄럭거리면서 나는 듯이 걸어 제법 종업원다운 태도로 나타났습니다. 그는 테라스로 뛰어나가서 테이블보를 바로잡는 시늉을 하다가는 다시 사무실이나 종업원 방 쪽으로 뛰어돌아왔지요. 그가 사무원이나 종업원들의 눈에 띌 장소에 오게 되면 머리 꼭대기에서 발 끝까지 완전히 다른 사람이 되어 있었습니다. 그리고는 손님인 양 방심한 듯한 대담한 태도로 종업원들 사이를 돌아다녔던 거지요. 만찬의 자리를 떠난 멋쟁이 신사가 동물원의 짐승처럼 호텔 여기저기를 돌아다니는 것은 종업원으로서는 새삼스러운 일이 아니었지요. 종업원은 아무 데고 마음내키는 대로 돌아다니는 버릇만큼 상류인사다운 특징은 없다고 생각하고 있으니까요. 그런데 이 신사는 복도를 걷는 데 싫증이 나면 이번에는 홱 방향을 바꾸어 사무실 쪽으로 되돌아왔습니다. 그리고는 곧 그 바로 앞의 카운터 뒤에서 마술사처럼 순식간에 굽신거리는 급사로 둔갑을 하여 다시 12어부 가운데로 끼어든 것이지요. 어쩌다 나타나는 종업원에게 신사분들이 눈길을 줄 리가 있겠습니까? 산책중인 일류 신사를 수상하다고 생각할 종업원이 있을까요? 그는 한두 번 아주 아슬아슬한 짓을 대담하게 해치웠습니다. 주인의 사실(私室)에 들어가 예사롭게 목이 마르니 소다수 사이폰을 달라고 큰소리로 말했지요. 그리고 자기가 가져가겠다고 호인다운 말을 하고 정말로 자기가 직접 가져갔답니다. 당신네들이 한데 모여 있는 데로 재빠르게 실수 없이 가져갔지요. 이번에는 누가 보아도 납득할 수 있는 일을 하고 있는 종업원답게 말이오. 물론 이런 거짓 행동은 오래 계속될 리가 없지만 아무튼 생선 요리가 끝날 때까지만 계속하면 되었으니까요.

그가 가장 위험했던 순간은 종업원들이 한 줄로 주욱 늘어서 있을 때였지요. 그런데 그때에도 그는 교묘하게 벽 모퉁이에서 좀 옆으로 기대어 서 있었기 때문에 이 아슬아슬한 순간 종업원들에겐 자기를 신사로 생각케 했고 신사들에겐 자기를 종업원으로 생각하게 했지요. 그 다음부터는 아무런 어려움도 없었습니다. 만일 그가 식탁을 떠나 있는 것을 종업원이 보았다고 해도 그것은 울적해하는 한 귀족이 서성이고 있는 것으로밖에 보지 않았겠지요. 그는 다만 생선 요리 접시를 치우러 오기 2분 전쯤에 재빠른 종업원으로 둔갑하여 시치미를 뚝 떼고 자기가 직접 접시를 치우기만 하면 되었던 거지요. 그는 식기장 위에 접시를 놓고 은식기를 윗주머니에 쑤셔넣어 그 부분이 봉긋해진 채 쏜살같이 뛰어——그때 나는 가까이 다가오는 발소리를 들었지요——급한 볼일로 자리를 떠나야만 했던 부호로 말이지요. 그는 다만 예치소 계원에게 예치증을 내어 주고 들어올 때와 다름없이 점잖은 태도로 나가기만 하면 되었습니다. 그런데 우연히 내가 그 계원이었던 것이지요."

"당신은 그에게 어떻게 했소?" 대령이 신기하게도 열띤 어조로 소리쳤다. "그는 뭐라고 하던가요?"

"참으로 미안하지만," 신부는 눈썹 하나 까딱하지 않고 말했다. "이야기는 그것뿐입니다."

"재미있는 이야기는 이제부터인데," 파운드는 중얼거렸다. "그런 대로 그의 수법은 알았지만,　당신의 신부로서의 수법은 모르겠는데요."

"자, 이제 나는 가야겠소." 브라운 신부는 말했다.

두 사람은 나란히 복도를 걸어 정면 홀로 나갔다. 그러자 홀에서 이쪽으로 경중경중 뛰듯이 달려오는 체스터 공작의 혈색좋은 주근깨 투성이의 얼굴이 보였다.

"이리 오시오, 파운드." 숨을 헐떡이면서 공작이 말했다. "온 호텔 안을 찾아다녔소. 다시 한 번 성대하게 만찬을 벌이는 중이오. 포크를 무사히 찾았으니 축하하는 뜻에서 오드레이 노인이 한턱 내겠다는 거요. 이 사건을 기념하기 위해서 무언가 새로운 의식을 시작했으면 하는 생각도 있고요. 정말로 그 물건을 되찾았으니까요. 어떻소, 무슨 제안은 없소?"

"글쎄요." 대령은 얼마쯤 빈정거리는 표정으로 찬성의 뜻을 나타내고 상대를 보면서 말했다. "나의 제안은 앞으로 우리의 야회복은 검은 색 대신 초록색으로 하면 좋겠다는 것이오. 너무 종업원과 흡사한 모습이면 어떤 잘못이 일어날지도 모르니까요."

"무슨 농담을 하시는 겁니까?" 그 청년은 소리쳤다. "신사가 종업원과 흡사하게 보이다니, 그런 일이 있을 수 있는 일이오?"

"종업원이 신사와 흡사하게 보이는 일도 없다는 말이겠지." 파운드 대령은 여전히 상대를 경멸하는 듯한 웃음을 얼굴에 띠고 말했다.

"신부님, 당신 친구는 신사 흉내를 낼 정도였다니 퍽 영리한 모양이군요."

브라운 신부는 보잘 것 없는 외투 단추를 목 있는 데까지 모두 채웠다. 폭풍우가 치는 밤이었기 때문이다. 그리고 우산꽂이에서 허름한 자기 우산을 집어들었다.

"그렇지요. 신사가 된다는 것은 그렇게 쉽지 않습니다. 그러나 어떨까요? 종업원이 되는 것 또한 마찬가지로 힘든 일이 아닐까요. 그럼, 안녕히 계시오."

이렇게 말하면서 신부는 이 호텔의 무거운 문을 밀어 열었다. 밖으로 나온 그의 등 뒤에서 금빛 문이 닫히자 신부는 1페니 균일의 버스를 타려고 축축하고 습기찬 거리를 기운차게 걸어갔다.

날아다니는 별

프랑보우는 뒷날 나이가 들어 매우 양심적인 사람이 된 뒤 이런 이야기를 했다.

"내가 이제까지 저질렀던 범죄 중에서 가장 아름다운 범죄는——묘한 우연의 일치이지만——동시에 나의 마지막 범죄이기도 했다. 그 짓을 한 것은 크리스마스 때였다. 이래봬도 예술가 나부랭이인 나는 언제나 그때그때의 계절이나 특정한 지방에 알맞는 범죄를 제공하려고 마음쓰고 있었기 때문에, 마치 군상(群像)의 배경을 여기저기 고르는 것처럼 커다란 사건에 알맞는 테라스며 정원을 이것저것 골라잡곤 했었다. 그러므로 시골 귀족을 속이려면 떡갈나무 판자를 쓴 길다란 방이어야만 했고, 거꾸로 유대인을 속여 빈털터리로 만들려면 저 불빛이 휘황찬란한 카페 리슈의 칸막이가 있는 곳이어야만 했다. 마찬가지로 영국 안에서 주교좌 성당의 부주교님에게서 제물을 실례하여 그 무거운 짐을 가볍게 덜어드리는 경우에는 상대가 성직자라고 해도 이것은 여러분이 생각하는 것처럼 간단하지 않다. 나는 어느 큰 성당이 있는 거리의 파란 잔디밭이나 회색빛 탑 같은 것을 배경으로 상대를 끌어넣어 일하기를 소망했고, 무대가 프랑스로 옮겨져도 예를 들면 부자이면서도 성질이 고약한 농사꾼에게서 돈을 빼앗을 때에는——그런 사람은 불가능하지만 ——너무너무 화가 난 상대가 머리를 흩뜨린 채 깨끗이 손질된 포플라 가로수며 밀레의 위대한 영혼이 명상하고 있는 저 고을의 장엄한 평원을 배경으로 똑똑히 모습이 나타나도록 만들어 놓고서야 비로소 만족을 맛보았었다.

　그런데 내 마지막 범죄는 크리스마스의 범죄였다. 다시 말해서 명랑하고 깨끗하고 아담한 영국의 중류 계급적인 범죄, 찰스 디킨스 풍의 범죄였다. 장소는 페트니 부근의 유서 있는 중류 집안인데, 그곳에는 초승달 모양의 주차장이 있고 안채 옆에는 마구간이 있었으며, 정면의 두 문에는 문패가 붙었고 한 그루의 ‘멍키 트리’가 서 있는 집이었다. 여기까지 말하면, 이것이 어떤 집인지 짐작될 것이다. 정말 나는 디킨스의 스타일을 모방한 자신의 방법이 교묘하고 문학적이었다고 생각한다. 바로 그날 밤에 마음을 고쳐 버린 것이 분할 정도이다. ”

이렇게 전제한 다음 프랑보우는 안쪽에서 본 자의 입장에서 이 한 건의 이야기를 시작하는 것이었다. 그러나 이것은 안쪽에서 보아도 기묘하기만 했다. 밖에서 보면 철저하게 이해할 수 없으며 더욱이 제3자는 밖에서 보지 않으면 조사를 할 수 없는 것이다. 이 밖에서 본 관점으로 보면 사건의 막이 오른 것은 그 마구간이 서 있는 집의 현관문이 ‘멍키 트리’가 서 있는 정원을 향해서 열려 있고 크리스마스 선물을 하는 날 오후의 먹이를 새들에게 주려고 한 젊은 처녀가 빵을 들고 나타난 때였다고 말하지 못할 것은 없다. 처녀는 아름다운 얼굴에 눈이 서글서글한 갈색이었는데 그 몸매는 도무지 짐작할 수 없었다. 왜냐하면 갈색 모피를 푹 뒤집어쓰고 있어 어떤 것이 머리카락이고 어떤 것이 모피인지 분간할 수 없을 정도였기 때문이다. 그 사랑스러운 얼굴이 보이지 않았다면 아장아장 걷는 아기곰으로 보였을 것이다.

겨울의 오후가 막 저물려고 점차로 붉은 빛을 띠고, 루비 빛 햇빛이 필 꽃도 없는 화단 위에서 벌써 하늘거리며 시들어 버린 장미의 망령으로 화단을 가득 채우고 있었다. 안채 한쪽에는 마구간이 있고 그 반대쪽에는 뒤안의 좀더 넓은 정원으로 통하는 월계수로 뒤덮인 통로가 있었다. 젊은 처녀는 새들에게 빵을 던져 주고——먹이를 주는 것은 그날 이것이 벌써 네 번째인지 다섯 번째였다. 개가 먹어 버렸기 때문이다——얌전하게 월계수의 오솔길을 지나 상록수가 햇빛을 곱게 받고 있는 뒤뜰로 들어갔다. 그러자 그때 그녀는 정말로 깜짝 놀랐는지 아니면 그냥 깜짝 놀란 것처럼 행동했는지 아무튼 커다란 놀라움에 찬 소리를 지르며 높이 솟은 정원의 담장을 올려다보고 그 위에 이 세상 사람 같지 않은 태도로 걸터앉아 있는 남자의 모습을 뚫어지게 쏘아보았다.

"뛰어내리지 마세요, 클루크 씨"

그녀는 조금 초조한 목소리로 이렇게 말했다.

"너무 높아요."

천마에 올라탄 것처럼 담장 위에 걸터앉은 사람은 키가 후리후리하고 마른 젊은이로 헤어 브러시처럼 쭉쭉 뻗은 검은 머리카락 밑에는 지적이며 한층 돋보이는 얼굴이 보였는데, 얼굴빛은 누렇고 외국인 같았다. 이것이 특히 눈에 띈 것은 그가 칙칙할 만큼 새빨간 넥타이를 매고 있었기 때문이었다. 이 넥타이야말로 그가 자신의 옷차림 가운데서 마음을 쓰는 유일한 부분이었다. 아마도 그것이 심벌인 모양이었다. 청년은 처녀의 초조한 탄원에 귀를 기울이지 않고 다리가 부러질지도 모를 만한 높이에서 처녀가 서 있는 옆으로 메뚜기처럼 뛰어내렸다. "아무래도 내게는 강도의 기질이 있어." 그는 침착한 태도로 말했다. "그러므로 만약 내가 마침 이 이웃집에서 태어나지 않았더라면 틀림없이 강도가 되었을 거야. 강도가 되었다 해도 그다지 나쁠 것은 없겠지만."

"무슨 말을 하는 거예요!" 처녀가 나무랐다.

"그렇지 뭐야. 만약 내가 담장 너머 다른 쪽에서 태어났더라면, 담장을 타고 넘을 때 가만 있지 않을 것 아니겠어." 젊은이는 말했다.

"정말로 당신이라는 사람은 다음에는 무슨 말씀을 꺼내실지, 어떤 짓을 하실지 도무지 예상할 수가 없어요." 처녀가 말했다.

"나도 알 수 없는 일이 있는걸." 클루크가 대답했다. "그런데 이제야 겨우 내가 담장의 올바른 쪽에 온 셈이군."

"올바른 쪽이라니 어느 쪽이에요?" 처녀가 방긋 웃으며 물었다.

"어느 쪽이거나 당신이 있는 쪽이지." 클루크라는 젊은이는 말했다.

두 사람이 나란히 월계수로 덮인 오솔길을 앞뜰 쪽으로 향해 걷고 있을 때였다. 울릴 때마다 차츰 가까이 들리는 자동차의 경적이 세 번 울리고 나서 조금 뒤 매우 아름다운 연록색 자동차 한 대가 굉장한 속도로 나타나더니 새처럼 현관 앞까지 달려와 차체를 떨며 멈추어섰다.

"이크, 오셨군!" 하고 빨간 넥타이의 젊은이가 말했다. "저 정도면 올바른 쪽에서 태어난 사람이 틀림없겠군. 설마 당신의 산타클로스가 이런 멋쟁이인 줄은 몰랐는걸, 애덤즈."

"어머나, 저분은 제 대부님인 레오폴드 핏셔 경이세요. 크리스마스에는 언제나 와 주시지요." 처녀는 잠깐 동안 무심히 말을 끊었는데 그 때문에 그녀가 별로 열심히 말하는 것이 아님이 저절로 탄로났다. 그런 다음 루비 애덤즈는 이렇게 덧붙였다. "아주 친절하신 분이에요.”

　신문기자인 존 클루크는 이 레오폴드라는 이 거리의 저명한 거물에
대한 이야기를 들어서 알고 있었다. 그에 대해 거물 쪽에서는 클루크
라는 사나이에 대해 들은 일이 없다고 하더라도 그것은 하는 수 없는
일일 것이다. 〈끌라리용〉지나 〈신시대〉지에 실린 어떤 기사로 레오
폴드 경은 호되게 두드려맞은 일이 있는 것이다. 그러나 클루크는 아
무 말도 없이 꽤나 시간이 걸리는 짐부리는 작업을 시무룩한 표정으
로 지켜보았다.

　녹색 옷을 입은 몸집이 크고 예의바른 운전기사가 운전대에서 내렸
고, 뒷자리에서는 회색 옷을 입은 작은 몸집의 예의바른 수행원이 내
려 두 사람이 힘을 합쳐 레오폴드 경을 현관 계단 위에 잘 모시고,
마치 취급 주의를 요하는 소포라도 푸는 것처럼 경이 걸친 옷을 벗기
기 시작했다. 1회분 바자를 열어도 됨직하게 생각되는 무릎덮개, 산
에 사는 온갖 종류 동물의 모피, 일곱 가지 무지개 색깔로 물들여진
스카프——이런 것들이 한 장 한 장 벗겨지자 이윽고 사람 같은 모
습이 보이기 시작했다. 그것은 친밀감을 주면서도 외국인처럼 보이는
노신사로, 쥐빛 염소 수염을 기르고 상냥하게 웃으면서 큼직한 가죽
장갑을 비벼대고 있었다.

　경의 정체가 아직 완전히 나타나기 전에 현관문이 양쪽으로 열리고
애덤즈 대령——그 모피에 싸인 아가씨의 아버지——이 저명한 손
님을 맞아들이기 위해 일부러 나왔다. 대령은 키가 크고 햇볕에 탄
얼굴의 말이 없는 사나이로, 터키 모자와 비슷한 빨간 모자를 썼으며
그 때문에 이집트에 주둔한 영국군 사령관이나 파샤처럼 보였다.

　대령 옆에는 최근 캐나다에서 온 처남 되는 사람이 서 있었다. 그
는 몸집이 크고 상당히 소란스러운 젊은 호농(毫農)으로서 이름은
제임스 브라운트라고 했다. 그리고 또 한 사람 부근의 가톨릭 성당

신부도 함께 있었는데, 그 모습은 제임스보다 더 시원찮아 보였다. 대령의 죽은 아내가 가톨릭 신자였으므로 관례에 따라 아이들은 어머니를 보고 배우도록 되어 있었던 것이다. 이 신부는 모든 것이 시원치 않아 보였다. 그래도 대령은 이 신부하고는 어쩐지 사귀기 쉬운 것 같아 이와 같은 가족 모임에 곧잘 초대했던 것이다.

이 집의 커다란 현관 홀에는 레오폴드 경의 몸을 담을 만한 여지는 물론이고 그의 외피를 벗어 버리기에도 충분한 공간이 있었다. 이곳 주차장과 현관 사이는 집 전체의 크기와는 걸맞지 않게 크며, 한쪽 끝에 현관이 있고 다른 쪽 끝에 계단으로 올라가는 곳이 있는 하나의 큰 홀을 이루고 있었다. 이곳의 커다란 난로 앞에서——벽난로 위에는 대령의 검이 걸려 있다——그 작업이 다 끝나고, 뿌루퉁해 있는 클루크 씨를 포함하여 모두들 레오폴드 핏셔 경에게 소개되었다. 그런데 이 귀하신 재정가(財政家)는 그 반듯하게 줄이 선 복장 여기저기를 자꾸만 손으로 더듬고 있었다. 가까스로 예복의 깊숙한 주머니에서 까만 계란 모양의 케이스를 꺼내더니 이것이 자기가 이름을 지어 준 아이에게 줄 크리스마스 선물이라고 얼굴을 빛내며 설명하는 것이었다. 어쩐지 미워할 수 없는 노골적인 자랑스러운 얼굴로 경은 케이스를 사람들 앞으로 내밀었다. 슬쩍 건드리자 찰칵 하고 열려 사람들을 놀라게 했다. 마치 수정 빛 분수가 사람들의 눈에 물방울을 뿌리고 있는 것 같았다.

들여다보니 오렌지 빛의 벨벳 속에 세 개의 계란처럼 나란히 있는 것은, 그 둘레의 공기를 불태울 것처럼 보이는 세 알의 하얗고 맑은 다이아몬드였다. 핏셔는 은인다운 미소를 띠며, 처녀가 깜짝 놀란 표정으로 넋을 잃고 보고 있는 모습이며 대령이 조금도 웃지 않고 칭찬을 하거나 무뚝뚝하게 고맙다는 말을 하는 모습이며 그 자리에 모인 사람 모두가 말하는 경탄의 소리를 마음껏 음미하고 있었다.

"자, 그만 넣어 두자." 핏셔는 케이스를 예복 주머니에 도로 넣었다.

"여기로 오는 도중에도 조심해야만 했지. 이것은 아프리카 산의 유명한 다이아몬드로 너무 자주 도난을 당했기 때문에 '나는 별'이라 불리고 있어요. 범죄계의 거물들은 누구나 이것을 노리지만, 큰길이나 호텔에서 서성거리는 무뢰한들도 손을 내밀지 않을 수 없을 걸. 이리로 오는 도중에도 분실되지 말란 법은 없었지. 얼마든지 있을 수 있는 일이오."

"그렇겠지요" 하고 빨간 넥타이의 사나이가 신음하듯 말했다. "녀석들이 이것을 훔쳤다고 하더라도 전 녀석들이 나쁘다곤 생각지 않습니다. 녀석들이 빵을 구걸하는데, 당신께서 돌멩이 한 개도 주시지 않는다면 녀석들은 직접 이 돌을 빼앗아도 괜찮을 것 아닙니까."

"그런 식으로 말씀하지 마세요." 처녀가 소리쳤다. 그녀는 이상하리만큼 뺨이 붉게 달아올라 있었다. "당신이 그런 식으로 이야기하게 된 건, 당신이 그 뭐라던가 하는 무서운 것이 된 뒤부터예요. 그것 있잖아요? 그걸 말하는 거예요. 굴뚝 청소부를 끌어안고 싶어하는 사람을 뭐라고 했지요?"

"성자라고 합니다." 브라운 신부가 말했다.

"내가 생각하기에는," 거만한 미소를 띠면서 레오폴드 경이 말했다. "루비는 사회주의자를 말하고 싶어하는 것이겠지."

"라디칼〔급진파〕이라는 것은 래디쉬〔무〕를 먹고 살아 가는 사나이를 말하는 게 아닙니다." 클루크가 상당히 초조한 듯한 어조로 말했다.

"또 보수파만 하더라도 잼을 보존해 두는 사나이라는 의미가 아니잖습니까. 그와 마찬가지로 사회주의자란 굴뚝 청소부와 담소하면서 하룻밤을 지내고 싶다고 생각하는 사나이를 말하는 게 아닙니다. 사회주의자란 어느 집 굴뚝이나 모두 깨끗이 청소하고, 어느 굴뚝 청소부나 모두 그 보수를 받도록 되기를 바라는 사람입니다. ”
“그렇다면 사회주의자란 사람이 자신의 그을음을 소유하기를 용납하지 않는다는 것이군요”
낮은 소리로 신부가 말참견을 했다.
클루크는 흥미로운 듯 존경하는 빛마저 섞인 눈으로 신부를 보았다.
“그을음을 자기의 것으로 만들어 두고 싶은 사람이 있을까요 ? ”
클루크가 물었다.
“없다고 할 수도 없겠지. ” 브라운 신부는 이미심장한 눈초리로 대답했다. “분명히 정원사가 그을음을 쓴다는 이야기를 들은 일이 있고, 또 나는 어떤 크리스마스 모임에서 요술사가 오지 않았기 때문에 그을음만을 써서 여섯 어린이를 기쁘게 해준 일도 있소. 얼굴에 발라서 말이오. ”
“어머나, 멋있어. ” 루비가 소리쳤다. “여기에 모인 사람들에게 해주면 좋겠어요. ”
소란스러운 캐나다 인 브라운트 씨는 천성적으로 타고 난 큰소리를 지르며 이 이야기를 상찬하고, 기겁하도록 놀란 재정가가——이것을 헐뜯으려고——역시 큰소리를 지른 바로 그때였다. 양쪽으로 활짝 열리게 되어 있는 현관문을 두드리는 소리가 들려 왔다. 신부가 문을 열자 상록수며 ‘멍키 트리’며 그밖의 여러 가지 식물이 자라고 있는 앞뜰의 광경이 호화로운 보랏빛으로 비치는 서녘 하늘을 배경으로 점차 깊어지는 저녁 어둠 속에 보였다. 액자 속에 담긴 듯한 이 경치가 무대의 배경과도 같은 선명한 빛깔로 신기하게 보이는 광경이었기 때문에 문 앞에 서 있는 또렷하지 않은 사람의 그림자를 모두들은 잠시 잊고 있었다. 그 사나이는 얼굴이 온통 먼지투성이였고 닳아 빠진 옷을 입고 있었는데, 흔히 보는 메신저 보이인 것 같았다.

"여러분 가운데 브라운트 씨라는 분이 계십니까?" 그 사나이는 말하며 반신반의하는 태도로 편지 한 통을 내밀었다.

브라운트 씨는 어슬렁어슬렁 나가더니 "내가 브라운트네" 하고 큰 소리로 외치면서 걸음을 멈추었다. 그는 역력히 놀라는 표정을 지으면서 봉투를 북 찢고 편지를 꺼내 읽었다. 얼굴이 조금 침울해지더니 이윽고 밝은 표정으로 그는 매형이며 집주인인 대령 쪽으로 얼굴을 돌렸다.

"이런 괴로움을 끼쳐 드려서 매우 죄송합니다만, 대령님" 하고 식민지 사람다운 명랑한 태도로 브라운트 씨는 말했다. "실은 옛부터 잘 아는 친지가 오늘 밤 의논할 일이 있어서 이리로 저를 찾아오겠다는데 괜찮을까요? 사실대로 말씀드리면 그 사나이는 저 유명한 프랑스의 곡예사 겸 희극 배우인 플로리안입니다. 벌써 여러 해 전에 캐나다에서 알게 되었지요. 그 사나이는 프랑스 계 캐나다 사람입니다. 그 사람이 저에게 무언가 볼일이 있는 모양인데, 어떤 용건인지는 도무지 짐작되지 않는군요."

"아, 좋구말구." 대령은 대수롭지 않게 대답했다. "자네 친구라면 누구라도 괜찮아. 아마 그 사람도 보기 드물게 귀한 사람일 게야."

"네, 정말입니다. 그 사람이라면 얼굴을 그을음으로 새까맣게 발라 보여 줄 겁니다." 웃는 목소리로 브라운트는 소리쳤다. "다른 사람에 대해서는 누구든지 새까맣게 보이도록 하는 것은 문제없습니다. 전 그런 것은 보통입니다. 어차피 점잖지 못하니까요. 전 옛날의 명랑한 팬터마임이 좋습니다. 배우가 실크햇을 깔고 앉거나 하는 그런 팬터마임 말입니다."

"내 실크햇은 싫소." 레오폴드 핏셔 경이 위엄 있게 말했다.

"자, 자." 가벼운 어조로 클루크가 끼어들었다. "말다툼은 그만둡시다. 실크햇을 깔고 앉는 것보다 더 저속한 광대짓도 있으니까요."
　걸핏하면 파괴적인 의견을 말하거나, 이름을 지어 준 미녀와 얼핏 보기에 매우 친한 듯이 보이는 빨간 넥타이의 젊은이에 대해 마음 편치 못한 것을 느끼고 있던 핏셔는 독특한 빈정거림과 위압적인 어조로 말했다.
　"그렇다면 자네는 실크햇을 깔고 앉는 것보다도 훨씬 저속한 짓을 아는 모양이군. 그건 대체 어떤 건가?"
　"실크햇을 머리에 얹어 놓는 일입니다. 예를 들면." 이 사회주의자는 말했다.
　"자, 자" 하고 캐나다의 농업가는 야생인다운 마음의 여유를 보이며 소리쳤다. "즐거운 밤을 망치는 일은 모두 그만둡시다. 그렇군요, 오늘 밤에는 이 모임을 위해 무언가 합시다. 얼굴을 새카맣게 칠하거나 모자를 깔고 앉거나 하는 짓은 싫으면 할 필요가 없지만 아무튼 무언가 그런 것을 해봅시다. 이를테면 영국 특유의 옛날부터 해 온 팬터마임은 어떻겠습니까. 크라운〔어릿광대〕이나 꼬론바인 같은 것이 나오는 영국의 독특한 그런 것 말입니다! 전 12살에 영국을 떠날 무렵 그것을 보았는데, 그 뒤로 그 인상이 마치 화톳불처럼 제 머릿속에서 타고 있답니다. 바로 작년에 모국에 돌아와 보니 그것은 벌써 없어져 버렸더군요. 가련하고 보잘 것 없는 옛날 이야기 극이 아무렇게나 나돌고 있을 뿐이었습니다. 전 시뻘겋게 달구어진 부젓가락과 경관이 소시지가 되어 버리는 것을 보고 싶어 좀이 쑤셨는데, 그들이 구경시켜 주는 것이라곤 달빛을 받으며 설교하는 공주님이라든가 파랑새 같은 그런 것뿐이었어요. 파랑새보다는 푸른 수염이 훨씬 저에게 알맞아요. 특히 푸른 수염의 늙다리 어릿광대 판타룬이 되는 것은 아주 일품입니다."
　"경관을 소시지로 만들어 버린다는 것은 대찬성입니다." 존 클루크가 말했다. "그것이 아까 말한 것보다 훨씬 나은 사회주의의 정의로군요. 그러나 어쨌든 소도구를 갖추려면 큰일이겠는데요."

"원, 천만의 말씀." 이야기에 열중한 브라운트가 소리쳤다. "어릿광대의 광언(狂言)이야말로 가장 손쉽고 빨리 되지요. 그 이유는 두 가지예요. 우선 첫째로 즉흥적인 연기를 무제한으로 할 수 있다는 것, 둘째로 소도구가 모두 집에 있는 것으로 충분하니까요. 테이블이니 수건걸이니 빨래 광주리니 하는 것만으로 충분합니다."

"확실히 그렇겠군." 클루크는 서성거리면서 열심히 고개를 끄덕여 일단 상대의 말을 인정했다. "하지만 제가 입을 경관 복장이 없지 않습니까! 최근에는 경관을 한 사람도 죽이지 않았거든요."

브라운트는 잠깐 동안 얼굴을 찡그리고 생각에 잠겨 있더니 조금 뒤 옳지, 그러면 그렇지 하는 듯이 무릎을 탁 쳤다.

"아니, 걱정할 것 없습니다." 브라운트는 외쳤다. "이 편지로 플로리안의 주소를 알 수 있지요? 그 사람이라면 온 런던 안의 의상실을 모조리 다 알 겁니다. 올 때에 경관 옷을 한 벌 갖고 오도록 전화를 걸면 됩니다."

이렇게 말하자마자 그는 벌떡 일어나 전화 있는 곳으로 갔다.

"얼마나 멋있어요, 아저씨." 루비가 춤이라도 출 듯이 기뻐하며 소리쳤다. "전 꼬론바인, 아저씨는 판타룬이 되는 거예요."

상대인 백만장자는 이른바 이교적인 엄숙함을 나타내어 몸을 딱딱하게 곧추세웠다.

"자, 판타룬은 다른 사람에게 부탁하도록 하지."

"판타룬은 제가 하겠습니다." 애덤즈 대령이 입에서 잎담배를 떼면서 말했는데, 대령이 입을 열어 말한 것은 이제까지나 이 뒤로나 이 말뿐이었다.

"멋지게 될 거야." 캐나다 인이 싱글벙글하면서 전화 있는 곳으로

부터 돌아왔다.

"이것으로 배역이 모두 갖추어졌습니다. 클루크는 크라운〔어릿광대〕이오, 신문기자라서 옛날부터의 재담에는 도사일 테니까. 나는 하레킨(판타룬의 하인으로 꼬롬바인의 연인)이라면 할 것 같습니다. 그냥 긴 다리로 껑충껑충 뛰어다니기만 하면 되니까요. 전화로 이야기한 바로는, 친구 플로리안이 경관 옷을 가져다 주겠다는군요. 더욱이 도중에 그 옷으로 갈아입고 이곳에 나타날 모양입니다. 무대는 이 홀을 사용하면 되겠고, 구경하는 사람은 저 안쪽 넓은 층계에 여러 줄로 앉으면 되지요. 이쪽 현관문은 배경입니다. 열렸거나 닫혔어도 도움이 됩니다. 닫혀 있으면 배경은 영국식 집의 실내, 열려 있으면 달빛을 받은 정원이 되는 셈이지요. 뭐든지 다 요술 같은 것입니다."

이렇게 말하더니 그는 마침 주머니에 들어 있던 당구용 초크를 꺼내어 정면 입구와 계단 중간쯤에 홀 이쪽 끝에서 저쪽 끝으로 선을 그어 풋라이트를 놓을 위치를 표시했다.

이 엉뚱한 행사가 대체 어떻게 제 시간 안에 준비되었는가 하는 것은 하나의 수수께끼였다. 그러나 그곳에 모인 사람들은 젊음이 온 집안에 넘쳐 있을 때에는 으레 그렇듯, 분별없는 태도와 열성이 섞인 태도로 그 일에 임했다. 그날 밤, 이 집에는 젊음이 넘쳐 있었다. 그러나 그 젊음을 발산하고 있는 근원인 두 얼굴과 마음이 누구의 것인가 하는 것을 주위의 모든 사람들이 깨닫고 있었던 것은 아니다. 부르주아적인 점잖은 관습이 이 창의를 생각해 낸 출발점이 되어 있었는데, 예에 따라 이 경우도 생각이 점차로 분방해져 갔다.

꼬롬바 인은 객실의 커다란 램프의 갓과 너무도 비슷한 남의 눈길을 끄는 스커트를 입어 매력이 넘치는 모습이었고, 크라운과 판타룬은 요리사에게서 얻어 온 밀가루로 뽀얗게 화장을 하고 역시 하녀에게서 빼앗아 온 연지를 시뻘겋게 칠하고 있었다. 이 연지를 기증한 사람은——진정한 크리스찬인 기증자들이 모두 그렇듯이——끝까지 이름이 밝혀지지 않았다.

하레킨은 어느새 잎담배의 담뱃갑에서 빼낸 은박지로 만든 옷을 입고 있었는데 다음은 찬연한 수정으로 몸을 꾸며야 한다면서 빅토리아 왕조 시대의 낡은 샹들리에를 깨뜨리려는 것을 가까스로 모두가 말렸다. 만약 루비가 언젠가 열렸던 가장 무도회에서 다이아몬드의 여왕으로 분장했을 때에 달았던 무언극용 낡은 인조 보석을 꺼내 오지 않았다면 그는 틀림없이 샹들리에를 깨뜨려 버렸을 것이다.

루비의 숙부 제임스 브라운트의 흥분은 정말로 굉장해서 어떻게도 주체할 수가 없을 정도였다. 초등학교 어린이들보다도 더했던 것이다. 그는 느닷없이 브라운 신부의 머리에 종이로 만든 당나귀 머리를 씌웠다. 신부는 참을성있게 그것을 쓰고 있었는데, 어쩌다 살그머니 귀를 움직이는 요령을 발견하기까지 했다. 게다가 브라운트는 이번에는 종이로 만든 당나귀 꼬리를 레오폴드 핏셔 경의 예복자락에 붙이려고 했다. 그러나 상대가 얼굴을 찡그렸기 때문에 못하고 말았다.

“아저씨의 장난이 좀 지나치셔요.” 진지한 표정으로 클루크의 어깨에다 실에 꿴 소시지를 막 달아 주고 난 루비가 클루크를 보고 소리쳤다. “어째서 저렇게 열광하고 계신지 모르겠어요.”

“그럴 수밖에……당신의 하레킨〔상대역〕이니까” 클루크가 말했다.

“나는 고루하기 짝이 없는 우스갯소리를 하는 한낱 어릿광대에 지나지 않는 거야.”

“당신이 하레킨이었더라면 좋았을 걸.” 루비는 말하며 다 달아놓은 실에 주렁주렁 꿴 소시지에서 손을 떼었다.

브라운 신부는 무대 뒤에서 행하는 자질구레한 준비를 모두 알고 있어 베개를 팬터마임의 갓난아기로 만들어 갈채를 받았다. 이윽고 정면 객석으로 돌아가 난생 처음으로 마티네〔晝間興行〕를 구경하는 어린아이처럼 엄숙하게 기대에 찬 표정으로 구경꾼 속에 섞여 앉았다. 관객은 친척 되는 사람들과 이 고장에 사는 몇몇 친구와 하인들뿐이라 몇 명 되지 않았다.

맨 앞자리에는 레오폴드 경이 앉아 있었으므로, 모피의 깃을 세우고 버티고 앉은 경의 큼지막한 몸집이 그 등 뒤에서 구경하는 작은 몸집의 신부 눈앞을 적잖이 방해하게 되었다. 그렇지만 이 연극이 잘 보이지 않았기 때문에 신부가 과연 손해를 보았는가 하는 점은 예술 권위자의 판정을 기다려야만 할 것이다.

팬터마임을 상연하는 모습은 그야말로 혼란을 빚었지만, 그래도 제법 훌륭한 것이었다. 극에는 시종 일관하여 분방한 즉흥이 흐르고 있었는데, 그것은 주로 어릿광대 역인 클루크로부터 흘러나온 것이었다. 클루크는 평소에도 머리가 잘 돌아가는 영리한 사나이였지만 오늘 밤에는 특히 영감을 받아 훨씬 뛰어난 솜씨여서 세상의 어떠한 사람보다도 현명한 어리석음을 발휘하게 되었던 것이다.

이것은 특정한 인물의 얼굴 위에서 어떠한 특별한 표정을 재빠르게 알아차린 젊은 사나이가 느끼는 인스피레이션 바로 그것이었다. 그는 우선 어릿광대 역을 하고는 있었지만 실제로는 다른 온갖 역할을 맡아 작자——그러나 이 극에 작자라는 것이 있다고 가정하고의 이야기인데——며 프롬프터는 물론, 배경을 그리는 화가에서 소도구를 다루는 사람에 이르기까지 모든 역을 훌륭히 해내고, 그 가운데서도 특히 그 오케스트라의 솜씨는 놀라웠다. 종횡무진으로 꾸며댄 연극이 막을 올리자 그는 무대 의상을 입은 채 피아노 앞으로 달려가, 장난을 쳐 가며 그 장면에 어울리는 대중음악을 마구 치는 것이었다.

이 극의 클라이맥스는 정석대로 무대 안쪽이 되는 현관문이 양쪽으로 활짝 열리며 달빛을 받은 아름다운 정원이 보이고, 그와 동시에 경관으로 분장한 저 유명한 직업 배우 플로리안이 등장하는 모습이 아름다운 정원보다도 한층 더 선명하게 보인 순간이었다. 피아노를 향해 앉아 있는 어릿광대 역이 〈펜잔스의 해적〉 중에서 경관대의 합창을 연주했다. 그러나 그것도 귀가 멍해질 듯한 박수 갈채에 들리지 않게 될 정도였다. 그만큼 이 대희극 배우의 일거일동이 조심스러우면서도 경관의 동작을 참으로 훌륭하고 생생하게 전달하고 있었던 것이다. 그러자 하레킨이 경관에게 달려들어서 헬멧 위로 때렸다. '그 모자는 어디서 가져왔느냐?'를 치고 있던 피아니스트는 매우 놀란 듯한 교묘한 모습으로 두리번두리번 주위를 둘러본다. 이리 뛰고 저리 뛰는 하레킨이 다시 경관을 때린다. 피아니스트는 '그때 다른 것을 가지고 있었다'를 암시하는 두세 절을 치었다. 다음에 하레킨은 경관에게 정면으로 덤벼들어 우레와 같은 갈채를 받으며 경관을 쓰러뜨리고 말 타듯 타고 앉는다. 아직도 파트니 부근에서 이야깃거리가 되고 있는 유명한 죽음의 흉내를 이 기묘한 배우가 해낸 것은 바로 이때였다. 살아 있는 사람이 이처럼 흐느적흐느적해 보일 수 있으리라고는 거의 믿어지지 않는 일이었다.

운동선수도 따라갈 수 없는 힘으로 하레킨은 경관을 자루라도 다루는 것처럼 휘둘러 체조용 곤봉처럼 구부리기도 하고 높이 집어던지기도 했다. 이것은 모두 광란적인 얼빠진 피아노곡에 맞추어 행해졌다. 하레킨이 이 희극미가 넘치는 경관을 무거운 듯이 마루에서 들어올릴 때에는 어릿광대는 '그대의 꿈에서 깨어나다'를 연주했다. 경관을 등에 짊어질 때에는 '짐을 지고'가 연주되고, 마지막에 하레킨이 박진감 넘치는 소리를 요란하게 내며 경관을 뿌리쳐 떨어뜨리자 광란의 피아니스트는 뭔가 가사를 흥얼거리면서 흥겨운 곡을 위세좋게 치기 시작했다. 그 가사는 '러브레터를 보냈더니 도중에 떨어뜨리고 말았다'라는 것이었다고 지금도 믿어지고 있다.

　이리하여 정신적 무정부 상태가 극한에 달했을 무렵, 브라운 신부의 시야는 완전히 가려지고 말았다. 앞에 앉아 있던 핏셔 경이 몸을 쭉 펴고 일어나 주머니이라는 주머니에는 모조리 거칠게 두 손을 집어넣고 있었기 때문이다. 부시럭거리면서 그는 침착하지 못하겠다는 듯이 도로 앉았으나 조금 뒤 다시 일어났다. 그리고 한순간 당장에라도 풋라이트를 뛰어넘어갈 것 같은 기색을 보이더니 다음에 피아노를 치고 있는 어릿광대를 뚫어지게 노려보다가 이윽고 아무 말 없이 방에서 뛰어나갔다.

　그런 다음 단 몇 분 동안 신부는 아마추어 배우인 하레킨이 훌륭하게 기절한 체하고 있는 적의 몸 위를 뛰어넘으면서 얼빠진 듯하지만 훌륭하게 아름다운 춤을 추는 것을 바라보고 있었다. 거칠면서도 박진감이 있는 연기로 춤추면서 하레킨은 천천히 뒷걸음질쳐 현관을 빠져나가 달빛과 고요가 지배하는 정원으로 나갔다. 풋라이트 빛을 받고 있을 때에는 칙칙해 보이기까지 한 은박지와 인공 보석으로 급작스럽게 만들어 낸 옷이 밝은 달빛 속을 춤추면서 멀어져 감에 따라 점차로 신비로운 은빛을 띠어 갔다.

　관객이 쏟아지는 폭포수처럼 우렁찬 박수를 보내면서 무대로 가까이 접근하기 시작했을 때였다. 누군가가 난데없이 브라운 신부의 팔을 건드리더니 동시에 대령의 서재로 오라고 말하는 속삭임 소리가 귓가에 들렸다.

　브라운 신부는 점차로 짙어 가는 의심스러운 마음으로 자기를 불러낸 이의 뒤를 따라 나갔는데, 서재로 들어가서도 좀 전의 우스꽝스러움이 뒤섞인 광경을 보았음에도 이 의심은 떨쳐 버릴 수가 없었다. 거기에 있던 애덤즈 대령은 거드름도 아무것도 없는 판타룬의 분장을 그대로 한 채 둥그런 손잡이가 달린 고래 수염을 이마 위에 늘어뜨리고 있었다. 그러나 그 늙어 빠진 눈을 보니 어쩌랴, 거기에는 악마의 연회조차도 조용하게 만들어 버릴 것 같은 비탄의 빛이 깃들어 있지 않은가. 레오폴드 핏셔 경은 벽장에 기대어 그야말로 큰일이라고 말하고 싶은 듯한 허풍스러운 모습으로 낑낑거리고 있었다.

"매우 곤란해졌소, 신부님." 애덤즈가 말했다. "실은 오늘 오후 모두 함께 보았던 그 다이아몬드가 이분의 예복 주머니에서 감쪽같이 없어진 모양이오. 그러니 당신이……."

"제가 이분의 바로 뒤에 앉아 있었으니까." 브라운 신부는 히죽이 웃으며 상대의 말을 보충했다.

"원, 천만에요. 그런 의심은 내가 절대로 용납하지 않습니다." 애덤즈 대령은 핏셔의 얼굴에 침착한 눈길을 보냈다. 그 눈초리로 살펴보면 아무래도 그런 의심을 이미 말했던 모양이다. "내가 부탁드리고 싶은 것은 다만 당신께, 신사로서 될 수 있는 대로 도와 주십사 하는 것뿐이오."

"결국 제 주머니 속에 무엇이 들었는지 꺼내 보여야겠군요." 브라운 신부는 재빨리 주머니를 뒤져 화폐 7실링 6펜스, 왕복 차표 1장, 조그마한 은십자가상, 작은 기도서, 그리고 초콜릿 한 개를 꺼내어 늘어놓았다.

대령은 한참 동안 신부의 얼굴을 바라보더니 이윽고 말했다.

"사실은 당신의 주머니 속에 들어 있는 것보다도 머릿속에 든 것을 보여 주셨으면 하오. 내 딸은 당신의 신자 중의 한 사람일 것이오만 그 딸아이가 최근……." 하고 말하다가 이야기를 그만두어 버렸다.

"그 아이는 요즈음." 핏셔 노인이 큰소리로 말했다. "아버지의 집을 안하무인의 사회주의자에게 개방했는데 그 사나이는 돈 있는 부자로부터 뭐든지 훔치겠다고 공언했답니다. 그것이 바로 그 결과요. 틀림없이 나는 부자요. 더구나 누구에게도 지지 않을 부자란 말이오."

"제 머릿속에 든 것을 보시고 싶으시다면 보여 드리지요." 브라운 신부는 좀 귀찮은 듯한 태도로 말했다. "그 속에 든 것이 어느 정도의 가치가 있는가 하는 것은 나중에 결정해 주시기로 하고, 글쎄요, 이 못 쓰게 된 폐물과도 같은 머리의 주머니에서 맨 처음에 나오는 것은 정말로 다이아몬드를 훔치려는 생각을 하는 사람들은 사회주의 따위는 이야기하지 않는다는 사실입니다. 그들은 오히려," 신부는 지나칠 만큼 진지한 태도로 덧붙여 말했다. "사회주의를 비난할 테지요."

상대는 둘 다 깜짝 놀라 몸을 움칠했다. 신부는 그대로 이야기를 계속했다.

"우리들은 여기 모여 있는 여러분의 일을 조금이나마 알고 있소. 그 사회주의자만 하더라도 설마 다이아몬드를 훔치다니, 그런 터무니없는 짓은 저지를 것 같지 않습니다. 주의해 보아야 할 것은 우리가 알지 못하는 단 한 사람입니다. 다시 말해서 경관 역을 맡고 있는 플로리안이라는 사나이입니다. 그는 바로 이 순간 어디에 있을까요?"

판타룬 차림의 대령은 벌떡 일어나더니 성큼성큼 방에서 걸어나갔다. 대령이 방에서 나간 뒤에는 일종의 막간(幕間)이 찾아들고 그 동안 백만장자는 신부를 응시하고 신부는 기도서를 지켜보고 있었다. 조금 뒤 판타룬이 되돌아와 엄숙한 목소리로 띄엄띄엄 말했다. "경관은 아직도 무대에 넘어진 채로요. 막이 여섯 번이나 올랐다 내렸다 했는데도 그는 아직 누운 채 꼼짝도 하지 않소."

브라운 신부는 손에 들고 있던 책을 떨어뜨리고 머릿속이 마구 혼란스러워 구멍이 뻥 뚫어진 것 같은 표정으로 눈을 크게 뜨고 있었다. 이윽고 아주 서서히 한 줄기 광명이 그 회색 눈에 살그머니 되돌아왔다. 신부는 거의 영문 모를 대답을 했다.

"이런 걸 여쭈어 보는 건 실례입니다만, 부인께서 세상을 떠나신 건 언제였습니까?"

"내 아내!" 하고 상대인 군인은 눈을 부릅뜨며 대답했다. "그녀가 죽은 것은 두 달 전의 일이오. 그녀의 동생인 제임스가 온 것은 그로부터 1주일이 지난 뒤였기 때문에 죽을 때 보지 못했었소."

키 작은 신부는 이 말을 듣자 총알에 맞은 토끼처럼 팔딱 뛰어 일어났다.

"자, 어서 가십시다!" 신부는 전에 없이 흥분하여 소리쳤다. "자, 빨리! 경관을 보러 가야 하오!"

세 사람은 이미 막이 내려진 무대로 달려가——매우 만족스럽게 소곤거리는 듯한——꼬론바 인과 어릿광대의 곁을 난폭하게 지나갔다. 곧 브라운 신부가 쓰러져 있는 우스꽝스러운 경관 위에 몸을 굽히고 들여다보았다.

"클로로포름(무색의 맑은 마취제)이오." 일어서면서 신부가 말했다. "이제야 겨우 짐작되는군."

한순간 두 사람은 전기에 닿은 듯 잠자코 있었으나, 곧 대령이 느릿한 어조로 말했다.

"대체 어찌 된 영문인지 여쭈어 보고 싶군요."

브라운 신부는 별안간 큰소리로 웃기 시작했으나 곧 웃음을 거두었다. 그래도 아직 우스워 못 견디겠다는 태도로 말하기 시작했다.

"두 분께 천천히 이야기하고 있을 겨를이 없습니다. 범인을 추적해야겠소. 그러나 이 경관 역을 한 프랑스의 대배우, 하레킨이 함께 왈츠를 추고 끌어안기도 하고 집어던지기도 한 이 영리한 시체의 정체는 무엇인가 하면……."

가까스로 말했는데 여기서 또 목소리가 나오지 않게 되었다. 신부는 등을 돌려 뛰기 시작하려고 했다.

“대체 어떤 자입니까?” 핏셔가 의아스럽다는 표정으로 물었다.

“진짜 경관입니다.” 하는 말을 남기고 브라운 신부는 뛰기 시작하여 밤의 정원으로 나갔다.

나뭇잎이 우거진 이 정원의 맨 끝에는 움푹 파인 곳도 있고 나무 그늘이 된 곳도 여기저기 있었다. 거기서는 월계수를 비롯하여 갖가지 상록 관목이 사파이어를 뿌린 것처럼 보이는 별하늘과 은빛으로 빛나는 달을 배경으로 한겨울인데도 남쪽 나라처럼 따뜻한 빛을 발하고 있었다.

한들거리는 월계수의 화려한 초록빛, 밤하늘의 풍요한 남자색, 거대한 수정과도 같은 달——이런 것들이 분방할 만큼 로맨틱한 광경을 자아내고 있었다.

그러자 정원수 우듬지 가까운 나뭇가지 사이를 기어오르고 있는 수상한 모습이 보이지 않는가. 로맨틱하다기보다 어이없는 모습이었다. 머리끝에서 발끝까지 온 몸이 반짝반짝 빛나고 있어 무수한 달을 몸에 두르고 있는 것 같았다. 진짜 달빛이 남자의 동작을 하나하나 비추어 내어 지금까지 보이지 않던 남자의 몸의 일부를 새로 불타게 했다.

그러나 남자는 홱 몸을 날려 이쪽 정원의 키 작은 나무에서 이웃집 정원의 흔들거리는 큰 나무로 솜씨있게 옮기더니 꼼짝도 하지 않게 되었다. 왜냐하면 지금 막 몸을 날려 옮긴 키 작은 나무 밑에 사람 그림자가 하나 미끄러지듯이 와서 분명히 나무 위의 남자에게 말을 걸었기 때문이다.

“여어, 프랑보우” 하는 소리가 밑에서 들렸다. “정말 ‘나는 별’과 똑같군. 그러나 ‘나는 별’은 결국 ‘추락하는 별’이 되고 말 것이 뻔해.”

은빛으로 빛나는 나무 위의 사람 그림자는 월계수 잎사귀 속에서 몸을 쑥 내밀고 있었다. 끝까지 도망칠 자신이 있는 그는 아래에 있는 몸집이 작은 사람의 말에 귀를 기울이기 시작한 것이다.

"이번 일은 전에 없이 아주 훌륭했네, 프랑보우. 애덤즈 부인이 세상을 떠난 지 1주일 뒤에——아마도 파리로부터의 차표로——캐나다로부터 찾아온 것은 아주 훌륭했어. 아무튼 불행한 일이 있은 직후에는 누구라도 이러쿵저러쿵 묻거나 따질 기분이 되지 않으니까. '나는 별'에 착안하여 핏셔가 찾아올 날을 알아낸 것은 더군다나 빈틈이 없었네. 더구나 그 다음의 일은 빈틈은커녕 실로 천재적이라 할 수 있겠지. 자네로선 그 보석을 훔치는 것쯤은 아무일도 아니었을 테니까. 자네의 재빠른 손재주라면 구태여 핏셔의 윗옷에 종이로 만든 당나귀 꼬리를 붙이는 따위의 귀찮은 일을 하지 않더라도 달리 얼마든지 방법이 있었을 걸세. 그러나 그 점은 어쨌든 다른 점에서는 이제까지의 자네의 재주보다 몇 단계 나은 방법이었어."

파란 나뭇잎 사이에 은빛의 사람은 마치 최면술에라도 걸린 것처럼 움직이려고 하지 않았다. 등을 돌려 달아나려고 하면 문제 없이 달아날 수도 있는데, 가만히 아래의 남자를 내려다보고 있었던 것이다.

"응, 그렇다네." 아래의 남자가 말했다. "나는 모든 것을 알고 있었다네. 자네가 그 팬터마임을 억지로 급작스럽게 만들어냈을 뿐아니라, 그것을 이중의 목적으로 이용한 것도 모두 알고 있어. 자네는 처음에 아무도 모르게 살짝 보석을 훔칠 작정이었지. 그런데 거기에 동료가 소식을 갖고 와서 벌써 자네의 몸이 의심을 받고 있어 수완가인 경감이 한 사람 오늘 밤 자네를 잡으러 온다는 것을 알게 되었지. 그저 평범한 도둑이었다면 거기서 이 경고 덕분에 살아났다고 재빠르게 달아났겠지만, 과연 자네는 시인일세. 그때 이미 자네는 무대 의상에 달린 무수한 모조 보석 가운데에다 그 보석을 감추어야겠다고 빈틈없는 계획을 세웠는데, 문득 그 의상이 하레킨이 입는 것이라면 거기에 경관이 등장하는 것은 매우 어울리는 당연한 일임을 깨달은 것일세. 그런데 그 유능한 경감님은 자네를 찾아내려고 파트니 경찰서에서 납시어 이 듣지도 보지도 못한 색다른 함정에 어슬렁어슬렁 들어선 셈이지.

현관문이 열리는 것과 동시에 경감님은 느닷없이 크리스마스의 무언극 무대에 발을 들여놓게 된 셈인데, 그래서 그는 춤을 추던 하레킨의 발길에 채이고 곤봉으로 두드려 맞고 기절하고 게다가 마취약까지 맡게 되었어. 더군다나 파트니에서도 가장 위대하신 분들이 큰소리로 배를 잡고 웃어대는 사이에 당했지. 정말로 이런 훌륭한 일은 두 번 다시 어려울 거야. 그런데 여보게, 그 다이아몬드는 돌려 주는 게 좋을 텐데?"

좌우로 흔들리며 번쩍이는 사람이 올라앉아 있는 푸른 나뭇가지가 깜짝 놀란 것처럼 버스럭버스럭 소리를 냈다. 그러나 아래로부터 들려 오는 목소리는 계속되고 있었다.

"돌려 주었으면 좋겠네, 프랑보우. 그리고 이런 생활에서 빠져나와 주게. 자네에게는 아직 젊음과 명예심과 유머가 있네. 그러나 이런 일을 하면 모처럼의 그것들도 오래 가지 못하네. 사람이란 선량한 생활이라면 일정한 수준을 유지할 수 있을지도 모르겠지만, 나쁜 짓으로 일정한 수준을 유지한다는 것은 무리한 이야기야. 악의 길은 오로지 떨어져내릴 뿐이지. 친절한 남자가 술꾼이 되면 순간 잔혹해진다네. 정직한 사나이라도 사람을 죽이면 거짓말쟁이가 되고 말지. 내가 알게 된 사람 가운데도 꼭 자네처럼 처음에는 의리 있는 무뢰한이나 부호를 상대로 하는 유쾌한 도둑이 될 생각으로 시작한 것이 나중에는 진흙투성이가 되어 버리고 만 자가 많다네. 모리스 브람은 처음에 신념 있는 무정부주의자이며 빈민의 구세주로

서 이 방면에 발을 들여놓았으나 끝내는 적과 우군의 양쪽에 이용되고 경멸을 받으며 아첨의 말을 늘어놓는 스파이 겸 밀고자로 전락했네. 해리백도 돈을 아낌없이 뿌리는 운동을 자신이 시작하고도 이제는 굶어 죽게 된 누이에게 매달려 술값을 뜯어 내고 있는 형편이며, 앤버 경만 해도 무뢰한들의 사회에 뛰어들었을 때에는 기사연(騎士然) 했지만 지금은 런던에서도 가장 열등한 공갈범에게 협박을 받아 돈을 뜯기고 있는 형편일세. 바리온 대위는 자네보다도 한 시대 전의 대신사 강도였는데 녀석은 '개'와 장물아비의 배신으로 쫓기는 몸으로 공포에 시달려 비명을 지르며 뇌병원에서 죽어갔다네.

자네의 뒤에는 나무숲이 매우 자유로운 천지로 보일 걸세, 프랑보우. 자네가 날쌔게 몸을 날리면 원숭이처럼 숲 속으로 사라져 버릴 수가 있을 걸세. 그러나 자네도 언젠가는 회색의 늙다리 원숭이가 될 때가 있는 거라네, 프랑보우. 그때 자네는 숲 속에 앉아서 쓸쓸한 마음으로 죽음을 기다리게 되지. 나무도 나뭇가지도 발가벗고 있는 곳에서. "
모든 것은 의연히 조용하게 소리가 없었다. 아래에 있는 작은 몸집의 사나이가 눈에 보이지 않는 길다란 끈으로 상대를 나무 위에 붙들어 매어 놓은 것 같았다.
몸집이 작은 남자는 이야기를 이어 나갔다.
"자네 신세의 내리막길은 이미 시작되고 있네. 자네는 곧잘 비열한 짓 따윈 일체 하지 않는다고 크게 뻐겨 왔는데, 오늘밤은 비열한 짓을 하고 있네. 자네 덕분으로 어떤 정직한 젊은이에게 혐의가 걸린 걸세. 아니, 이미 그에게 불리한 증거가 나와 있다네. 젊은이와 그를 사랑하는 처녀의 사이를 자네는 갈라 놓고 말게 돼. 그러나 이대로 나가면 앞으로 더 비열한 짓을 하게 될 걸세. "

　세 알의 번쩍이는 다이아몬드가 나무 위에서 땅으로 떨어졌다. 작은 남자는 몸을 굽혀 그것을 집어들었다. 다시 한 번 올려다보았을 때에는 나뭇가지의 파란 바구니 속이 텅 비고, 그 은빛 새의 모습은 보이지 않았다.

　보석을 우연히 하필이면 브라운 신부가 주워들고 돌아왔기 때문에 그날 밤은 터질 듯한 환호 속에서 막을 내렸다. 기막히게 기분이 좋아진 레오폴드 경은 신부를 보고 자기로서는 좀더 시야가 넓은 생각을 갖고 있으나 신앙상 이 속된 세상을 떠나 세상 일을 아무것도 생각하지 않고 생활하는 사람을 존경할 수는 있을 것 같다고 이야기하기까지 했다.

보이지 않는 남자

캄덴 타운의 한구석, 두 개의 언덕길이 교차되고 있는 모퉁이의 과자 집은 싸늘한 황혼 속에서 잎담배의 불처럼 빨갛게 빛나고 있었다. 사람에 따라서는 불꽃의 티 같다고 할지도 모른다. 복잡하게 섞인 갖가지 색채가 여러 개의 거울에 반사되어 어지러이 날고, 화려하게 번쩍이는 무수한 케이크와 설탕 과자 위에서 춤추고 있었기 때문이다.

이 불타는 듯한 진열장 유리에 많은 부랑아들이 코를 박고 들여다보고 있었다. 왜냐하면 초콜릿의 빨강·파랑·금빛 포장지가 알맹이보다도 맛있어 보였으며, 진열장에 장식된 큼직하고 새하얀 웨딩 케이크는 북극 전체가 먹을 수 있는 과자가 된 것처럼 도저히 손이 닿지 않는 것이지만 어딘지 모르게 만족감을 주었기 때문이다.

무지개처럼 풍부한 색채로 사람의 마음을 끄는 이런 것들이 줄지어 있는 과자 집 진열장에는, 당연한 일이지만 가까운 이웃에 사는 열두서너 살 되는 아이들이 모여들기 마련이었다. 그러나 이 모퉁이 가게는 좀더 나이가 든 젊은이들에게도 매력이 있는 듯 24살은 되었으리라고 생각되는 한 청년이 같은 진열장 안을 물끄러미 들여다보고 있었다. 이 젊은이에게도 가게는 옛날 이야기에 나오는 과자 나라와 같은 매력을 지니고 있었다. 그것은 반드시 초콜릿 때문만은 아니었다. 그렇다고 해서 그가 초콜릿을 싫어하는 것은 아니다.

그 청년은 키가 후리후리하고 머리가 붉었다. 늠름한 체격이나 결단력 있어 보이는 얼굴과는 어울리지 않게 동작은 활기가 없는 사나이였다. 옆구리에는 펜 화 스케치를 넣은 납작한 회색 서류철을 끼고 있었다. 그는 자본주의 경제 이론에 반대하는 강연을 한 것 때문에 해군 장교였던 숙부로부터 사회주의자라는 딱지가 붙어 의절당하고 쫓겨난 뒤로, 출판사를 찾아다니며 이 스케치를 팔아 그럭저럭 지내왔던 것이다. 그의 이름은 존 템블 앵거스였다.

가까스로 가게 안에 발을 들여놓은 그는 간단한 식사를 할 수 있는 식당처럼 되어 있는 안쪽 방으로 가는 도중 손님의 시중을 들고 있던 가게 처녀에게 말 없이 모자를 들어 보였다. 처녀는 새까만 옷을 입었는데, 머리카락도, 그 영리해 보이는 눈동자도 모두 까맸으며, 혈색이 좋은 데다 몸놀림이 재빠르고 얌전했다. 그녀는 여느 때처럼 적당한 사이를 두었다가 청년의 주문을 받으러 안쪽 방으로 들어갔다.

그의 주문은 언제나 정해진 것이었다.

"반 페니짜리 과자빵 한 개와 블랙커피 작은 것 한 잔 주시오"
라고 차근차근 말하고 나서 소녀가 물러가기 직전에 덧붙였다. "그리고 나와 결혼해 주셨으면 좋겠소."

처녀는 갑자기 몸이 굳어진 채로 말했다.

"그런 농담은 받아들일 수 없어요."

붉은 머리의 청년은 잿빛 눈을 들었다. 그 표정은 생각과는 달리 매우 진지한 것이었다.

"정말입니다. 진실한 마음입니다. 진정으로 말하는 것입니다. 반 페니짜리 과자빵과 마찬가지로, 돈이 드는 것도 과자빵과 같지요.

게다가 소화가 잘 안 되는 점도 이 빵과 똑같습니다. 고통을 받으니까요."

검은 머리의 처녀는 눈을 잠시도 그에게서 떼지 않고 비정할 만큼 찬찬히 상대를 살펴보더니, 납득이 갈 때까지 음미하고는 그림자와 같은 미소를 띠면서 의자에 앉았다.

"반 페니짜리 과자빵을 이렇게 먹어 버리는 것은 잔혹하다고 생각하지 않으시오!" 앵거스는 무심하게 말했다. "너무 먹어서 어쩐지 뱃속에서 1페니짜리 과자빵으로 성장할지도 모르지 않소. 우리가 결혼하게 되면 이런 야만스러운 짓은 절대로 하지 맙시다."

까만 머리의 처녀는 의자에서 일어나자 창문께로 걸어갔다. 태도는 흩뜨리지 않았지만 역시 마음은 조금쯤 움직여진 모양이었다. 겨우 무언가 결심한 듯이 그에게로 몸을 돌린 처녀는, 청년이 가게의 진열장에서 여러 가지 종류의 과자를 꺼내어 조심스럽게 테이블 위에 올려놓는 것을 보고는 어안이 벙벙해졌다.

거기에는 예쁜 색깔의 과자가 피라밋 모양으로 쌓여 있는가 하면 샌드위치도 여러 접시가 놓여 있었다. 이런 과자 종류에는 으레껏 따르기 마련인 정체를 알 수 없는 포도주와 셰리 주 병도 두 개나 섞여 있었다. 이런 것들을 주욱 늘어놓은 그 한복판에 그는 아까까지 화려하게 진열장을 장식했던 흰 설탕에 덮인 큼직한 웨딩 케이크를 조심스럽게 내려놓았다.

"대체 무얼 하시는 거예요?" 처녀는 의아스럽게 물었다.

"의무를 다하고 있는 겁니다, 사랑하는 로라."

청년은 다정스럽게 말하고 이야기를 계속하려 했다.

"어머나, 그 다음 말씀은 좀 기다리세요." 그녀는 크게 소리쳤다. "게다가 저를 보고 그런 식으로 이야기하지 마세요. 저게 대체 뭐예요?"

"축하하는 음식이지요, 호프 양."

"그리고 저건?" 처녀는 설탕 덩어리 같은 높은 케이크를 손가락으로 가리키며 화가 나는 듯 말했다.

"혼례용 케이크요, 앵거스 부인" 하고 청년은 대답했다.

가게 처녀는 케이크가 놓인 곳까지 걸어가더니 거칠게 그것을 진열장에 다시 올려놓았다. 그녀는 곧 되돌아와 테이블에 팔꿈치를 세워 턱을 괴고는 이 젊은 남자를 물끄러미 바라보았다. 전혀 호감이 가지 않는 것도 아닌 모양이었지만, 상당히 분개한 표정을 짓고 있었다.

"당신은 제게 생각할 겨를을 조금도 안 주시는군요."

그녀는 말했다.

"그토록 어리석지는 않소. 이래 봬도 그리스도교도로서의 조심은 하고 있단 말입니다." 하고 그는 대답했다.

처녀는 여전히 청년을 뚫어지게 바라보고 있었다. 그 미소의 그늘에는 전보다도 진지한 표정이다.

"앵거스 씨, 이런 바보 같은 짓을 더 계속할 작정이라면 그보다 앞서 내 자신의 사정을 되도록 짤막하게 말해 둬야겠어요."

또렷한 어조로 그녀는 말했다.

"네, 듣겠습니다." 엄숙한 태도로 앵거스가 대답했다. "당신의 이야기 중에는 나에게 관계된 이야기도 나오겠지요."

"글쎄, 여러 말씀 마시고 들어 주세요." 그녀가 나무랐다. "이것은 창피스러운 이야기도 아니고, 후회하게 될 일도 아니에요. 하지만 당신은 어떻게 생각하세요? 만약 저에게 전혀 관계가 없는 일인데도 꿈을 꿀 정도로 시달리고 있다면……."

"그럴 때에는," 젊은 남자는 진지한 어조로 말했다. "저 케이크를 또 가져오면 되지요."

"그보다도 우선 이 이야기를 들어 주셔야 해요." 로라는 상대방을 억누르듯이 말했다. "처음부터 말하면, 저의 아버지는 라드베리에서 '홍해정(紅鮭亭)'이라는 여관을 하고 있어서 저는 전에 그곳 바에서 손님들을 접대했어요."

"난 늘 이상하게 생각했는데," 하고 청년은 말했다. "이 과자집에 는 어딘지 그리스도교적인 분위기가 있는 것은 어째서일까요?"

"라드베리는 동부에서도 풀이 많이 우거진 작은 분지로, 할 일이 없어 매우 황량한 곳이랍니다. 그래서 홍해정에 찾아오는 손님은 이따금 찾아오는 행상인을 제외하면 어느 누구나 당신이 보시면 소름이 끼칠 만한 사람들뿐이었지요. 도저히 당신 같은 분은 보신 일도 없을 것 같은 사람 말예요. 즉 키는 작고 게으름뱅이인데다 살아 나가는 것은 그다지 곤란하지 않지만 아무것도 하는 일이 없어 곧잘 바에 죽치고 앉아서 경마로 내기나 하는 그런 사람들이에요. 게다가 걸치고 있는 옷들은 볼썽사나운 양복이지만 그것도 그들에게는 분에 넘칠 정도였어요. 이런 불쾌한 젊은 무뢰한들이지만 언제나 우리 바에만 늘어붙어 있는 것은 아니었어요.

그런데 지겨울 정도로 자주 찾아오는 사람이 둘 있었어요. 두 사람은 비슷한 점이 매우 많았는데 둘 다 가진 재산으로 생활하고 있었고, 두 사람 다 지독한 게으름뱅이였어요. 그래도 그들은 아주 멋만 부렸어요. 저는 그래도 그 두 사람을 동정했지요. 왜냐하면 우리 가게같이 쓸쓸한 작은 바에 몰래 찾아온다는 것이 두 사람 다 얼마쯤 병신스럽기 때문이라는 생각이 들어서였지요. 시골에서는 그런 것을 웃어대는 사람이 있답니다. 두 사람 다 정말로 병신스러웠던 것은 아니었지만 정상은 아니었습니다. 한 사람은 놀랄 만큼 키가 작은 사람이었어요. 난쟁이라고까지는 할 수 없으나 마치 경마의 기수 같았어요. 동그랗고 검은 얼굴에 깨끗하게 손질된 턱수염을 기르고 작은 새처럼 눈이 반짝였어요. 주머니 속에서는 돈이

짤랑거리기도 하고, 커다란 금시계줄을 보란 듯이 달고 다니기도
했지요. 언제나 모습을 보일 때에는 너무 거창하게 꾸며서 도저히
신사라곤 생각할 수 없는 몸차림이었어요. 그 사람은 해롭지도 이
롭지도 않은 남자였지만, 바보도 아니었어요. 전혀 아무런 쓸모도
없는 일일 때는 무슨 일을 하거나 기묘하게 머리가 잘 돌아요. 이
를테면 즉흥 요술 같은 것도 하고, 열 다섯 개비의 성냥을 전기 장
치한 불꽃처럼 차례로 불이 켜지게 하기도 하고, 바나나를 잘라서
춤추는 인형 무용수를 만들기도 했답니다. 이름은 이지도어 스마이
스라고 하는데, 지금도 저는 카운터에 와서 다섯 개비의 잎담배로
캥거루가 팔딱팔딱 뛰는 흉내를 내보이던 그 사람의 작고 가무잡잡
한 얼굴이 눈에 선해요.

또 한 사람은 훨씬 얌전하고 평범한 사나이였어요. 그런데도 어
찌 된 영문인지 전 작은 스마이스 씨보다 이 사람이 더 무서웠어
요. 이 사람은 키가 크고 늘씬하며, 머리카락은 밝은 색이었고 콧
날도 오똑해서 얼핏 보기에 환상의 미남이라고 해도 좋을 정도였어
요. 다만 눈이 오싹할 정도로 날카로운 사팔뜨기였어요. 나는 생전
그런 눈은 처음 보았어요. 그 남자가 똑바로 쏘아보면 어디를 보고
있는지 알 수 없는 것은 물론, 내가 어디에 있는지도 알 수 없게
되는 것 같았어요. 이건 일종의 불구로 그 자신은 무척 비참한 심
정이었을 거예요. 스마이스는 아무 데고 가리지 않고 여러 가지 요
술을 부려 보여 주는데, 제임스 웰킨——사팔뜨기의 이름이에요
——은 바에서 곤드레가 되도록 술을 마시든가 혼자서 온통 잿빛
이 도는 단조로운 시골길을 여기저기 끝도 없이 걸어다니곤 했었지
요. 그와 마찬가지로 스마이스 씨도, 지나치게 몸집이 작은 것을
속상해 했겠지만 그 사람은 훨씬 영리한 방법으로 그것을 감추고
있었어요. 이러했기 때문에 같은 주일에 두 사람으로부터 동시에

결혼 신청을 받았을 때는 정말 난처하기도 했고 가엾은 생각이 들기도 했습니다.

실은 나도 나중에 생각하니 참으로 쓸데없는 짓을 했다고 여겨지기는 했지만 어쨌든 그 사람들은 기형이라 할지라도 어떤 뜻으로는 나의 친구였으므로, 두 사람 다 지나치게 추하기 때문이라고 진정한 이유를 말하여 거절하면 그 두 사람이 어떻게 생각할지 그것도 두려웠답니다. 그래서 저는 다른 구실을 만들었어요. 사회에 나가 자기의 힘으로 성공한 사람이 아니면 결혼할 생각이 없다고요. 당신네들처럼 조상에게 물려받은 돈으로 생활하는 것은 저의 신조에 어긋난다고 말이에요. 기껏 생각해서 한 말인데, 제가 이런 말을 한 지 이틀 뒤에 터무니없이 귀찮은 일이 한꺼번에 생겼답니다. 맨 먼저 제가 들은 것은 두 사람이 다 마치 옛날 이야기에 나오는 얼빠진 사람처럼 보물을 찾으러 나섰다는 것이었어요.

네, 그래요. 그 뒤로 오늘까지 두 사람 중 어느 한 사람도 만나지 못했답니다. 하지만 스마이스라는 작은 남자로부터는 편지를 두 통 받았어요. 두 통 다 제 가슴이 두근거리고도 남을 만한 편지였습니다."

"또 한 남자로부터는 아무런 소식도 없었나요?"

앵거스가 물었다.

"한 통도 오지 않았어요." 처녀는 조금 머뭇거리다가 이렇게 말을 이었다. "스마이스가 써보낸 편지는 웰킨과 함께 런던을 향해 출발한 것을 알려 왔더군요. 그렇지만 도중에 걸음을 잘 걷는 웰킨에게서 떨어져 길가에서 좀 쉬다가 쇼 단(團)에 끌려가게 되었다더군요. 그 사람은 난쟁이에 가까웠고 실제로 빈틈없는 데가 있었기 때문에 그런 방면에 제법 잘 맞았던 모양이에요. 그 뒤 아크엘리엄 극장에 나가 요술을 부리게 되었답니다. 이것이 첫 번째 편지였습니다. 그런데 지난 주일에 받은 두 통째의 편지는 나를 더욱 놀라게 했습니다.”

앵거스라고 불린 청년은 커피를 다 마시고는 부드럽고 참을성 있는 눈초리로 그녀를 바라보고 있었다. 그녀는 이야기를 계속했는데, 그 입이 웃음 때문에 조금 일그러져 있었다.

“당신도 광고에서 ‘스마이스의 말하지 않는 하인’이라는 것을 보신 일이 있지요? 그렇지 않다면 틀림없이 그 광고를 못 본 사람은 당신밖에 없을 거예요. 그것은 나도 잘은 모르지만, 집안의 모든 일을 기계로 하는 나사 장치로 된 발명품이래요. 왜 아시잖아요——‘버튼 하나로——전혀 술을 마시지 않는 하인’이니, ‘핸들만 돌리면——절대로 시시덕거리지 않는 하녀 열 사람’이니 하는 광고를 어디선가 본 일이 있지요? 이런 발명이 어떤 것인지는 모르지만 기계는 많은 돈을 벌고 있고, 더구나 제가 라드베리의 시골에서 알게 된 그 작은 남자를 위해 돈을 벌고 있는 거예요. 하기야 불쌍한 그 작은 남자가 훌륭히 독립할 수 있었다는 것은 기쁜 일이라고 생각하지 않을 수 없어요. 그러나 솔직히 말해, 전 지금이라도 그 사람이 나타나서 사회에 나가 자신의 힘으로 성공했다고 하지나 않을까 겁이 나요. 정말로 그렇게 됐으니까요.”

“그래, 또 한 사람은 어떻게 되었습니까?”

앵거스는 침착한 어조로 그러나 집요하게 같은 질문을 또 했다.

로라 호프는 별안간 벌떡 일어나며 말했다.

“앵거스 씨, 당신은 마술사 같은 사람이에요. 네, 그래요. 당신 말씀대로예요. 나는 또한 남자는 엽서 한 장도 써보내지 않아 무엇을 하는지, 어디에 있는지 마치 죽어 버린 사람처럼 소식을 전혀 몰라요. 하지만 제가 두려워하고 있는 것은 그 사람이에요. 내 앞에 턱 막아서서 저를 반미치광이로 만든 것은 그 남자예요. 실제로 이 남자 때문에 제정신이 돌아 버린 게 아닌가 하고 생각할 정도예요.

그 남자가 있을 리 없는 곳에서 그 남자의 기척을 느끼기도 하고, 그 남자가 말을 할 리 없는 장소에서 그 남자의 목소리가 들리는 것 같은 생각이 드니 말이에요.”

“그렇다면,” 젊은이가 명랑하게 말했다. “만약 그 녀석이 악마라 하더라도, 당신은 이것을 다른 사람에게 말했기 때문에 그는 이제 죽었을 거요. 사람은 혼자 살아도 머리가 이상해지는 법이랍니다. 그런데 당신이 그 사팔뜨기 녀석의 기척을 느끼거나, 목소리를 들은 것같이 느끼기 시작한 것은 언제부터지요?”

“이렇게 당신의 목소리를 듣고 있는 거나 다름없이 분명하게 제임스 웰킨의 웃음소리를 들었어요” 하고 처녀는 주장했다. “곁에는 아무도 없었어요. 전 가게를 나선 바로 저 모퉁이에 서 있었기 때문에 양쪽 길을 한눈에 볼 수 있었으니까요. 그때에는 이미 그가 어떻게 웃었던가도 잊고 있었는데, 어쨌든 사팔뜨기와 같은 묘하게 일그러진 소리였어요. 1년이 다 되어 가는 동안 그 사람의 일은 생각하지도 않았는데. 그건 어찌 되었든 간에 그 뒤 불과 2,3초 뒤에 그의 경쟁 상대로부터 첫 번 편지가 온 것은 부정할 수 없는 사실이에요.”

“당신이 그 망령에게 무슨 말을 하도록 하거나 비명을 지르게 하는 짓을 시키지는 않았나요?”

앵거스는 얼마쯤 흥미를 가지고 물었다.

로라는 생각난 것처럼 갑자기 몸을 부르르 떨었지만 확실한 어조로 말했다.

“네, 그래요. 마침 제가 출세에 성공했다는 이지도어 스마이스의 두 통째 편지를 다 읽고 난 그 순간 웰킨의 목소리가 들렸어요. ‘그렇지만 그 녀석이 당신을 차지하지는 못하게 할 테다’라고요. 마치 그 방에 그가 있는 것처럼 똑똑히 들렸어요. 소름이 끼쳐요. 전 틀림없이 정신이 돌아 버릴 거예요.”

"정말로 미쳤다면," 하고 청년이 말했다. "자기는 옳은 정신이라고 생각하게 마련이지요. 그렇더라도 이 보이지 않는 신사에 대해서는 아무래도 이상한 점이 있는 것 같군요. 한 사람의 머리보다도 두 사람의 머리가 낫고, 한 사람의 마음보다 두 사람의 마음이 낫다는 말은 하지 않기로 하겠습니다. 그건 그렇다 치고, 당신만 괜찮다면 난 확고하게 실제적인 남자로서 진열장에서 결혼용 케이크를 다시 가져오겠는데요……."

이렇게 이야기를 하는 동안 앞쪽의 큰길에서 강철이 삐걱거리는 소리가 들리더니 소형 자동차가 무서운 속력으로 달려와서 가게문 앞에 급정거했다. 그와 동시에 번쩍이는 실크햇을 쓴 키 작은 한 사나이가 가게 앞에 내려섰다.

앵거스는 이제까지 정신 위생학상 태평스러운 체 가장하고 있었으나, 일이 이에 이르고 보니 마음의 긴장을 감추지 못하고 안쪽 방에서 뛰어나가 새로 온 손님에게로 성큼성큼 다가갔다. 그를 얼핏 보는 것만으로도 사랑하는 남자의 재빠른 추측이 훌륭하게 적중했다는 것을 바로 알 수 있었다. 그 다부진 난쟁이 같은 몸매며, 거만하게 뻗친 검은 수염이며, 빈틈없이 반짝이는 눈이며, 조그맣고 예쁘지만 신경질적인 손가락하며 모든 것이 조금 전에 들은 그 사나이임에 틀림없었다. 바나나 껍질과 성냥갑으로부터 얼마쯤의 돈을 만들어 낸 이지도어 스마이스, 몰래 술을 훔쳐먹지 않는 철제 하인과 절대로 장난을 치거나 지껄일 줄 모르는 10명의 기계 하녀로 한 재산 만들어 낸 이지도어 스마이스 바로 그 사람이었다.

한 순간 두 남자는 본능적으로 서로 상대편에게서 독점욕의 기색을 알아채고 대항 의식에 으레껏 따르기 마련인 그 기묘하고도 싸늘한 아량으로 서로의 얼굴을 마주보고 있었다.

그러나 스마이스 씨는 쌍방의 적개심을 부채질하고 있는 핵심적 문제는 건드리지 않고 선선히 내뱉듯이 이렇게 말했다.

"저 진열장에 붙어 있는 것을 호프 양은 보셨소?"

"진열장이라니요?" 어안이 벙벙해서 앵거스가 되물었다.

"다른 것을 설명할 시간은 없소." 난쟁이 백만장자는 날카로운 어조로 말했다. "뭔가 어이없는 장난질을 한 모양인데, 조사해 볼 필요가 있어요."

난쟁이는 반들반들하게 닦은 스틱으로 조금 전 앵거스 씨가 혼례 준비를 하느라고 텅 비워 놓은 진열장을 가리켰다. 앵거스는 아까까지 아무것도 붙어 있지 않았던 진열장 정면에 길다란 띠 모양의 종이가 붙어 있는 것을 보고 깜짝 놀랐다.

조금 전에 그가 그 유리 너머로 밖을 내다보았을 때만 해도 그런 것은 없었다. 정력적인 스마이스를 따라 큰길로 나가 보니 1야드 반가량의 길다란 띠 모양의 종이가 정성스럽게 유리 바깥쪽에 붙여져 있고, 그 위에 갈겨쓴 글씨로 '그대가 스마이스와 결혼하면 그는 죽는다'라고 씌어져 있었다.

"로라." 앵거스는 머리카락이 붉은 큰 머리를 가게로 들이밀고 불렀다. "당신은 절대로 정신이 돌지 않았어요."

"이건 웰킨의 필적이오." 스마이스가 거친 목소리로 말했다. "요 몇 해 동안 녀석을 만나지 못했는데, 언제나 나를 괴롭힌단 말야. 지난 두 주일 동안에 다섯 번이나 내 아파트로 협박장을 보냈소. 그런데 누가 가져왔는지 모르겠거든. 웰킨이 직접 전하러 왔는지도 모르는데, 아파트의 문지기는 수상한 사람은 본 일이 없었다고 단언하고 있소. 지금도 여기서 그 녀석은 남의 눈에 띄는 가게의 진열장에 벽보판처럼 큼직한 종이를 붙이고 갔는데, 그래도 가게에 있던 사람은 아무도……."

"정말입니다." 앵거스는 힘없이 말했다. "가게에 있던 사람들은 차를 마시고 있었습니다. 정말로 이 문제를 이렇게 단도직입적으로 다루는 당신의 양식에 경의를 표합니다. 다른 문제는 나중에라도 천천히 이야기할 수가 있으니까요. 그것보다도 아직 그 사람은 그다지 멀리 가지는 못했을 것입니다. 제가 10분인가 15분쯤 전에 진열장 앞에 왔을 때에는 종이쪽지 같은 것은 절대로 붙어 있지 않았었으니까요. 그렇기는 하지만 그가 어디로 달아났는지 알지 못하는 이상, 이제 뒤쫓아가 붙잡기에는 너무 멀리 갔을 겁니다.

제 충고를 들어 주신다면 스마이스 씨, 이것은 누구든 수완이 좋은 탐정——그것도 경찰이 아니라 사립 탐정에게 맡기는 것이 좋을 것입니다. 아주 기막히게 머리가 잘 돌아가는 남자를 한 사람 알고 있는데, 당신의 차로 5분이면 충분히 갈 수 있는 곳에서 개업하고 있습니다.

프랑보우라는 남자로 젊었을 때는 좀 거칠게 굴었습니다만, 지금은 오로지 정직한 일밖에는 모르며 돈을 준다 해도 조금도 아깝지 않을 만큼의 일을 해줍니다. 햄스테드의 랙나우 장(莊)에 살고 있습니다.”

“그건 참으로 이상한 인연이군.” 작은 남자는 검은 눈썹을 활처럼 구부리면서 말했다. “나는 그 모퉁이를 돌아간 곳에 있는 히말라야 장에 살고 있지요. 당신도 함께 가 주시겠습니까? 그러면 내가 내 방으로 가서 그 웰킨의 이상한 편지를 찾아내는 사이에, 당신은 한달음에 뛰어가 당신 친구인 그 탐정을 데려다 주면 고맙겠구려.”

“좋습니다.” 앵거스는 공손하게 말했다. “그렇겠군요. 빨리 행동하는 것이 좋겠습니다.”

두 남자는 묘하게도 갑자기 공명정대한 정신을 발휘하여 약속이라도 한 듯 가게 처녀에게 어색한 인사를 보내고 경쾌해 보이는 소형차에 올라탔다. 스마이스가 차를 몰아 큰길 모퉁이를 크게 돌아갔을 때

앵거스는 '스마이스의 말하지 않는 하인'이라는 거대한 광고를 보고 우스워졌다. 포스터에는 목 없는 큼직한 철제 인형이 '한평생 화를 내지 않는 요리사'라는 선전 문구가 붙은 냄비를 들고 있는 그림이 그려져 있었다.

"나는 내 아파트에서도 저것을 쓰고 있답니다." 검은 수염의 작은 사나이가 웃으면서 말했다. "절반은 선전을 위한 것이지만 편리한 점도 있기 때문이지요. 에누리 없이 솔직하게 말해서, 내가 고안한 저 큰 태엽 장치가 된 인형은 버튼 누르는 법만 알고 있으면 석탄이건 포도주건 시간표건 내가 알고 있는 한, 어떤 살아 있는 하인보다도 재빨리 갖고 온다오. 그러나 이 자리니까 말하지만, 이 하인에게도 그 나름으로 불편한 점이 있는 것만은 부인할 수가 없소."

"그래요?" 하고 앵거스는 말했다. "그 인형이 하지 못하는 일도 있습니까?"

"네." 스마이스는 무뚝뚝하게 말했다. "그들은 누가 그 협박장을 아파트로 가지고 왔는지 말할 수가 없지요."

이 남자의 차는 주인을 닮아 소형이었지만 아주 빨랐다. 사실 이것도 그 집안 일을 처리하는 하인과 마찬가지로 그가 발명한 것이었다. 가령 그가 선전을 업으로 삼는 사기꾼이라 할지라도 어디까지나 자신이 만든 제품의 성능을 전적으로 믿고 있었다. 이 차가 저녁 무렵의 빛을 잃어 가는 햇살을 정면으로 받으며 하얗고 꼬불꼬불한 길을 올라감에 따라 뭔가 조그마한 것을 타고 날아가는 듯한 느낌이 점점 더 강해져 갔다.

이윽고 하얀 커브는 한층 더 심하여 어지러울 지경이었다. 그들은 신흥 종교에서 툭하면 말하는 나선적인 상승선을 올라가고 있는 것 같았다. 경치는 그다지 좋지 않았지만 에든버러 못지않게 험한 런던 일곽을 차가 올라가고 있었기 때문이다. 대지(臺地) 위에 대지가 솟아 있고 또 그 위에 그들의 목적지인 아파트의 특별한 탑이 마치 이집트의 피라밋처럼 높이 치솟아 저녁 햇살을 받아 황금빛으로 물들고 있었다. 차가 모퉁이를 돌아 히말라야 장 거리라고 불리는 거리로 들어가자 그 순간 경치는 홱 바뀌었다. 왜냐하면 아파트의 높은 건물은 초록빛 슬레이트의 바다 위에 떠 있는 성처럼 런던 거리 위에 솟아 있었기 때문이다. 아파트 맞은편, 자갈을 간 히말라야 거리의 반대쪽에는 정원이라기보다는 가파르게 경사진 생울타리며 둑이라고 하는 편이 좋을 만한 관목 울타리가 있고, 조금 내려간 곳에서부터 성의 해자(垓字)와 흡사한 일종의 운하가 흐르고 있었다. 차가 이 거리를 빠져나가자 바로 앞 모퉁이 건너편 끝에 짙은 감색 제복을 입은 경관이 천천히 걷고 있는 모습이 앵거스의 눈에 띄었다. 이 쓸쓸한 변두리의 고지대에서 본 사람의 모습이라고는 이 두 사람뿐이었다. 그러나 앵거스는 왠지 그들이 런던의 무언(無言)의 시(詩)와 한 편의 이야기에 나오는 등장인물인 듯한 생각이 드는 것이었다.

소형차는 총알처럼 목표로 삼은 건물을 향해 돌진하고, 폭탄처럼 차에 탄 주인을 토해냈다. 틈을 주지 않고 그는 곧 번쩍거리는 금몰을 단 키가 큰 수위와 와이셔츠 차림의 키가 작은 경비원에게 사람이건 아니건 그의 아파트를 찾아온 사람이 없었느냐고 물었다. 전에 그러한 질문을 받은 이후로 아직 아무도 아무것도 이곳을 지나가지 않았다는 것이 분명해지자 좀 얼떨떨해 있는 앵거스를 잡아끌고 그는 로켓 탄알처럼 엘리베이터를 집어타고 맨 위층까지 올라갔다.

"자, 잠깐 들어오시오." 스마이스는 숨이 차서 헐떡이며 말했다.

"당신에게 웰킨의 편지를 보여 주고 싶습니다. 편지를 보고 난 뒤에 그 길로 달려가 친구 분을 데려와 주십시오."

그가 벽에 감추어져 있던 단추를 누르자 저절로 문이 열렸다.

그 안에는 널찍한 현관 홀이 이어져 있고――흔히 말하는 식으로 이야기하면——무언가 남의 눈을 끄는 유일한 특징은 방 양쪽에 양복점의 마네킹처럼 키가 큰 로봇이 줄지어 서 있는 것뿐이었다. 양복점 마네킹과 똑같이 머리가 없었다. 그리고 또 그것처럼 어깨가 불필요할 정도로 딱 벌어져 있고 가슴은 새가슴이었다. 그러나 그런 점들을 빼놓으면 그 기계는 역에서 흔히 보는 사람 키 정도의 자동 판매기와 같았고, 그다지 사람의 형태를 이루었다고는 볼 수 없었다. 기계에는 쟁반을 운반하기 위해 팔처럼 생긴 두 개의 큰 갈고리가 달려 있고, 알아보기 쉽도록 황록색이며 붉은색이며 까만색이 칠해져 있었다. 그밖에는 모든 점에 있어 자동 기계에 지나지 않았으므로 아무도 그것을 두 번 다시 볼 마음은 들지 않을 것이다. 적어도 지금의 경우는 둘 다 그것을 쳐다보지도 않았다. 왜냐하면 두 줄로 늘어선 가사용 인형 사이에 이 세상 어떤 기계보다도 흥미를 끄는 것이 떨어져 있었기 때문이다.

그것은 찢어진 흰 종이 조각인데, 빨간 잉크로 급히 갈겨쓴 것이었다. 몸이 날랜 발명가는 문을 열자마자 재빨리 그것을 집어들었다. 그는 아무 말도 하지 않고 그것을 앵거스에게 건네 주었다. 빨간 잉크는 아직 완전히 마르지 않았으며, 내용은 다음과 같은 것이었다.

‘오늘 네가 그녀를 만나고 왔다면 너를 죽이고 말 테다.’

두 사람은 한동안 말없이 서 있었다. 마침내 이지도어 스마이스가 조용히 말했다.

“위스키를 한 잔 드시겠소? 아무래도 그것 없이는 못 견딜 것 같소.”

“고맙습니다. 하지만 나는 그보다 먼저 프랑보우에게로 가야겠소. 아무래도 사건은 중대하게 된 모양이오. 난 얼른 달려가서 그를 데리고 오겠습니다.”

“당신 말이 옳소.” 상대는 쾌활하게 말했다. “되도록 서둘러 그를 데리고 오시오."

그러나 복도로 나와 문을 닫으려고 할 때에 앵거스의 눈에 띈 것은, 스마이스가 단추 하나를 누르자 기계 인형 중의 하나가 서 있던 장소에서 마룻바닥의 홈을 스르르 미끄러져 나가 사이펀(유리로 만든 커피 끓이는 기구)과 술병을 쟁반에 담아서 운반해 오는 광경이었다. 그는 이 작은 남자를 되살아나는 하인들 속에 혼자 남겨 두고 문을 닫고 가는 데 어쩐지 불안함을 느꼈다.

스마이스의 방에서 계단을 여섯 개 내려온 곳에서 와이셔츠 차림의 아까 그 경비원이 물통을 들고 무언가 하고 있었다. 앵거스는 걸음을 멈추고 그 경비원을 향해 자기가 탐정을 데리고 올 때까지 여기를 떠나지 말고 있다가 낯선 남자가 계단을 올라오면 잘 기억해 두도록 약속하게 했는데, 다짐을 두기 위해 돌아오면 팁을 푸짐하게 주겠노라고 못을 박았다. 현관까지 단숨에 뛰어내려온 그는 현관에 있는 수위에게도 똑같은 경호를 부탁했다. 이 건물에는 뒷문이 없다는 말을 듣고서야 일이 좀 수월해진 것 같은 생각이 들었다. 그는 그래도 아직 모자라 이번에는 순찰중인 경관을 붙잡고 입구 건너편에 서서 감시해 달라고 부탁하고 맨 마지막으로 근처에서 밤을 팔고 있는 남자에게로 가서 밤을 1페니어치 산 다음 이 부근에 얼마 동안 있을 작정이냐고 물었다.

남자는 외투깃을 세우면서 눈이 내릴 것 같아서 이제는 슬슬 돌아갈 생각이라고 말했다. 과연 저녁녘의 하늘은 흐렸고 추위도 한층 더 심해져 있었다. 그러나 앵거스는 있는 말재주를 다 동원하여 밤장수를 그 자리에 있게 하려고 설득하기 시작했다.

"당신이 갖고 있는 밤을 먹으면서 몸을 녹이고 있어요." 그는 열심히 말했다. "모조리 먹어 버려도 좋소. 손해가 나게 하지는 않을 테니까요. 만약 당신이 내가 돌아올 때까지 이곳에 있으면서, 누구건 남녀 노소를 가릴 것 없이 저 수위가 서 있는 집으로 들어가는 사람이 있는 걸 가르쳐 준다면, 금화 1파운드를 주겠소.”

이렇게 말하자 그는 바야흐로 완전히 포위망에 에워싸인 건물에 흘끗 마지막 눈길을 주고 재빨리 걸어갔다.

“아무튼 이제 그 방은 완전히 포위된 거나 마찬가지야. 네 사람이 모두 하나같이 웰킨과 공범자라고 할 수는 없을 테니까 말이야.”

랙나우 장은, 히말라야 장을 꼭대기에 두었다고 할 수 있는 산처럼 겹쳐진 주택 밑에 있었다. 프랑보우의 사무실을 겸한 방은 1층에 있어서 그 말하지 않는 하인이 있는 미국식 기계 장치며 도무지 친해지기 어려운 호텔식 호화로움에 찬 아파트와는 온갖 점에서 대조를 이루고 있었다. 앵거스의 친구인 프랑보우는 사무실 안쪽에 있는 로코코 식의 예술미가 풍부한 개인사무실로 안내했는데——그 방에는 몇 개의 군도, 화승총(火繩銃), 동양의 골동품, 그리고 이탈리아 산 포도주, 토인의 요리 냄비, 털이 복슬복슬한 페르시아 고양이와 별로 보잘 것 없는 조그마한 몸집의 가톨릭 신부가 있을 뿐이었다. 그 중에서도 이 성직자는 이 자리에 매우 어울리지 않는 엉뚱한 느낌이 들었다.

“이쪽은 내 친구 브라운 신부님이오.” 프랑보우가 말했다.

“전부터 이분을 만나게 해주고 싶었소. 날씨가 아주 좋군요. 남국에서 태어난 내게는 약간 춥지만.”

“아마 이제 다시 풀리리라고 생각합니다.”

앵거스는 이렇게 말하며 보랏빛 얼룩무늬가 있는 동양식 의자에 앉았다.

“웬걸요,” 하고 신부가 침착하게 말했다. “눈이 내리기 시작하는군요.”

그러고 보니 과연 밤장수가 예언한 대로 어두워진 유리창 밖에 눈이 내리기 시작했다.

"그런데," 하고 앵거스는 무겁게 말했다. "용건이 있어 왔습니다. 그것도 좀 신경이 쓰이는 용건이오. 사실은 프랑보우, 이 집에서 아주 가까운 곳에 사는 사람이 당신의 도움을 필요로 하고 있소. 그 남자는 보이지 않는 적에게 시달리고 협박당하고 있지요. 그런데 악당의 모습을 본 이는 아무도 없습니다."

앵거스가 로라로 말미암아 발단된 스마이스와 웰킨의 이야기를 모조리 말하고, 그 자신의 이야기로 진행되어 인기척 없는 큰길 모퉁이에서 일어난 초자연적인 웃음소리라든가 아무도 없는 방안에서 분명히 들린 이상한 말 등을 설명해 감에 따라 프랑보우는 점점 눈을 반짝이며 귀를 기울였고, 작은 몸집의 신부는 한낱 가구처럼 잊혀지고만 것 같이 보였다. 이야기가 진열장 유리에 붙여진 테이프 건에 이르자 프랑보우는 갑자기 벌떡 일어났다. 커다란 어깨가 방을 콱 막아 버리는 것 같았다.

"괜찮다면," 하고 그가 말했다. "나머지 이야기는 그 사람의 집으로 가는 도중에 이야기해 주시오. 되도록 빨리 갈 수 있는 지름길로 가도록 합시다. 어쩐지 한시도 꾸물대고 있을 수 없을 것 같아 그러오."

"좋습니다." 앵거스도 일어섰다. "물론 그가 숨어 있는 곳으로 통하는 하나밖에 없는 입구를 네 사람이나 감시하게 해 두었으니까. 지금으로서는 절대로 안전하지만."

그들은 큰길로 나왔다. 작은 신부는 강아지처럼 얌전히 종종걸음으로 뒤따라왔다. 그리고 비위를 맞추는 듯한 어조로 명랑하게 말했다.

"눈이 꽤나 빨리 쌓이는군."

세 사람이 벌써 눈으로 말끔히 단장된 가파르고 좁은 언덕길을 누비듯 올라가는 동안에 앵거스는 이야기를 끝냈으므로, 그들이 높은 탑이 있는 아파트 부근에 왔을 무렵엔 네 사람이 보초를 주의 깊게 살펴볼 여유가 있었다. 그 밤장수는 1파운드의 금화를 받으면서 거듭 거듭, 자기는 꼼짝 않고 입구를 지켜보았는데 아무도 찾아오지 않았다고 힘주어 주장했다. 경찰관은 그보다도 더욱 강하게 큰소리를 쳤다. 실크햇을 쓴 악당이건 누더기를 걸친 악당이건 어쨌든 온갖 종류의 악한을 다루어 온 경험이 있으므로 수상한 사람은 수상쩍은 몸차림을 하고 있겠거니 하는 생각을 할 만한 풋내기는 아니며, 눈을 크게 뜨고 살피고 있었는데도 다행히 아무도 오지 않았다고 보고했던 것이다. 이어서 세 사람은 현관으로 들어가 금술이 달린 제복을 입고 벙글거리고 있는 수위에게로 갔다. 그의 의견은 좀더 결정적이었다.

"전 공작님이건 청소부이건 어느 누구에게라도 이 아파트에 무슨 볼일이 있느냐고 물어 볼 권한을 가지고 있지요." 상냥한 이 수위는 말했다. "그렇지만 이 분께서 나가신 뒤로는 물어 보고 싶어도 누구 온 사람이 있어야 물어 보지요. 아무도 오지 않았다고 맹세코 말씀드릴 수 있습니다."

따돌림을 당한 듯한 브라운 신부는 뒤에서 조심스럽게 기다리며 큰길을 바라보고 있었다. 그는 조용히 그러나 단호하게 입을 열었다.

"그럼, 눈이 내리기 시작한 뒤로 이 계단을 오르내린 사람은 없겠군요? 눈은 우리가 프랑보우의 방에 있을 때 내리기 시작했으니까요."

"여기로는 아무도 들어가지 않았습니다. 네, 그것은 제가 보증합니다." 수위는 위엄 있게 말했다.

"그렇다면 이것은 뭐지요?" 신부는 이렇게 말하며 물고기처럼 퀭한 눈을 땅바닥으로 돌렸다.

모두 그와 마찬가지로 눈길을 떨구었다. 프랑보우는 프랑스식의 과장된 몸짓과 함께 터무니없이 크게 소리를 질렀다. 왜냐하면 금몰의 남자가 지키고 있는 현관 가운데 한복판에 글자 그대로 큰 사나이가 건방지게 벌리고 선 두 다리 사이로 하얀 눈을 밟은 잿빛 발자국이 점점이 이어져 있었던 것이다.

"앗" 자기도 모르게 앵거스가 큰소리를 질렀다. "보이지 않는 사나이다!"

말을 하기가 무섭게 그는 몸을 돌려 계단을 뛰어올라갔다. 프랑보우가 곧 그 뒤를 따랐다. 브라운 신부는 여전히 그 자리에 우뚝 선채 벌써 이 탐색에는 흥미를 잃었다는 듯이 눈에 덮인 큰길을 바라보고 있었다.

프랑보우는 분명히 그 당당한 어깨로 문을 부수고 싶어했다. 그러나 그보다 직관력은 뒤떨어지지만 이성으로는 나은 스코틀랜드 인 앵거스가 문 가장자리를 주욱 손으로 더듬어 가까스로 감추어진 단추를 찾아냈다. 문은 천천히 열렸다.

문에서는 아까와 거의 변함 없는 잡다한 방안 풍경이 보였다. 홀은 전보다 어두워졌지만 아직 지는 해의 마지막 빨간 햇살이 여기저기 스며들고 있었다. 여러 가지 목적으로 움직이는 머리 없는 기계 인형이 두서넛 여기저기 희미한 어둠 속에 서 있었다. 주위가 어둠침침하기 때문에 인형의 푸르고 빨간 윗옷이 모두 검게 보였으며 전체의 모양이 뚜렷이 보이지 않으므로 오히려 사람의 모습과 흡사하게 보였다. 그러나 거의 복판쯤에, 아까 빨간 잉크로 쓴 종이쪽지가 놓여 있던 곳에 마치, 빨간 잉크병에서 엎지른 듯한 빨간 것이 보였다. 그러나 그것은 빨간 잉크가 아니었다.

프랑보우는 프랑스 인답게 이성과 격정을 교착시키며 딱 한마디 "살인이다" 하고 소리쳤다. 그리고는 방안으로 뛰어들어서, 5분 만에 방안 구석구석에서 찬장까지 재빨리 조사해 버렸다. 그러나 그가 시체를 발견할 수 있다고 기대했다면 그것은 헛수고였다. 이지도어 스마이스는 죽었거나 살았거나 아무튼 그 자리에는 형태도 그림자도 없었다. 있는 힘을 다해 수색을 마친 두 사람은 밖의 홀로 나오자 땀에 흠뻑 젖은 얼굴에 눈만 반짝이며 서로를 바라보았다.

"이거 참." 흥분한 프랑보우가 프랑스 어로 말하기 시작했다. "이 살인범은 자기 모습도 보이지 않을 뿐만 아니라, 피해자까지 보이지 않게 해 버렸군."

앵거스는 기계 인형으로 가득 차 있는 어두운 방안을 두루 돌아보았다. 그의 스코틀랜드 혼(魂) 한구석에 있는 켈트적 기질이 그때 그의 온 몸을 떨게 했다. 사람의 몸 크기만한 인형 하나가 핏자국이 묻은 바로 앞에 그림자를 던지고 서 있었다. 이것은 아마 살해된 남자가 쓰러지기 직전에 불러냈던 인형인 것 같았다. 팔을 대신하여 일하고 있는 높은 어깨에 붙은 갈고리 한쪽이 조금 쳐들려져 있었으므로, 앵거스는 순간적으로 불쌍한 스마이스는 자기가 만들어낸 철제 인형에 맞아 쓰러진 것이 아닐까 하는 무서운 상상에 사로잡혔다. 물질이 모반(謀叛)을 일으켜, 기계들이 그들의 주인을 살해한 것이다. 그러나 그렇다고 하더라도 대체 시체를 어떻게 처리했단 말인가?

"먹어 버렸을까?" 꿈속의 악마가 그의 귓가에서 소곤거렸다. 찢긴 사람의 시체가 저 목없는 태엽 장치 속에 흡수되어 녹아드는 모습을 생각하니 속이 메슥거리는 것 같았다.

가까스로 정신을 가다듬고 그는 프랑보우에게 말했다.

"정말 보는 것처럼 손쓸 도리가 없겠군요. 불쌍하게도 그는 흔적없이 증발하고 남은 건 마루바닥의 붉은 핏자국뿐이오. 이게 어디 이 세상에 있을 수 있는 일입니까?"

"있을 수 있는 일이건 아니건," 프랑보우가 말했다. "해야 할 일은 꼭 한가지 뿐이오. 나는 아래로 내려가서 친구에게 이야기해야겠소."

그들은 아래층으로 내려갔다. 가는 도중에 물통을 든 남자로부터 단 한 사람도 들여보낸 일이 없노라는 다짐을 다시 받고, 현관으로 내려가 수위와 아직도 그 근처를 서성거리고 있던 밤장수로부터도 아주 엄중히 감시를 했노라는 주장을 거듭 들었다. 그러나 네 사람째의 증인은 어디에 갔을까 하고 앵거스가 주위를 둘러보아도 아무데도 보이지 않았으므로 그는 초조한 듯이 목소리를 크게 하여 "경관은 어디로 갔을까?" 하고 말했다.

"이거 참, 미안하오." 브라운 신부가 말했다. "내 탓이오. 잠깐 저 아래 큰길까지 어떤 물건을 찾으러 보냈소. 찾아볼 만한 가치가 있다고 생각했기 때문이오."

"그렇습니까. 곧 돌아와 주었으면 좋겠는데요." 앵거스는 퉁명스럽게 말했다. 저 위의 불쌍한 남자는 살해되었을 뿐만 아니라 깨끗이 없어져 버렸답니다."

"어떻게요?" 신부가 물었다.

"신부님." 잠깐 동안 잠자코 있던 프랑보우가 말했다. "이제는 더 생각할 것도 없습니다. 이것은 저보다도 신부님이 맡아서 처리하실 일입니다. 적이고 내 편이고 집안에 들어간 자는 아무도 없는데 스마이스가 사라져 버렸습니다. 마치 요정에게라도 잡혀간 것처럼 말입니다. 만약 이것이 초자연적인 사건이 아니라면 대체 무엇이……."

그가 이렇게 이야기하고 있을 때, 그들은 이상한 광경에 정신을 빼앗겨 하던 말을 중단했다. 감색 제복을 입은 몸집 큰 경관이 큰길 모퉁이를 돌아오자 곧바로 브라운 신부에게로 달려왔다.

"말씀하신 대로였습니다." 그는 가쁜 숨을 헐떡거리며 말했다.

"저 아래에 있는 운하에서 불쌍한 스마이스 씨의 시체가 지금 막 발견되었습니다."

앵거스는 거칠게 손으로 이마를 짚으며 물었다.

"그 남자가 뛰어내려가 몸을 던졌다는 말인가요?"

"그 사람은 절대로 내려오지 않았습니다" 하고 경관이 말했다.

"물에 빠진 것도 아닙니다. 가슴을 푹 찔려 죽어 있었습니다."

"그런데도 당신은 아무도 들어온 사람을 보지 못했단 말이오?"

프랑보우가 무거운 어조로 말했다.

"이 길로 좀 걸어내려가 봅시다." 신부가 말했다.

그들이 한길 저쪽 끝까지 갔을 때 불쑥 신부가 말했다.

"깜박 잊고 있었군! 경관에게 물어볼 게 있소. 연다갈색 주머니를 못 봤소?"

"뭐라고요, 연다갈색 주머니라고요?"

앵거스가 놀라며 물었다.

"만약 다른 색깔의 주머니였다면 이 사건은 원점으로 되돌아가야만 하오." 브라운 신부는 말했다. "그것이 연다갈색 주머니라면 이 사건은 끝난 거요."

"부디 말씀해 주십시오." 앵거스가 빈정거리는 어조로 말했다.

"저로서는 아직 시작도 못했으니까요."

"모든 것을 이야기해 주십시오." 프랑보우는 우스울 정도로 어린 아이처럼 솔직하게 말했다.

그들은 자기도 모르게 걸음을 빨리하여 약간 높은 지대 반대쪽에 있는 가파르게 비탈진 길다란 언덕길을 내려갔다. 앞장선 브라운 신부는 말은 없었으나 기운차게 걷고 있었다. 이윽고 신부는 가엾을 만큼 애매한 어조로 말했다.

"아무래도 너무 산문적이라고 생각될지 모르지만 우리들은 반드시 일을 추상적인 면에서부터 시작해야 하는데, 이 이야기도 그렇게 시작할 수밖에 없을 것 같소.

이런 것을 깨달은 일은 없으시오? 다시 말해 타인이라는 것은 이쪽에서 말한 것에 대답하려 하지 않는다는 것을 말이오. 사람은 이쪽이 말한 말뜻에 대하여——혹은 사람이 상대는 이런 생각이겠지 하고 생각한 그 뜻에 대해——대답하는 겁니다. 가령 한 부인이 시골 별장에 있는 친구에게 이렇게 묻는다고 합시다. '댁에 지금 머물고 있는 분이 계십니까?' 그러면 상대는 '네, 집사가 한 사람, 그리고 마부 셋과 심부름하는 아이가 함께 있어요' 하고 대답하지는 않을 것이오. 같은 방에 심부름꾼도 있고 자기 의자 바로 뒤에 집사가 있었다고 하더라도 '여기에는 아무도 없습니다' 하고 대답하지요. 당신이 지금 말씀하는 것과 같은 사람은 없다고 하는 의미로 말이오. 그러나 전염병에 대한 일로 의사가 '이 집에는 누가 있습니까?' 하고 물을 때는 어떨까요? 그 부인은 집사나 심부름꾼을 모조리 염두에 두고 생각하겠지요.

말이라는 것은 모두 이렇게 쓰여지고 있소. 상대로부터 만족한 답을 받았다고 하더라도 글자의 뜻으로 보면 엄밀하게 질문에 맞는 답이란 없는 법이오. 그래서 그 네 사람의 정직한 자가 아무도 그 집에 들어가지 않았다는 말은 정말로 아무도 들어가지 않았다는 뜻은 아니었소. 이쪽에서 생각하는 남자라고 여겨지는 사람은 아무도 들어가지 않았다는 의미였던 것이오. 한 남자가 건물에 들어갔다가 다시 나왔소. 그러나 아무도 그 남자에는 주의하지 않았던 것이오."

"보이지 않는 남자인가요?"

붉은 털의 눈썹을 치켜올리며 앵거스가 물었다.

"심리적으로 보이지 않는 남자라는 것이지요"

브라운 신부는 말했다.

잠시 뒤, 그는 여전히 오만한 데라고는 조금도 없는 어조로 자기 생각을 쫓는 것처럼 이야기를 계속했다.

"물론 다시금 곰곰이 생각해 보기까지는 그런 사나이를 생각해 낼 수 없는데, 거기에 그 남자의 현명함이 있었소. 나는 앵거스 씨의 이야기를 듣는 동안에 하찮은 두서너 가지 일로 그 남자에 대해 생각해 보았소. 우선 첫째로 이 웰킨이라는 사나이는 오랜 여행을 떠나 있었소. 그리고 진열장에는 많은 우표가 붙여져 있었소. 다음에 이것이 가장 중요한 일인데, 젊은 아가씨가 말한 것이 두 가지 있소. 그것이 정말일 리가 없다는 말이오. 부디 화내지 말아 주시오."

신부는 스코틀랜드 청년이 순식간에 머리를 움직이는 것을 보고 급히 말했다.

"아가씨는 분명히 사실이라고 생각하고 이야기했소. 그러나 정말일 리가 없습니다. 막 받아든 편지를 큰길에서 읽기 시작한 사람이 완전히 혼자 있었다고 하는 것은 있을 수 없는 일이오. 아가씨 바로 옆에 누군가 있었을 것이 틀림없습니다. 그야말로 심리적으로 보이지 않는 남자였던 것이오."

"어째서 그녀 곁에 누군가 있어야만 했다는 것이지요?"

앵거스가 물었다.

"그 까닭은 비둘기가 물고 온 것이라면 또 모르지만, 누군가가 아가씨에게 편지를 전했기 때문이오."

브라운 신부는 말했다.

"당신은 진정으로 그 웰킨이 연적(戀敵)의 편지를 직접 그 여성에게 전했다고 주장하시는 겁니까?"

프랑보우가 힘을 주어 따지듯 물었다.

"바로 그것이오." 신부는 말했다. "웰킨은 연적의 편지를 정말로 그 여성에게로 가지고 간 거요. 그렇게 하지 않을 수 없는 이유가 있었소."

"아아, 이제 그만, 지긋지긋해졌습니다." 프랑보우가 크게 소리를 질렀다. "그 남자가 누구란 말입니까? 어떻게 생겼습니까? 심리적으로 보이지 않는 남자란 평소에는 어떤 분장을 하고 있을까요?"

"그 남자는 빨강과 파랑과 금으로 된 상당히 훌륭한 옷을 입고 있소." 신부는 기다렸다는 듯이 단호하게 대답했다. "그가 이 샌드위치맨처럼 남의 눈을 끄는 옷을 입은 채 여덟 개의 번쩍이는 눈을 빠져나가 히말라야 장으로 들어가 무정하게도 스마이스를 죽인 다음 시체를 팔에 안고 다시 큰길로……."

"신부님." 쑥 몸을 펴며 앵거스가 큰소리로 말했다. "당신께선 머리가 이상해져서 허튼 소리를 하시는 겁니까? 아니면 이상해진 것은 제 머리일까요?"

"당신 머리가 이상해진 것은 아니오." 브라운 신부는 대답했다.

"다만 관찰력이 좀 부족했을 뿐이오. 당신은 이를테면 이런 사람을 알아차리지 못했소."

신부는 성큼성큼 기운차게 앞으로 나오더니 아무도 깨닫지 못하는 사이에 옆을 빠져나가 나무 그늘로 뛰어들어간 아주 평범한 우편배달부의 어깨에 한 손을 얹었다.

"아무도 우편 배달부에게는 그다지 주의하지 않는 것 같이 보이는군요." 생각에 잠기는 것처럼 신부가 말했다. "그들도 사람이니까 정열도 있습니다. 게다가 작은 시체라면 쉽게 집어넣을 수 있는 큼직한 주머니를 가지고 있지요."

배달부는 이쪽을 돌아볼 줄 알았더니 뜻밖에도 갑자기 몸을 웅크리고 정원의 생울타리에 걸려 넘어졌다. 금빛 턱수염을 기른 아주 평범하고 여윈 남자였다. 어깨 너머로 깜짝 놀란 얼굴을 휙 돌렸을 때 세 사람은 그 악마같은 사팔뜨기에 그만 멍해져 버렸다.

프랑보우는 많은 일이 기다리고 있는 군도와 보랏빛 융단과 페르시아 고양이가 있는 방으로 돌아갔다. 존 템블 앵거스는 그 가게의 처녀에게로 돌아갔다. 이 경박한 젊은이는 그녀와 더없이 즐겁게 지내기 위한 궁리를 하고 있었다.

그러나 브라운 신부는 눈 덮인 언덕 별하늘 아래를 몇 시간이나 살인범과 계속 걸었다. 그들이 무슨 이야기를 주고받았는지는 알 도리가 없다.

이즈레일 가우의 명예

올리브 빛과 은빛으로 물든 어지러운 무늬의 저녁놀이 짙어가는 스코틀랜드의 잿빛 골짜기. 그 근처에 와서 말할 수 없이 묘한 그렌가일 성을 물끄러미 바라보고 있는 사람은 그 역시 잿빛 나는 스코틀랜드 식 어깨걸이를 걸친 브라운 신부였다. 그 성은 이 협곡이랄까 분지를 가로막아 막다른 골목처럼 만들어 버려서, 성 자체가 바로 이 세상의 종점처럼 보였다.

바다의 푸른 빛으로 물든 가파른 슬레이트 지붕이며 뾰족한 첨탑이 예스러운 프랑스·스코틀랜드 식 별장의 스타일로 하늘을 찌를 듯이 솟아 있었다. 역시 어디까지나 영국풍을 띠고 있어 옛날이야기에 나오는 마녀들의 그 불길한 뾰족 모자를 연상케 했다. 그것과는 대조적으로 작은 녹색탑 주위에 우거진 소나무 숲은 그야말로 무리지은 까마귀 떼처럼 검게 보였다. 꿈꾸는 듯한 경지로 유혹하는 아니, 수마(睡魔)의 지옥으로 유혹하는 이 분위기는 단순히 주위의 풍경이 자아낸 환상만은 아니다. 왜냐하면 이 토지에는 그 긍지와 광기와 신비로운 슬픔의 어두운 구름이 덮여 있기 때문이며, 그러한 구름이야말로 다른 어디보다도 스코틀랜드 귀족의 저택 위를 무겁게 내리누르기 때문이었다. 스코틀랜드라는 지방은 세습이니 유전이니 하는 두 사람 몫의 독약을 가지고 있었다. 다시 말해서 귀족에게는 유혈의, 칼빈주의자에게는 파멸의 예감이다.

신부는 글래스고에서의 일에서 억지로 하루 틈을 내어 그렌가일 성에 머물고 있는 친구 프랑보우를 만나려고 찾아온 것이다. 아마추어 탐정 프랑보우는 좀더 공식적인 직함을 가지고 있는 계원과 함께 고(故) 그렌가일 백작의 삶과 죽음에 대해 조사하고 있는 참이었다. 이 수수께끼 같은 백작은 16세기에 있어 그 용맹스러움과 비정상적인 정신 상태와 용서할 수 없는 교활함으로 특히 음험한 귀족마저도 두려워하는 존재가 되었던 일족의 마지막 대표자였다. 그 미궁과도 같은 야심, 메리 퀸 오브 스콧을 중심으로 이룩된 거짓 전당 안의 그 한 방 속에 있는 또 한 방같이 복잡한 야심에 이 일족만큼 깊이 잠겨 있던 자가 어디에 있겠는가.

이 고장에 전하는 시가 그들의 권모술수의 동기와 결과를 아주 솔직하게 나타내 주고 있다.

여름 나무의 푸른 수액과도 같도다
오글비의 붉은 돈은.

이미 여러 세기에 걸쳐 그렌가일 성에는 정당한 주인이 나온 적이 없었다. 빅토리아 시대가 닥쳐오자 기인(奇人)의 종류는 완전히 씨가 말라 버렸다는 생각도 무리가 아니었다. 그런데 맨 마지막인 그렌가일이 자신에게 남겨진 유일한 일을 하여 일족의 전통을 만족시킨 것이다. 다시 말해서 그는 실종되었다. 그러나 외국으로 빠져나간 것은 아니었다. 어디에 있는가 하면 그는 아직 성안에 있다고 생각할 수밖에 없었다. 그의 이름은 교회의 교적부와 저 빨간 큰책《귀족 일람》에 실려 있는 데도 아무도 그를 햇빛 아래에서 본 사람은 없었다.

본 사람이 있다면 그것은 오직 한 명의 하인뿐이었다. 이 마부인지 정원사인지 분간할 수 없는 하인은 매우 귀가 어두웠다. 실제적인 사람들이 그를 벙어리라고 생각할 정도로 귀가 어두웠다. 통찰력이 예리한 사람들의 말로는 그는 멍텅구리라는 것이었다. 이 잡역부는 몸이 초췌하고 붉은 머리에 턱이 굳어보였으며 눈은 남빛이었다. 그를 흔히 이즈레일 가우라고 불렀다.

그는 이 황폐한 저택에서 일하는 유일한 하인이었다. 그런데 이 가우가 감자를 캐내는 모습이며 부엌으로 재빨리 사라지는 그 규칙적인 모습에서 분명히 그는 윗사람에게 식사를 마련해주고 있다는 인상을 사람들은 받았다. 결국 저 수수께끼의 백작은 아직 성안에 숨어 있다는 셈이 된다. 그러나 이 하인은 언제나 백작은 없다고 주장하는 것이었다.

어느 날 아침 장로와 목사가 성으로 불려갔다. 그렌가일은 대대로 장로회파 신자였다. 성에 이른 두 사람이 본 것은, 문제의 정원사 겸 마부 겸 요리사가 그 오랜 경력에 장의사 한 개를 더하여 매우 귀하신 주인을 관 속에 넣고 못질을 하는 모습이었다. 이 기묘한 사실이 어느 정도의——혹은 얼마나 가벼운——조사에 의해서 통과되었는지 그 점은 여전히 확실치 않다. 왜냐하면 이틀쯤 전에 프랑보우가 이 북쪽 땅으로 올 때까지 이 사건은 한 번도 법적인 조사를 받지 않았기 때문이다. 프랑보우가 도착했을 무렵에는 그렌가일 경의 시체——그것이 시체라면——는 언덕 위의 보잘것 없는 묘지에 벌써 오랫동안 묻혀 있었던 것이다.

브라운 신부가 어두컴컴한 뜰을 지나 성의 그림자가 떨어져 있는 곳까지 오자 구름은 한층 더 두터워졌고, 그 일대의 공기는 습하여 뇌성이 곧 들려 올 것 같았다.

해지기 직전의 녹색과 금빛 하늘을 배경으로 검은 사람의 그림자가 떠오르는 것을 신부는 거기서 보았다. 굴뚝모자, 아니 실크햇을 쓰고 어깨에 곡괭이를 멘 남자였다. 그 모습은 매우 묘한 일이지만 무덤 파는 인부를 연상케 했다. 그러나 브라운 신부는 감자를 캐내는 귀머거리 남자가 생각났으므로 별로 이상하다는 생각은 들지 않았다. 그는 스코틀랜드의 농부에 대해서는 조금 알고 있었다. 정식 조사에 입회하려면 '검은 옷'을 입을 필요가 있다고 느끼게 되는 갑갑함과 입회하면 한 시간의 밭일을 못하게 되지 않겠느냐는 현실문제를 그는 조금 알고 있었던 것이다. 신부가 옆을 지나쳐가자 남자의 놀란 듯한 태도와 귀찮게 여기는 듯한 눈초리도, 앞서 말한 그런 타입인 사람의 경계심과 시기심에 적합하지 않는 것은 아니었다.

큼직한 성문을 열어 준 것은 프랑보우 그 사람이었다. 그 옆에는 회청색 머리카락의 가냘픈 남자가 손에 종이를 들고 서 있었다. 스코틀랜드 경찰서의 클레이븐 경감이었다.

현관 홀은 아무런 장식도 없이 텅 비어 있었다. 다만 검은 가발과 거무스름해져 가는 캔버스 속에서 저 사악한 오글비의 창백한 얼굴이 하나인지 둘인지 히죽거리며 내려다보고 있었다.

두 사람을 따라 안쪽 방으로 들어가 보니, 두 사람이 지금까지 앉아 있던 긴 떡갈나무 테이블이 있었다. 테이블 옆에는 무엇인가 써넣은 종이쪽지가 가득히 흩어져 있고, 위스키와 잎담배가 그것을 에워싸고 있었다. 나머지 부분은 모조리 점점이 사이를 두고 늘어놓여진 물건으로 점유되어 있었다. 그 물건들이야말로 도무지 영문을 알 수 없는 것들뿐이었다. 깨어져 흩어진 유리의 번쩍이는 파편을 모아놓은 듯한 것과, 또 하나는 아무래도 여느 나뭇가지 같았다.

“지리학 박물관 같군요.” 갈색 먼지와 수정 모양의 유리조각을 향해 머리를 치켜올리면서 신부는 말했다.

“지리학 박물관이 아닙니다.” 프랑보우가 말했다. “심리학 박물관이라고 해야겠지요.”

“그런 말씀 마십시오.” 경감이 크게 웃으며 말했다. “그런 길다란 말로 시작하는 것은 그만둡시다.”

“심리학이 무엇인지 모르십니까?” 호인다운 놀라움을 보이며 프랑보우는 말했다. “심리학이란 못쓰게 되고 마는 것이니라…….”

“아직도 모르겠군요.” 클레이븐 경감이 말했다.

“다시 말해서,” 프랑보우가 단호히 말했다. “그렌가일 경에 대해 발견된 것은 오직 하나, 그가 미친 사람이었다는 것입니다.”

가우의 검은 모습, 실크햇과 곡괭이로 무장한 그 모습이 저물어가는 하늘에 그 윤곽을 희미하게 나타내며 창문 앞을 지나갔다. 브라운 신부는 무심코 그것을 바라보고 나서 대답했다.

“그분에게 무언가 이상한 점이 있었다면 또 모릅니다. 그렇지도 않다면 자신을 산 채로 생매장하거나 그토록 서둘러 자기의 시체를 파묻지는 않았을 테지요. 그러나 대체 그것이 어떤 점에서 미치광이의 짓이라고 말할 수 있습니까?”

“글쎄, 클레이븐 씨가 이 집안에서 발견한 물건의 리스트에 뭐라고 씌어 있는지 물어 보십시오.”

“촛불을 켜야겠군.” 클레이븐이 불쑥 말했다. “폭풍이 닥쳐오려는지 어두워서 읽을 수가 없소.”

“그 신기한 물건의 리스트 가운데 초는 들어 있지 않습니까?” 웃는 얼굴로 브라운 신부가 말했다.

프랑보우는 진지한 표정의 얼굴을 들고 그 검은 눈길로 친구를 바라보았다.

"그것도 이상하군요." 프랑보우는 말했다. "초가 25자루나 있는데도 촛대는 그림자도 없잖소."

자꾸만 어두워져 가는 방과 점점 세차게 부는 바람 속에서 브라운 신부는 테이블을 따라 걸으며 다른 잡동사니 증거품에 섞여 있는 한 묶음의 초가 있는 곳까지 왔다. 그리로 오는 도중, 문득 적갈색 먼지 더미 위에 몸을 굽혔는데 그 순간 재채기가 나와 주위의 고요가 깨졌다.

"이크, 이런," 브라운 신부가 말했다. "코담배였군요."

이윽고 그는 초를 한 자루 집어들어 신중하게 불을 붙이고 나서, 다시 제자리로 돌아와서 그것을 위스키 병의 주둥이에 꽂았다. 소란스러워진 밤 공기가 깨어진 창문으로 스며들어와 그 긴 불꽃을 깃발처럼 너울거리게 했다. 성 밖 어느 방향에서나, 몇 마일이나 끝없이 이어진 소나무 숲이 암초를 에워싼 검은 바다와도 같은 소리를 내고 있는 것이 들려왔다.

"일람표를 읽겠습니다." 클레이븐은 종이조각 하나를 집어들고 근엄하게 입을 열었다. "이 성 속에 흩어져 있던 설명할 수 없는 물건들의 리스트입니다. 이 집은 대체로 가구 같은 것들이 아무렇게나 팽개쳐져 있었다는 것을 염두에 두어 주십시오. 그렇지만 한두 개의 방은 분명히 누가 사용했습니다. 그 사람은 단순하지만 불결하지 않은 생활을 그곳에서 하고 있었습니다. 누군지는 모르지만 하인 가우는 아닙니다. 그럼, 리스트를 읽도록 하지요.

제1품목——상당한 분량의 보석류. 거의 모두 다이아몬드로서, 대(臺)에 박혀 있거나 세트로 되어 있는 것은 하나도 없다. 대대의 오글비 가족 전래의 보석을 가지고 있었다 해도 이상할 것은 없으나, 이 보석은 원칙적으로는 부속의 장식으로 박는 것이지만 아무래도 대대의 오글비는 이것을 잔돈처럼 낱개로 주머니에 넣고 있었던 것 같다.

　제2품목——흩어진 채 수북이 쌓여 있던 많은 코담배. 짐승의 뿔 속이나 자루 속에 넣어 두지도 않고 맨틀피스 위, 벽장 위, 피아노 위, 그 밖의 여기저기에 쌓여 있었다. 이 집의 노신사는 주머니 속을 뒤지는 것도 코담뱃갑 뚜껑을 여는 것도 귀찮아했다고 볼 수 있다.

　제3품목——이 집 여기저기에 자잘한 금속 조각이 쌓여 있었는데, 어떤 것은 강철의 용수철처럼 생겼고 어떤 것은 아주 작은 수레바퀴 모양이다. 기계 장치의 장난감을 분해한 것일까 ?

　제4품목——초. 이것을 세울 만한 장소는 따로 없으므로 병 주둥이를 이용할 수밖에 없다.

　자, 이런 것들이 모두 예상보다 얼마나 무섭고 보기 드문 일인지 충분히 마음에 담아 두어 주십시오. 중심인 수수께끼에 대해서는 우리도 각오가 되어 있습니다. 이 집안 최후의 백작은 어딘지 정상적인 사람이 아니었음을 단번에 짐작할 수 있었습니다. 우리가 여기에 와 있는 것은 백작이 정말로 여기에 살아 있었는지, 정말로 여기서 죽었는지, 백작을 매장한 저 붉은 머리의 허수아비가 과연 백작의 죽음과 관계가 있는지를 찾아내기 위해서입니다. 그러므로 최악의 경우랄까, 가장 기분 나쁜 극적인 해결을 생각해 보십시오. 다시 말해서 저 하인이 정말로 주인을 살해한 것이라든가, 사실은 주인은 죽지 않았다든가, 주인이 하인인 체 거짓 행세하고 있다든가, 바로 하인이 주인 대신 무덤에 묻혀 있다든가, 뭐든지 좋습니다. 아무튼 당신들 좋을 대로 윌키 콜린스 식 비극의 줄거리를 만들어 보십시오. 아무리 생각해 봐도 촛대 없는 초를 설명할 수 없습니다. 어째서 점잖은 집안의 노신사에게 피아노 위에 코담배를 마구 뿌리는 버릇이 있었는지 설명할 수 없습니다. 이야기의 핵심은 상상하기 어렵지 않습니다. 그런데 그 주변이 수수께끼에 싸여 있다는 것입니다. 공상을 어떻게 마음대로 한다 해도, 코담배와 다이아몬드와 초에 시계 부품을 연결시켜 줄 거리를 만든다는 것은 사람의 마음이 미치는 바가 아닙니다. ”

“그 연결이라면 알 수 있을 것 같소. ” 신부가 말했다. “그렌가일은 프랑스 혁명에는 무조건 반대했었소. 구체제의 열광적인 지지자였던 그는 부르봉 왕가의 가정 생활을 글자 그대로 재연하려고 애를 썼지요. 코담배를 갖고 있었던 것도 그것이 18세기의 사치품이었기 때문이오. 초도 역시 18세기의 조명 도구이지요. 기계 부품 같은 쇳조각은 다름 아닌 루이 16세의 자물쇠를 매만지는 도락을 나타내고 있습니다. 다이아몬드가 상징하는 것은 마리 앙투아네트의 다이아몬드 목걸이 바로 그것이오. ”

다른 두 사람은 모두 눈을 휘둥그렇게 뜨고 신부를 응시했다.

“어쩌면 그다지도 이상한 생각을 하십니까 ? ” 프랑보우가 말했다.

“정말로 그렇게 생각하시는 겁니까 ? ”

“아니, 그것이 거짓말이라는 것은 한 점의 의문도 없소. ” 브라운 신부는 대답했다. “당신이 코담배와 다이아몬드와 시계에 초를 연결시키는 일은 아무도 할 수 없다고 말씀하시기에 나는 곧 그 연결을 한 가지 말씀드렸을 뿐이오. 진상은 좀더 깊은 데에 있소. ”

여기서 숨을 한 번 내쉬고 브라운 신부는 성의 탑에서 윙윙거리는 바람 소리에 귀를 기울였다.

“고 그렌가일 백작은 도둑이었소. 그는 자포자기한 강도로서 어두운 이면 생활을 보내고 있었지요. 그가 촛대를 가지고 있지 않았던 것도 초는 다만 자기가 들고 다니는 초롱 속에 짧게 잘라서 쓰면 되었기 때문이며, 코담배는 극악무도한 프랑스의 범죄인들이 후추를 쓴 것과 같은 수법으로 이용한 것이오. 잡으려는 사람의 얼굴에 별안간 그것을 홱 뿌리는 것이지요. 그렇지만 무엇보다도 결정적인 증거는 다이아몬드와 작은 강철 고리라는 두 개의 물건이 희한하게

도 하나로 합치된다는 것——여기까지 말하면 모든 것을 환히 알
수 있겠지요? 다이아몬드와 작은 강철 고리야말로 유리를 잘라낼
수 있는 유일한 도구이니까요."

　부러진 소나무 가지가 세찬 바람에 흔들려 두 사람 뒤의 유리창
을 심하게 때렸다. 실로 강도의 침입을 연상케 하는 거칠고 광포한
광경이었다. 그러나 두 사람은 뒤를 돌아보지도 않았다. 그들의 눈
은 브라운 신부에게 못박혀 있었던 것이다.

"다이아몬드와 작은 강철 고리 말씀이군요." 클레이븐이 생각에
잠기면서 말했다. "그 말씀이 옳다는 증거는 그것뿐인가요?"

"그것이 옳다고는 생각하고 있지 않소." 신부는 태연하게 대답했
다. "다만 이 네 가지 물건을 결부시키는 것은 누구나 불가능하다고
말씀하셨기 때문에 그렇게 말해 보았을 뿐이오. 진짜 설명은 물론 훨
씬 더 평범한 것이오. 그렌가일은 자신의 저택 안에서 보석을 발견했
다고 하기보다 발견했다고 생각했을 뿐이겠지요. 누군가가 이 흩어진
보석을 보이며 그것은 모두 성의 동굴 속에서 발견된 것이라고 엉터
리 같은 거짓말을 한 것이지요. 작은 고리는 다이아몬드를 잘라내는
데 쓰는 도구구요. 그는 일을 거칠게 눈에 띄지 않도록 했소. 이 근
처의 양치기나 거친 사나이들을 몇몇 모아서 했는데, 코담배란 스코
틀랜드의 양치기에게는 굉장한 사치품으로 되어 있으니까 그들을 매
수하는 데 그것을 쓰는 것이 가장 좋은 일이었을 거예요. 다음은 촛
대인데, 그것이 없는 것은 필요치 않았기 때문이오. 동굴을 조사할
때 촛불은 손에 들고 있는 것이니까요."

"그것뿐입니까?" 프랑보우가 한참 동안 사이를 두었다가 물었다.

"이것으로 마침내 무미건조한 진상에 도달했다는 것입니까?"

"원, 천만에요." 브라운 신부는 말했다.

아득히 먼 소나무 숲에서 남을 비웃는 듯한 긴 소리를 끝으로 바람

이 조용히 멎자, 브라운 신부는 매우 난감한 표정으로 이야기를 계속했다.

"내가 지금과 같은 말을 한 것은 당신이 아무도 코담배와 시계, 그리고 양초와 보석을 납득할 수 있도록 연결할 수 없을 거라고 말씀하셨기 때문이오. 엉터리로 아무렇게나 이야기하는 열 사람의 철학자의 말도 우주에는 꼭 들어맞을 것이오. 열 가지의 엉터리 말도 그렌가일 성의 수수께끼를 설명할 수 있지요. 그런데 또 다른 증거품은 없습니까?"

클레이븐은 소리내어 웃었다. 프랑보우도 웃는 얼굴로 일어나 길다란 테이블을 따라 걸어갔다.

"제5품목, 제6품목, 제7품목 등등. 이것들은 쓸모가 없을 정도로 천차만별입니다. 첫째의 기묘한 콜렉션은 연필이 아니라, 연필의 흑연 바로 그것입니다. 둘째 물건은 대나무가 하나, 끝이 꽤 많이 쪼개져 있습니다. 이것이 흉기라고 해도 이상할 것은 없겠지요. 다만 이번에는 처음부터 범죄가 없습니다. 남은 것은 예스러운 미사 경본과 작은 가톨릭 성화가 조금——아마도 오글비 집안이 중세 시대부터 이어받아 온 것이겠지요. 이 집안의 전통적인 긍지는 그 청교주의(淸敎主義)보다도 강했으니까요. 이것을 박물관에 넣은 것은 다만 가장자리가 모두 찢어져 있고 표면이 더러워져 있었기 때문입니다."

밖의 폭풍은 일그러진 모양의 구름을 그렌가일 성 상공으로 날려보내고, 브라운 신부가 금글씨로 장식된 책장을 조사하려고 그것을 눈 가까이 가져가자 바로 그때 이 길다란 방은 캄캄한 암흑 속에 잠겼다. 그 어둠이 다 지나가 버리기 전에 신부가 입을 열었다. 그러나 그것은 이제까지의 신부의 목소리와는 전혀 다른 사람의 목소리였다.

"클레이븐 씨." 신부는 실제보다 10살이나 젊은 사람의 목소리로 말했다. "저 무덤을 조사하기 위한 집행장을 가지고 계시겠지요? 그것은 빨리 하는 편이 좋을 것 같소. 그리고 이 끔찍스러운 사건 밑바닥을 알아내는 거요. 나라면 지금 당장에라도 가겠소만."

"지금 당장요." 얼을 뺏긴 듯 형사는 말했다. "어째서 또 그렇게 급하게 서두릅니까?"

"왜냐하면 매우 중대한 일이기 때문이오" 브라운 신부는 말했다. "이 흩어져 있는 코담배와 자갈 같은 것은 여느 평범한 이유로 이 부근에 마구 뒹굴고 있는 것과는 뜻이 다르오. 이번 일이 행해진 이유는, 나로선 한 가지밖에 생각할 수가 없소. 그리고 그 이유는 이 세상의 근원까지 거슬러올라가오. 여기에 있는 종교화는 그냥 더러워졌거나, 찢어졌거나, 글씨가 씌어져 있거나 하는 것과는 다르오. 그러한 일이라면 어린아이의 장난이거나 프로테스탄트의 완미(頑迷)함에 지나지 않겠지요. 그러나 이것은, 모두 아주 신중하게 그리고 이상한 방법으로 보존되어 왔소. 신의 이름이 큼직한 장식 글씨로 나타나 있는 곳은 모두 정성스럽게 도려냈소. 이밖에도 꼭 한 군데 떼어낸 것이 있는데, 그것은 어린 예수의 머리를 둘러싼 후광(後光)이지요. 자, 그러니까 집행장과 삽과 도끼를 들고 저 관을 억지로라도 열러 가십시다."

"대체 어쩌려는 생각입니까?" 런던의 관리가 물었다.

"결국," 하고 조그마한 신부는 대답했다. 그 목소리는 윙윙거리는 심한 바람 소리에 섞여 희미하지만 높아지는 것처럼 생각되었다. "이 세상의 대악마가 바로 지금 이 성의 탑 꼭대기에 백 마리의 코끼리와도 같은 거대한 몸을 뉘고, 묵시록도 아랑곳 않고 소리를 질러댈지도 모른다는 것이오. 이 사건의 깊숙한 밑바닥에는 무언가 부정한 마술이 숨어 있소."

"마술이라……." 프랑보우가 낮은 목소리로 말했다. 그는 생각이 트인 사람이므로 그런 것을 모를 리가 없는 것이다. "그것은 어찌 되었거나, 여기에 있는 물건은 대체 무엇을 의미하는 것일까요?"

"뭐, 하찮은 것이겠지요." 브라운 신부는 성급하게 대답했다. "그것을 어떻게 알겠소? 이 지하의 미궁과도 같은 것을 어떻게 풀어내려는 거지요? 어쩌면 코담배와 대나무로 고문할 수도 있겠지요. 틀림없이 미친 사람은 양초와 강철 부스러기에 마음이 끌릴 거예요. 연필에서 독성이 강한 발광 약을 만들어낼 수도 있는 모양이니까. 이 수수께끼에 이르는 가장 가까운 지름길은 언덕을 올라 무덤으로 가는 것 뿐이오."

신부의 상대들은 자신들이 그의 말에 따랐다는 것도, 그가 앞장서 이끄는 대로 따랐다는 사실도 모르는 채 어느 틈에 정원으로 나와 있었다. 거기에는 거센 밤바람이 그들을 날려 버릴 듯 광란하고 있었다. 문득 깨달으니 아무래도 두 사람은 자동 인형처럼 신부에게 복종한 모양이다. 어느 틈에 클레이븐의 손에는 도끼가, 그 주머니에는 집행장이 들어 있었고, 프랑보우는 프랑보우대로 저 이상한 정원사의 무거운 삽을 들고 있었다. 한편 브라운 신부의 손에는 신의 이름을 찢어 낸 작은 금박의 책이 쥐어져 있었다.

언덕을 올라 묘지로 이르는 오솔길은 구불구불했지만 길지는 않았다. 다만 바람의 압력 때문에 길게 느껴졌을 뿐이다. 그들이 비탈을 올라감에 따라 눈길이 닿는 한 끝없이 펼쳐진 크나큰 소나무 숲이 있었다. 나무들은 한결같이 거센 바람에 비스듬히 기울어져 있었다. 그 가지런히 갖추어진 몸매, 아니 나무의 모습은 터무니없이 엄청나게 커 보임과 동시에 공허하게 느껴졌다. 그것은 인기척도 없고, 목적도 없는 혹성(惑星)에 미친 듯 불어대는 바람을 맞는 나무처럼 공허했다. 이 끝없이 이어진 청회색의 숲 전체에 온갖 이단적인 것의 핵심에 있는 고대의 슬픔이 높은 노랫소리를 울리고 있었다. 밑바닥을 알 수 없는 침엽의 지하 세계에서 들려오는 이 합창은 길을 잃고 계속 방황하는 이단의 신들이 부르짖는 오열로도 생각되었다. 부조리의 숲 속으로 길을 잘못 들어서 두 번 다시 천국으로 돌아갈 길을 찾을 수 없는 신들의 외침.

"아시겠소?" 브라운 신부는 낮은 목소리였지만 허물없는 어조로 말했다. "스코틀랜드가 존재하기 전의 스코틀랜드 인은 기묘한 종족 이었지요. 아니, 지금도 기묘한 점에는 변함이 없습니다. 그리고 선사 시대에는 아마도 악마를 예찬하고 있었던 게 아닐까 생각되지요. 그렇기 때문에," 신부는 상냥하게 덧붙여 말했다. "청교의 신학에 덤벼든 것이오."

"신부님." 프랑보우는 조금 정색을 하고 불렀다. "대체 어찌 된 겁니까, 저 코담배는?"

"프랑보우 씨." 신부도 역시 진지한 태도로 대답했다. "진정한 모든 종교에는 공통되는 한 가지 특징이 있는데, 유물주의가 바로 그것입니다. 그러니까 악마 예찬도 어떤 면에선 신앙인 것이지요."

그들은 풀이 무성한 언덕 꼭대기에 이르렀다. 서로 부딪쳐 부러지면서 노호하는 소나무 숲에서 불쑥 솟아나와 있는 민둥산인 그곳에는 일부는 나무, 일부는 철사로 만든 보잘 것 없는 울짱이 폭풍 속에서 덜컹덜컹 소리를 내어 묘지의 경계가 가깝다는 것을 말해 주고 있었다. 클레이븐 경감이 묘지 한구석에 이르고, 프랑보우가 삽 끝을 땅에 꽂고 거기에 힘주어 몸무게를 실었을 무렵에는 두 사람 다 떨리는 울짱의 나무가 철사처럼 떨리고 있었다. 무덤 발치에는 썩기 시작하여 은회색이 된 커다란 엉겅퀴가 아무렇게나 자라서 우거져 있었다. 엉겅퀴의 갓털이 심한 바람에 토막토막 끊겨 눈앞을 스쳐 날아가면 클레이븐은 마치 화살을 피하는 것처럼 뒤로 물러서곤 했다.

프랑보우는 바람에 흐느끼는 풀 사이에 삽을 넣어 그 밑 축축한 진
흙에 힘껏 박았다. 그런 다음 손을 멈추고 삽을 지팡이 대신으로 하
여 몸을 기댔다.

"쉬지 말고 하시오." 신부는 매우 조용하게 말했다. "진상을 찾아
내려는 것 아니오? 무엇을 두려워하시는 거요."

"진상을 찾아 내는 것이 두렵습니다." 프랑보우는 대답했다.

런던의 형사가 느닷없이 말문을 열었다. 허물없고 명랑한 대화조라
고 생각하고 말한 듯한 그 목소리는 어딘지 모르게 흥분되어 있었다.

"어째서 그는 그런 방법으로 행방을 감추었을까요? 무언가 언짢은
이유가 있었던 모양이지요. 문둥병이었을까요?"

"훨씬 더 지독한 것이겠지요." 프랑보우가 대답했다.

"그럼, 묻겠는데 문둥병보다도 지독한 게 뭐지요? 상상할 수 있
소?"

"상상 같은 것은 하지 않소." 프랑보우는 말했다.

프랑보우는 한참 동안 말없이 계속 땅을 파고 있더니 이윽고 숨막
힐 듯한 목소리로 이렇게 말했다.

"아무래도 제대로 모양이 남아 있을 것 같지 않군요."

"모양이 허물어져 있는 거야, 언젠가 그 종이도 그렇지 않았었
소?" 신부는 조용히 말했다.

"더구나 그 종이를 만진 뒤에도 이쪽 몸에는 아무 일도 일어나지
않았으니까요."

프랑보우는 무턱대고 힘껏 파내려갔다. 그리고 안개처럼 언덕에 끼
어 있던 회색 구름이 폭풍에 날아가 버리고 희미하게 별이 반짝이는
밤하늘을 바라볼 수 있게 되자, 그제야 대패질이 엉성한 나무관의 모
습이 나타났다.

프랑보우가 관을 풀밭 위로 끌어올리자 클레이븐이 도끼를 들고 앞

으로 나왔다. 그러자 엉겅퀴의 끝에 몸에 닿아, 그는 자기도 모르게 움찔했다. 그러나 다시 한 걸음 앞으로 나서서 그는 프랑보우 못지않게 무서운 힘으로 뚜껑이 깨질 때까지 관을 내리쳤다. 관이 깨지자 그 속에 담겨 있는 모든 것이 회색 별빛 아래 번쩍이며 드러났다.

"뼈다." 클레이븐이 말했다. "사람의 뼈다!" 그는 다시 덧붙였다.

그렇지 않을 것이라고 생각했던 것일까?

"어떻소?" 묘하게 높낮이가 있는 목소리로 프랑보우가 물었다.

"제대로 있나요?"

"그런 것 같군요," 경감은 관 속에서 썩기 시작하여 똑똑하지 않은 해골 위에 몸을 수그리며 쉰 목소리로 말했다.

프랑보우의 우람한 몸이 큰 파도와도 같이 떨리기 시작했다.

"곰곰이 생각해 보면," 그는 큰소리로 말했다. "제대로 있을 리가 없다는 것은 본디 있을 수 없는 일이겠지요, 이렇게 을씨년스럽고 으스스한 산에 오면 사람은 아무래도 기분이 이상해지는 모양이오, 무엇 때문인가 하면 틀림없이 이 암담하고 어이없는 생각이 엎치락뒤치락하기 때문이겠지요, 다시 말해서 이 숲과 그리고 무엇보다도 원시적인 무의식의 공포, 이것은 마치 무신론자의 꿈만 같지 않소, 소나무 숲에 이어진 소나무 숲, 거기에 또 이어진 무한한 소나무 숲……."

"아니!" 관 옆에 선 남자가 소리쳤다. "머리가 없군요!"

다른 두 사람이 굳어진 채 우뚝 서자 신부는 처음으로 놀라움이 섞인 조심스러운 동요를 나타냈다.

"머리가 없다고!" 신부는 되풀이해 말했다. '머리가 없다'——마치 다른 것이 없으리라고 예기하고 있었다는 듯한 말투였다.

그렌가일 집안에 태어난 머리 없는 갓난아기, 성안으로 몸을 숨긴 머리 없는 젊은이, 예스러운 홀이며 화려하고도 아름다운 정원을 뛰어 다니는 머리 없는 남자, 그런 미치광이 같은 환상이 그들의 마음 속을 파노라마가 되어 지나갔다. 그런데 얼어붙듯 경직된 이 순간에도, 그들의 마음에 사건의 내막이 뿌리를 내린 것도 아니고 그 자체에 조리가 깃들어 있다고도 볼 수 없었다. 세 사람은 우두커니 선 채 몹시 지친 동물처럼 멍해서 숲의 소란과 하늘의 비명에 귀를 기울였다. 사고력 따위는 이 순간, 그것을 붙잡고 있던 머릿속에서 갑자기 빠져나가 버린 무언가 어이없는 일로밖에 생각되지 않았다.

"머리가 없어진 사람이라면," 브라운 신부가 말했다. "이 파헤쳐진 무덤 주위에도 셋이나 있소."

핏기를 잃은 런던의 형사는 무언가 말하려고 입을 벌렸으나, 바람이 질러대는 기다란 비명이 허공에 울려퍼지는 동안 그대로 시골뜨기처럼 입을 딱 벌리고 있었다. 그러다가 문득 자신의 손이 자신의 것이 아닌 듯한 눈초리로 움켜쥔 도끼를 바라보다가 툭 떨어뜨렸다.

"신부님." 좀처럼 쓰지 않는 어린아이 같은 목소리로 프랑보우가 말했다. "어쩌면 좋겠습니까?"

이에 대한 신부의 대답은 어찌나 빠른지 마치 초조함을 이기지 못하고 있던 대포에 발사 명령이 내린 것 같았다.

"잠을 자는 일이오." 브라운 신부는 말했다. "자면 되오. 이제 우리는 길이 다한 끝까지 왔소. 당신은 잠이란 무엇인가를 아시오? 잠 자는 사람은 누구건 신을 믿고 있다는 것을 아시오? 잠은 성찬식(聖餐式)인 것이오. 믿은 다음의 행위이며, 사람에게 있어서의 음식물이기 때문이오. 우리에게는 성찬이 필요하오. 비록 자연이 주는 선물일지라도, 사람의 몸에는 절대로 닥쳐오지 않는 일이 우리에게 닥친 것이오. 사람에게 닥치는 일 가운데 이토록 부정한 일은 없다고 할 수 있을지도 모르겠소."

클레이븐의 벌어진 입술이 하나로 맞추어지며 말했다.

"어떤 의미입니까, 그것은?"

신부는 성 쪽으로 얼굴을 돌리며 대답했다.

"우리는 진상을 찾아냈소. 그러나 그 진상은 아무런 의미도 없소."

그는 이윽고 혼자 앞장서서 오솔길을 내려갔다. 그 엄청나게 재빠른 동작은 신부로서는 매우 신기한 것이었다. 성으로 되돌아오자 이번에는 개처럼 단순하게 잠자리에 들어가 버렸다.

브라운 신부는 자신이 잠을 신비적으로 찬미했으면서 다른 누구보다도——말없는 정원사는 빼놓고——일찍 일어나 커다란 파이프를 피우면서 뒤뜰에서 묵묵히 일하는 정원사를 바라보고 있었다. 이미 폭풍우는 새벽녘이 가까워지자 호우(豪雨)로 변했다가 멎고, 신기한 상쾌함과 함께 아침이 찾아오고 있었다. 정원사는 신부와 말을 주고받는 것 같았다. 그때 두 탐정이 나타나자 불쾌하게 삽을 묘상(苗床)에 꽂아 놓고 아침 식사가 어쩌고 하며 캐비지의 줄을 따라서 뒤로 물러나더니 부엌 안으로 사라져 버렸다.

"쓸모 있는 사람이군요. 저 정원사는," 브라운 신부가 말했다. "아주 솜씨 있게 감자를 캐내는군요. 그래도 역시," 냉정한 자애로움을 담아 신부는 덧붙였다. "결점을 갖고 있소. 누구나 갖고 있겠지요. 저 사람은 이 밭을 가는 데 별로 규칙적으로 하고 있지 않는 것 같소. 예를 들면……자, 보시오." 그는 별안간 땅 한 군데를 발로 탁탁 소리내어 밟으며 말했다. "이 밑의 감자는 아무래도 수상하오."

"그것은 어째서지요?" 클레이븐이 물었다. 이 이상한 영감은 이번에는 감자의 도락을 시작했단 말인가?

"이것을 수상하다고 생각하는 것은, 가우 자신이 이곳에 대해서 모호하게 행동하기 때문이오. 저 사람은 여기저기에 규칙 있게 삽질을 했는데, 이곳만은 빼놓았소. 아마 어지간히 기막힌 감자가 있는 모양이오."

프랑보우는 삽을 뽑아들자 곧 한순간도 아깝다는 듯이 문제의 땅에 삽을 찔러 넣었다. 그리고 흙더미와 함께 파헤쳐낸 것은 도저히 감자와는 거리가 먼, 오히려 머리통이 커다란 버섯과 닮은 물건이었다. 그런데 이 이상한 물건은 삽에 텅 부딪치더니 공처럼 굴러가서 모두들 배를 잡고 킬킬댔다. 그러나 브라운 신부는 슬픈 목소리로 "그렌가일 백작님!" 하더니 침울하게 두개골을 내려다보았다.

잠시 명복을 빈 뒤 신부는 프랑보우의 손에서 삽을 뺏어들고 "본래대로 묻어두어야 해." 하면서 두개골을 땅속으로 밀어 넣었다. 그리고 작은 몸(그러나 큰 머리통)을 구부려 지면에 푹 꽂혀있는 삽자루를 끌어당기는 것이었으나 그의 눈은 초점이 없고 이마에는 몇 가닥이나 주름이 잡혀 있었다. '어떻게 해야 이 괴상한 사건의 마지막 의미를 알 수 있을까?' 그는 중얼거렸다. 커다란 삽자루를 끌어안고 신부는 사람들이 교회에서 하는 것처럼 이마를 갖다댔다.

하늘은 더할 나위 없이 화창하여 청색과 은색으로 반짝였다. 정원의 작은 나무에서 지저귀는 새소리는 마치 나무들의 속삭임처럼 들렸다. 그러나 세 남자는 마냥 침묵만 지킬 뿐이었다.

"난 그만 할래." 프랑보우는 귀찮은 듯이 내뱉었다. "내 머리와 이 세계는 잘 안 어울리는 것 같아. 이쯤에서 포기해야지. 코담배, 찢어진 기도서, 오르골의 부속품, 그게 도대체 어쨌다구……?"

그러자 주름을 이마에 모은 브라운 신부는 그저 삽자루만 툭툭 쳤는데, 그처럼 너그럽지 못한 태도는 그로서는 참으로 드물었다.

"그야 모두 아는 뻔한 일 아니겠나?" 브라운 신부는 혀를 찼다.

"코담배니 시계니 그 외에도 여러 가지 사물에 얽힌 일은 오늘 아침 눈을 뜨면서 알았네. 그리고 나는 정원사 가우와 결말을 보았지. 정원사는 보기보다 귀머거리도 아닐 뿐더러 얼간이도 아니야. 문제시

되는 뿔뿔이 흩어진 여러 사물들에는 뭔가 부족한 점이 있었어. 찢어진 기도서는 내가 착각한 것이었고 아무런 해도 없어. 문제는 마지막 괴사건이지. 묘지를 파헤쳐서 시체의 머리를 훔쳐내다니 아무리 생각해도 정상이 아니야. 거기에는 사악한 힘이 관계되었다고 생각해. 그래서 코담배니 양초니 하는 너무도 단순한 이야기와 아귀가 잘 안 맞는 이유지. ” 여기까지 말하고 그는 속이 상한 듯 파이프 담배를 태우면서 성큼성큼 돌아다녔다.

“신부님. ” 프랑보우가 빈정댔다.

“상대를 보고나서 말씀하시지요. 이래봬도 저도 한때는 범죄자였으니까. 전과자란 신분이 주는 커다란 이점은, 그때그때 순간적으로 제멋대로 계획을 세워 바로 실행하는 것이지요. 이처럼 기다리고, 기다리고, 또 기다려야만 하는 탐정놀이는 프랑스인으로서 도저히 나는 못할 짓입니다. 지금까지 늘, 좋고 나쁨을 떠나 즉석에서 행동했던 인간입니다. 어떤 사태가 생기면 다음날 아침에는 바로 결투를 했고, 계산은 언제나 현금으로, 치과의사에게 갈 일이 생겨도 절대 머뭇거리지 않았습니다. 그리고 또……. ”

여기까지 말했을 때 브라운 신부의 입에서 파이프가 떨어져 자갈길에서 3토막이 났다. 넋을 놓고 서 있는 신부의 눈은 휘둥그레져서, 마치 백치처럼 보였다.

“이런! 정말 맹추같으니……! ”

신부는 끝없이 넋두리를 되풀이했다.

“정말 허수아비였군! ”

하지만 머잖아 점점 약해지더니 마침내 웃음소리로 변했다.

“치과의사라고! ” 그는 다시 말했다. “내가 여섯 시간이나 정신의 심연에 가라앉았던 것도 다름이 아니라 다만 치과의사라는 것을 생각해 내지 못했기 때문이야! 두 분, 어젯밤은 굉장한 지옥의 밤을 보

냈소만 이젠 아무 걱정도 없소. 해는 솟았고, 새는 노래하며, 치과의
사의 빛나는 상(像)이 세상을 위로해 줄 것이오."

"그 헛소리에서 이치가 선 의미를 끄집어내려면," 프랑보우는 크
게 한 발자국 내디디며 소리쳤다. "종교재판의 고문 방법을 써야만
하겠군요."

브라운 신부는 지금 햇살을 가득히 받은 잔디밭 위에서 펄쩍펄쩍
뛰고 싶은 충동을 지그시 누르는 듯한 동작을 한 다음, 어린아이처럼
순진하고 가련함을 느끼게 하는 목소리로 외쳤다.

"조금은 바보가 되는 것도 나쁠 것은 없지. 지금까지 내가 얼마나
슬펐는지 당신네들은 모를 거요. 난 지금에야 알았소. 이 사건에는
깊은 죄는 아무것도 감추어져 있지 않았다는 것을. 다만 조금 정신
이 돌았을 뿐——그런 것은 아무도 마음쓰지 않소."

신부는 홱 몸을 돌려 엄숙한 얼굴로 두 사람을 보았다.

"이것은 범죄 이야기가 아니오. 얼핏 보기에 색다르고 좀 비뚤어진
오로지 정직하기만 한 사람의 이야기라고 하는 편이 좋겠소. 우리
의 상대는 자신의 몫 이상의 것은 아무것도 받지 않았다는, 이 지
상에서 오직 하나뿐인 남자일 것이오. 그 남자의 종교였던 미개인
의 산 논리에 대한 연구라고도 할 수 있는 것이 이 이야기요.

그렌가일 일가를 노래한 이 지방의 시——,

　　여름 나무의 푸른 수액과도 같도다
　　오글비의 붉은 돈은.

이것은 비유적일 뿐만 아니라, 글자 그대로의 의미로도 생각할
수 있소. 이것이 의미하는 것은 대대의 그렌가일이 부(富)를 모았
다는 것만은 아니오. 그들이 조금도 과장됨이 없이 돈을 모았다는

것도 사실이오. 금으로 된 장식품이나 실용품 콜렉션은 대단한 것이었소. 사실 그들은 그러한 수집열에 열중한 구두쇠였지요. 자, 이 사실에 비추어 우리가 성에서 발견한 것을 모조리 나열해 봅시다. 금고리가 없는 다이아몬드, 금촛대가 없는 양초, 금케이스가 없는 코담배, 케이스에 담겨 있지 않은 연필심, 금으로 된 손잡이가 없는 지팡이, 금케이스가 없는 시계의 부품, 그리고 또 하나, 이것은 제 정신으로 한 것이라고 생각되지는 않지만 그 옛날의 기도서에 새겨졌던 예수의 후광과 이름, 그것도 또한 진짜 금이었기 때문에 고스란히 떼어갔던 것이오."

차츰 강해지는 햇살에 정원은 점점 광채가 더하고, 풀은 더욱 생동하는 기운이 더해지는 것처럼 보이는 가운데 신부는 이 어이없는 진상을 말하고 있었다. 프랑보우가 담배에 불을 붙이는 동안에도 신부는 다음 이야기를 계속했다.

"그것은 떼어간 것이지 도둑을 맞은 것은 아니오. 그것이 만약 도둑의 짓이었다면 이런 수수께끼는 남지 않았을 것이오. 도둑이라면 코담배의 금케이스 속에 든 것까지 모두 훔쳤을 것이오. 금으로 된 연필 케이스만 해도 마찬가지요. 아무래도 상대는 일종의 독특한 양심을——그렇더라도 역시 양심을——가진 사람일 거요. 그 미친 모럴리스트를 오늘 아침 나는 저쪽 뒤뜰에서 발견하고 모든 이야기의 자초지종을 들었소.

고 오글비 대감독은 그렌가일 집안에 태어난 사람 가운데서 가장 선인(善人)에 가까웠소. 그러나 그의 일그러진 덕은 사람을 혐오하는 방향을 취했지요. 선조의 덕의롭지 못한 처사에 마음이 상한 그는 거기서 일반론을 끌어내어 사람들은 모두 정직하지 못하다는 결론을 내렸던 것이오. 무엇보다도 특히 그가 의심하는 눈길을 돌린 것은 자선이니 기부니 희사니 하는 일들이었소. 그리고 만약 어

디엔가 자신의 권리인 분량만을 과부족 없이 얻고 있는 사람이 있
다면 그렌가일 집안의 돈을 모두 그 사람에게 물려주겠다고 맹세하
고, 이렇게 인류에 대한 도전장을 내던진 다음 설마 그에 응하고
나서는 사람은 없을 것이라고 깔보고 은둔해 버린 거요. 그런데 어
느 날 귀머거리에다 아무런 재주도 없어 보이는 젊은이가 먼 마을
에서 전보를 전하러 찾아왔소. 그렌가일은 짓궂은 마음에서 새로운
파징(영국 화폐의 최소단위로 4분의 1페니) 화 한 닢을 젊은이에
게 주었소. 적어도 파징 화라고 생각하고 주었지요. 그런데 나중에
돈을 조사해 보니, 새로운 파징 화는 그대로 있고 1파운드 짜리 소
브린 화가 없어진 것을 깨달았소. 이 착오에 그렌가일은 세상에 대
한 자신의 모멸을 만족시킬 가능성을 알아차렸소. 어쨌거나 그 젊
은이는 인간에게 특유한 탐욕스러움을 발휘할 것이다, 이대로 사라
져 버려서 한 닢의 돈을 훔친 도둑이 되거나 아니면 찡그린 얼굴로
그것을 가지고 돌아와 보수를 요구하는 속물이 되거나 둘 중의 하
나일 것이다. 그날 밤, 그렌가일 경이 잠자리에 들었을 때 두드려
깨우는 바람에——왜냐하면 경은 혼자 살고 있었으니까요. 내키지
않는 마음으로 문을 열었더니 거기에 서 있는 것은 바로 그 백치였
소. 이 얼간이는 글쎄, 소브린 화가 아니라 19실링 11펜스 3파징
의 거스름돈을 가지고 온 것이오.

 이 빈틈없이 꼼꼼한 행위가 미친 그렌가일의 머리에 불길처럼 달
라붙었소. 그는 자기가 디오게네스이며, 오랫동안 정직한 사람을
찾아왔는데 가까스로 한 사람 발견했다는 의미의 말을 하며 유언장
을 고쳐 썼소. 그것을 나는 이미 보았소.

 이리하여 그렌가일은 이 황폐한 큰 저택에 꼼꼼하기 이를 데 없
는 젊은이를 불러들여 단 한 사람의 하인으로, 그리고 또——기묘
한 일이지만——상속인으로 만들어 낸 것이오. 당사자인 괴짜는

다른 것은 아무것도 몰랐지만, 주인의 두 가지 고정 관념만은 완전히 이해했소. 다시 말해서 권리증이 전부라는 것, 그리고 그렌가일의 금은 자기의 소유가 되어야 한다는 두 가지 점만은 잘 알고 있었던 거요.

여기까지는 그 이야기대로여서 지극히 간단하오. 그 멍텅구리는 집에 있는 금이라는 금은 모조리 떼어냈소. 그러나 금이 아닌 것은 먼지 하나도 손을 대지 않았지. 사실 코담배의 가루까지도 그대로 있지 않소? 금으로 장식된 낡은 책에서 금으로 된 부분을 떼었지만, 다른 부분은 손대지 않은 상태였다는 사실에 그는 매우 만족하고 있었소. 그런 일이라면 나로선 모든 것을 이해할 수 있었소. 그런데 도무지 알 수 없었던 것은 이 두개골의 문제요. 저 사람의 머리가 감자밭에 묻혀 있었다는 것은 아무래도 납득이 가지 않는 일이었소. 어찌 된 일인가 하고 골치를 앓고 있는데……. 마침 프랑보우 씨가 그것을 정확하게 말해 준 것이오.

이젠 괜찮을 것이오. 저 남자는 두개골을 어김없이 무덤에 돌려 놓겠지요. 금니의 금을 떼어 내고 나면 말이오.”

과연 그 날 아침, 프랑보우가 언덕을 가로질러 가자 저 이상한 인물, 빈틈없는 구두쇠 나리가 묻혔던 훼손된 무덤을 다시 파헤치고 있는 모습이 보였다. 남자의 목에 감긴 스카프가 산바람에 펄럭이고, 그 머리에는 실크햇이 다른 사람이야 뭐라고 하든 아랑곳없이 턱 올라앉아 있었다.

예기치 못한 일

런던에서 북으로 달리는 큰길 중에는 죽 시골 깊숙한 곳까지 이어진 것이 있다. 이런 도로는 길가의 집들도 뜸해지고 가끔 가다가는 인가가 끊어지기도 하여 집들이 상당한 거리를 두고 떨어져 있는데도 그 길만은 어디까지나 뻗어 나가 있는 이른바 '길거리의 괴물'이다. 한 무더기의 가게가 있는가 하면 다음에는 울짱을 둘러친 밭이며 마구간에 곁딸린 작은 목장이 있고, 그 옆에는 유명한 여인숙. 또 그 다음에는 채소밭이나 묘목 재배장, 그 옆에는 개인의 큰 저택이 있으며, 그 다음에는 또 밭, 그리고 또 여인숙…… 이런 식이었다. 그것은 이러한 종류의 도로였는데, 이 길을 걸어가는 사람은 어느 집 앞을 지나게 되면 틀림없이 그쪽에 눈길이 끌릴 것이다. 그렇지만 어째서 그리로 눈길이 끌리는지는 자신도 설명할 수 없을 것이다.

그것은 도로에 평행하게 세워진 길고도 낮은 집으로, 대부분은 흰빛과 연초록빛으로 칠해져 있고 베란다가 있으며 차양이 달려 있고 예스러운 집에서 흔히 보게 되는 목제 우산처럼 생긴 유별난 둥근 지붕이 있는 포치가 있다. 사실 그것은 옛날식 집으로, 지난날이 그리워지는 부유한 클라팜 부근에 있을 법한, 좋은 의미로 보아 매우 영국적이며 매우 촌스러운 건물이었다. 그러나 이 집은 주로 더운 계절을 고려하여 지어진 것 같았다. 그 흰 칠이며 차양을 바라보고 있노라면 모자에서 늘어진 햇빛을 피하기 위한 천이며, 나아가서는 종려나무조차도 희미하나마 머릿속에 떠오르는 것이다. 필자로서는 이 인상이 유래한 근원을 알아낼 수야 없지만, 짐작컨대 인도에 오래 머물러 살던 영국인이 지은 집인 것 같다.

이 집 앞을 지나는 사람은 누구나 반드시 무언가 형용하기 어려운 매력을 느끼고, 이 집은 무슨 까닭이 있음직한 집이라고 생각할 것이다. 다음 이야기를 들으면 곧 알겠지만, 이 육감은 맞는 것이다. 그것은 즉, 필자가 여기서 이야기하려고 하는 것은 천 8백 몇 십 몇 년인가의 성령강림절에 이 집에서 실제로 일어난 이상한 사건의 이야기이기 때문이다.

성령강림절(부활절 뒤의 일곱 번째 맞는 일요일)이 있기 전의 목요일 오후 4시 반 전후에 이 집 앞을 지나간 사람은, 그곳 현관문이 열리고 안으로부터 세인트 만고의 작은 성당 신부 브라운이 큼직한 파이프를 피우면서 프랑보우라고 하는 매우 키가 큰 프랑스 인 친구――그는 단작스럽게 작은 잎담배를 피우고 있었다――와 나란히 나오는 것을 보았을 것이다. 이 두 인물이 독자에게 흥미의 대상이 되는지 어떤지는 사람에 따라 각각 다르겠지만 사실은 이 흰 빛과 녹색의 집 현관문이 열렸을 때에 보인 흥미 있는 대상은 이 두 사람만이 아니었다. 그밖에도 이 집에는 여러 가지로 색다른 점이 있으므로, 무엇보다도 우선 그것을 말해 두어야만 할 것 같다. 그것은 독자에게 이 비극적인 이야기를 이해해 주실 것을 부탁드리기 위해서만이 아니라, 이 현관문이 열렸을 때에 눈에 띈 것이 무엇인가를 알게 하기 위해서도 필요한 것이다.

이 집 전체는 T자형을 이루고 있는데, T자형이라고는 해도 가로의 선이 매우 길고 세로의 선이 매우 짧았다. 가로의 긴 선은 큰길에 평행으로 뻗은 바깥 부분으로, 그 중앙에 현관이 있었다. 그것은 2층집으로, 이 집의 중요한 방은 거의 모두 여기에 있었다. 현관 바로 뒤에서부터 안쪽으로 쑥 내어민 짧은 세로 부분은 단층집으로, 세로로 이어진 방이 둘 있을 뿐이었다. 이 두 방 가운데 안채 쪽에 가까운 방은 저 유명한 퀸튼 씨가 현실과는 동떨어진 동양적인 시며 로맨스〔奇譚〕를 쓰는 데 사용하는 서재이며, 안쪽 방은 실로 비할 나위 없는, 기괴하다고까지 할 만큼 아름다운 열대 식물이 빽빽이 우거진 유리 온실로 되어 있어, 이날 같은 오후에는 눈부신 햇빛이 빛나는 것이었다. 그러므로 현관문이 열려 있을 때에는 많은 통행인이 그야말로 글자 그대로 모두 걸음을 멈추고 눈이 휘둥그래져서 침을 삼키는 것이었다. 쭉 늘어선 호화스러운 방 안쪽을 보면 실로 자주 바뀌는 옛이야기극의 무대 장면처럼 보랏빛 구름, 금빛 태양, 진홍빛 별이 무수히 불타는 것처럼 뚜렷하게, 그러나 동시에 투명하고 아득하게 보이고 있었기 때문이다.

시인인 레나드 퀸튼 스스로가 이 효과를 아주 신중하게 고안해 낸 것이다. 이토록 그의 개성이 잘 표현되어 있는 것은 그의 시 어디를 찾아도 보이지 않을 것이다. 그것은 즉 그가 색채에 탐닉하는 사나이고, 색채에 대한 갈망을 충족시키기 위해서라면 아무 형식도 돌보지 않는, 좋은 형식조차도 희생시키기를 서슴지 않는 남자였기 때문이었다.

그의 천재를 오직 동방의 미술이나 이미지로 향하게 한 것은 오로지 이 색채욕이었다. 그는 모든 색채가 무엇을 상징하고 무엇을 교시하는 것도 아닌 기막힌 혼돈의 세계에 떨어져 있는 것 같은, 현혹적인 융단과 자수에 빠져들었던 것이다. 그는 강렬할 뿐 아니라 잔혹하기까지 한 상태의 다채롭기 이를 데 없는 서사시며 사랑 이야기를 쓰도록 노력하여 완전한 예술적 성공을 거둔다고는 할 수 없지만, 그 상상력이나 창의면에서는 높이 평가되고 있었던 이야기——타는 듯한 금빛이나 피를 연상케 하는 적동색으로 채색된 열대 천국의 이야기, 12번 감은 터번을 쓰고 보랏빛과 공작의 녹색으로 칠해진 코끼리 등에 올라타고 나가는 동방의 영웅들 이야기, 백 명의 흑인들도 운반할 수 없는 거대한 보석이 야릇한 빛깔의 고대의 불에 타는 이야기——들을 퀸튼은 쓰고 있었다.

좀더 평범한 관점에서 쉽게 말하면 그가 주로 다룬 것은 동양의 천국이었다. 이것은 대부분의 서양 지옥보다 더 지독한 지옥이었다. 모나코[君主]라기보다 메이니아크[狂人]라는 편이 머리에 쏙 들어오는 동방의 모나코이며, 본드 거리의 보석 상인이라면, 가령 백 명의 흑인이 가까스로 가게로 운반해 왔다 하더라도 아마도 진짜라고는 생각할 것 같지 않은 동양산 보석같은 것이었다.

퀸튼은 병적이라고는 하지만 아무튼 천재였다. 그리고 이 병적인 점까지도 작품 속보다 실생활에 많이 나타났다. 성품은 겁이 많고 화를 잘 내며, 동양통답게 아편을 사용함으로 건강을 몹시 해치고 있었다. 잘생겼으며 부지런했다. 아니, 지나치게 일을 해서 초췌하였다. 아내는 아편에 반대했지만 그보다는 흰빛과 노란빛의 긴 옷을 입은 살아 있는 인도의 은자(隱者)에게 더 맹렬히 반대하고 있었다. 그것은 남편이 이 은자를 일컬어 자신의 영혼을 동양의 천국과 지옥으로 안내해 주는 베르길리우스(《신곡》 가운데서 안내역을 맡은 로마의 대시인)라고 하며, 여러 달이나 집에서 묵게 하며 대접해야 한다고 고집을 부리고 있었기 때문이다.

지금 막 브라운 신부와 동행인 친구는 이 예술적인 집 밖으로 나가려고 입구의 계단에 발을 올려놓은 참인데, 두 사람의 표정으로 살펴건대 아무래도 집 안에서 나오게 되어 마음이 놓이는 모양이었다. 프랑보우는 파리에서 지낸 분방한 학생 시절에 퀸튼을 알았던 일이 있어, 지금 주말을 이용하여 옛친구를 만나러 온 길이었다. 그러나 프랑보우가 최근에는 옛날보다 신뢰할 만한 인물로 바뀌었다는 것은 그만두고라도 역시 그는 이 시인과는 잘 맞지 않았다. 아편으로 숨을 헐떡이며, 고급 피지(皮紙)에 호색적인 시구를 줄줄 써나간다는 것은 아무리 타락의 길이라고는 해도 신사로서 할 일이 아니라고 프랑보우는 생각했던 것이다.

그런데 두 사람이 정원을 산책하려고 입구 계단에서 잠깐 걸음을 멈추었을 때였다. 정원의 정문이 거칠게 홱 열리며, 모자의 테가 넓은 실크햇을 깊숙이 눌러쓴 젊은 남자가 정신 없이 후닥닥 계단을 뛰어 올라왔다. 방탕하게 보이는 젊은이로, 그 화려하고 빨간 넥타이는 아무렇게나 나뒹굴어 잔 것처럼 뒤틀렸으며, 끊임없이 침착성을 잃고 마디가 있는 작은 스틱을 휘둘렀다.

"이봐요" 하고 가쁜 숨을 몰아쉬며 그 젊은이는 말했다. "퀸튼 어른을 만나고 싶은데요. 꼭 만날 일이 있습니다. 집에 계신가요?"

"퀸튼 씨야 안에 계시겠지만," 브라운 신부는 파이프를 탁탁 털면서 말했다. "그러나 만날 수 있을지는 잘 모르겠는걸. 마침 지금 의사가 와 있기 때문이오."

젊은 남자는 아무래도 술기운이 있는 듯 위태로운 걸음걸이로 현관 홀로 들어갔다. 그와 동시에 퀸튼의 서재로부터 의사가 나타나 문을 닫고 장갑을 끼고 있었다.

"퀸튼 씨를 만나겠다고?" 의사가 냉정하게 말했다. "그건 무리요. 사실 어떤 이유든 간에 절대로 면회 사절이오. 당신만이 아니라 면회는 일체 안됩니다. 지금 막 수면제를 먹이고 나왔으니까요."

"뭐 어떻습니까, 젠장" 하고 빨간 넥타이의 청년은 의사의 윗옷 옷깃을 친숙한 듯이 잡으려고 하면서 말했다. "이것 보시오, 난 아주 정신 없이 취했어요, 나는……."

"안되오, 애트킨슨 씨." 상대를 밀어내면서 의사가 말했다. "당신이 마취약의 효용을 바꿀 수 있다면 나도 결심을 바꾸겠소." 이렇게 말하더니 그는 모자를 쓰고 다른 두 사람과 함께 햇빛이 비치는 곳으로 나갔다. 그는 콧수염을 기르고 목이 굵으며 성품이 좋은 남자로, 아주 평범한 사람이지만 매우 유능한 의사다운 인상을 풍겼다.

한편 실크햇의 남자는 상대의 윗옷을 움켜쥐는 조잡한 짓 말고는 다른 사람과 실랑이를 할 재치가 없는 듯, 마치 몸뚱이째 내던져진 것처럼 비틀비틀 문 밖에 서서 다른 세 사람이 나란히 정원을 걸어가는 것을 잠자코 보고 있었다.

"지금 한 말은 새빨간 거짓말이오." 웃으면서 의사가 말했다. "사실은 퀸튼 씨가 수면제를 먹을 시간은 앞으로 30분이나 지난 뒤지요. 그렇지만 퀸튼 씨가 저 무뢰한에게 시달리는 것은 곤란하니까요. 아무튼 저 사람 돈을 꾸어 가는 것밖에는 재주가 없는 데다가 또 꾼 돈은 갚으려 하지 않거든요. 퀸튼 부인의 동생이라는데 도무지 어쩔 수 없는 불한당입니다. 부인은 다시없이 훌륭하신 분인데 말이오."

"그렇습니다." 브라운 신부가 말했다. "정말로 선량한 부인이시지요."

"그래서 나는 저 사람이 돌아갈 때까지 정원을 서성거리고 있으려고 생각합니다" 의사가 계속해서 말했다. "그리고 안으로 들어가 퀸튼 씨에게 약을 먹이겠소. 애트킨슨은 들어가지 못할 것이오, 문을 잠가 두었으니까요."

"그런 일이라면 이봐요, 해리스 선생." 프랑보우가 말했다. "뒤뜰로 돌아가 온실 부근을 거닐어 보시지요. 뒤뜰에서 온실로 들어가는 입구는 없지만, 밖에서만이라도 들여다볼 가치가 있으니까요."

"그렇군요. 게다가 거기서라면 환자의 모습을 엿볼 수 있을지도 모르겠군요." 의사가 웃으면서 말했다. "저 사람은 온실 바로 끝쯤에서 저 피처럼 새빨간 포인세티아에 둘러싸여 긴 의자에 눕기를 좋아하지요. 그런 모습을 보면 소름이 끼칠지도 모르겠지만. 그런데 당신은 지금 무엇을 하시는 겁니까?"

브라운 신부가 한순간 걸음을 멈추고 길게 자란 풀 사이에 감추어졌던 색다르고 일그러진 동양식 나이프를 주워들었던 것이다. 채색된 돌과 금속이 정교하게 박혀 있는 칼이었다.

"이게 뭘까요?" 브라운 신부는 도무지 마음에 들지 않는다는 듯한 태도로 그것을 바라보면서 말했다.

"아, 퀸튼의 물건이겠지요." 아무렇지도 않게 해리스 의사가 말했다. "저 사람은 온갖 중국제 도구류를 발 들여놓을 자리도 없을 정도로 가지고 있으니까요. 그렇지 않으면 이것은 저 사람이 붙들어 둔 저 얌전한 힌두 인의 물건인지도 모르겠군요."

"힌두인이라면?" 손에 든 단검을 여전히 들여다보면서 브라운 신부가 물었다.

"아, 네. 뭐라던가 하는 인도의 마술사지요." 의사는 대수롭지 않게 말했다. "어차피 사기꾼이겠지만 말입니다."

"당신은 마술을 믿지 않으시오?"

눈길을 들지도 않고 브라운 신부가 물었다.

"마술 따위는 터무니없는 것이지요!" 의사가 말했다.

"이건 굉장히 아름답군요." 신부는 황홀감에 젖은 낮은 목소리로 말했다. "색깔이 무척 아름답소. 그러나 모양은 좋지 않군요."

"어떤 점에서?" 프랑보우가 눈이 휘둥그래서 물었다.

"모든 점에서요. 추상적으로 좋지 않은 모양이오. 동양의 미술을 보고 그런 느낌을 받은 일이 없으시오? 분명히 색채는 황홀할 정도로 아름답소. 그러나 모양은 저속하고 볼품이 없거든. 의식적으로 저속하고 볼품 없게 만들었소. 나는 터키 융단 가운데서 옳지 못한 것을 읽은 적이 있지요.”

“불길한 일대사(一大事)!” 프랑보우가 웃는 소리로 외쳤다.

“나로선 도무지 알 수 없는 말로 씌어진 글씨와 부호였는데, 그것이 좋지 않은 뜻의 말이라는 것은 금방 알아볼 수 있었어요” 신부는 점차로 목소리를 낮추면서 이야기를 계속했다. “그 행위는 고의적으로 미치고 있었소. 달아나려고 몸을 꿈틀꿈틀하는 뱀처럼 말이오.”

“대체 무슨 이야기를 하시는 겁니까?”

의사가 큰소리로 웃으면서 말했다.

프랑보우가 그 말에 대답하여 조용히 이야기하기 시작했다.

“이따금 신부는 이런 신비로움도 아랑곳없이 안개 속에 숨어 버리고 만답니다. 그렇지만 미리 경고해 두겠는데, 이제까지의 경험에 의하면 신부가 이렇게 될 때에는 틀림없이 무슨 불길한 일이 신변에 다가와 있는 겁니다.”

“무슨 어리석은!” 과학자인 의사가 말했다.

“글쎄, 이것을 보시오.” 브라운 신부는 큰소리로 말하면서 구부러진 칼을 번들거리는 뱀이라도 되는 것처럼 가슴 앞으로 내밀었다.

“이 모양이 제대로 되어 있지 않은 것을 모르시겠소? 여기에는 아무것도 확실하고 명백한 목적이 없다는 것을 모르시오? 창과 같은 칼끝도 없소. 낫처럼 구부러져 있지도 않소. 아무리 보아도 무기답지 않소. 굳이 말한다면 고문하는 도구 같지 않소.”

“아무래도 마음에 드시지 않는 것 같으니 그것은 주인에게 돌려주면 되겠군요.” 명랑하게 해리스가 말했다. “이 기묘하게 생긴 온실 끝은 아직 멀었소? 그러고 보면 이 집도 형태가 제대로 된 것 같지는 않군요.”

"당신은 모르오." 브라운 신부는 머리를 저었다. "이 집의 모양은 아주 유별나고 기이하게 지어졌죠, 우스꽝스러울 정도로. 그러나 제대로 되어 있지 않은 점은 한 군데도 없소."

이야기하는 동안에 그들은 온실 끝을 이루고 있는 구부러진 유리면을 따라 돌고 있었다. 밖으로부터는 안으로 들어가는 문도 창문도 없기 때문에 이 구부러진 면은 중간에서 끊어지지 않고 이어져 있었다. 그러나 그 유리는 투명해서, 해가 지기 시작했다고는 하지만 아직 밝았으므로 세 사람의 눈에는 내부의 찬란한 꽃만이 아니라 갈색 벨벳 윗옷을 입고 긴 의자에 누워 있는 시인의 모습까지도 보였다. 책을 읽다가 스르르 잠이 든 모습이다.

그는 얼굴빛이 창백하고 매우 여윈 사나이로 밤색 머리와 턱수염을 길렀다. 이 턱수염은 그의 풍모와는 역설적이라고도 할 만했으며, 이 때문에 그의 남자다움이 오히려 깎이는 결과를 가져오고 있었다. 이러한 특징은 세 사람 다 자세히 알고 있었으나, 비록 그렇지 않았다 하더라도 바로 이 순간에 세 사람이 퀸튼에게 눈길을 주었는지 어떤지는 의문이다. 세 사람의 눈은 좀더 다른 물건에 못박혀 있었던 것이다.

이 유리로 된 건물의 둥그런 끝부분 바로 옆, 지금 막 그들이 지나온 그곳에 키가 후리후리한 한 남자가 서 있었다. 풍성하고 새하얀 옷은 발 밑까지 늘어지고, 모자를 쓰지 않은 머리와 얼굴과 목이 저물어 가는 햇빛에 빛나서 훌륭한 청동상처럼 희미하게 밝은 빛을 내고 있었다. 그는 유리를 통해 안에 잠들어 있는 사람을 물끄러미 지켜보고 있었다. 산처럼 태연해서 꿈쩍도 하지 않는다.

"저건 누구요? 후유." 소리내어 숨을 들이마시고 뒤로 한 걸음 물러나며 신부가 외쳤다.

"누구요, 바로 그 힌두인 사기꾼 아닙니까." 재미 없다는 어조로 해리스가 말했다. "그렇지만 대체 여기서 무엇을 하고 있는 것일까요?"

"최면술 같은데요." 검은 수염을 씹으면서 프랑보우가 말했다.

"의학 비전문가인 당신네들은 어째서 언제나 최면술이니 뭐니 하고 쓸데없는 말만 하시는 거지요?" 의사가 큰소리로 말했다. "강도라고 하는 편이 더욱 더 잘 들어맞겠군요."

"어쨌든 이야기를 걸어 봅시다." 어떤 경우에나 행동하려는 프랑보우가 말했다. 크게 한 걸음 앞으로 나서자, 그것만으로도 프랑보우는 인도인이 서 있는 장소로 왔다. 그 동양인보다 큰 키를 굽히고 절을 하더니, 그는 조용하지만 방약무인한 태도로 "안녕하십니까? 뭐 시키실 일이 있으십니까?" 하고 물었다.

항구로 들어오는 커다란 배처럼 천천히 상대의 커다랗고 누런 얼굴이 이쪽을 돌아보며 그 흰옷의 어깨 너머로 프랑보우 쪽을 보았다. 세 사람은 그 누런 눈까풀이 잠들어 있을 때처럼 꼭 감겨 있는 것을 보고 놀랐다.

"고맙소." 나무랄 데 없는 영어로 그 얼굴이 말했다. "아무것도 필요하지 않아요." 그런 다음 눈을 조금 뜨고, 뿌연 눈알을 가느다란 틈으로 보이게 하면서 거듭 되풀이했다. "아무것도 필요하지 않아요." 다음에는 두 눈을 크게 뜨고 모두들 깜짝 놀랄 정도로 노려보면서 "아무것도 필요하지 않아요"라는 말을 남기고, 옷자락 스치는 소리를 내며 재빨리 어두워져 가는 정원으로 들어가 버렸다.

"그리스도교도가 그래도 겸손하군." 브라운 신부가 중얼거리듯 말했다. "그리스도교도라면 무언지 모르게 원하고 싶어하니까요."

"대체 그는 무엇을 했을까요?" 검은 눈썹을 찡그리고 목소리를 낮추며 프랑보우가 물었다.

"나중에 이야기해 드리겠소." 브라운 신부가 말했다.

햇빛은 아직도 완전히 사라지지 않았지만 황혼의 빨간 빛으로 바뀌었고, 정원의 나무며 나무숲의 대부분은 저녁놀이 빛나는 하늘을 등지고 점차로 어두컴컴해지고 있었다. 그들은 온실 주위를 삥 돌아 말없이 온실 반대쪽을 따라 정면 현관 쪽으로 걸어갔다. 이렇게 걸어가는 그들의 발소리에 서재와 안채 사이의 안쪽 한구석에 있던 어떤 자가 사람의 기척에 놀란 새처럼 잠을 깬 모양이었다. 이리하여 그들은 또 그 흰 옷 입은 행자(行者)가 어둠 속에서 나타나, 정면 현관 쪽으로 발소리도 없이 돌아오는 것을 보았던 것이다.

세 사람은 몹시 놀랐다. 그 부근에 있던 것은 그 남자만이 아니었기 때문이다. 뜻하지 않게 퀸튼 부인이 나타나 그들은 별안간 걸음을 멈추고 억지로라도 당혹한 표정을 떨쳐버려야만 했다. 숱이 많은 금발과 네모난 창백한 얼굴의 부인은 황혼의 어스름 속에서 나타나 세 사람 쪽으로 다가왔다. 조금 엄격한 표정이지만 아주 정중한 부인이다.

"안녕하세요, 해리스 선생님 ? " 부인은 말했다.

"안녕하십니까, 퀸튼 부인. " 몸집이 작은 의사가 기운차게 말했다.

"주인께 이제부터 잠자는 약을 드리려는 참입니다. "

"그렇군요. " 또렷한 목소리로 부인이 말했다. "마침 그 시간이군요. " 부인은 그들에게 빙긋 웃어 보이고는 그대로 재빠르게 집 안으로 들어가 버렸다.

"저 여자는 너무나 지친 표정이군요. " 브라운 신부가 말했다. "저런 사람은 20년 동안이나 자신의 할 일을 해 왔기 때문에 결국에는 어떤 끔찍한 짓이라도 저지를 여자같아 보여요. "

자그마한 의사는 이때야 비로소 흥미를 느낀 듯한 눈초리로 신부의 얼굴을 보았다.

"당신은 의학을 공부하신 일이 있습니까?"

"당신은 육체뿐 아니라 정신적인 것도 조금은 알아 둘 필요가 있을
겁니다. 우리도 정신뿐 아니라 육체에 관한 것도 조금은 알아두어
야만 하지요."

"자, 슬슬 퀸튼에게 약을 먹이러 갑시다." 의사가 말했다. "

세 사람은 안채의 앞쪽 모퉁이를 돌아 현관에 가까이 가 있었다.
그리고 문 앞에 이르렀을 때 그 흰옷의 남자를 세 번째로 보았다. 남
자는 현관을 향해 곧장 왔기 때문에 현관에서 마주 보이는 서재에서
나오는 길이라고는 누구나 생각하지 않을 수 없었다. 그러나 서재 문
이 잠겨 있다는 것은 세 사람이 다 알고 있는 사실이었다.

그래도 브라운 신부와 프랑보우는 이 기괴한 모순을 가슴에만 간직
하고 말은 하지 않았으며, 한편 해리스 선생은 현실에 불가능한 일로
쓸데없이 머리를 쓰는 남자가 아니었다. 해리스는 이 신출귀몰하는
동양인이 나가는 것을 나무랄 생각도 하지 않고 지나친 다음, 재빨리
현관 홀로 들어갔다. 그곳에는 그가 까맣게 잊고 있던 사람이 있었
다. 멍텅구리 애트킨슨이 콧노래를 부르며 나무 마디가 있는 스틱으
로 주위의 물건들을 쿡쿡 찌르면서 아직도 서성거리고 있는 것이었
다. 의사의 얼굴이 불쾌함과 단호한 결의를 나타내며 씰룩거렸다. 그
는 일행에게 재빠른 말로 속삭였다.

"이 문은 다시 한 번 잠가야겠소. 그렇지 않으면 이 서생원께서 침
입할 테니까요. 그렇지만 전 2분 뒤에는 다시 나올 겁니다."

의사는 재빠르게 문을 열고 안으로 들어가자 곧 잠가 버려 실크햇
의 청년이 비틀거리며 들어오려는 것을 틈을 주지 않고 막았다. 젊은
이는 초조한 듯이 현관 홀의 의자에 몸을 던졌다. 프랑보우는 벽에
걸린 페르시아 풍의 조명을 바라보고, 브라운 신부는 멍하니 서서 날
카로운 눈으로 그 문을 바라보고 있었다. 4분쯤 지나자 문이 다시 열

렸다. 이번에는 애트킨슨의 동작이 더 빨랐다. 기세 좋게 앞으로 뛰쳐나갔는가 싶더니, 열린 문을 잠깐 동안 누르고 큰소리로 불렀다.

"여어, 퀸튼, 볼 일이……. "

서재 안쪽에서 하품을 하는 것인지 귀찮아하며 웃는 것인지 분간할 수 없는 퀸튼의 목소리가 또렷하게 들렸다.

"그만, 자네가 원하는 게 뭔지 알고 있네. 자아, 이걸 가져가게나. 나를 방해하지는 말아 줘. 지금 공작의 노래를 쓰는 참이니까. "

문이 닫히기 전에 반 소브린 화가 그 틈으로 튀어나왔다. 애트킨슨은 위태로운 걸음걸이로 앞으로 나가자, 매우 솜씨 있게 날아오는 금화를 잡았다.

"이제 되었군. " 의사는 문을 거칠게 잠그고 두 사람의 앞장을 서서 정원으로 나갔다.

"레나드 씨도 이제는 마음놓고 있을 수 있겠군. " 의사는 브라운 신부를 보고 말을 덧붙였다. "한 시간이나 두 시간은 혼자 있겠답니다. "

"그렇군요. " 신부가 대답했다. "게다가 그곳을 떠날 때 들은 그 사람의 목소리는 퍽 쾌활하더군요. " 이렇게 말하고 그가 예사롭지 않은 눈초리로 정원을 둘러보니 주머니 속의 반 소브린 짜리 동전을 잘랑거리면서 서 있는 애트킨슨의 보기 흉한 모습이 보이고, 또 저쪽에는 보랏빛 저녁 어스름 속에서 저물어 가는 해 쪽으로 얼굴을 돌리고 풀이 난 비탈에 반듯이 앉아 있는 인도인의 모습이 보였다.

"퀸튼 부인은 어디 있을까요? " 신부가 불쑥 말했다.

"자기 방으로 올라갔습니다. " 의사가 대답했다. "저 커튼에 비치고 있는 것이 부인의 그림자입니다. "

브라운 신부는 눈을 들어 가스등에 비친 창문의 검은 그림자를 얼굴을 찡그리면서 지켜보았다.

"그렇소, 저건 부인의 그림자요."

신부는 1야드인지 2야드쯤 걸어가 정원 의자에 털썩 앉았다.

프랑보우도 그 옆에 앉았다. 그러나 의사는 줄곧 돌아다니는 성질을 지닌 정력적인 인종이어서 이때도 담배를 피우면서 저녁 어둠 속으로 사라져 버리고 두 친구만이 남게 되었다.

"신부님." 프랑보우가 프랑스어로 말했다. "어떻게 된 겁니까?"

브라운 신부는 30초 가량 말없이 가만히 있더니 조금 뒤 입을 열었다.

"미신은 종교라고도 할 수 있지만, 이 집 분위기에는 무언가 마음에 걸리는 것이 있소. 저 인도인 탓이겠지. 적어도 부분적으로는 말이오."

신부는 말을 마치고 멀리 있는 그 인도인의 모습을 지켜보았다. 인도인은 여전히 기도라도 드리는지 꼿꼿이 앉아 있었다. 얼핏 보기에 꿈쩍도 하지 않는 것 같지만, 브라운 신부가 가만히 지켜보니 남자의 몸이 아주 조금씩 리드미컬하게 흔들리고 있는 것을 알았다. 마치 그것은 어둑어둑한 정원 오솔길로 몰래 다가와, 낙엽을 살그머니 뒤흔드는 미풍을 받아 거무스름해진 나뭇가지 끝이 간신히 살랑거리는 듯한 움직임이었다.

폭풍이 일기 직전인 것처럼 주위의 경치는 급격히 어둠을 더하고 있었다. 두 사람의 눈에는 제각기의 장소를 차지하고 있는 인물의 모습이 모두 보였다. 애트킨슨은 멍한 표정으로 나무에 기대어 있다. 퀸튼 부인의 그림자는 여전히 자기 방 창가에 보인다. 의사는 온실 끝을 서성거리다 오는 길이었다. 그의 잎담배가 도깨비불처럼 보인다. 힌두인은 아직도 꼿꼿이 그러나 몸을 흔들면서 앉아 있었다. 그 머리 위의 나무들은 흔들리기 시작하여 소리를 내기까지 했다. 폭풍이 닥치고 있는 것이다.

"저 인도인이 우리에게 말을 했을 때," 브라운은 좌담이라도 하는 듯한 낮은 목소리로 이야기를 계속했다. "그 때 나는 일종의 환각을 보았소. 그 자신과 그의 우주 전체를 환각으로 본 것이었소. 하지만 그는 다만 똑같은 일을 세 번 되풀이했을 뿐이지요. 그가 맨처음에 말한 '아무것도 필요하지 않아요'라는 말뜻은 자기는 뱃속을 빤히 들여다보일 그런 사람이 아니다, 당신네들이 동양의 정체를 알기나 하고 그러느냐 하는 것이오. 그리고 또 '아무것도 필요하지 않아요'라고 했는데, 그것은 자기는 우주와 마찬가지로 혼자만으로도 만족한 존재이며, 어떠한 신도 필요치 않고 죄를 고백하지도 않는다는 뜻임을 나는 알 수 있었소. 세 번째로 또 다시 '아무것도 필요하지 않아요'라고 했을 때의 그의 눈은 번들번들 빛나고 있었소. 그래서 나는 알았소. 그가 말하려고 하는 것은 과장 없이 아무것도 필요하지 않다고 하는 것이라고 말이오. 다시 말해서 무(無)야말로 그의 소망이며 고향이고, 그는 술을 몹시 동경하듯이 무를 몹시 동경할 뿐 아니라 적멸(寂滅)이야말로, 온갖 것의 멸각(滅却)이야말로⋯⋯."

빗방울이 두 방울 뚝뚝 떨어지자 프랑보우는 마치 빗방울이 바늘이기라도 한 듯이 깜짝 놀라 하늘을 올려다보았다. 그 순간, 온실 끝에 있던 의사가 무슨 일인지 고래고래 소리를 지르면서 두 사람 쪽으로 뛰어왔다.

의사가 폭탄 같은 기세로 두 사람 사이에 뛰어들었을 때, 애트킨슨은 때마침 집 정면 벽 가까이를 서성거리고 있었다. 해리스 의사는 힘주어 와락 애트킨슨의 멱살을 움켜쥐더니 "이 무슨 못된 짓이야" 하고 크게 소리쳤다. "저 사람에게 대체 무슨 짓을 했어? 이 멍청이야!"

신부가 벌떡 일어섰다. 그 목소리에는 군인이 명령을 내릴 때와 같이 강철 같은 엄함이 깃들어 있었다.

"싸움은 그만두시오." 냉정한 외침이었다. "이만한 인원수가 있으니까 누구건 붙잡으려면 곧 잡을 수 있을 거요. 대체 어찌된 일입니까, 선생."

"퀸튼의 태도가 예사롭지 않소." 창백해진 의사가 말했다. "유리창 너머로 간신히 보였는데, 아무래도 그의 잠든 태도가 마음에 걸립니다. 아무튼 내가 나왔을 때와는 다른 모습으로 자고 있거든요."

"들어가서 가까이 가봅시다." 브라운 신부가 퉁명스럽게 말했다.

"애트킨슨 씨는 혼자 있게 해도 괜찮을 거요. 퀸튼의 목소리를 들은 뒤로 나는 줄곧 저 사람에게서 눈을 떼지 않았으니까."

"저는 여기서 지키겠습니다." 프랑보우가 성급하게 말했다. "두 분께서 가보고 오십시오."

의사와 신부는 서재 문 앞으로 달려가 문을 열고 급하게 안으로 들어갔다. 그 때 두 사람은 하마터면 시인이 평소에 글을 쓰는 한복판에 놓인 큰 마호가니 테이블 위로 쓰러질 뻔했다. 왜냐하면 이 방 안의 조명은 환자를 위해 켜 놓은 조그마한 불이 빛을 내고 있을 뿐이었기 때문이다. 이 테이블 복판에 종이 한 장이 놓여 있었다. 분명히 일부러 그곳에 놓아둔 것이었다. 의사는 그 종이쪽지를 홱 낚아채듯 집어들고 지면에 흘긋 눈길을 주더니 브라운 신부에게 건네 주었다. 그리고는 "큰일입니다. 저걸 보십시오!" 소리치면서 안쪽에 있는 유리로 된 방을 향해 돌진했다. 온실 안의 처참한 열대식물의 꽃은 새빨갛게 물든 저녁놀의 잔광을 아직도 간직하고 있는 듯 했다.

브라운 신부는 종이를 놓기 전에 세 번 그 글을 읽었다. 거기에는 "나는 내 손으로 죽는다. 그러나 이것은 살인이다!"라고 씌어 있었다. 그 필적은 읽기 힘들다고 말할 것까지는 없지만 절대로 위조할 수 없는 레나드 퀸튼의 것이었다.

이윽고 브라운 신부는 종이쪽지를 한 손에 든 채 온실 쪽으로 성큼

성큼 다가갔다. 역시 그렇다는 듯이, 그러나 한 대 얻어 맞은 듯한 얼굴로 되돌아오는 의사를 만났다.

"드디어 해버리고 말았습니다" 의사는 말했다.

둘이 함께 휘황찬란하고 부자연스럽게 아름다운 사보텐이며 철쭉 사이를 빠져나가 보니, 시인이자 기담 작가인 레나드 퀸튼이 머리를 긴 의자에서 아래로 떨구어 붉은 곱슬머리가 마룻바닥에 닿아 있지 않는가. 왼쪽 옆구리에 조금 전 정원에서 주웠던 기묘한 단검이 꽂혀 있었다. 힘이 쑥 빠진 손이 아직도 칼자루 위에 놓여 있었다.

밖에서는 폭풍이 한꺼번에 밀어닥쳤다. 마치 콜리지의 어둠처럼 (19세기 초의 영국 시인 콜리지는 '한 걸음에 밤이 온다'고 썼음) 정원도 유리로 된 지붕도, 옆으로 때리는 호우에 순식간에 어두워져 갔다. 브라운 신부는 시체보다도 그 종이쪽지를 자세히 살펴보고 있는 모양이었다. 그것을 눈앞에 바싹 대고 있는 것으로 보아, 어두컴컴한 속에서 읽으려 애쓰는 모양이다. 그런 뒤 신부는 그것을 희미한 불빛에 비춰 보았다. 그러자 때마침 번개가 번뜩여 그 흰빛 속에 종이쪽지가 거뭇하게 떠올랐다.

어둠과 요란한 천둥소리가 그 뒤를 이었다. 천둥이 멎자 어둠 속에서 브라운 신부의 목소리가 들렸다.

"선생, 이 종이의 형태는 제대로 된 것이 아니오."

"그게 무슨 뜻이지요?"

해리스는 눈살을 찡그리고 흘겨보는 듯한 눈초리로 말했다.

"이것은 네모가 아니오." 브라운이 대답했다. "모서리를 잘라낸 것 같소. 어떻게 된 걸까요?"

"내가 그걸 어떻게 알겠습니까?" 물어뜯을 것처럼 의사가 말했다. "이 시체를 움직일까요? 이미 완전히 숨이 끊어졌습니다."

"안되오." 신부가 대답했다. "이대로 가만히 놔 두고 경찰을 불러야 하오.” 이렇게 말하면서도 그의 눈은 여전히 종이쪽지를 찬찬히 조사하고 있었다.

되돌아오는 길에 서재를 지나자 신부는 테이블 옆에서 걸음을 멈추고 조그마한 손톱깎는 가위를 집어들었다.

“흐음” 하고 무언가 마음이 놓이는 듯 신부는 말했다. “이것으로 했군. 하지만 그렇다 하더라도…….” 신부는 눈살을 찡그렸다.

“자, 그런 종이쪽지를 문제삼을 건 없소.” 의사가 힘주어 말했다.

“저 사람의 변덕스러운 버릇입니다. 그런 건 몇백 장이나 있습니다. 종이마다 다 그렇게 잘라놓았지요.”

의사는 다른 작은 테이블 위에 쌓여 있는 아직 쓰지 않은 종이를 손가락으로 가리켰다. 브라운 신부는 그 옆으로 걸어가 한 장을 집어보았다. 역시 마찬가지로 불규칙한 모양이었다.

“과연,” 하고 신부는 말했다. “그러니까 여기 있는 것이 그 잘라낸 모서리군요.” 그리고 신부는 화가 나 있는 상대를 못 본 체하고 종이를 세기 시작했다.

“할 말이 없소.” 미안하다는 듯한 미소를 띠고 신부가 말했다. “잘라낸 종이가 23장과 잘린 조각이 22장. 그럼 모두 있는 곳으로 가기로 합시다.”

“누가 부인께 알립니까?” 의사가 말했다. “당신께서 지금 곧 가시어 부인께 알려 주시지 않으시겠습니까. 그 동안 나는 하인을 보내 경찰을 부를 테니까요.”

“좋으실 대로.” 신부는 무관심하게 말하고 현관으로 나갔다.

여기서 그는 또다시 극적인 장면을 목격했다. 이번 것은 훨씬 그로테스크한 장면이었다. 그것은 신부의 친구인 몸집이 큰 프랑보우가 오랫동안 멍한 자세로 서 있고, 계단을 다 내려선 정원의 오솔길에는 구두를 신은 발을 공중으로 쳐들고 저 미워할 수 없는 애트킨슨이 큰 댓자로 쓰러져 있었으며, 실크햇과 스틱이 작은 길을 따라 각각 정반대 방향으로 나가떨어져 있었다. 애트킨슨은 고집쟁이 아버지처럼 감시하는 프랑보우의 태도에 마침내 참지 못하고 때려눕히려고 덤벼들었다. 이 파리의 무뢰한 거인을 적으로 하여서는 비록 은퇴한 뒤라고는 하지만 결코 손쉬운 승부가 못되었다.

프랑보우가 적에게 달려들어 다시금 한 번 짓누르려고 한 찰나, 신부가 가볍게 어깨를 두드렸다.

"애트킨슨과 화해하시오." 신부가 말했다. 서로 사과하고 헤어지시오. 이제는 붙잡아 둘 필요가 없어졌소."

그리고 애트킨슨이 반신반의하는 태도로 일어나서 모자와 스틱을 주섬주섬 집어들고 정원 문 쪽으로 사라지자, 신부는 좀더 진지한 목소리로 말했다.

"그 인도인은 어디 있을까?"

세 사람이 다——의사도 끼어 있었다——반사적으로, 보랏빛으로 저문 나무숲 사이로 보이는 어스름한 비탈진 풀밭으로 눈길을 돌렸다. 그곳은 조금 전까지 저 갈색 살갗의 남자가 몸을 흔들면서 기묘한 기도를 드리고 있던 장소였다. 그러나 인도인의 모습은 사라지고 없었다.

"이제 알았다. 범인은 그 검둥이요." 의사가 벌컥 성을 내고 발을 동동 구르면서 말했다.

"당신은 마술을 믿지 않았을 터인데."

브라운 신부가 조용히 말했다.

"나도 그런 줄 알고 있었습니다." 의사는 눈을 동그랗게 뜨고 말했다. "다만 저 피부가 누런 괴물이 사기꾼 마술사라고 생각하면 속이 메슥거렸던 것만은 확실합니다. 그런데 진짜 마술사라고 하면 더욱더 놈이 싫어질 것입니다."

“그렇지만 그가 도망친 것은 아무것도 아닙니다.” 프랑보우가 말했다. “놈을 상대로 증거를 들 수도 없고, 아무 수단을 강구할 수도 없으니까요. 설마 이곳 관할 순경을 찾아가 ‘마술인가 자기 암시인가 하는 것에 의해 자살이 이루어졌습니다’ 라고 말할 수는 없을 테지요.”

그 사이에 브라운 신부는 죽은 남자의 아내에게 끔찍스러운 변을 알리기 위해 집안으로 들어갔다.

다시 밖에 나타났을 때의 신부의 얼굴은 조금 핏기를 잃은 데다 비통한 기색까지 띠고 있었다. 그러나 그 신부와 죽은 이의 아내가 서로 만나서 어떤 이야기를 주고 받았는지 그것은 모든 일이 밝혀진 뒤에도 끝내 알려지지 않았다.

프랑보우는 조용히 의사와 이야기를 나누고 있었다. 그는 친구가 돌아온 것이 너무 빠른 데 놀랐다. 그러나 브라운 신부는 그런 것은 아랑곳없이 조금 떨어진 곳으로 의사를 끌고 갔다.

“경찰을 부르러 갔겠지요?” 신부가 물었다.

“네.” 해리스가 대답했다. “10분 안으로 올 겁니다.”

“부탁이 있는데,” 신부가 차분하게 말했다. “실은 나는 이런 색다른 이야기를 수집하는 취미가 있소. 다만 이런 이야기에는 지금의 힌두인의 경우도 그렇소만, 경찰의 보고서에는 기입할 수 없을 만한 요소가 포함되어 있는 일이 곧잘 있지요. 그래서 부탁드리는 것인데, 나 개인을 위해 이 사건의 보고서를 하나 써 주셨으면 하오. 당신의 직업은 머리가 좋지 않으면 할 수 없는 일이니까요.” 신부는 심상치 않은 눈초리로 의사의 얼굴을 똑바로 보면서 말했다. “당신은 그것을 말하지 않는 편이 좋다고 생각하는 모양인데 내가 보기엔 이 사건의 자세한 사정을 어느 정도 알고 계시는 것 같단 말입니다. 내 직업도 당신과 마찬가지로 상대의 비밀을 지키는 직업이니까, 당신이 나를 위해 써 주시는 것은 무엇이든지 절대로 비밀로 해 두겠소. 그러나 하나도 빠짐없이 모두 써 주시기를 바라오."

의사는 고개를 갸우뚱하며 생각하는 바가 있는 것처럼 듣고 있더니, 한순간 신부의 얼굴을 똑바로 보며 "알겠습니다" 하고 서재로 들어가 손을 뒤로 돌려 문을 닫았다.

"프랑보우." 브라운 신부가 말했다. "저기 저 베란다 아래에 긴 의자가 있는 저기라면, 비를 맞지 않고 담배를 한 대 피울 수 있을 거요. 당신은 나에게는 이 세상에서 단 하나밖에 없는 친구니까 이야기를 좀 하고 싶소. 하기는 그보다는 함께 말없이 있고 싶은지도 모르지만."

두 사람은 베란다의 의자에 편한 자세로 앉았다. 브라운 신부는 평소의 습관을 깨뜨리고 권하는 고급 잎담배를 받아서 말없이 유유히 피웠다. 비가 베란다 지붕 위를 세게 후려치며 요란한 소리를 내고 있었다.

"이봐요, 프랑보우." 그제야 신부가 입을 열었다. "이건 매우 색다른 사건이오. 정말로 색다른 사건이오."

"동감입니다." 프랑보우는 치를 떨 듯이 말했다.

"당신도 이것을 색다르다고 했고 나도 색다르다고 했소. 그런데 두 사람은 정반대되는 말을 하고 있소. 현대인의 머리는 언제나 두 가지 다른 생각을 혼동하고 있소. 다시 말해서 이상한 일이라는 뜻으로의 신비로움과 복잡한 것이라는 뜻으로의 신비로움을 한데 섞은 것이지요. 거기에 현대인이 기적을 믿지 못하는 이유의 절반이 있소. 기적은 놀랍기는 하지만 단순하오. 기적이기 때문에 단순한 것이오. 기적은 자연이나 인간의 의지를 통해 간접적으로 닥쳐오는 대신 신, 또는 악마에게서 직접 닥쳐오는 힘이오. 그러므로 당신이 이 사건을 이상하다고 하는 것은, 그것이 기적적이어서 옳지 못한 인도인이 작용케 한 마술이라고 생각하기 때문이오. 물론 이 사건이 영적 또는 악마적인 것이 아니라는 것은 아니오. 인간을 둘러싼 어떠한 영향력에 의해 괴상한 죄가 인간의 생활 속에 나타나는가는 다만 천국과 지옥만이 알고 있소. 그러나 지금 당장의 문제로 본 내 이야기의 요점은 이러하오. 만약 이 사건이 당신이 생각하고 있는 것처럼 마술이라고 한다면 그것은 이상하다고는 할 수 있지만 신비적이라고는 할 수 없지요. 다시 말해서 복잡하지는 않을 것이오. 기적은 질적으로는 신비적이라 할 수 있지만 그것이 일어나기는 단순하지요. 그런데 이 사건은 매우 단순한 것과는 반대 형태로 일어났소."

잠시 약해졌던 폭풍우가 다시 기세를 되찾은 듯, 먼곳에서 천둥소리가 크게 울려왔다. 브라운 신부는 잎담배의 재를 털고 이야기를 계속했다.

"이 사건은 천국의 빗장에도 맞지 않고 지옥의 빗장에도 맞지 않는, 일그러져 보기 흉하고 복잡한 성질이 있소. 달팽이의 구불구불한 자국을 알 수 있는 것처럼 저 남자의 구불구불한 발자국을 나는 알 수 있소."

하얀 번개불이 그 거대한 눈을 뜨고 번쩍하는 섬광으로 환해지는가 싶더니 하늘은 다시 어둡게 닫혀졌다. 신부는 이야기를 계속했다.

"제대로 정상적이 아닌 것이 많소. 그 가운데서도 특히 비정상적이었던 것은 저 종이쪽지의 모양이오. 그것은 퀸튼을 죽게 한 단도보다도 더 비틀어져 있었소."

"퀸튼이 자살의 고백을 쓴 종이쪽지 말씀입니까?"

프랑보우가 물었다.

"그렇소, 퀸튼이 '나는 내 손으로 죽는다. 그러나 이것은 살인이다'라고 쓴 종이 말이오." 브라운 신부가 대답했다. "아시겠소? 그 종이 모양은 정상적이 아니었소. 내가 그것을 이 사악한 세계에서 본한은 결코 정상적이 아니었소."

"다만 한쪽 모서리가 잘려 있을 뿐이고 대체로 퀸튼의 종이는 모두 그렇게 잘라낸 종이였을 텐데요."

"어떻든 기괴하기 짝이 없는 방법으로 잘라냈소. 내 취미나 기호로 말하면 퍽이나 악취미요. 알겠소, 프랑보우. 저 퀸튼은——신이여, 그의 영혼을 받아들여 주시옵소서!——그 사람은 분명히 게으름을 피우는 점도 있었던 것은 틀림없지만, 문필은 물론이고 화필을 쥐어 주어도 참다운 예술가였소. 그 사람의 필적은 읽기 힘들기는 해도 대담하고 아름다웠소.

나는 자신의 말을 증명할 수 없소. 한 가지도 증명할 수 없소. 그러나 나는 절대적인 확신을 갖고 말하오. 퀸튼이 그런 서투른 솜씨로 모서리를 잘라낼 리가 없다고 말이오. 만약 어떤 것에 종이를 맞춘다거나 철한다거나, 아무튼 그러한 목적으로 종이를 잘라내려고 했다 하더라도 좀더 다른 가위질을 했을 것이오. 그 모양을 기억하고 있소? 서투른 모양이었소. 제대로 갖추어진 모양이 아니었소. 이런 식으로 말이오. 기억하고 있지 않소?"

이렇게 말하면서 브라운은 불을 붙인 잎담배를 어둠 속에서 휘둘러, 굉장한 속도로 불규칙한 네모꼴을 허공에 그렸다. 그래서 프랑보우의 눈에는 그것이 마치 어둠 속에 그려진 불의 상형문자처럼 보였다. 신부가 앞서 이야기한 일이 있는, 읽기는 어렵지만 절대로 좋은 의미를 가지고 있을 리가 없는 그 상형문자처럼 비쳤던 것이다.

"그렇더라도," 프랑보우는 신부가 지붕을 뚫어지게 쳐다보면서 잎담배를 입으로 다시 가져가며 등을 기대려 했을 때 말했다. "퀸튼 이외의 사람이 가위를 사용했다고 치더라도, 어떤 사람인지는 모르지만 그가 어째서 퀸튼의 종이 모서리를 잘라내어 그 사람을 자살하게 한 것일까요?”

브라운 신부는 여전히 의자의 등받이에 기대앉아 지붕을 응시하고 있었으나 잎담배를 입에서 떼며

“퀸튼은 자살 같은 것은 하지 않았소.”

프랑보우는 찬찬히 상대의 얼굴을 지켜보며 외쳤다.

“설마 그럴 리는 없습니다. 그럼, 어째서 자살을 고백했습니까?”

신부는 또 윗몸을 앞으로 내밀고 두 팔꿈치를 무릎에 놓고는 발밑에 눈길을 주면서 낮고 또렷한 목소리로 말했다.

“자살을 고백한 일도 없소.”

프랑보우는 잎담배를 놓았다.

“그렇다면 그 종이에 써놓은 것은 가짜라는 말씀입니까?”

“아니오, 틀림없이 퀸튼이 쓴 것이오.”

“그것 보십시오. 역시 그렇지요?” 프랑보우가 버럭 화를 내듯 말했다. “퀸튼은 ‘나는 내 손으로 죽는다’라고 썼습니다. 자신의 손으로 여느 종이 위에.”

“정상적인 형태가 아닌 종이 위에 말이지요?”

신부가 태연하게 말했다.

“아니, 모양 같은 거야 아무려면 어떻습니까?” 프랑보우는 외쳤다. “모양이 이것과 무슨 관계가 있단 말입니까?”

“잘라낸 종이가 23장이었소.” 브라운은 조금도 당황하지 않고 이야기를 계속했다. “그런데 잘린 조각은 22장밖에 없었소. 그러면 조각 한 장은 찢어버린 셈이지요. 더욱이 그것은 그 글귀가 씌어진 종이의 조각이었을 것이오. 여기까지 말하면 무언가 생각키우는 일이 있을 거요.”

한 줄기 광명이 프랑보우의 얼굴 위에 떠올랐다. 그는 말했다.

“그 밖에도 뭔가 퀸튼이 쓴 것이 있었군요. 이어지는 다른 글귀가.

‘사람은 말하리라. 나는 스스로의 손으로 죽었다고’라든가, ‘아래 사항을 믿어서는 안된다……’”

“이제 곧 발등에 불이 붙을 것 같다고, 어린이가 그런 말을 하지요.” 브라운 신부는 말을 이었다. “그러나 그 조각은 반 인치의 폭도 없었으니까, 다섯 마디 말은커녕 한마디를 쓸 여지조차도 없었소. 뭔가 구두점만한 크기로, 더욱이 마음에 지옥을 품은 남자가 그것이 자신에게 불리한 증거가 될 줄 알고 찢어버려야만 했던 것, 뭐 그런 것이 생각나지 않소?”

“생각나지 않는데요.” 프랑보우는 드디어 손을 들었다.

“인용하는 기호는 어떻소?” 라고 말한 뒤 신부는 잎담배를 유성(流星)처럼 멀리 어둠 속으로 던졌다.

상대의 입은 할 말을 잃고 있었다. 그래서 브라운 신부는 기초지식으로 되돌아가는 교사처럼 말했다.

“레나드 퀀튼은 기담 작가로 마술이며 최면술을 주제로 한 동양식 기담을 쓰고 있었소. 그는……. ”

바로 그때였다. 두 사람의 등 뒤의 문이 세차게 열리고 모자를 쓴 의사가 나타났다. 의사는 신부의 손에 길다란 봉투를 쥐어주었다.

“바라시던 서류입니다.” 의사가 말했다. “저는 집으로 돌아가야겠습니다. 안녕히 계십시오.”

“안녕히.” 브라운 신부가 채 말을 끝내기도 전에 의사는 문쪽으로 기세 있게 걸어갔다. 의사가 현관문을 열어놓은 채 갔기 때문에 가스등의 불빛이 한 줄기 두 사람 위에 비치고 있었다. 이 불빛을 의지하여 브라운 신부는 봉투를 뜯어 다음과 같은 문면을 읽었다.

브라운 신부님——Vicisti, Galilæe! (‘그대는 이겼도다, 갈릴리인이여!’ 마태복음 제21장) 또는 통찰력이 무서운 당신의 눈이여,

저주 있으라. 결국은 당신의 망언(妄言)에도 어떤 의미가 있는 것일까요, 그런 일이 가능할까요?

나는 어렸을 때부터 줄곧 자연을 믿었으며, 사람들이 도덕적이라고 하거나 부도덕적이라고 하거나 그런 일에는 상관없이 자연의 작용과 본능을 믿어왔습니다. 의사가 되기 훨씬 전 생쥐나 거미를 기르던 초등학생 때, 나는 좋은 동물이 되는 일이야말로 이 세상에서 가장 좋은 일이라고 믿었었소. 그러나 바야흐로 나의 신념은 흔들리기 시작했소. 나는 자연을 믿어왔소. 그런데 아무래도 자연은 인간을 배신할 수 있을 것 같단 말이오. 당신의 잠꼬대 같은 말에 과연 어떠한 진실이 깃들어 있는지? 나는 정말로 병적인 사람이 되어가고 있소.

나는 퀸튼의 아내를 사랑했소. 그것이 뭐가 나쁘단 말이오? 그것은 자연이 내게 명한 일이며, 사랑이야말로 세계를 움직이는 원리인 것이오. 나는 이렇게도 생각했소. '그녀는 나와 같은 청결한 동물과 함께 있는 편이 저렇듯 사람을 괴롭히는 미치광이와 함께 있는 것보다 행복할 것이다' 매우 진지하게 그렇게 생각했소. 그 어디가 나쁘단 말이오? 나는 과학자답게 사실을 똑바로 직시하고 있었을 뿐이오. 그 편이 그녀에게 좀더 행복하리라고.

나 개인의 신조에 따르면 퀸튼을 살해하는 것은 오로지 나의 자유였소. 그것은 퀸튼 자신까지도 포함한 모든 사람에게 최선의 일이었소. 그러나 건전한 동물인 나는 자신이 직접 손을 댈 생각은 없었소. 그래서 자신의 결백이 보증될 만한 기회가 발견될 때까지는 절대로 실행하지 않기로 결정했소. 그 기회를 오늘 아침 발견했던 것이오.

나는 오늘 모두 세 번 퀸튼의 서재에 들어갔소. 맨처음에 들어갔을 때 퀸튼은 집필중인 〈성자(聖者)의 저주〉라는 기괴한 이야기에 관한 이야기만 자꾸 지껄이고 있었소. 어떤 인도의 은둔자가 염력에 의해 영국인 대령을 자살하게 했다는 줄거리였소. 퀸튼은 나에게 그 맨끝의 원고를 몇 장인가 보여주고 맨끝의 한 구절을 낭독하기까지 했소. 그것은 이런 글귀였소. '누런 해골이 되었으면서도 아직도 거체(巨體)인 편잡의 정복자는 간신히 팔꿈치를 짚고서 몸을 일으켜, 조카의 귓가에 대고 숨을 헐떡이며 소곤거렸다. '나는 내 손으로 죽는다. 그러나 이것은 살인이다!' 백 번에 한 번이나 있을 우연으로 이 마지막 한 마디는 때마침 새로운 종이 첫머리에 씌어 있었소. 나는 방에서 나와 이 끔찍스러운 기회에 정신 없이 몰두하면서 정원으로 나왔소.

우리는 집 주위를 산책했는데, 그 때 나를 도와주는 일이 다시 또 두 가지 일어났소. 당신은 인도인을 수상하다고 생각했고 또 참으로 인도인이 씀직한 단도를 발견한 것이오. 나는 그 기회를 포착하여 단도를 주머니에 쑤셔 넣고 퀸튼의 서재로 되돌아와 문을 잠그고 수면제를 먹였소. 퀸튼은 애트킨슨에게 대답하기를 막무가내로 싫어했지만, 나는 애트킨슨을 부추겨 말을 하게 하고 퀸튼더러 달래 주도록 했소.

그것은 즉 내가 두 번째로 그 방에서 나왔을 때, 퀸튼은 아직 살아 있었다는 명백한 증거를 만들어 두고 싶었기 때문이오. 퀸튼은 온실에 누워 있고 나는 서재를 지나 되돌아왔소. 나는 매우 손이 빠른 사람으로 1분 반 사이에 소망한 대로 모든 일을 해냈소. 퀸튼의 이야기의 처음 부분을 모조리 벽난로에 처넣어 재를 만들어 버린 것이오. 그리고 인용한 표시가 잘 맞지 않는 것을 깨닫고 그 부분을 잘라내고, 게다가 더욱 그럴 듯하게 보이게 하려고 한 뭉치의 종이 모서리를 전부 잘라내어 서로 어울리도록 했소. 그리고 나서 나는 퀸튼의 가짜 자살 고백서가 서재의 테이블 위에 놓여 있고,

퀸튼은 안쪽 온실에서 살아 있기는 하지만 잠들어 누워 있는 것을 보고 밖으로 나왔소.

맨 마지막 행동은 필사적이었소. 당신은 상상할 수 있겠지요. 나는 퀸튼이 죽어 있는 것을 본 것처럼 가장하고 온실로 뛰어들었소. 당신에겐 그 종이를 건네 주어 시간을 끌게 하고 그 자살 보고서를 보는 사이에 손이 빠른 나는 퀸튼을 찌른 것이오. 그는 약의 효용으로 반 수면 상태에 빠져 있었소. 나는 그의 손에 단도를 쥐게 하여 그것으로 몸을 찔렀소. 그 단도는 매우 이상한 모양이었기 때문에 외과의사가 아닌 이상 심장에 닿는 각도를 측정할 수가 없었을 것이오. 당신은 이 점을 깨달았을까요?

내가 이것을 해냈을 때 심상치 않은 일이 일어났소. 자연이 나를 버리고 말았던 것이오. 나는 가슴이 울렁거렸소. 뭔가 좋지 않은 짓을 저질렀구나 하는 마음이 들었소. 머리가 깨질 것 같았소. 이런 것을 누구든 다른 사람에게 고백하고 싶었소. 결혼을 하여 아기가 생겨도, 자신의 마음 속에만 이것을 감추어 두지 않아도 된다고 생각하니, 나는 자포자기한 기쁨을 느끼오. 대체 나는 어떻게 된 것인가? 미쳤는가. 아니면 사람은 회오(悔悟)의 정을 품을 수 있는 것인가.——바이런의 시가 마치 현실인 것처럼! 이제 더 이상 아무것도 쓸 수 없소.

제임스 애스킨 해리스

브라운 신부는 정성스레 편지를 접어 안주머니에 넣었다. 때마침 대문의 초인종이 요란하게 울리고, 몇 명의 경관들이 입은 젖은 비옷이 바깥 도로에서 번쩍거렸다.

살라딘 공작의 죄악

프랑보우는 웨스트민스터에 있는 사무실의 업무에서 풀려 나와 한 달 동안의 휴가를 얻었다. 소형 범선이 이번 휴가 동안 그가 거처할 곳이었다. 그 배는 소형 중에서도 가장 작은 것이었기 때문에 범선으로보다도 노(櫓)로 젓는 보트로 이용되는 시간이 오히려 많았다. 게다가 그가 그것을 몰고 들어간 곳은 동부의 작은 강이었다. 강의 그 작은 모양새는 마치 그 보트가 물에 있는 목장이나 밀밭을 항해하는 마법의 작은 배로 착각될 정도였다. 보트는 가까스로 두 사람이 편하게 탈 수 있는 크기로 그밖에는 필요한 물건을 실을 여지밖에 없었다. 프랑보우는 그 여지를 그의 독자적인 철학이 필요하다고 본 물건들로 채웠다. 결국 그것은 네 가지의 필수품으로 귀착되었다. 연어 통조림——이것은 식욕이 없어졌을 때를 위한 준비, 총알을 잰 권총——이것은 총을 쏘고 싶어졌을 때의 준비, 브랜디 한 병——이것은 아마도 실신한 경우에 대비한 것이다. 그리고 마지막으로 신부 한 명. 추측하건대 이것은 죽을 경우에 대처한 일인 것 같다.

이상의 가벼운 장비로 프랑보우의 보트는 노퍽 주(州) 부근의 작

은 강을 기어가듯이 나아가 결국은 '블로드〔湖沼地方〕'로 나갈 예정이
지만, 당장은 강 바로 양쪽에 펼쳐진 뜰과 목장이며 수면에 비친 저
택과 촌락을 마음껏 즐기고, 늪과 움푹 들어간 곳에서는 낚시질을 즐
기며, 어떤 뜻으로는 강변을 끌어안으면서 순항을 계속했다.

마치 그럴싸한 진짜 철학자처럼 프랑보우의 휴가에는 아무런 목적
도 없었다. 그러나 이것도 또한 진짜 철학자처럼 그는 그 나름대로의
핑계는 있었다. 다시 말해서 그는 반 정도는 목적이라고 할 만한 것
을 가지고 있어서, 만일 그 목적이 성공만 하면 이 휴가는 대성공에
이른 것으로 간주될 정도로 진지하게, 더욱이 그것이 실패하더라도
휴가를 잡쳤다고는 느끼지 않을 정도로 가볍게 생각하고 있었던 것이
다.

벌써 여러 해 전 그가 아직 도둑왕으로서 파리에서 유일한 유명인
으로 알려졌던 무렵, 그는 갖가지 편지를 곧잘 받았다. 그의 행동에
지지를 보내기도 했고, 비난의 글도 있었으며, 그 가운데는 애정의
표현을 한 것까지 있었지만, 그 중에서도 특히 한 통의 편지가 그의
기억에 달라붙어서 잊혀지지 않았다. 그것은 영국의 소인(消印)이
찍힌 봉투에 명함이 한 장 들어 있을 뿐이었다. 명함 뒤에는 녹색 잉
크로 '귀하께서 은퇴하여 건실해졌을 때에는 저를 방문해 주시오. 귀
하를 만나고 싶소. 귀하를 제외한 동시대의 거물은 모두 만나 보았
소. 형사에게 다른 형사를 잡게 한 귀하의 그 뛰어난 솜씨는 프랑스
역사상 가장 빛나는 정경이오'라고 프랑스어로 씌어져 있었다. 그 앞
쪽에는 '노퍽 리드 섬, 리드 장(莊) 살라딘 공작'이라고 유려한 필치
로 새겨져 있었다.

프랑보우는 그 즉시 이 공작에 대해 그가 남이탈리아에서 재주 있
는 유명인이었다는 것을 확인했을 뿐, 그 이상 별로 주의하지 않았
다. 공작은 젊었을 때, 지체 높은 사람의 아내와 사련(邪戀)에 빠져

사랑의 도피행을 했다고 전해지고 있었다. 이런 분방한 행위는 공작이 사는 사교계에서는 그다지 놀랄 것도 없지만, 이 사건이 사람들의 마음에 깊이 새겨졌던 것은 하나의 비극이 따랐기 때문이었다. 다시 말해서 아내를 빼앗긴 남편이 자살을 하게 되었던 것이다. 이 남편은 시실리의 절벽에서 몸을 던졌다고 전해지고 있다. 그 즈음 공작은 빈에서 살고 있었는데, 비교적 최근 몇 년 동안은 여행을 떠나 쉴 새 없이 거처를 바꾸었던 모양이다. 그러나 공작 자신도 그렇지만 프랑보우는 유럽 대륙에서의 명성을 버리고 영국에 정착하자, 문득 노픽의 호소(湖沼) 지방으로 망명한 이 명사를 예고 없이 불쑥 찾아가 보는 것도 좋겠다는 생각이 들었다. 공작의 거처를 찾아낼 수 있을지 어떨지는 전혀 기대할 만한 것이 없었고, 사실 그 장소는 작아서 사람들로부터 잊혀지고 있었다. 그런데 우연한 일로 그 장소가 뜻밖에도 빨리 발견되었던 것이다.

어느 날 밤, 두 사람의 보트는 길게 자란 풀과 짧게 다듬어진 나무로 덮인 제방 아래에 정박했다. 노를 힘껏 젓느라고 지친 그들은 곧 잠이 들었고 두 사람은 똑같이 우연하게도 날이 채 밝기 전에 잠에서 깨었다. 아니, 좀더 정확하게 말한다면 햇빛으로 환해지기 이전에 잠이 깨었던 것이다.

커다란 레몬 빛 달이 머리 위의 울창한 풀숲 너머로 막 넘어가려 하고 있어 하늘이 밤새껏 진한 보랏빛과 파란빛이 뒤섞인 색으로 비치고 있었기 때문이다. 두 사람은 때를 같이하여 어렸을 때를 상기하고 있었다. 작은 요정에 대한 일이며, 키 큰 풀이 숲처럼 머리 위로 덮여 오던 그 모험의 시절. 낮은 하늘에 걸린 커다란 달을 배경으로 마음껏 자란 데이지는 실로 거인의 데이지처럼 보이고 민들레는 거인의 민들레처럼 생각되었다. 이 정경은 왠지 두 사람에게 어린이 방의 벽지를 연상케 했다. 하천의 바닥이 상당히 낮았기 때문에 두 사람은 갖가지 관목과 꽃나무 뿌리 밑에 앉아 아래에서 풀을 올려다보게 되었다.

"이거 굉장하군요." 프랑보우가 말했다. "옛날 이야기에 나오는 나라에 있는 것 같은데요."

브라운 신부는 보트 안에서 똑바로 반쯤 몸을 일으켜 성호를 그었다. 이 동작이 너무 급격했기 때문에 신부의 친구는 눈이 휘둥그래져서 대체 어찌 된 일이냐고 물었다.

"중세의 발라드를 쓴 사람들은 당신보다도 훨씬 요정에 관한 것을 잘 알고 있었소. 옛날 이야기 속의 나라에서 일어나는 일이 다 좋은 일만 있었던 것은 아니라오."

"엉터리 같은 말씀 마십시오." 프랑보우는 말했다. "이렇게 티 없이 밝은 달 아래에서는 좋은 일밖에 일어나지 않을 것입니다. 나는 단연코 좀더 깊이 들어가 어떻게 될 것인지 확인하고 싶습니다. 이런 달, 이런 기분을 다시 한 번 맛보기 전에 우리는 죽어 버릴지도 모르니까요."

"좋구말구." 브라운 신부가 말했다. "옛날 이야기 나라로 들어가는 것이 예외 없이 나쁜 일이라고는 말하지 않았소. 그렇게 하는 것은 예외 없이 위험하다고 했을 뿐이오."

점점 더 환히 빛나는 강을 두 사람은 거슬러 올라갔다. 하늘의 흐릿한 보랏빛과 달의 파르스름한 금빛은 차츰 희미해져, 새벽의 다채로움에 앞서 나타나는 저 황막한 무색의 우주로 빨려들어갔다.

이윽고 붉은 빛과 금빛, 그리고 회색의 희미한 서광이 지평선 끝에서 끝까지 떠오르고, 두 사람의 바로 앞에는 강을 향해 서 있는 촌락의 거뭇거뭇한 모습이 그 빛을 가로막고 있었다. 벌써 희미하나마 햇빛이 주위에 가득차서 온갖 물건의 형태가 보이게 되었을 때, 두 사람은 강변의 마을에 이르러 집 옆으로 튀어나온 지붕과 다리 밑으로 배를 달리고 있었다. 튼튼한 지붕이 길고도 낮은 집들은 뭐라고 할까, 회색과 붉은 빛의 거대한 짐승이 강으로 물을 마시러 내려오는 모습처럼 보였다. 이리하여 이 조용한 마을의 선착장이며 다리 위에 사람의 그림자도 동물의 모습도 전혀 보이지 않는 가운데, 훤하게 먼동이 트는 새벽은 벌써 실제적인 낮의 빛으로 변해 있었다. 그런데 마침내 셔츠 차림으로 제법 침착하고 유복해 보이는 남자가 물이 괴어 흐르지 않는 강물 위의 말뚝에 기대어 있는 것이 보였다. 그 얼굴은 지금 막 져 버린 달처럼 동그랗고, 그 아래쪽 둥근 가장자리에서는 붉은 수염이 아무렇게나 자라고 있었다. 프랑보우는 분간할 수 없는 충동이 일어, 흔들리는 보트 안에서 등을 한껏 펴며 일어나서 "리드 섬이나 리드 장(莊)을 모르십니까" 하고 큰소리로 물었다. 유복해 보이는 남자의 미소가 약간 퍼지며 그의 손가락이 강 위쪽 모퉁이를 가리켰다. 프랑보우는 말없이 배를 저었다.

역시 물이 깊은 강 모퉁이를 여러 번 돌아, 똑같은 갈대가 난 조용한 수면을 더듬어 가자 이 집을 찾는 일이 아직도 지루해지기 전에 특히 크게 휘어돌아간 모퉁이를 지나 조용한 늪으로 들어갔다. 그 광경은 말할 나위도 없이 두 사람의 마음을 사로잡았다. 사면으로 빙 둘러 골풀이 나 있는 이 드넓은 수역(水域) 가운데쯤에 가늘고 긴 섬이 낮게 가로놓여 있고, 이것도 가늘고 긴 집이랄까 방갈로가 낮게 서 있었기 때문이다. 대나무인지 강한 열대산 등나무인지로 지은 집으로, 그 벽의 구실을 하고 있는 똑바로 선 대나무 막대기는 연한 노란 색이고 비스듬한 지붕에 씌워진 대나무는 좀더 진한 적갈색이었다. 그 외에는 이 가늘고 긴 집은 반복과 단조로움의 덩어리라고 해도 좋았다. 이른 아침의 미풍이 섬 주위의 갈대를 버석거리게 하여, 터무니없이 큰 피리를 불어대는 것처럼 이 신기한 마디투성이의 집에서 노래하고 있었다.

"그렇군." 프랑보우가 큰소리로 말했다. "마침내 찾아왔소, 이곳이야말로 리드 섬, 다시 말해서 갈대의 섬입니다. 저것이야말로 갈대의 장입니다. 아마 조금 전의 구레나룻이 난 뚱뚱한 남자는 틀림없이 요정일 것입니다."

"그럴지도 모르지." 브라운 신부는 담담하게 말했다. "그러나 나쁜 요정이야."

그런데 신부의 말이 채 끝나기도 전에 성급한 프랑보우는 버석거리는 갈대 속으로 보트를 몰고 들어가 강가에 댄 다음, 곧 두 사람은 가늘고 긴 수수께끼의 작은 섬으로 올라가 낡고 조용한 집 앞에 섰다.

집은 강과 하나뿐인 선착장 쪽으로 등을 돌리고 지어졌으며, 현관문은 반대쪽에 있어 가늘고 긴 섬의 정원을 바라보고 있었다. 그래서 방문자는 집의 삼면을 돌아 낮은 처마 밑으로 통해 있는 작은 길을 더듬어 현관에 접근하게 되었다. 그 세 측면에 있는 세 개의 창문으로 들여다보니, 창문은 각각 다르지만 어느 창에서나 똑같이 채광이 좋은 길다란 방이 보였다.

벽은 얇은 나무로 된 판자인데 거기에는 거울이 수없이 걸려 있고, 품위있는 점심 식사라도 베풀 작정인지 식탁 준비가 되어 있었다. 구불구불 돌아서 현관에 다다르니 그 문 양쪽에는 터키 옥처럼 청록빛이 나는 꽃병이 하나씩 놓여 있었다. 문을 연 것은 별로 볼품이 없는 집사로, 몸집이 호리호리하고 키가 크며 머리는 회색이고 태도는 귀찮아 하는 듯 보였다.

"살라딘 공작께선 지금 계시지 않습니다만, 한 시간쯤 뒤에는 돌아오실 것입니다." 그는 힘없는 소리로 말했다.

녹색 잉크로 갈겨쓴 그 명함을 보이자 침울한 집사의 창백한 얼굴에 잠깐 생기가 돌고, 그는 떠는 듯하면서 예의바르게 말했다.

"손님께서는 기다려 주실 수 없으시겠습니까? 공작님께서 지금 곧
돌아오실지도 모르겠고, 자신께서 초대하신 손님과 잠깐 사이로 만
나지 못하시면 유감스럽게 생각하실 테니까요. 공작님과 그 친구분
을 위해 언제나 조촐한 냉요리 점심을 준비해 놓도록 분부가 계시
니, 그것을 들어 주신다면 공작께서도 기뻐하실 것입니다."

이 작은 모험에 호기심이 생긴 프랑보우는 점잖게 그 제의에 응하
고 늙은 집사의 안내에 따랐다. 집사가 공손히 안내한 곳은 얇은 벽
판자를 바른 그 좁고 긴 방이었다. 어디라고 할 만큼 눈에 띄는 곳이
라곤 없는 방이지만, 오직 한 가지 마룻바닥에 닿을 듯한 길다란 창
문이 여러 개 나 있고 그 사이에는 역시 좁고 긴 장방형 거울이 하나
씩 걸려 있는 상당히 기묘한 배열이 이 방 전체에 일종의 독특한 밝
음과 비현실적 분위기를 주고 있었다. 그러므로 그곳에서 드는 점심
은 야외에서 식사를 하는 것 같은 느낌이었다. 남의 눈에 띄기를 바
라지 않는 듯한 그림이 한두 폭 구석에 걸려 있었다. 그 중 하나는
군복을 입은 젊은이의 큼직한 회색 사진이고, 또 하나는 머리를 길게
기른 두 소년을 빨간 초크로 그린 스케치였다. 이 군인인 듯한 사람
이 공작이냐고 프랑보우가 물었더니 집사는 몇 마디의 말로 그것을
부정했다. 공작님의 동생인 스티븐 살라딘 대위라는 설명을 끝으로
노인은 갑자기 입을 굳게 다물어 대화에 대한 흥미를 전혀 잃어버린
것 같았다.

정성이 깃든 고급 커피와 리코르로 식사가 끝나자 손님들에게 정원
과 서재와 가정부를 소개했다. 가정부는 피부가 검은 훌륭한 부인으
로 꽤나 위엄을 지니고 있어 저승나라의 마돈나 같은 취향이 있었다.
공작의 이탈리아 시대의 살림에서 그대로 남아 있는 것은 이 부인과
집사뿐인 듯, 다른 하인들은 모두 노픽에서 가정부가 모아온 사람들
인 것 같았다. 이 가정부는 안토니 부인이라는 이름으로 불렸다. 그

말씨에 약간 이탈리아 사투리가 있었으므로 프랑보우는 안토니라는 그 이름이 실은 라틴 계통의 이름을 노퍽 식으로 개명한 것이라고 믿어 의심치 않았다. 집사인 폴 역시 약간 이국적인 분위기를 풍기고 있었으나, 말씨며 동작이 모두 순 영국식이어서 제법 코스모폴리탄적인 귀족을 섬기는 세련된 하인의 전형으로 생각되었다.

아름답고 독특한 것이었지만, 이 장소는 이상하게 밝은 슬픔을 담고 있었다. 그곳에서 지낸 한 시간은 하루와도 같았다. 창문이 잘 나 있는 길다란 방은 햇빛이 넘치고 있었으나 그것은 죽은 빛 같았다. 그리고 사람들이 이야기하는 소리, 유리잔이 서로 부딪치는 소리, 지나가는 하인들의 발소리, 그러한 자잘한 소리에 섞여 집 주위의 여기저기에서 강의 침울한 소음이 들리는 것이었다.

"당신과 나는 다른 모퉁이를 돌아 잘못된 장소로 오고 말았소." 창문으로 회록색 사초류(莎草類)와 은빛 강물을 바라보면서 브라운 신부가 말했다. "뭐, 괜찮소. 바른 사람이 어울리지 않는 장소에 있게 된다 해도 경우에 따라서는 여전히 선을 행할 수도 있으니까요."

브라운 신부는 평소에는 말이 없는 데도 묘하게 공감력이 강한 사람으로, 이 단 몇 시간 동안——그러면서도 무한히 긴——머무르는 사이에 전문가인 친구보다도 훨씬 깊숙이 리드 장의 비밀 속으로 빠져 들어가고 있었다. 가십에는 아무래도 친해지기 쉬운 과묵함이 절대로 필요하다는 사실을 신부는 알고 있었으므로, 자신은 거의 한 마디도 입을 열어 말하지 않았는데도 지금 막 알게 된 사람들로부터 어떻든 그들이 떠들어 댈 그 이야기를 충분히 짐작하고 있었다. 집사는 당연한 일이지만 이야기를 하려 들지 않았다. 그래도 극히 불운한 일을 당한——그는 그렇게 말했다——주인에 대하여 음침하고 동물적인 애정에 가까운 마음을 은연중에 나타내고 있었다. 주인에게 해를 준 주된 사람은 그의 동생인 듯, 그 이름만 나와도 늙은 집사의 말라

빠진 턱이 나오고 앵무새 같은 코가 조소로 일그러지는 것이었다. 스티븐 대위가 쓸모 없는 사람이어서 너그러운 형으로부터 몇 백 몇 천 리라나 빼앗아 내어 형은 하는 수 없이 화려한 고급 생활을 그만두고 이런 은둔처에서 남의 눈을 피하여 생활해야만 했다는 것이었다. 집 사인 폴이 이야기한 것은 그것뿐인데, 분명히 그는 그의 편을 들어 주고 싶어하는 사람이었다.

이탈리아 인 가정부는 어떤가 하면 조금은 더 자진해서 이야기를 하고 싶어했다. 그것은 즉 브라운이 짐작하건대 그녀는 폴만큼 만족하고 있지 않았기 때문이다. 그녀가 주인에 대해서 하는 이야기는 일종의 경외감을 띠고 있기는 했지만 약간 독을 품고 있었다. 프랑보우와 신부가 거울이 있는 방에서 두 소년의 빨간 스케치를 바라보고 있을 때, 가정부가 무슨 볼 일로 나는 듯이 뛰어들어왔다. 번쩍거리는 거울이 걸린 이 방의 특징으로 누구나 그 방에 들어오는 사람은 네 개인지 다섯 개의 거울에 동시에 비치도록 장치되어 있어, 브라운 신부는 뒤를 돌아보지 않고도 이야기를 중도에서 끊었다. 이 집안에 대한 비평을 하던 참이었기 때문이다. 그런데 프랑보우는 그림에 얼굴을 바싹 대고 있었기 때문에 이미 커다란 소리로 말하기 시작하고 있었다.

"살라딘 형제는 둘 다 우선은 순진해 보이긴 하는군요. 어느 쪽이 착하고 어느 쪽이 악한지 분간하기는 어렵겠습니다." 여기서 가정부가 들어온 것을 깨달은 그는 별 지장이 없는 화제로 바꾸고 정원으로 나갔다. 그러나 브라운 신부는 여전히 눈도 깜박거리지 않고 빨간 초크의 스케치에 눈길을 박고 있었고 안토니 부인은 브라운 신부를 뚫어지게 쳐다보고 있었다.

부인의 큰 눈은 다갈색으로 비극적인 풍격을 담고 있었으며, 그 올리브 빛 얼굴은 무엇인가를 의아해하는 듯한 비통한 표정으로 어둡게 빛났다. 낯선 사람의 본성이며 목적을 수상히 여기고 있는 것 같은 표정이었다. 과연 이 성직자인 작은 신부의 옷과 신조가 남국인의 기억을 흔들어 고백을 상기시켰는지, 아니면 신부가 실제로 알고 있는 것보다도 많은 것을 알고 있으리라고 이 부인은 생각해 버렸는지 아무튼 그녀는 공모자에게라도 말하는 것처럼 낮은 소리로 말했다.

"저분의 말씀은 어느 정도 맞아요. 저 두 형제에게서 착함과 악함을 가려내기는 어려울 거라고 하셨는데, 그건 정말입니다. 착함을 가려내기란 어렵구말구요."

"영문을 알 수 없는 말씀을 하시는군요." 브라운 신부는 말하고 슬그머니 뒤로 물러나려 했다.

가정부는 한 걸음 더 나아가 신부에게 다가갔다. 그 눈썹은 치켜올라가고 윗몸을 거칠게 앞으로 내밀어, 뿔을 아래로 숙인 투우를 생각나게 했다.

"착함이 없답니다." 그녀는 거친 말투로 말했다. "돈을 모두 빼앗아 버린 것은 분명 대위의 나쁜 점이지만, 그것을 주어 버린 공작에게도 좋지 않은 데가 있다고 생각해요. 공작께 원한이 있는 것은 대위만이 아니에요."

외면한 성직자의 얼굴에 한 줄기 빛이 비쳐, 그 입은 소리는 내지 않았지만 '협박'이라는 말을 하고 있었다. 그러는 동안 부인은 갑자기 창백해진 얼굴을 어깨 너머로 돌리더니 졸도할 것만 같았다. 어느 틈에 문이 소리도 없이 열리고 거기에 폴이 망령처럼 서 있었던 것이다. 벽에 걸린 거울의 요술로 다섯 사람의 폴이 다섯 군데의 입구에서 동시에 들어온 것처럼 보였다.

"공작님께서 도착하셨습니다." 폴이 알렸다.

바로 그때 한 남자의 모습이 첫번째 창문 밖을 지나갔다. 한쪽에 가득히 햇살을 받은 그 유리창 앞을 사람의 그림자가 조명을 받은 무대를 지나는 것처럼 가로질러 갔다. 조금 뒤에는 제2의 창문에 이르고 수많은 거울은 차례로 거울 속에 똑같은 매부리코의 옆얼굴과 걸어가고 있는 전신상을 비추었다.

몸을 반듯하게 편 민첩한 사람으로, 머리카락이 희고 얼굴빛은 누런 기가 도는 상아빛이었다. 기름하고 여윈 뺨과 턱에 붙어 있게 마련인 짧고 구부러진 로마풍의 코, 그러나 그 뺨과 턱은 어느 정도까지 수염으로 덮여 제왕의 위엄을 띠고 있었다. 그 수염은 턱수염보다 훨씬 짙어 얼마쯤 연극적인 효과를 낳고 있었으며 옷차림도 화려하여 그 역할에 잘 맞았다. 머리에는 흰 실크햇을 쓰고 윗옷에는 한 송이의 난초꽃을 꽂았으며 노란색 조끼에 노란 장갑이 걷는 데 따라 펄럭거리기도 하고 크게 흔들리기도 했다.

현관까지 오자 긴장한 폴이 문을 여는 소리가 나고 지금 막 도착한 인물이 쾌활하게 "자, 돌아왔네" 하는 소리가 들렸다. 몸이 굳은 폴은 허리를 굽혀 절하고 예에 따라 수군거리는 듯한 낮은 목소리로 대답했다. 그런 다음 몇 분 동안 사람의 대화는 들리지 않았다. 조금 뒤 집사가 "무슨 일이든 뜻하신 대로"라고 말하고, 장갑을 펄렁거리며 살라딘 공작이 인사를 하려고 쾌활하게 방으로 들어왔다. 손님들은 여기서 또 그 괴담(怪談)어린 정경을 보게 되었다. 다섯 공작이 다섯 문으로 같은 방에 들어오는 것이었다.

공작은 흰 모자와 노란 장갑을 테이블 위에 놓고 매우 공손하게 한 손을 내밀었다.

"어서 오시오, 프랑보우 씨. 이렇게 말하면 실례일지 모르겠소만, 평소부터 평판을 들어 당신을 잘 알고 있어요."

"원, 천만의 말씀을." 프랑보우는 웃음 띤 목소리로 대답했다. "전 신경이 섬세하지 않습니다. 대체로 명성이란 한 점의 부끄러움도 없는 미덕으로 손에 넣을 수 있는 것은 아니지요."

그러자 공작은 날카로운 눈초리를 상대에게 던지고, 주고받은 말이 특히 개인적인 것을 노린 것인가 어떤가를 확인하려고 했다. 그리고 자기도 소리내어 웃으며 모두에게 의자를 권하고 앉았다.

"여기는 꽤 기분이 좋은 장소요." 공작은 초연한 태도로 말했다.

"뭐, 대단한 일은 할 수 없지만 낚시질을 하기에는 말할 수 없이 좋지요."

브라운 신부는 갓난아이 같은 진지한 눈길로 공작을 응시하며 무어라 이름지을 수 없는 공상에 사로잡혀 있었다. 공작의 정성스레 구부린 회색 머리카락, 황백색 얼굴, 늘씬하고 퍽 멋장이인 몸매를 신부는 바라보았다. 그것들은 조명을 받으며 등장하는 인물처럼 약간은 사람들의 눈길을 끌겠지만 결코 희미하게 강조되어 있었다고는 하지만 부자연스럽지는 않았다. 신부가 느끼는 형용하기 어려운 호기심의 대상은 좀더 다른 곳——바로 얼굴의 윤곽이었다. 브라운 신부는 이 얼굴이 전에 어디선가 본 듯한 생각이 들어 떠올리려고 애써 봤지만 언뜻 집히는 게 없었다. 이 공작의 모습은 신부가 오랫동안 알고 있던 정장을 입고 있다고밖에 생각이 안 되었다. 그러다가 신부는 거울을 생각해 내고 자신의 공상은 사람의 모습이 여러 개로 보이는 데서 오는 심리 작용의 탓이라고 고쳐 생각했다.

살라딘 공작은 꽤나 명랑하고 빈틈없는 태도로 두 손님에게 사교적인 배려를 나타냈다. 탐정이 스포츠를 좋아하여 자신의 휴가를 충분히 쓰고 싶어한다는 것을 알아차리고 공작은 프랑보우와 프랑보우의 배를 가장 좋은 낚시터로 안내했다. 그로부터 20분 뒤에는 자신의 카누로 되돌아와서 서재에 있는 브라운 신부를 상대로 하여 이번에는 신부의 철학적인 즐거움을 함께 나누는 것이었다. 공작은 낚시질에 대해서나 서적에 대해서나, 특히 사람을 계몽시키는 점이 있는 것은 아니었지만 매우 많은 것을 아는 모양으로 대여섯 나라 말을 할 줄 알았다. 물론 각 국어는 모두 속어 위주였다. 짐작하건대 공작은 여러 도시와 천차만별의 사회에서 생활해온 듯, 그의 쾌활한 이야기 가운데는 도박장이나 아편굴, 오스트리아의 군도(群盜)며 이탈리아의 산적에 관한 것이 섞여 있었다. 브라운 신부는 일찍이 명성이 있었던 살라딘이 요 몇 년 동안을 거의 끊임없는 여행으로 소일했다는 것은 알고 있었지만, 설마 그것이 이토록 점잖지 못하면서도 재미있고 우스운 여행이었으리라고는 꿈에도 생각하지 못했었다.

그런 탓인지 살라딘 공작은 세상 물정에 밝은 사람다운 풍격인데도 신부와 같은 예민한 관찰자의 눈에는 어쩐지 차분함이 없고 믿음성이 없다고까지 할 만한 분위기를 드러내고 있었다. 얼굴 생김은 꼼꼼해 보이나 눈초리는 분방했다. 신경질적으로 경련하는 버릇이 있어, 술이나 마약에 젖은 사람 같았다. 게다가 집안 살림 문제를 처리하는 데 깊이 정신을 쓰고 있지 않으며 정신을 쓰고 있다고 공언하지도 않았다. 집안 살림은 앞서 말한 두 하인, 특히 집사의 손에 맡겨져 있어 집사가 이 집안의 대들보 구실을 하는 것이 확실했다. 사실 폴 씨는 집사라기보다는 집안 어른——아니, 의전관(儀典官)이라고 해도 좋을 만했으며, 식사는 안에서 했는데 주인 못지않게 호화로웠다. 하인 어느 누구나 모두 그를 두려워했으며, 공작과 의논할 때의 태도도 무뚝뚝하기는 했으나, 절대로 꺾이지 않겠다는 완강함을 나타내어 마치 공작의 변호사이기라도 한 것 같았다. 그에 비하면 찌들린 가정부는 그림자와도 같은 존재에 지나지 않았고 사실 이 여자는 자기를 돌보지 않고 오직 집사만을 섬기고 있는 것처럼 보였으며, 동생이 형을 협박했다는 그 폭발적인 이야기를 브라운 신부는 두 번 다시 듣지 못했다.

과연 정말로 공작이 그토록 대위에게 돈을 빼앗겼는지 어떤지 신부는 확신을 가질 수 없었다. 그러나 이 이야기를 일단은 그럴 듯하다

고 생각하게 할 만한 불안정하고 공명정대하지 못한 점이 살라딘에게
는 있었다.

창문과 거울에 둘러싸인 좁고 긴 방으로 되돌아왔을 무렵에는 누런
저녁 빛이 수면과 버드나무가 나 있는 제방에 깔리기 시작하고, 멀리
서 우는 알락해오라기 소리가 요정이 울리는 북소리처럼 울렸다. 또
다시 신부의 마음에 그 구슬프고 사악한 요정 나라를 의식하는 이상
한 정서가 회색 구름처럼 지나갔다. "프랑보우가 돌아와 주었으면 좋
으련만"하는 중얼거림이 자기도 모르게 신부의 입에서 새어나왔다.

"파멸의 숙명이라는 것을 믿으십니까?" 침착하지 못한 살라딘 공
작이 불쑥 물었다.

"아니오." 손님은 대답했다. "마지막 심판의 날이라면 믿지요."

공작은 창문에서 뒤돌아보며 묘한 눈초리로 상대를 응시했다. 그
얼굴은 일몰을 배경으로 어둡게 그늘져 있었다.

"무슨 뜻이지요, 그것은?"

"다시 말해서 우리는 여기서 그림 뒤쪽에 있다는 겁니다." 브라운
신부가 말했다. "여기서 일어나는 일은 아무래도 별다른 의미가 없는
것 같습니다. 어디 다른 장소라야만 어떠한 의미를 갖게 될 것입니
다. 어디든 다른 곳에서 진정한 가해자에게 징벌이 내리는 것입니다.
여기서는 아무래도 잘못 짐작한 사람에게 그것이 내릴 것 같습니다."

공작은 까닭을 알 수 없는 짐승 같은 소리를 지르며 그늘진 얼굴에
눈만이 야릇하게 빛나고 있었다. 신부의 마음에는 새롭고 기민한 생
각이 소리도 없이 폭발했다. 살라딘은 재치가 넘쳐흐르면서도 엉뚱한
데가 있는데, 거기엔 무언가 특별한 이유가 있는 것일까? 과연 공작
은 ……온전한 제 정신일까?

"예상 밖의 사람, 예상 밖의 사람……." 신부는 언제까지나, 사교
적인 감탄치고는 너무 지나칠 정도로 몇 번이나 되풀이해서 말했다.

　브라운 신부는 이윽고 제3의 진리를 가까스로 깨달았다. 눈앞의 거울에, 소리가 나지 않는 문이 열려 있고 거기에 폴이 그 창백하고 감동 없는 표정으로 서 있는 것이 비쳐 있었다.

　"곧 알려 드리는 것이 좋으리라고 생각합니다만" 그는 오래 전부터 있는 이 집의 고문 변호사처럼 답답할 만큼 공손한 태도로 말했다. "여섯 남자가 젓는 보트가 선착장에 도착했습니다. 고물에는 한 신사가 보입니다."

　"보트라고!" 하고 말하며 공작은 벌떡 일어섰다. "그리고 신사가 탔다고?"

　숨을 삼킨 침묵이 그 뒤를 잇고 다만 사초류가 우거진 풀숲에서 새가 재재거리는 기묘한 소리만이 토막토막 들려 오고 있었다. 그러자 아무도 미처 이야기를 할 만한 틈도 없는 사이에 새로운 얼굴과 몸이 옆을 향하고 세 개의 밝은 창문 앞을 돌아갔다. 한 시간쯤 전의 공작과 마찬가지로, 그러나 두 사람의 윤곽이 매를 닮았다는 우연의 일치를 별도로 하면 거의 공통된 점은 없었다. 살라딘이 새로운 하얀 실크햇을 쓰고 있는데 비해 이것은 구식이랄까 이국적인 모양의 검은 실크햇이고 그 밑의 얼굴은 젊고 엄숙한 생김새이며 수염을 말끔히 깎아서 강한 결의를 보이는 턱 부근은 파르스름했는데, 전체의 모습은 어딘지 모르게 젊은 나폴레옹을 생각나게 했다. 이 연상을 더욱 강하게 하고 있는 것은 전체의 몸차림이 어쩐지 예스럽고 기묘해서 조상의 스타일을 조금이라도 바꾸기를 귀찮아하고 있는 듯한 인상이었다. 파란 색의 초라한 프록코트, 빨간 군대식 조끼, 빅토리아 왕조 초기에 유행했던 발이 굵은 옷감의 흰 바지——이것은 오늘날에는 어쩐지 어울리지 않는 물건이다——등의 이 예스러운 옷 한 벌 가운데서 그의 올리브 빛 얼굴만이 묘하게 젊어 보이며 기묘한 엄숙함을 띠고 있었다.

　살라딘 공작은 흰 모자를 우악스럽게 머리에 올려놓고 자신이 직접 현관으로 달려가서 해질 녘의 정원을 향해 문을 활짝 열었다.

　그럴 즈음 새로운 신사와 그 하인은 극 중의 작은 군대처럼 잔디밭에 진을 치고 있었다. 노를 젓는 여섯 사람은 이미 보트를 육지 위로 끌어올리고 바야흐로 노를 창(槍)처럼 똑바로 세워 보트를 지키고 있어, 어쩐지 예사롭지 않은 기색이 느껴졌다. 남자들은 하나같이 검은 살빛으로, 그 중에는 귀걸이를 달고 있는 자도 있었다. 그 한 사람은 올리브 빛 얼굴에 빨간 조끼를 입은 젊은이와 나란히 앞에 섰으며, 낯선 모양의 큼직하고 검은 케이스를 들고 있었다.

　"그대는, " 청년이 말을 걸었다. "살라딘이라는 이름인가? "

　살라딘은 어느 쪽인가 하면 되는 대로 아무렇게나 고개를 끄덕였다.

　새로 온 자의 눈은 둔하고 개처럼 갈색이어서, 공작의 침착성 없는 반짝거리는 회색 눈과는 인연이 먼 것이었다. 그러나 브라운 신부는 또다시 어디선지 이 얼굴과 똑같은 얼굴을 본 일이 있다는 심정을 씻어버릴 수가 없었다. 그러나 이번에도 또 거울 방의 반복 작용을 기억해 내고 이런 마음이 드는 것은 그 때문일 것이라고 생각했다.

　"이 수정(水亭) 궁전은 좋지 않아! " 신부는 중얼거렸다. "뭐든지 한 가지가 몇 번이고 보이니 말이야. 마치 꿈만 같잖아. "

　"그대가 살라딘 공작이라면, " 젊은이가 말했다. "내 이름은 안트넬리라고 밝혀도 좋겠지. "

　"안트넬리라고? " 공작은 나른한 목소리로 되물었다. "그 이름이라면 기억이 나는 것 같군. "

　"내 소개를 하겠소. " 젊은 이탈리아 인은 말했다.

　그 구식 실크햇을 왼손으로 정중하게 벗었는가 했더니, 오른손으로 살라딘 공작의 따귀를 철썩하고 아주 시원스럽게 때렸기 때문에 흰 실크햇은 계단에 굴러떨어지고, 파란 꽃병 하나가 받침대 위에서 건들거렸다.

공작은 다른 점은 몰라도 겁쟁이가 아닌 것만은 분명했다. 상대의 멱살을 와락 움켜쥐고 뒤쪽 풀 위에 쓰러뜨릴 것 같았다. 그러나 그러기 직전 도무지 이런 경우에 어울리지 않게 얼른 정중한 태도를 지어 몸을 흔들어 빼냈다.

"그것으로 되었소." 그는 가쁜 숨을 헐떡거리면서 더듬거리는 영어로 말했다. "내가 모욕했군요. 만족하실 수 있도록 해드리죠. 마르코, 케이스를 열게."

나란히 서 있던 귀걸이를 단 남자가 케이스를 열었다. 그가 안에서 꺼낸 것은 자루도 칼날도 강철로 된 두 개의 긴 이탈리아 식 칼이었다. 그는 칼끝을 아래로 하여 잔디밭에 꽂았다.

누런 얼굴에 복수의 결의를 나타내고 입구에 마주 서 있는 이 수수께끼의 젊은이, 묘지의 십자가처럼 잔디밭에 꽂힌 두 자루의 칼, 그 등 뒤에 한 줄로 늘어선 노 젓는 사람들. 그런 것들은 이 장면에 미개족들의 재판을 연상케 하는 양상을 띠게 했다.

그러면서도 다른 사람은 모두가 전과 조금도 다름이 없어, 이들의 침입이 얼마나 당돌한 것인가를 나타내고 있었다. 일몰의 금빛은 여전히 잔디밭에 희미하게 비쳤으며, 알락해오라기는 여전히 무언가 대수롭지는 않지만 두려운 운명을 알려 주는 것처럼 계속 울어대고 있었다.

"살라딘 공작." 안트넬리라는 이름의 남자가 불렀다. "내가 아직 요람 속에 누워 있는 갓난아이였을 때 당신은 우리 아버지를 살해하고 어머니를 빼앗았소. 아버지는 그래도 운이 좋은 편이오. 그대는 아버지를 공명정대하게 죽이지 않았지만, 나는 이제부터 당신을 정정당당하게 죽이겠소. 당신과 나의 극악한 어머니는 시실리의 마을에서 떨어져 있는 고개로 아버지를 자동차에 태워 가지고 가서 벼랑 아래로 집어던지고는 도망가 버렸소. 그렇게 하는 것이 좋다고 생각하면 그 흉내를 내도 좋겠지만, 당신의 흉내를 낸다는 것은 너무 더럽소. 나는 당신을 뒤쫓아 온 세계를 여행했지만 당신은 언제나 자취를 감추어 달아났소. 그러나 여기는 이제 세상 끝, 그리고 당신의 무덤이오. 다시는 놓치지 않을 것이오. 다만 당신이 아버지에게 주지 않았던 마지막 기회를 나는 주겠소. 칼을 고르시오.”

이맛살을 찡그리고 있던 살라딘 공작은 한순간 망설이는 듯했으나, 조금 전에 맞은 따귀로 아직도 귀가 멍한 채 재빨리 앞으로 뛰어나가더니 한 자루의 칼을 움켜쥐었다. 동시에 브라운 신부도 이 싸움을 말리려고 뛰어나갔으나, 곧 자기가 나서는 것이 오히려 사태를 악화시킨다는 것을 깨달았다.

살라딘은 프랑스의 프리 메이슨에 속하는 강렬한 무신론자였으므로 신부가 나서면 그의 마음을 흥분하게 할 뿐이었다. 한편 상대방 젊은이는 신부이건 속인이건 그 마음을 움직이게 할 수 없었다. 보나파르트의 풍모와 다갈색 눈을 가진 이 젊은이는 청교도보다도 더 단호한 이교도였다. 이 지구의 여명기에서 그대로 남아 있는 단순한 참살자(斬殺者), 석기 시대의 사람으로 돌같이 완고한 사람이었다.

남겨진 희망은 오직 하나, 이 집안의 하인들을 불러모으는 일이었다. 그래서 브라운 신부는 다시 집으로 뛰어 돌아갔다. 그런데 밑에서 일하는 하인들은 독재자 폴이 하루의 육상 휴가를 주어, 그 좁고 긴 이 방 저 방으로 불안스럽게 돌아다니고 있는 것은 음침한 안토니 부인 한 사람뿐이었다. 그러나 그녀가 기분 나쁜 얼굴을 신부에게 돌린 순간 이 거울의 집 수수께끼가 한 가지 풀리게 되었다. 안트넬리의 둔중한 다갈색 눈은 틀림없는 안토니 부인의 둔중한 다갈색 눈과 같아서 마침내 진상의 절반이 순식간에 명백해졌던 것이다.

"아드님께서 밖에 오셨습니다." 신부는 쓸데없는 말로 시간을 허비하지 않고 곧바로 말했다. "아드님이나 공작이나 둘 중 누군가가 살해됩니다. 폴 씨는 어디에 있습니까?"

"선착장에요." 여자는 목쉰 소리로 말했다. "부르고 있어요. 도움을 청하고 있어요."

"안토니 부인." 브라운 신부는 정색을 하고 말했다. "어리석은 말을 할 때가 아닙니다. 내 친구는 자기 보트로 강 아래에서 낚시질을 하고 있소. 아드님의 배는 아드님의 부하들이 지키고 있지요. 남은 것은 저 카누 한 척입니다. 폴 씨는 그것으로 어떻게 하겠다는 것입니까?"

"산타 마리아! 모르겠어요." 그녀는 매트를 깐 바닥에 큰 댓자로 졸도하고 말았다.

브라운 신부는 그 쓰러진 몸을 소파에 들어올려 포트에 들어 있는 물을 끼얹고, 큰소리로 도움을 청한 다음 이 작은 섬의 선착장으로 달려갔다. 그러나 카누는 벌써 강 한복판쯤에 나가 있고, 폴 노인이 나이에 비해 믿을 수 없을 정도의 힘으로 강 위를 향해 저어 가는 참이었다.

"주인을 구해야 해." 노인은 미친 사람처럼 이글거리는 눈으로 외쳤다. "아직 구할 수 있어."

브라운 신부는 몸부림치듯이 강물을 거슬러 올라가는 카누를 뚫어지게 바라보며 이 노인이 조금이라도 빨리 마을 사람들을 불러모을 수 있게 해 달라고 비는 수밖에는 달리 어쩔 도리가 없었다.

"대체 결투라는 그 자체부터가 좋지 않아." 신부는 흩어진 머리를 쥐어뜯으면서 중얼거렸다. "비록 결투라 하더라도 이 경우에는 어딘지 잘못되어 있어. 그것은 나의 피가 느끼고 있지. 그러나 무엇이 잘못되었는가?"

수면, 일몰의 빛이 비치는 흔들거리는 거울 면을 가만히 들여다보는 동안에 섬의 정원 끝에서부터 희미하지만 틀림없이 알아들을 수 있는 소리가 들려 왔다. 강철이 서로 부딪치는 차가운 소리였다. 신부는 뒤돌아보았다.

길쭉한 작은 섬에서 가장 삐죽이 내민 곳을 보니 장미 꽃밭 저편의 잔디밭 위에서 결투자들은 벌써 칼끝을 맞대고 싸우고 있었다. 그 위를 뒤덮은 저녁 빛은 순금으로 둥글게 천장을 이루고 있었으므로, 멀리 떨어진 곳에서도 모든 것을 자세히 볼 수 있었다. 결투자는 둘 다 윗옷을 벗어던지고 있었다. 살라딘의 노란 조끼와 성성한 백발, 그리고 안트넬리의 빨간 조끼와 흰 바지는 한결같이 밝은 빛 속에서 기계 장치로 춤추는 인형의 색채처럼 빛나고 있었다. 두 자루의 칼은 칼끝에서 자루까지 마치 두 개의 다이아몬드 핀처럼 빛났다. 두 개의 사람 그림자가 이토록 작고도 화려하게 보인다는 사실에는 어쩐지 등골을 오싹하게 하는 것이 있었다. 그것은 두 마리의 나비가 서로 상대를 코르크에 못박아 놓으려고 하는 그림과 흡사했다.

브라운 신부는 짧은 다리를 수레바퀴처럼 움직여 죽어라고 뛰었다. 그러나 결투의 현장에 이르러 보니 때는 이미 늦었다. 그와 동시에 때는 아직도 무르익지 않았다는 것을 알았다. 너무 늦었다는 것은 배 젓는 노에 기대선 늠름한 시실리 인의 그림자 밑에서 벌어진 결투를 막기에는 이미 늦었다는 의미이며, 너무 빨랐다는 것은 그 비참한 결과가 어떻게 끝날 것인가를 확인하기에는 시기 상조라는 의미이다.

두 사람은 서로 상대로서 부족함이 없는 역량으로, 공작은 일종의 조롱 섞인 자신만만한 태도로 솜씨를 부리고 있고, 시실리 인은 살기에 찬 세심한 태도로 재주를 겨루고 있었다. 관객이 빽빽이 들어찬 투기장에서도, 지금 이 잊혀진 작은 섬에서 펼쳐진 결투만큼 훌륭한 경기는 좀처럼 볼 수 없었을 것이다. 어지럽도록 격한 칼싸움은 어느

쪽이 더 우세하지도 않고 매우 오랫동안 서로 균형을 이루고 있었으
므로, 이를 제지하려는 신부의 마음에 한 가닥 희망이 되살아나기 시
작했다. 어떻게 생각을 한다 해도 폴이 머지않아 경관을 데리고 돌아
올 것이다. 프랑보우가 낚시질에서 돌아와 주기만 해도 마음이 놓인
다. 프랑보우라면 육체적으로 네 사람의 남자와 맞설 만하기 때문이
다. 그러나 어디를 보나 프랑보우가 돌아올 것 같지는 않았고 폴이나
경관이 오는 것 같지도 않았다. 이미 강을 건너는 도구로는 한 개의
뗏목도 없고 스틱 한 개도 남아 있지 않았다. 이 넓고 넓은 이름 없
는 연못 속에 버려진 외로운 섬 사람들은 태평양 한복판에서 암초에
버려진 것처럼 고립되어 있는 것이다.

　마음 속으로 이러한 생각을 하고 있던 바로 그때, 칼 부딪치는 소
리가 한층 더 활기를 띠고 쾌속조로 변했는가 싶더니 공작의 두 팔이
높이 오르고, 그 어깨뼈 사이로 뒤를 향해 칼끝이 뚫고 나갔다. 공작
의 몸은 크게 선회하는 것처럼 비틀거리고, 손에서는 칼이 유성처럼
날아 멀리 강물 속으로 떨어졌다. 공작의 몸 또한 육중하게 땅 위로
떨어져 갔는데, 그 힘이 어찌나 굉장한지 대지가 흔들리고, 도중에
큰 장미나무를 길동무 삼아 꺾고, 마지막에는 하늘 높이 빨간 흙먼지
를 뿜어 올렸다. 실로 이교(異敎)의 제물을 바치는 의식에서 피어오
르는 연기와 같았다. 시실리 인은 부친의 망령에 피의 제물을 바친
것이다.

　신부는 지체하지 않고 즉시 시체 한옆에 무릎을 꿇었다. 그것은 바
로 그것이 시체라는 것을 확인하기 위한 것임에 지나지 않았다. 마지
막의 덧없는 맥박을 살펴보고 있는데, 그제야 강 위로부터 사람의 소
리가 들리고 경찰 보트가 경관과 사람들을 태우고 눈 깜짝할 사이에
선착장에 닿는 것이 보였다. 물론 흥분한 폴의 모습도 섞여 있었다.
몸집이 작은 신부는 역력히 이상하다는 표정으로 얼굴을 일그러뜨리

면서 일어섰다.

"그거 참!" 그는 중얼거리듯이 말했다. "대체 어째서 좀더 일찍 올 수 없었단 말인가?"

7분쯤 뒤 이 작은 섬은 마을 사람들이며 경찰관이 몰려오게 되고, 경찰관들은 결투의 승리자에게 시체에 관한 것을 물으며, 그의 이제 부터의 발언은 본인에게 불리한 증거로써 받아들여질지도 모른다고 격식을 차려 경고했다.

"아무 말도 않겠습니다." 의기양양하고 상쾌한 표정으로 이 편집광은 말했다. "이제 더 이상 아무 말도 할 것이 없어요. 난 매우 행복합니다. 남은 소망은 교수형을 받는 일뿐입니다."

그렇게 말했을 뿐 그는 입을 굳게 다물고 묵묵히 끌려갔다. 신기한 일이지만 틀림없는 사실은 그가 이 세상에서는 두 번 다시 입을 열지 않았다는 것이다. 꼭 한 번 '유죄'라고 재판에서 말한 것 말고는.

브라운 신부는 순식간에 사람들이 까맣게 모인 정원을 바라보며 피에 굶주린 남자가 체포되는 것을 지켜보고, 의사가 검시한 뒤에 시체가 실려 가는 것을 바라보았다. 이제까지의 추악한 꿈에서 막 깨어나는 느낌이었다. 신부는 악몽에 시달린 사람처럼 꼼짝도 하지 않았다. 목격자로서 자기의 이름과 주소를 말하기는 했지만, 강기슭까지 보트로 데려다 주겠다는 제안을 거절하고 섬의 정원에 오직 혼자 남아서 꺾이고 흩어진 장미꽃이며 그 어지럽던 설명할 수 없는 참극이 있었던 녹색의 무대 전체를 유심히 바라보는 것이었다. 강 부근의 빛은 엷어져 사라지고, 축축한 제방에 안개가 끼기 시작했다. 보금자리로 미처 돌아가지 못한 새가 여러 마리, 잠깐 동안 하늘을 스쳤다.

신부가 전에 없이 활발하게 움직이고 있는 잠재의식 속에 집요하게 매달려 있었던 것은 무언가 아직도 설명되지 않은 것이 있다는 표현 불능의 확신이었다. 이날 줄곧 신부의 마음에 달라붙어 떨어지지 않는 이 느낌은 '거울의 나라'라는 공상으로는 다 설명할 수 없었다. 신부가 본 것은 도무지 현실에서 일어난 일이 아니라 어떠한 유희나 가면극이었다. 그러나 수수께끼놀이 때문에 교수형이 되거나 칼로 상대의 몸을 찌르는 그런 짓을 하는 사람은 없을 것이다.

이런 일을 생각하면서 선착장 계단에 앉아 있다가, 그는 문득 큰 돛을 단 배가 빛나는 강 위를 조용히 이쪽으로 다가오고 있는 것을 깨달았다. 벌떡 일어선 신부는 가슴에 흥분된 감정의 물결이 가득히 되살아와서, 당장에라도 눈물이 쏟아질 것 같았다.

"프랑보우!" 하고 부르며 그의 두 손을 움켜쥐고 몇 번이나 계속 흔들어 대는 신부를 보고 낚시 도구를 들고 육지로 올라온 스포츠맨은 너무나도 놀랐다. "프랑보우, 당신은 살해되지 않았었구려?"

"살해되지 않았다고요!" 낚시꾼은 더욱더 놀라 말을 되받았다.

"어째서 그런 생각을 하십니까?"

"왜냐하면 다른 사람들은 거의 모두 그런 꼴을 당했소." 신부는 매우 과장된 말씨를 썼다. "살라딘은 살해되었고, 안트넬리는 사형을 받고 싶어하고, 안트넬리의 어머니는 기절을 했고, 게다가 나도 이 세상에 있는지 저 세상에 있는지 도무지 알 수가 없소. 그러나 고맙게도 당신은 같은 세상에 있어 주었구려." 신부는 또다시 어리둥절해 있는 프랑보우의 팔을 잡고 흔들었다.

선착장을 떠나 낮은 대나무 집 처마 밑까지 와서 두 사람은 처음 이곳에 이르렀을 때와 마찬가지로 또다시 창문으로 안을 들여다보았다. 보니, 램프로 밝게 비추어진 그 내부에서는 두 사람의 눈길을 끌기에 충분한 정경이 펼쳐지고 있었다. 이 좁고 긴 식당에는 살라딘을 살해한 자가 번갯불 같은 기세로 상륙해 왔을 때에 차려져 있던 만찬 식탁이 그대로 있었다. 지금 그 만찬은 유유히 진행되는 중이며 식탁 끝자리에 안토니 부인이 좀 불쾌한 모습으로 앉아 있고 구석에는 집

사인 폴 씨의 모습이 보였다. 폴은 흐릿하고 푸른 눈을 묘하게 튀어
나오게 하고, 여윈 얼굴에 까닭 모를 표정을 띠고 그래도 충분히 만
족스럽게 마시며 먹고 있었다. 그것은 말할 수 없는 고급 음료와 요
리였다.

단 1초도 기다릴 수 없다는 듯이 거친 제스처로 프랑보우는 창문을
두드리고, 그것을 비틀어 열자 분개한 태도로 밝은 실내에 머리를 들
이밀었다.

"어허, 이거 참" 하고 그는 큰소리로 말했다. "물론 기운을 돋굴
식사가 필요한 줄은 알지만 정원에서 살해된 채 쓰러져 있는 주인의
음식을 슬쩍한다는 건 좀……."

"이 길었던 즐거운 인생에서 나는 실로 많은 것을 훔쳤지요." 수수
께끼의 노신사는 태연히 대답했다. "이 만찬은 내가 훔치지 않은 적
은 물건 가운데 하나입니다. 이 식사, 이 저택, 이 정원은 때때로 내
것입니다."

한 가지 생각이 떠올랐음을 나타내는 표정이 프랑보우의 얼굴에 슬
쩍 스쳐갔다.

"다시 말해서 살라딘 공작의 유언으로……."

"내가 살라딘입니다." 소금에 절인 편도를 우물우물 씹으면서 노
인이 말했다.

그때까지 밖의 새를 바라보고 있던 브라운 신부는 이 말을 듣자 총
알에 맞은 사람처럼 펄쩍 뛰어 납인형처럼 창백한 얼굴을 창문으로
밀어 넣었다. "당신이 뭐라고요?" 그는 높은 목소리로 되물었다.

"폴 살라딘 공작, 잘 부탁합니다." 매우 지체가 귀한 사람은 셰리
주 잔을 높이 들고 정중하게 말했다. "나는 가정적인 남자이기 때문
에, 여기서 매우 조용하게 지내고 있습니다. 남의 눈에 띄지 않도록
하고 싶었기 때문에 나는 폴이라는 이름으로 불리며, 불행한 동생인

스티븐과 구별하고 있었지요. 동생은 죽었다지요? 조금 전 우리 정원에서. 물론 동생을 뒤쫓아 적이 여기까지 왔어도 그것은 내 탓이 아닙니다. 동생의 인생이 유감스럽게도 상궤를 벗어났기 때문입니다. 동생은 가정적인 성격이 아니었으니까요."

여기서 그는 또 입을 다물고 여자의 수그린 머리 바로 윗부분의 벽을 뚫어지게 노려보고 있었다. 그 얼굴 생김이 죽은 남자의 얼굴과 똑같다는 것이 여기서 드디어 분명해졌다. 그러더니 그의 늙은 어깨가 들먹이며 떨리기 시작하여 목이 멘 것이 아닌가 하는 생각이 들었으나, 얼굴 표정은 전혀 변하지 않았다.

"대체 이게 무슨 일이람!" 잠시 사이를 두었다가 프랑보우가 소리를 질렀다. "웃고 있잖아!"

"갑시다." 브라운 신부가 말했다. 얼굴이 핏기를 잃고 있었다. "이 지옥의 집에서 달아납시다. 보트로 돌아갑시다."

그들을 태운 배가 작은 섬에서 떠날 무렵에는 사초류와 강물 위에 완전히 밤의 장막이 내려, 물의 흐름을 타고 어둠 속을 내려가는 두 사람이 마음을 따뜻하게 하기 위해 붙여 문 두 개의 큰 잎담배 불이 상선(商船)의 빨간 랜턴의 불빛처럼 반짝였다. 브라운 신부는 잎담배를 입에서 떼고 말했다.

"이제는 당신도 사건의 진상을 짐작할 수 있겠지요. 결국 저것은 원시적인 경위라고나 할까. 한 남자가 두 사람의 적을 가지고 있었소. 그는 현명한 남자였기 때문에 두 사람의 적은 한 사람의 적보다 낫다는 것을 발견했지요."

"못 알아듣겠는데요." 프랑보우가 대답했다.

"아주 간단하다오." 신부는 말했다. "단순하지만 순진무구하고는 거리가 멀지요. 살라딘 형제는 둘 다 무뢰한이었소. 그러나 형인 남작은 똑같은 무뢰한이라도 절정으로 올라가는 사람이고, 동생인 대위

는 밑바닥까지 떨어져 가는 타입이었소. 이 비열한 장교님은 거지로
부터 협박자로 전락되어 어느 날, 형인 공작에게 그 독수를 뻗쳤소.
협박의 자료는 하찮은 것이었겠지요. 폴 살라딘 공작은 도락자임을
숨기려 하지 않았소. 사교계에 흔한 작은 죄라는 점에서는 본디 악명
이 높았으니까요. 그 협박의 재료는 사실에 있어 틀림없는 교수형을
받을 만한 것으로, 스티븐은 과장됨 없이 형의 목에 밧줄을 감은 것
과 같았소. 그 시실리에서의 사건의 진상을 스티븐은 알아내어 산 속
에서 폴이 안트넬리의 아버지를 살해했다는 증거를 쥔 것이오. 이리
하여 대위는 10년 동안에 걸쳐 입을 다물어 주겠다는 조건으로 많은
금액을 받아 내어, 마지막에는 공작의 굉장한 행운도 조금 우스꽝스
러운 것으로 보이기 시작했을 정도였소.

그런데 살라딘 공작은 흡혈귀 같은 동생 말고도 또 하나의 짐을 짊
어지고 있었소. 살해된 남자의 아들, 안트넬리는 그 무렵 아직 어린
아이였는데 시실리 식 야만적인 충절심이 자라고 있었기 때문에 아버
지의 원수를 갚는 일만을 인생의 목적으로 삼게 되었다는 것을 공작
은 알았소. 그 복수는 교수대에 의한 것이 아니라——스티븐처럼 법
적인 증거를 쥐고 있었던 것은 아니었으므로——옛날부터의 복수하
는 무기로 해야 했기에 안트넬리 소년은 칼 솜씨를 닦고 또 닦았소.

그가 그것을 실행에 옮길 수 있게 된 무렵부터 신문 사교란에 살라
딘 공작이 각지를 여행하기 시작했다는 소식이 실렸지요. 다시 말해
서 공작은 쫓는 사람에게서 도망치는 범죄인처럼 이 고장에서 저 고
장으로 간신히 도망 다닌 것이오. 그를 쫓는 것은 오직 한 사람의 인
정도 사정도 없는 사나이라고 하는 것이 폴 공작의 입장이었소. 이것
은 재미없는 입장이었소. 안트넬리를 피하는 데 돈을 쓰면 쓸수록 스
티븐에게 입을 다무는 조건으로 빼앗기는 돈이 적어지지요. 스티븐에
게 돈을 많이 쓰면 그만큼 안트넬리의 추적을 피할 기회가 줄지요.

그러므로 여기서 공작은 굉장한 인물임을 나타내었소. 나폴레옹과 같은 천재임을 손수 나타내 보인 셈이오.

　두 적에게 대항하는 대신 공작은 갑자기 그 양쪽에 항복하는 백기를 들었소. 마치 동양의 역사(力士)처럼 한 걸음 양보했소——순간적은 그의 앞에 쓰러진 셈이오. 공작은 세계 각지를 전전하는 것을 그만두고 현재의 주소를 안트넬리에게 알렸소. 그리고 동생에게도 자신의 모든 것을 내주었소. 스마트한 여행복과 여비로 쓸 돈을 스티븐에게 보내고, 그에 곁들인 편지에 이르기를 '나에게 남은 것은 이것뿐이다. 너에게 완전히 빼앗겨 버렸다. 가까스로 노픅에 하인들과 술광이 달려 있는 작은 집을 아직 가지고 있으니, 좀더 갖고 싶거든 그것이라도 갖도록 해라. 네가 좋다면 이리로 와서 네 것으로 하여라. 나는 너의 집 식객이라도 좋고 대리인이라도 좋으니 뭐든지 하면서 조용히 여생을 보내고 싶다'라고 했지요.

　공작은 시실리의 청년이 사진 외에는 한 번도 살라딘 형제를 본 일이 없는 것을 알고 있었고, 또 자기들 형제가 둘 다 끝이 뾰족한 턱수염을 기르고 있는 점으로 상당히 닮았다는 것도 알고 있었소. 그래서 그는 자기 수염을 깎아 버리고 기다렸소. 만들어 놓은 함정은 성공적이었소. 그런 줄을 전혀 알지 못하는 대위는 새로운 옷을 입고 왕이나 재상이라도 된 것처럼 의기양양하게 저 집으로 들어가 살다가 시실리 인의 칼에 찔려 죽은 것이오.

　한 가지 예상하지 못했던 장애가 생겼는데, 그것은 인간성에 있어 명예로운 일이라고 해야겠지요. 살라딘과 같이 악독한 마음을 가진 사람은 인간의 미덕이라는 것을 고려에 넣지 않기 때문에 곧잘 실패를 하오. 이탈리아 청년에 의한 일격은 그 보복 대상인 공작이 옛날에 했던 방법과 마찬가지로 이름을 서로 밝히지 않는 기습(奇襲)으로 예의를 무시한 것이 될 것이다, 피해자는 밤중에 칼에 찔리든가 생울타리 밖에서 저격되거나 하여 한 마디 말을 할 사이도 없이 죽게 될 것이다. 공작은 이렇게 생각하고 있었던 거요. 그러므로 안트넬리가 기사도다움을 발휘하여 정식 결투를 신청했을 때의 폴 공작의 낭패는 상상하기 어렵지 않지요. 모든 것이 탄로가 날 우려가 있었던 거요. 바로 그때 공작은 혈안이 되어 카누를 꺼내기 시작했소. 안트넬리에게 들통이 나기 전에 달아나 버려야 한다고 모자도 쓰지 못하고 카누에 올라탄 셈이오.

그러나 아무리 마음이 흐트러져 있었어도 전혀 희망이 없는 것은 아니었소. 공작은 한 쪽의 모험가와 다른 한쪽의 광신자를 잘 알고 있었소. 모험을 좋아하는 스티븐이므로 하나의 역할을 해낼 수 있다는 연극의 즐거움이나, 저 살기 좋은 새로운 거처에서 떠나고 싶지 않다는 미련이나, 운과 자기의 칼 솜씨를 믿는 무뢰한다운 강한 자신감 등으로 하여 마지막까지 입을 다물고 있을 가능성도 적지 않았지요. 한편 광신자인 안트넬리인데, 이쪽의 경우는 시종 입을 굳게 다물고 한 집안의 이야기를 털어놓지 않고 사형이 될 게 틀림없는 일이었소. 이런 이유로 폴은 일부러 꾸물거리며 결투가 끝날 때쯤을 계산하여 마을 사람들에게 사건이 일어난 것을 알리고 경관을 데려온 것이오. 그리하여 그의 함정에 빠진 두 적이 이미 다시는 돌아올 염려 없이 끌려가고 실려가는 것을 확인한 다음 회심의 미소를 띠고 만찬의 식탁에 나와 앉은 거지요.”

“더욱이 웃고 있었으니 놀랍지 않습니까?” 프랑보우는 크게 진저리를 치면서 말했다. “그 생각은 악마에게서 받은 것일까요?”

“그것을 준 것은 프랑보우 당신이오.” 신부가 대답했다.

“원, 당치도 않습니다!” 프랑보우가 소리쳤다. “내가 그랬다고요? 무슨 생각으로 그런 말을 하십니까?”

신부는 주머니에서 명함을 꺼내어 잎담배의 희미한 불빛에 그것을 비추어 보았다. 녹색잉크로 마구 휘갈겨 씌어 있었다.

"처음에 공작이 당신을 초대했을 때의 글귀를 잊으셨소? 당신의 범죄에 대한 칭찬을 하지 않았소? '형사에게 다른 형사를 잡게 한 귀하의 그 뛰어난 솜씨는……' 하는 내용의 글 말이오. 그 방법을 공작은 고스란히 흉내낸 것이오, 앞과 뒤를 적에게 가로막힌 공작은 슬쩍 몸을 빼내어 두 사람을 정면으로 충돌하게 하여 서로 상대를 죽이게 했던 것이오."

프랑보우는 살라딘 공작의 명함을 신부의 손에서 나꿔채어, 그것을 마구 잘게 찢었다.

"저 해적의 명예도 이제 이것으로 끝장입니다." 프랑보우는 어두운 강물 위에 종이조각을 뿌렸다. "하지만 이래도 아직 물고기에게는 독이 되는지 모르지만."

카드의 흰 종이와 녹색 잉크가 마지막으로 한 번 번쩍이더니 물결에 휩쓸려 사라져갔다. 이 무렵부터 새벽녘을 연상케 하는 희미하고 율동적인 광채가 하늘빛을 바꾸고, 풀 그늘에서 달이 훤해지기 시작했다. 두 사람을 태운 보트는 조용히 흐르는 강물에 물결치는대로 떠돌았다.

"신부님." 프랑보우가 별안간 말했다. "오늘 있었던 일은 모두 꿈이었다고 생각되지 않습니까?"

신부는 고개를 가로저었다. 꿈이 아니라는 뜻인지 뭐라고 말할 수 없다는 뜻인지 고개만 저었을 뿐, 그 뒤로는 입술도 달싹하지 않았다. 당산사나무와 사초류의 향기가 어둠 속에서 풍겨와 바람이 잠에서 깨어났음을 알려 주었다. 그러자 벌써 다음 순간에는 두 사람이 탄 작은 배가 좌우로 흔들리며 돛이 바람을 가득 안고 두 사람을 구불구불한 강 아래로 날라갔다. 나쁜 짓을 하지 않는 사람들이 사는 좀더 행복한 고장을 향하여.

신의 철퇴

　　보한 비콘이라는 아담한 마을은 매우 가파른 언덕 위에 오똑 올라 앉아 있었으므로 마을 교회의 높다랗게 치솟은 첨탑도 작은 산꼭대기로밖에는 보이지 않았다. 교회의 발 밑에는 대장간이 있어, 대개 불로 빨갛게 빛나고 있고 해머며 무쇠 조각이 언제나 흩어져 있었다. 그 반대쪽, 돌이 깔린 오솔길이 서로 엇갈려 있는 저쪽에는 이 고장에 단 한 집뿐인 여인숙 '푸른 곰'이 있었다.

　　은백색 새벽빛이 동녘 하늘에 나타나기 시작할 무렵, 이 네거리에서 두 형제가 얼굴을 맞대고 말을 주고받았다. 그러나 한쪽은 하루를 시작하는 참이고 다른 쪽은 하루를 끝내는 참이었다.

　　윌프레드 보한 목사는 신을 섬기는 데 매우 열성적인 사람으로, 이때에도 새벽 기도를 하기 위해서인지 금욕적인 기도의식을 위해서인지 집을 나서는 길이었다. 그의 형 노먼 보한 대령은 의리로 말하더라도 경건한 사람이라고는 할 수 없으며 이날 아침은 '푸른 곰' 앞의 벤치에 야회복 차림으로 앉아서 철학적인 관찰자가 대령의 '화요일 마지막 한잔'이라 해도 좋고 '수요일 최초의 한 잔'이라 해도 좋은,

어쨌든 마음에 들도록 불러도 되는 술자리를 혼자서 벌이고 있었다. 대령 자신은 그런 자질구레한 참견쯤 전혀 개의치 않았던 것이다.

보한 집안은 중세기까지 거슬러올라가는 많지 않은 귀족 가문의 하나로, 그 가문(家紋)이 새겨진 깃발은 팔레스타인에서도 찾아 볼 수 있을 정도였다. 그러나 그러한 귀족 집안이 기사도의 전통에 있어 높은 지위를 차지하고 있다고 생각하는 것은 큰 잘못이다. 전통을 보존하는 것은 대체로 가난한 사람이며, 귀족은 전통에 살지 않고 유행에 살았다. 이리하여 보한 집안은 앤 여왕 아래에서는 귀족 괴도단(怪盜團)인 모호크 당원, 빅토리아 여왕 치하에서는 난봉꾼이었다.

그런데 정말로 유서 깊은 집에서 흔히 볼 수 있듯이 보한 집안은 최근 2세기 사이에 타락하여 고주망태와 멋쟁이 게으름뱅이들만이 쏟아져나와, 마침내는 미치광이의 피가 흐르고 있는 것이 아닌가 하고 사람들이 쑤군거리게 되었다. 그러고 보면 확실히 대령의 쾌락 추구에는 이리도 무색할 정도로 걸신들린 듯한 탐욕스러움이 있었고, 아침이 될 때까지는 무슨 일이 있어도 집에 돌아가지 않으려는 그 고집스러운 결의에는 불면증 환자만이 가질 수 있는 추악한 너그러움이 없지도 않았다.

대령은 키가 후리후리하고 훌륭한 인물로 이미 꽤 늙어가고 있었는데, 머리카락은 놀라운 정도로 노란 빛깔이었다. 이것뿐이라면 단순한 금발로 사자를 연상케 하는 정도였겠지만, 그의 파란 눈은 얼굴의 한가운데에 움푹 들어가 있었으므로 눈빛이 검게 보였다. 그 눈과 눈의 간격은 그렇게 보아서 그런지 지나치게 좁은 것 같았으며, 매우 긴 수염 양쪽에선 근육이라고 할지, 주름이 하나씩 코에서 턱에 걸쳐 자라고 있어서 냉소를 띠면 얼굴에 그것이 파고드는 것처럼 새겨졌다. 야회복 위에 입고 있는 엷은 노란 색의 묘한 코트는 외투라기보다도 가벼운 화장옷 같은 느낌이고, 푹 눌러쓴 밝은 녹색의 신기하게 테가 넓은 모자는 아무래도 닥치는 대로 사 모은 동양산 진품으로 보였다. 이러한 매우 어울리지 않는 차림으로 남의 앞에 나가는 것이 대령으로서는 의기양양한 일이었다. 그것을 매우 잘 어울려 보이게 입어 낸다는 것이 자랑스러웠던 것이다.

동생인 목사도 역시 머리카락은 노랗고 고상함을 온 몸에 지니고 있었으나, 옷을 단정하게 입고, 깨끗하게 면도한 얼굴은 교양의 깊이를 나타내며 약간 신경질적인 것 같았다. 무엇 때문에 살아 있는가 하면 오직 종교를 위해서만이라는 태도였지만, 마을 사람 가운데는 ——그 중에서도 특히 장로회파 신자인 대장간 주인의 주장에 의하면——그것은 다름 아니라 신을 위한 것이기보다 고딕 건축에 대한 애정 때문이며, 그가 망령처럼 교회에 부지런히 다니는 것은 그의 형으로 하여금 여자와 술에 열중하게 한 병적인 아름다움에 대한 동경이 다른 좀더 순수한 방향으로 향했을 뿐이라고 말하는 이도 있었다. 이 비난은 의심스러운 것으로, 한편 당사자의 실제적인 경건한 태도는 의심할 여지가 없는 것이었다. 사실, 이 비난은 주로 고독과 은밀한 기도에 대한 사랑이라는 것을 이해하지 못하고 오해한 데서 비롯된 것으로, 그가 이따금 제단 앞이 아닌 기묘한 장소——교회의 지하실이나 계단, 때로는 종루 위——에서 무릎을 꿇고 있는 모습을 남에게 보인 일이 그 비방을 받는 원인이었다.

그런데 이 목사는 지금 대장간의 뜰을 지나서 교회로 들어가려고 했는데, 형의 움푹 들어간 눈이 같은 방향을 주시하고 있는 것을 보자 발길을 멈추고 살짝 얼굴을 찡그렸다. 대령이 어쩌면 교회에 흥미를 갖고 있는지도 모른다는 가능성에 대해 잠깐 생각하는 헛수고조차도 목사는 하지 않았다. 교회 말고는 거기에 대장간뿐이었는데, 그 대장간 주인은 청교도로 윌프레드의 교회에 오는 사람은 아니었지만, 아름답기로 이름난 부인에 대한 스캔들을 들은 일이 있었다. 그래서 그는 대장간에 귀찮은 듯한 눈길을 던졌는데, 그때 대령이 웃으면서 일어나 말을 걸어 왔다.

"안녕, 윌프레드. 근실한 지주님처럼 나는 한잠도 자지 않고 모든 사람을 살펴보고 있는 거야. 이제부터 대장장이를 방문할 참이지."

"대장장이는 없어요. 그린포드에 갔어요." 윌프레드는 땅을 보며 말했다.

"알고 있어." 상대는 소리도 내지 않고 배를 뒤틀고 웃으며 대답했다. "그렇기 때문에 방문하는 거야."

"노먼!" 하고 성직자는 길바닥의 조약돌 하나에 눈길을 떨구고 말했다. "벼락이라는 것을 무섭다고 생각한 일은 없나요?"

"대체 무슨 이야기지?" 하고 대령은 말했다. "언제부터 기상학을 도락으로 삼았는가?"

"다시 말해서," 하고 윌프레드는 눈을 들지 않은 채 말했다. "길을 걸을 때 신으로부터 벌이 자기에게 내릴지도 모른다고 생각한 일이 없었나요?"

"이거 참, 실례했군." 대령이 말했다. "그대의 취미가 민속학인 줄은 몰랐군."

"형님의 도락은 신을 모독하는 일이겠지요." 마음 속에 유일하게 살아 있는 부분을 찔린 종교가는 이렇게 반박했다. "그렇지만 비록 신을 두려워하지 않는다 하더라도 사람을 두려워해야 할 이유는 반드시 있을 겁니다."

형은 붙임성이 없는 것은 아니지만 눈썹을 치켜올리며 말했다.

"사람을 두려워한다고?"

"대장장이 번스는 이 부근에서는 누구에게도 지지 않을 만큼 몸집이 크고 힘센 사람입니다." 성직자는 험악한 어조로 말했다. "형님은 겁쟁이도 아니고 약하지도 않지만, 번스라면 형님을 담장 밖으로 집어던질 수 있지요."

　이 말은 사실이었으므로 즉시 효과가 나타나, 입과 코 옆에 늘어져 있는 주름이 한층 더 검고 깊어졌다. 대령은 한순간 몹시 강한 느낌을 주는 냉소를 띠었으나 곧 거북해하지 않는 군인답게 그 조심성 없는 유머를 되찾아, 누런 수염 밑으로 두 개의 앞니를 훤히 드러내 놓고 웃었다.

　"윌프레드, 그런 일이라면," 그는 무관심하게 말했다. "보한 집안의 최후의 주인이 몸의 일부를 갑옷으로 무장하고 납셨다는 것은 현명하다고 하겠는데."

　그렇게 말하고 유별나게 생긴 녹색의 둥근 모자를 벗더니 그 안쪽을 보였다. 안감 대신 강철판을 대지 않았는가. 윌프레드는 그제야 겨우 알아차렸다. 이 모자는 보한 집안의 홀에 걸려 있는 전리품에서 떼어 낸 일본제인지 중국제인지 알 수 없는 가벼운 투구였던 것이다.

　"이것이 가장 손 가까이 있더군." 형은 가벼운 마음으로 설명했다.

　"모자는 언제나 손 가까이 있는 것을 취해야 해. 여자의 경우도 마찬가지지."

　"대장장이는 그린포드에 가 있어요." 윌프레드는 조용하게 말했다. "언제 돌아올지 모릅니다."

　이 말을 끝으로 그는 빙글 등을 돌리자 머리를 수그린 채 부정한 영혼의 구원을 원하는 사람처럼 교회로 들어갔다. 이런 비열하고 속된 일은 조금이라도 빨리 냉기에 찬 고딕식 예배당의 어두컴컴함 속에서 잊어버리는 것이 상책이다. 그러나 이날 아침에만은 그의 일련의 근행(勤行)은 여기저기서 일어난 자질구레한 쇼크에 의해 중단될 운명에 있었다. 교회에 들어가 보니 여느 때 같으면 이 시각에는 텅 비어 있을 터인데, 누군가 무릎을 꿇고 있던 사람이 허둥지둥 일어나 벌써 환히 밝은 문 쪽으로 걸어오는 것이 아닌가. 그것을 똑똑히 보았을 때 목사는 자기도 모르게 걸음을 멈추었다. 이 이른 아침의 예배자는 뜻밖에도 마을의 멍텅구리인 대장장이의 조카로 아무리 생각해도 교회 같은 데는 볼일이 있을 사람이 아니었기 때문이다. 이 남자는 언제나 "미치광이 조!"라고 불리며, 달리 그 밖의 이름은 아무것도 없는 듯 취급되었다. 거무튀튀하고 늠름한 남자로 등이 조금 꾸부정하며 얼굴은 희고 둔중했고, 머리카락은 검고 쭉 뻗쳤으며, 입은 언제나 벌어져 있었다. 목사와 스치고 지나갔을 때에도 그때까지 무엇을 했으며 무엇을 생각하고 있었는가를 나타낼 만한 단서는 그 백치 같은 표정에서 전혀 얻어낼 수 없었다. 이 남자가 기도를 한다고는 이제까지 들어 본 일이 없었다. 그런데 지금 어떤 기도를 하고 있었을까. 보통 기도가 아니었을 것은 틀림이 없다.

윌프레드 보한은 그 자리에 뿌리를 내린 것처럼 우뚝 서서 백치가 햇살 속으로 나가는 것을 멍하니 바라보았으며, 뿐만 아니라 타락해서 생활이 방종한 형이 아저씨인 체 거드름을 피우는 듯이 명랑한 목소리로 백치에게 말을 거는 것까지도 분명히 확인했다. 마지막으로 본 것은 대령이 조의 커다란 입을 향해 페니 화(貨)를 던지는 광경이었다. 대령은 정말로 입을 명중시키려는 모양이었다.

이 땅 위에서의 어리석음과 참혹한 환한 대낮의 추악한 장면에서 금욕주의자는 마음을 깨끗이 하고 새로운 상념을 구하는 기도에 매달려야만 했다. 계랑(階廊)의 벤치까지 올라가자 채색된 창문 아래로 왔다. 그가 사랑하고 언제나 그의 영혼을 진정시켜 주는 이 푸른 창문에는 백합꽃을 손에 든 천사가 그려져 있었다. 여기에 오니 납빛 얼굴과 물고기 같은 입을 한 그 멍텅구리의 일이 벌써 그다지 마음 쓰이지 않게 되고, 굶주려 말라빠진 거칠고 사나운 사자처럼 헤매고 다니는 사악한 형의 일도 머릿속에서 사라져 갔다. 은빛 꽃과 사파이

어 빛 하늘의 냉랭하고 감미로운 색채 속으로 그는 조금씩 깊이 잠겨
들었다.

같은 장소에서 30분 뒤에 마을의 구두장이 깁스가 그를 발견했다.
깁스는 그를 부르러 꽤나 서둘러 온 모양인데, 깁스가 이런 곳에 온
것을 보면 심상치 않은 사건이 일어난 모양이라고 그는 지체하지 않
고 일어섰다. 이 구두장이는 어느 마을에서나 구두장이란 모두 그렇
듯이 무신론자로, 그가 교회에 나타난다는 것은 '미치광이 조'의 경우
보다도 한층 더 이상한 일이었다.

이날 아침은 실로 신학상의 수수께끼를 많이 품고 있었다.

"어찌 된 일입니까?" 월프레드 보한은 굳은 목소리로 물었다. 그
리고 떨리는 손을 뻗어 모자를 잡았다.

그에 대답하는 무신론자의 어조는 생각했던 것과는 달리 공손하며,
그 뿐만 아니라 이른바 쉬어 터진 목소리에 동정까지 띠고 있었다.

"방해를 해서 죄송합니다만," 그는 쉰 목소리로 속삭이듯이 말했
다. "곧 알려드리지 않으면 안될 것 같아서…… 실은 말할 수 없이
끔찍스러운 일이 일어났습니다. 실은 그, 저어, 형님께서……."

월프레드는 가냘픈 손을 꼭 움켜쥐면서 자기도 모르게 흥분된 목소
리로 외쳤다.

"이번에는 또 어떤 못된 짓을 저질렀습니까?"

"그게 말씀입니다." 구두장이는 잔기침을 하고 말했다. "아무런
짓도 하지는 않았습니다. 실은 한 것이 아니라, 당하고 만 것입니다.
아무래도 좀 와 주셔야만……."

목사는 구두장이를 따라 짧고 둥근 계단을 내려와, 한길보다 얼마
쯤 높은 입구로 나왔다. 거기서 보한의 눈에 참사의 전경이 뛰어들어
왔는데 그것은 눈 아래에 그림처럼 납작하게 펼쳐져 있었다.

대장간 뜰에 대여섯 명의 사람이 서 있었다. 그 대부분은 까만 옷

을 입었으며 그 중 한 사람은 경감의 제복을 입고 있었다. 거기에는 장로회파의 목사와 대장장이의 아내가 다니고 있는 가톨릭 성당 신부 등의 얼굴이 섞여 있고, 신부가 목소리를 낮추어 재빨리 지껄여대고 있는 상대는 대장장이의 아내였다. 붉은 황금색 머리의 당당한 그녀는 벤치에 앉아 장소야 어디건 상관없이 훌쩍훌쩍 울고 있었다. 이 모여 있는 사람과 교회 중간쯤의 수북이 쌓여 있는 해머 더미에서 조금 떨어진 곳에 야회복 차림의 남자가 날개를 있는대로 쭉 편 독수리처럼 엎드린 모습으로 쓰러져 있었다.

월프레드는 지금 있는 높은 곳에서도 남자의 옷과 가문에 이르기까지 겉모습의 세세한 점을 모두 확인할 수 있었다. 다만 두개골은 차마 눈으로 볼 수 없을 정도로 으깨어져서 시커먼 피의 별을 연상케 했다.

월프레드 보한은 그것을 흘끗 보자 계단을 내려 뜰로 들어섰다. 보한 집안의 주치의가 인사를 해도 전혀 깨닫지 못하는 것 같았다. 가까스로 한두 마디 "형님이 죽었군. 어찌 된 일인가? 이 무서운 수수께끼의 의미는 무엇인가?" 하고 자꾸만 더듬거리며 말하는 것이 고작이었다.

한참 동안 비통한 침묵이 계속되었는데, 그 사람들 가운데서도 가장 솔직한 구두장이가 대답했다.

"무섭기는 굉장히 무섭지만, 수수께끼는 별로 없습니다."

"그렇다면?" 월프레드는 창백한 얼굴로 물었다.

"뻔한 일입니다." 깁스는 말했다. "이 근처에서 이렇게 센 힘으로 때려눕힐 수 있는 사람은 하나밖에 없고, 그러면 이런 짓을 저지를 이유가 얼마든지 있으니까요."

"그렇게 결정하고 덤비는 것은 좋지 않소." 검은 수염을 기른 키큰 의사가 신경질적으로 말했다. "그러나 이 치명상에 대한 깁스 씨의 말을 확인하는 일이라면 나는 그럴 만한 자격이 있으니까 말하겠는데, 이것은 참으로 믿을 수 없는 힘입니다. 이 부근에서 이런 굉장한 힘을 쓸 수 있는 사람은 하나밖에 없다고 깁스 씨는 말하지만, 나라면 그런 사람은 하나도 없다고 말씀드리겠습니다.”

미신을 생각하고 으스스해졌는지 떨리는 물결이 목사의 가냘픈 몸을 달렸다.

“도무지 까닭을 알 수가 없군요.”

“보한 씨.” 의사가 낮은 목소리로 말했다. “이것은 어떤 비유로도 표현할 수 없을 이상한 일예요. 대령의 머리는 계란 껍질처럼 잘게 부서졌다고 해도 여전히 표현이 부족합니다. 부서진 뼈조각은 몸과 땅바닥에 마치 바람벽에 바른 흙속에 박혀 버린 총알처럼 파고 들어갔거든요. 이것은 거인의 손만이 해낼 수 있는 짓입니다.”

잠시 그는 입을 꾹 다물고 안경 너머로 심상치 않은 눈초리를 보내고 있더니 이윽고 앞서 한 말에 덧붙여 말했다.

“그것은 한 가지 잇점을 가지고 있습니다. 다시 말해서 이것으로 대부분의 사람은 단번에 혐의를 벗어버릴 수 있겠지요. 여러분이나 나나, 그밖에 이 나라의 여느 사람이라면 누구나 이 사건의 범인으로 고발된다 해도 마치 갓난아이가 넬슨의 동상 기둥을 훔친 죄로부터 석방되는 것과 마찬가지로 무죄 방면될 것이 뻔하니까요.”

“바로 그겁니다. 내가 말하는 것은,” 구두장이는 고집스럽게 주장했다.” 이런 짓을 저지를 수 있는 사람은 하나밖에 없는 데다, 그라면 이런 짓을 할 이유가 얼마든지 있거든요. 시메온 번스, 대장장이 시메온은 어디에 있지요?”

“그린포드에 가 있습니다.” 목사가 더듬거리며 말했다.

“좀더 멀리 달아나 프랑스일 거요.” 구두장이는 말했다.

“아니, 그린포드도, 프랑스도 아니오.” 퉁명스러운 목소리가 들린

쪽을 보니, 그것은 가톨릭 신부였다. "실은 지금 어정어정 언덕을 올라 이리로 오는 참입니다."

몸집이 작은 신부는 이렇다 할 볼품 없는 풍채로, 짧은 갈색 머리카락과 멍해 보이는 둥근 얼굴을 한 노인이었다. 그러나 비록 그가 아폴론만큼 미남자였다 해도 이런 때에는 누구 한 사람 그 쪽을 보는 이가 없었을 것이다. 쭉 늘어서 있는 사람들은 일제히 뒤돌아 저 아래 평원에 구불구불 나 있는 오솔길을 바라보았다. 과연 그곳을 평소와 다름없이 성큼성큼 어깨에 해머를 짊어지고 오는 것은 다른 사람 아닌 대장장이 시메온 바로 그 사람이었다. 뼈대가 굵고 우람한 사나이로, 그 깊고 검은 눈은 음험한 빛을 띠고 턱수염은 검었다. 그밖에 두 남자가 함께여서 그들과 이야기하면서 걸어오는 시메온은 특히 명랑하다고는 말할 수 없더라도 매우 즐거워 보였다.

"호오!" 무신론자인 구두장이가 소리쳤다. "저기에 쓴 해머도 함께 가지고 오는군."

"그렇지 않아요" 라고 말한 것은 모래빛 수염을 기른 온건해 보이는 경감으로, 이것은 그의 첫 발언이었다. "저기에 쓴 해머는 교회의 벽 옆에 있소. 해머도 시체도 그대로 놓아 두었지요."

모든 사람들이 돌아다보고 있는데, 키 작은 신부는 어슬렁어슬렁 걸어나가 가로놓여 있는 흉기를 내려다보았다. 수북이 쌓여 있는 해머 가운데서도 가장 작고 가벼운 그것은 다른 것들에 섞여 특별히 눈길을 끄는 물건은 아니었으나, 그 끝에 피와 누런 머리카락이 묻어 있었다.

가만히 그것을 바라보던 신부는 이윽고 눈을 들지 않고 말을 하기 시작했다. 그 탁한 목소리에는 새로운 울림이 담겨 있었다.

"깁스 씨는 아까 수수께끼는 아무것도 없다고 말했지만 그것은 잘못된 것 같군요. 적어도 한 가지, 어째서 그토록 큰 남자가 이렇게

작은 해머로 이처럼 큰 상처를 내려고 했는가 하는 수수께끼말이
오."

"뭘요, 그런 것은 문제도 아닙니다." 깁스는 열에 뜬 사람처럼 소
리쳤다. "시메온 번스를 어떻게 하면 좋을까요?"

"내버려두시오." 신부가 차분하게 말했다. "직접 이리로 올 겁니
다. 나는 함께 오는 두 남자를 알고 있어요. 그린포드에 사는 매우
선량한 사람들로서 장로회 예배당의 일로 온 것이오."

이렇게 말하는 동안에도 키다리 대장장이는 교회 모퉁이를 힘차게
돌아 자기네 집 뜰로 성큼성큼 들어섰다. 그러나 곧 걸음을 멈추고
우뚝 서며 해머를 손에서 떨어뜨렸다. 지금까지는 꿈쩍도 않고 예의
를 지키고 있던 경감이 이때 그에게 가까이 다가갔다.

"번스 씨." 경감이 불렀다. "여기서 어떤 일이 일어났는가를 당신
이 아는지 어떤지 그것은 묻지 않기로 하겠소. 그 말에 대답해야만
할 의무는 없으니까. 당신이 그것을 알지 못하고, 알지 못한다는 것
을 증명할 수 있으면 좋겠다고 나는 생각하오만, 아무래도 여기서 노
먼 보한 대령을 살해한 죄로 당신을 국왕의 이름으로 체포한다는 정
식 수속을 밟아야만 하겠소."

"당신은 아무 말도 하지 않아도 되오." 흥분한 모습으로 주제넘게
말한 것은 구두장이였다. "어른께서 모든 것을 증명해 줄 거요. 살해
된 것이 보한 대령인지 어떤지도 아직 증명되어 있지 않소. 머리가
저렇게 엉망진창이니까요."

"그런 것은 문제가 되지 않아요." 곁에서 의사가 신부에게 말했
다.

"탐정소설 속에서만 할 이야깁니다. 나는 대령의 주치의니까 그 몸
을 대령 자신보다도 잘 알고 있습니다. 대령의 손은 아주 고왔고
그것이 또한 특징 있는 손이었습니다. 집게손가락과 가운뎃손가락

의 길이가 똑같았지요. 아니, 누가 뭐라고 해도 저것은 틀림없는 대령의 시체입니다."

그렇게 말하고 그가 땅바닥에 누워 있는 머리가 으깨진 시체에 흘 끗 눈길을 주자 가만히 서 있던 대장장이의 무쇠 같은 눈이 그 눈길 을 더듬어 같은 곳으로 쏠렸다.

"보한 대령이 뻗어 버렸다고?" 매우 태연하게 대장장이가 말했 다. "그거 참, 잘되었군."

"아무런 말도 해선 안돼요! 한 마디도 말하면 안돼." 무신론자인 구두장이는 영국의 법률 제도를 절찬하는 나머지 미치도록 기뻐하며 어깨를 으쓱거렸다. 훌륭한 비종교주의자는 특히 더 법률을 중시하는 법이다.

대장장이는 그쪽으로, 광신자의 존엄함을 띤 얼굴을 어깨 너머로 돌렸다.

"당신네들같이 신앙이 없는 사람은 이 세상의 법률이 자기에게 유 리하게 되어 있으니까 여우처럼 핑계를 대어 빠져나가는 것도 좋겠 지. 그러나 신께선 틀림없이 자신의 법률을 주머니에 넣어 두셨거 든. 오늘, 그것을 알게 될 거요."
대장장이는 이렇게 말하고 나서 대령을 가리키며 물었다.

"죄악에 물든 이 짐승은 언제 죽었나요?"

"말을 삼가시오." 의사가 말했다.

"성서의 말을 조심성 있는 것으로 해주구려. 그러면 나도 나 자신 의 말을 삼가지요. 대체 언제 죽었다는 말인가요?"

"오늘 아침 6시에 만났을 때는 살아 있었소." 윌프레드 보한이 더 듬대면서 말했다.

"신께선 공평하시군." 대장장이는 말했다. "경감님, 나를 체포하 는 것에 대해 나는 조금도 반대하지 않소. 오히려 당신 쪽에서 나를 체포하는 것을 반대하시지 않을까요? 어차피 재판이 끝나면 나는 한 점의 더러운 누명도 쓰지 않고 법정에서 제 발로 걸어나올 테니까요. 그러나 당신의 성적표에 나쁜 점이 찍히게 될 테니 그게 걱정이군 요."

꿈쩍도 하지 않고 있던 경감은 여기서 비로소 생기 도는 눈으로 대장장이를 보았다. 경감만이 아니라 모든 사람이 그렇게 했는데, 오직 한 사람 다른 고장에서 온 키 작은 신부만이 아직도 그 치명상을 가한 작은 해머를 내려다보고 있었다.

"이 뜰 밖에 두 남자가 기다리고 있소." 멍하니 서 있지만 또렷한 말투로 대장장이는 말을 이었다. "두 사람 다 잘 알고 있는 그린포드의 훌륭한 장사꾼인데, 저 두 사람에게 물으면 한밤중에서 새벽녘에 걸친 일뿐 아니라 그로부터 훨씬 뒤까지 내가 신앙부흥 특별 전도회의 위원회실에 있었던 사실을 증명해 줄 것이오. 우리는 하룻밤 내내 거기서 회의를 했지요. 아무튼 우리가 영혼을 구하는 것은 시간문제이니까요. 어제 저녁부터 오늘 아침에 걸친 내 동정에 대하여 증명해 줄 사람이 그린포드에만도 20명이나 있소. 경감님, 내가 만일 이교도였다면 당신이 파멸의 길을 곧장 내려가는 것을 잠자코 보고 있겠지요. 그러나 그리스도교 신자인 나는 당신에게 기회를 드리겠소. 자, 내 알리바이를 여기서 듣겠소, 아니면 법정까지 그것을 갖고 가겠소?"

처음으로 경감은 마음이 흐트러진 모양이었다.

"물론 이 자리에서 혐의를 풀 수만 있다면 그보다 더 기쁜 일은 없겠지요."

대장장이는 들어올 때와 마찬가지로 즐거운 듯이 성큼성큼 뜰에서 나가 그린포드의 친구들이 있는 곳으로 걸어갔다. 그 두 사람은 분명히 이 자리에 모여 있는 거의 모든 사람과 잘 아는 사이였다. 두 사

람이 번갈아 가며 한 몇 마디의 말에 대해 누구 한 사람 의심을 품는
이는 없었다. 두 사람의 발언과 동시에 시메온의 무죄는 눈앞에 있는
교회처럼 확고하고 당당하게 되었던 것이다.

어떤 잔소리보다도 이상하고 견딜 수 없는 침묵이라는 것이 있는
데, 지금 그것이 그곳에 모인 모든 사람을 감싸고 있었다. 무슨 이야
기든 좋으니까 다만 지껄이고 싶다는 필사적인 몸부림으로 목사가 가
톨릭 신부에게 말했다.

"저 해머가 매우 마음에 걸리는 것 같군요, 브라운 신부님."

"그렇습니다." 브라운 신부가 말했다. "어째서 저렇게 작을까
요?" 이 말을 듣자마자 의사가 홱 몸을 돌려 신부와 마주섰다.

"과연 그건 정말입니다. 이 부근에 큼직한 해머가 얼마든지 굴러다
니는데, 하필이면 고르고 골라 저렇게 작은 것을 쓰다니 좀 이상합
니다."

여기서 의사는 목소리를 낮추어 목사의 귀에다 대고 소곤거렸다.

"커다란 해머를 들 수 없는 사람만이 할 일입니다. 이 사건에는 힘
이 세다든가, 남자와 여자의 용기가 다르다든가 하는 건 문제되지
않아요. 다만 물건을 집어드는 어깨의 힘이 문제이지요. 대담한 여
자라면 가벼운 해머로 10명이나 죽이고도 얼굴빛 하나 변하지 않
는 일도 있겠지요. 무거운 해머로는 딱정벌레를 죽일 수가 없을 테
니까."

윌프레드 보한은 최면술에 걸린 사람처럼 겁먹은 표정으로 의사를
지켜보았다. 브라운 신부는 머리를 가볍게 갸웃하며 진심으로 흥미를
갖고 주의깊게 귀를 기울이고 있었다. 의사는 더욱 더 힘을 주어 입
가에 침을 튀기면서 말을 계속했다.

"어리석은 사람이란 정말 하는 수가 없군요. 아내의 정부를 미워하
는 것은 그 아내의 남편밖에는 있을 수 없다고 생각하니 말입니다.

아내의 정부를 미워하는 것은 십중 팔구는 아내 그 자신입니다. 대령이 어떤 뻔뻔스러움이나 배신을 나타냈는지 알 게 뭡니까. 저길 보십시오."

한순간의 몸짓으로 벤치에 앉아 있는 붉은 머리의 여자를 가리켰다. 여자는 겨우 머리를 들었다. 그 아름다운 얼굴에는 눈물이 말라가고 있었다. 그러나 눈은 시체에 못박혀 있었으며 그 이글거리는 빛은 어쩐지 본 정신이 아닌 듯했다.

윌프레드 보한 목사는 진상을 깊이 캐어 보려는 욕심을 떨쳐버리려는 것처럼 얼빠진 몸짓을 했다. 브라운 신부 쪽은 대장간 화로에서 날린 재를 옷소매에서 털어 내며 무관심한 어조로 말했다.

"당신도 세상의 보통 의사와 다름이 없으시군요. 당신의 심리학은 정말 시사하는 바가 풍부합니다. 문제는 당신의 생리학인데, 나는 도무지 받아들일 수가 없습니다. 삼각관계에서는 남편보다도 아내가 정부를 죽이고 싶어한다는 설에는 찬성하며, 여자라면 해머는 큰 것보다는 작은 것을 고른다는 말씀에도 같은 의견입니다. 그러나 문제는 그것이 육체적으로 실행이 가능한가 어떤가 하는 것으로, 어떤 여자이건 남자의 머리를 저토록 엉망진창으로 짓이길 수는 없을 겁니다."

여기서 한숨을 돌린 다음 신부는 말을 이었다.

"여러분은 아직 사건의 전모를 파악하지 못하셨군요. 사실 대령은 철모를 쓰고 있었지요. 그것이 일격으로 산산이 깨어졌습니다. 보십시오, 저 부인을, 저 가는 팔을."

또다시 침묵이 모두를 답답하게 휩쌌다. 잠시 뒤 조금 불쾌한 목소리로 의사가 말했다.

"그야 내가 잘못 알고 있는 수도 있겠지요. 무슨 일에고 이론은 으레 있게 마련이니까요. 그러나 나는 내 주장의 요점은 양보하지 않습니다. 큰 해머를 쓸 수 있는 데 작은 해머를 고르는 것은 저능한 사람만이 하는 일입니다.”

이 말이 끝나자마자 윌프레드 보한의 여윈 손이 아직도 떨리면서 머리에 닿더니 숱이 없는 누런 머리카락을 잡아뜯는 듯한 시늉을 했다. 한순간 뒤에 손은 아래로 내려지고 보한이 소리쳤다.

“그것이오, 내가 말하고 싶었던 것은, 잘 말해 주었습니다.”

산란한 마음을 진정시키려 애쓰면서 그는 계속 말했다.

“선생께서는 ‘작은 해머를 고르는 것은 저능한 사람만이 하는 일이다’라고 말씀하시는 거지요?”

“그렇지요,” 의사가 말했다. “그래서요?”

“그래서 말입니다. 실로 범인은 저능한 사람입니다.”

모든 사람들이 뚫어지게 시선을 집중하는 속에서 그는 열에 뜬 것처럼 말을 계속했다.

“나는 성직자입니다——큰소리였지만 떨리고 있었다.——그리고 성직자는 사람의 피를 흘리게 하는 것을 용서할 수 없습니다. 다시 말해서 그 사람을 교수대에 가게 해서는 안되는 것입니다. 하느님, 감사합니다. 저는 이미 범인을 확실히 알 수 있는데, 고맙게도 그는 교수형에 처할 수 없는 사람입니다.”

“범인의 이름을 대지 않을 작정이신가요?” 의사가 말했다.

“비록 이름을 말한다 하더라도 사형을 면할 수 있습니다.” 윌프레드의 얼굴에는 야릇하지만 묘하게 행복스러운 듯한 미소를 지으며 대답했다. “오늘 아침 교회에 들어갔을 때 미친 사람이 기도를 하고 있었지요. 불쌍하게도 태어난 이래, 지금까지 옳았던 일이 없는 저 조였습니다. 조가 무엇을 기도했는가 하는 일은 하느님께서만 알고 계시겠습니다만, 조와 같은 정상적이 아닌 사람의 경우 그 기도는 여느 사람과는 달리 도착(倒錯)된 것이리라고 생각해도 무리는 아닐 겁니다. 미친 사람이 사람을 죽이기 전에 기도를 드린다는 것은 얼마든지 있을 수 있습니다. 내가 마지막으로 조를 보았을 때 형님이 그와 함께 있었는데, 형님은 조를 놀려대고 있었습니다."

"호오!" 의사가 소리를 질렀다. "이제야 겨우 이야기다운 이야기가 나왔군. 그러나, 그렇다고 하더라도……."

윌프레드 목사는 자기가 얼핏 본 진상의 일단에 흥분하여 부르르 떨었다.

"모르시겠습니까?" 라고 소리치는 목소리는 더욱 더 열기를 띠었다. "두 가지의 묘한 점, 두 가지의 수수께끼를 동시에 해결하는 설은 이것뿐이라는 것을 모르신단 말씀입니까? 두 가지 수수께끼란 작은 해머와 큰 힘이라는 것입니다. 대장장이는, 큰 힘을 휘둘렀다는 것은 생각할 수 있지만 작은 해머를 고른다는 것은 불가능합니다. 부인의 경우에는 작은 해머를 고른다는 일은 있을 수 있지만 큰 힘을 가할 수는 없을 것입니다. 그러나 이것이 미친 사람이라면 그 양쪽이 다 해당되는 것입니다. 작은 해머라는 점에서는……구태어 작은 해머에 국한될 것 없이 어떤 것이라도 닥치는 대로 사용했을 것입니다. 큰 힘이라는 점에 있어서도 발작을 일으킨 미친 사람이라면 열 사람의 힘이라도 낼 수 있는 것입니다."

의사는 숨을 깊이 들이마시고 말했다.

"졌어요, 목사님의 설이 맞는 것 같군요."

브라운 신부는 이때까지 꿈쩍도 하지 않고 이야기하는 사람에게로 눈길을 퍼붓고 있었다. 그것이 너무나도 끈질긴 것이었기 때문에 신부의 큼직한 회색 눈, 저 소와도 같은 눈이 실은 얼굴의 다른 부분처럼 대수롭게 보아서는 안된다는 것을 알리고 싶어하는 것 같았다. 또다시 침묵이 완전히 지배했을 무렵 신부는 한층 더 경의를 담아 말했다.

"보한 씨, 당신의 말씀이야말로 지금까지 나온 의견중에서 유일하게 모순도 반론의 여지도 없는 이론입니다. 그렇기 때문에 더더욱 당신에게 이야기할 필요가 있지요. 당신의 가설은 한마디로 진상을 찌르지는 못했다고 말입니다."

이렇게 말하고 나자 이 괴짜인 작은 남자는 사람들의 곁을 떠나 또 그 해머를 들여다보는 것이었다.

"저 영감은 쓸데없는 일까지도 알고 있는 것 같군." 의사는 도무지 못마땅한 듯이 윌프레드에게 말했다. "저런 가톨릭 성직자는 도무지 음험해서 못써요."

"그렇구말구요." 보한은 말했는데, 그 목소리는 아무렇게나 내던진 것 같고 힘이 없었다. "범인은 미치광이입니다. 그렇다니까요."

두 성직자와 의사가 섞인 그룹은 어느 틈에 경감과 경감에게 체포된 남자를 포함한 그룹에서 떨어져 있었다. 그러나 세 사람의 그룹이 이렇게 흩어져 버리자 다른 사람들의 말소리가 들려 왔다. 신부는 대장장이가 큰소리로 다음과 같이 말하는 것을 들으며 일단 조용히 눈을 들었다가 다시 아래로 향했다.

"이것으로 납득이 되었으리라고 생각하는데 어떤가요, 경감님? 나는 이른바 힘깨나 쓰는 사람이지만 아무리 그렇더라도 그린포드에서 여기까지 해머를 집어던질 수야 없는 것 아닙니까. 울타리며 밭을 넘어 반 마일이나 휙 날아오려면 해머에 날개라도 달려 있지 않고서야 어디……."

경감은 상냥하게 웃으며 말했다.

"그렇군요. 당신은 용의자에서 빼놓아도 좋을 것 같습니다. 이런 입장이 곤란한 우연의 일치는 좀처럼 없는 일이지만 말입니다. 그렇다면 당신의 도움을 부탁하며 당신과 비슷한 정도로 힘센 큰 남자를 찾아 달라고 할 수밖에 없겠군요. 아니, 정말이지 그 큰 남자를 놓치지 않도록 붙잡아 두기만 해도 당신은 쓸모가 있소. 그런데 누군가 마음에 짚이는 사람은 없나요? 그렇게 큰 남자의……. "

"없을 것도 없지만," 창백한 대장장이가 말했다. "남자가 아닙니다." 여기서 그는 경감의 공포에 떠는 눈이 자기 아내 쪽으로 향하는 것을 보고 그녀의 어깨에 큼직한 손을 놓으며 이렇게 말했다. "그렇지만 여자도 아닙니다. "

"그게 무슨 말이지요?" 경감은 농담조로 말했다. "설마 소가 해머를 휘둘렀다고 말하는 것은 아니겠지요?"

"저 해머를 잡은 것은 육체를 지닌 자가 아니라고 나는 생각합니다. " 대장장이는 소리를 낮추어 말했다. "인간의 입장에서 말하면 이 남자는 자기 혼자서 죽은 것입니다. "

윌프레드는 갑자기 몇 걸음 앞으로 걷기 시작하더니, 대장장이의 얼굴을 타는 듯한 눈으로 응시했다.

"번스." 구두장이가 거친 소리로 말했다. "설마 자네는 해머가 저절로 튀어올라 대령을 때려눕혔다는 말은 아니겠지?"

"흥, 모두들 나를 실컷 웃음거리로 삼으시지. " 시메온이 소리쳤다.

"일요일의 설교에 신께서 세나칼리브를 얼굴빛 하나 변하지 않고 때려눕혔다는 이야기를 하시는 성직자들에게서 들은 말이지요. 모든 사람들의 집에 모습을 보이지 않고 들어가시는 분이 나의 명예를 지켜주시고, 침해자를 나의 집 문전에서 숨이 끊어질 때까지 때려눕히신 것이라는 말을. 그 일격을 가한 것은 실로 지진을 일으키는 힘과 같은 것으로써 그 이하의 것은 결코 아니었습니다. "

윌프레드는 무어라 형용할 수 없는 목소리로 말했다. "나도 마침 노먼에게 벼락을 조심하라고 말했던 참이었지요. "

"그러한 힘이 한 짓이라면, 이건 내가 맡은 관할 밖이오. "

경감이 빙긋이 미소를 띠고 말했다.

"그러나 당신은 그분의 관할 밖이 아니오." 대장장이가 대답했다. 그는 "그럼, 조심하시오"라고 말하자마자 커다란 등을 상대에게 돌리고 집 안으로 사라졌다.

브라운 신부는 줄곧 떨고 있는 윌프레드를 이끌고 그 자리를 떠났다. 신부는 윌프레드에게 스스럼없고 다정한 태도를 취했다.

"이 끔찍한 장소에서 빠져나갑시다. 보한 씨." 신부는 말했다.

"어디 당신의 교회를 보여 주실 수 없으실까요? 잉글랜드에서도 가장 오래된 건물의 하나라지요? 우리는 이래 봬도 흥미와 관심이 많답니다." 그는 우스꽝스럽게 찡그린 얼굴로 말을 덧붙였다. "잉글랜드의 오래된 교회에는 말이오."

윌프레드 보한은 대체로 유머를 잘하는 사람은 못되었으므로 조금도 웃지 않았다. 그 대신 진지한 표정으로 고개를 끄덕였다. 그것은 이 고딕 건축의 훌륭함을 장로회파인 대장장이나 무신론자인 구두장이 같은 사람보다도 이해력이 있는 사람에게 설명해 주고 싶어서 아까부터 좀이 쑤셨기 때문이다.

"자, 부디 좋으실 대로." 그는 이렇게 말했다. "이쪽으로 들어갑시다."

이리하여 그는 계단 꼭대기에 있는 높은 옆문으로 앞장서서 인도했다. 그의 뒤를 따라 신부가 첫 계단에 발을 올려놓으려고 했을 때 누군가가 신부의 어깨에 손을 얹었다. 뒤돌아보니 거기 서 있는 것은 피부가 검고 깡마른 의사인데, 그 얼굴은 의혹의 빛으로 한층 더 거무스름했다.

"신부님." 의사는 가시 돋친 목소리로 말했다. "당신은 이 괴사건에 대해 무언가 비밀을 알고 있는 듯한 말투였소. 그 비밀을 당신 혼자서만 간직할 작정이시오?"

“자, 들어 보십시오, 선생.” 신부는 지극히 부드럽게 대답했다.
“내 직업으로서는 무슨 일이거나 확신을 가질 수 있을 때는 그것을
자기의 가슴에만 담아 두어야 하는 어엿한 이유가 있답니다. 그 이
유란 확신을 가질 수 있을 때라 할지라도 그것을 비밀로 해두는 것
이 우리들의 의무이기 때문이지요. 하지만 만약 여러분께서 내가
실례가 될 정도로 조금밖에 말을 하지 않았다고 생각하신다면, 평
소의 습관을 좀 어기고 두어 가지쯤 아주 큰 힌트를 말씀드리지
요.”
“그러시다면?” 의사는 음험하게 말했다.
“첫째로,” 브라운 신부는 어디까지나 침착하게 설명했다. “이 사
건은 역시 당신의 관할입니다. 결코 형이상의 문제 같은 것이 아닙니
다. 대장장이는 잘못 생각하고 있어요. 그리고 그 일격이 신의 짓이
라는 주장보다는 오히려 그것이 기적에 의해 일어났다는 주장에서 잘
못되어 있는 것입니다. 그것은 기적 따위가 아니오. 인간 그 자체가
기적이라고 말한다면 이야기가 달라지지만 말입니다. 뭐라고도 설명
할 수 없는 부정한 마음, 그러면서도 좀 영웅적인 마음을 지닌 인간,
그것은 확실히 기적이지요. 그러나 대령의 머리를 때려부순 힘은 과
학자가 벌써 알고 있는 힘입니다. 자연 법칙 가운데서도 특히 종종
논의의 대상이 되고 있는 힘……”
　너무나도 긴장한 나머지 얼굴을 일그러뜨리고 상대를 응시하고 있
던 의사는 단 한 마디 “또 한 가지 힌트는?” 하고 말했을 뿐이었
다.
　“그것은 이렇습니다.” 신부는 말했다. “대장장이가 한 말을 기억
하고 계십니까? 자기는 기적을 믿는다고 하면서, 그 해머가 날개가
돋아 반 마일이나 날아왔다는 있을 수 없는 동화를 그 사람은 비웃지
않았습니까?”

"네." 의사가 말했다. "기억하고 있습니다."

브라운 신부는 한층 더 웃음짓는 얼굴로 말했다.

"그런데 그 동화야말로 오늘 사람들의 입에서 나온 이야기 중 사건의 진상에 가장 가까운 것이었습니다."

이 말을 마지막으로 신부는 빙글 등을 돌리고 목사의 뒤를 쫓아 총총히 계단을 올라갔다.

윌프레드 목사는 이 약간의 지연이 굉장히 신경에 영향을 주었는지 기다림에 지친 창백한 얼굴로 곧 손님을 안내하여 자기가 가장 마음에 드는 곳으로 갔다. 그곳은 조각이 되어 있는 천장에 가장 가까운 계랑의 일부로, 천사를 그린 훌륭한 창문이 그 부근을 비추고 있었다. 몸집이 작은 신부는 하나도 남김 없이 눈여겨보고 찬탄을 아끼지 않았다. 그 동안 신부는 내내 명랑한 그러나 낮은 목소리로 말했다. 이윽고 아까 윌프레드가 형의 시체를 발견하기 직전에 나갔던 옆 출입구와 둥근 계단을 발견하자 그곳으로 나가서 아래쪽이 아니라 위쪽으로 원숭이처럼 재빠르게 계단을 더듬어 올라갔다. 그의 맑은 목소리가 위의 발코니에서 들려왔다.

"보한 씨, 이리로 오시지요. 공기가 아주 선선합니다."

보한은 목소리가 나는 쪽으로 걸어가 건물에서 쑥 내민 돌로 되어 있는 발코니로 나갔다. 그곳에서는 이 나지막한 언덕 주위에 끝없이 펼쳐진 평원이 내다보였다. 먼 곳에는 숲이 있어 보랏빛 지평선으로 사라지고, 군데군데 마을과 밭이 점점이 늘어서 있었다. 바로 발 밑에는 뚜렷하게 네모로 구획되어, 그러나 실로 작게 보인 것은 대장간 마당으로 거기에서는 아직도 경감이 서서 메모를 하고 있었으며 시체도 그대로 누워 있어 짜부러진 파리처럼 보였다.

"세계 지도 같지 않습니까?" 브라운 신부는 말했다.

"네." 보한은 심각하게 말하며 고개를 끄덕였다.

　두 사람 바로 아래와 주위에서는 고딕 건축의 갖가지 선이, 자살 행위와도 흡사하게 가슴이 울렁거릴 만큼 재빨리 밖으로 공간을 향해 튀어나와 있었다. 중세의 건축에는 뭐랄까, 거인의 에너지라고도 할 만한 요소가 있어 어느 각도에서 보아도 마치 언제나 돌진하고 있는 것 같아서 미친 말의 늠름한 등을 연상케 했다.

　이 교회는 옛날의 정밀한 돌로 만들어졌고, 오래된 버섯이 수염처럼 자랐으며, 새 둥지가 벽면을 더럽히고 있었다. 그래도 아래에서 보면 이 건물은 분수처럼 별 하늘을 향해 치솟아, 지금처럼 위에서 보았을 경우에는 쥐 죽은 듯이 조용한 구멍 속으로 폭포처럼 떨어지고 있는 것이다. 탑 위의 성직자들은 바야흐로 고딕 건축의 가장 공포감이 높은 곳에 단 둘이서 있었던 것이다. 먼 곳에 있는 것이 가늘고 짧게 보이고, 모든 것이 균형을 잃고 있는 괴상야릇한 효과, 눈이 핑핑 돌 것 같은 원경(遠景)에서는 작은 것이 크게, 큰 것이 작게 보이는 것 같은 그것은 실로 공중에 떠 있는 도착된 성벽에 붙어있는 느낌이었다. 돌의 섬세한 결은 몸 가까이에 있기 때문에 터무니없이 크게 보이고, 거리가 멀어 난쟁이처럼 보이는 들판이며 밭의 그림을 배경으로 뚜렷이 부조되어 있었다. 건물 한 귀퉁이에 달려 있는 새로 보이는 동물의 부조물은 어쩐지 거대한 용이 걷는 것인지 나는 것인지 알 수 없이 아래쪽에 있는 목장이며 마을들을 마구 휩쓸고 다니는 그림을 상상케 했다. 주위의 분위기는 현기증을 일으킬 것 같았고 무시무시한 위험을 안고 있었으며, 거대한 요괴가 펄럭이는 날개에 사로잡혀 공중에 매달린 것 같은 심정이었다. 그리고 오래된 교회의 건물 전체는 가람처럼 크고 당당하면서도 햇살을 가득히 받은 전원 위에 폭우를 뿌리는 암운이 되어 턱 버티고 있는 것처럼 보였다.

　"아무리 기도하기 위해서라곤 하지만, 이런 높은 곳에 있는 것은 왠지 위험한 것 같군요." 브라운 신부는 말했다. "높은 곳이란 밑에서 올려다볼 것이지 위에서 내려다볼 것은 아니군요."

"떨어지지나 않을까 하고 걱정하십니까?" 윌프레드가 물었다.

"몸은 추락하지 않더라도 영혼이 떨어질지도 모른다는 것입니다."

상대편 성직자가 말했다.

"도무지 납득이 가지 않는데요." 보한은 애매한 말투로 이상함을 나타냈다.

"이를테면 저 대장장이를 보십시오." 브라운 신부는 태연히 말을 계속했다. "저 사람은 선량한 남자지만 그리스도교도가 아닙니다. 냉혹하고 고집이 세며 용서할 줄을 모르지요. 저 남자의 스코틀랜드 식 종교는 산이나 높은 절벽 위에서 기도를 계속하며 하늘을 올려다보는 것보다도 세상을 내려다보는 쪽을 보다 많이 배운 사람들이 만든 것입니다. 겸손함은 거인이나 초인을 낳는 것입니다. 골짜기에 있는 사람들은 그곳에서부터 위대한 것을 봅니다. 그러나 산꼭대기에서는 작은 것밖에 보이지 않는 것입니다."

"그러나 범인은 저 대장장이가 아니겠지요?" 보한은 떨리는 목소리로 말했다.

"그는 아닙니다. 그가 한 짓이 아니라는 것을 모두 알고 있습니다." 신부의 목소리는 묘했다.

잠깐 사이를 두었다가 신부는 연한 잿빛 눈으로 땅을 내려다보면서 이야기를 계속했다.

"내가 알고 있던 한 사나이는 처음에는 다른 사람들과 함께 제단 앞에서 예배를 드리기 시작했습니다. 이윽고 그는 기도하는 장소로 종루 한 구석이나 탑 꼭대기 같이 높고 쓸쓸한 곳을 좋아하게 되었답니다. 어느 때, 세상이 자신의 발 밑에서 수레바퀴가 돌고 있는 것처럼 보이는 그런 어지러운 곳에서 그 남자의 머리까지도 빙글빙

글 돌아버려 자신이 신이라고 생각하게까지 되어 버렸습니다. 이리
하여 선량한 사람이었는데도 그 남자는 그만 크나큰 죄를 저질렀습
니다.”

윌프레드는 얼굴을 돌리고 있었으나 그 뼈대가 앙상한 손은 순식간
에 핏기를 잃고 돌난간을 꼭 움켜쥐었다.

“이 세상의 옳고 그름을 바로잡고 죄인을 때려 뉘일 수 있는 일이
자기에게 허용되어 있다고 그 남자는 생각했던 것입니다. 그런 생
각은 다른 사람들과 함께 마룻바닥에 무릎을 꿇고 있었다면 도저히
생각이 나지 않았을 것입니다. 그러나 그 남자는 모든 사람들이 벌
레처럼 꿈틀거리는 것을 보고 말았습니다. 그 가운데서도 눈에 띄
게 보인 것은 바로 발 밑에서 활보하고 있던 건방진 벌레, 화려한
녹색 모자로 알아볼 수 있는 독충이었습니다.”

까마귀가 종루 뒤쪽에서 시끄럽게 울었다. 그러나 그 외에는 헛기
침 소리 하나도 들리지 않았다. 신부는 그 다음 말을 계속했다.

“유혹의 씨는 또 하나 있었습니다. 가장 무서운 자연의 엔진이 자
기 수중에 쥐어져 있었다는 것이 그것입니다. 자연의 엔진, 다시
말해서 중력입니다. 이 지상의 모든 피조물이 일단 해방되면 지구
의 중심을 향해 다시 뛰어들려는 저 필사적인 돌진력. 보십시오,
경감이 바로 저 밑의 대장간 뜰을 걷고 있지요? 지금 내가 이 난
간에서 조그마한 돌 한 개를 떨어뜨린다면, 그것이 경감에게 맞을
무렵에는 총알과도 같은 속도가 되어 있을 것입니다. 그래서 만약,
해머를…… 아주 작은 것이라도 해머를…….”

윌프레드 보한이 난간에 한 쪽 발을 걸었다. 그러나 브라운 신부는
재빠르게 그의 옷을 움켜쥐었다.

“그 쪽 출구는 안됩니다.” 신부는 상냥하게 말했다. “그리로 나가
면 지옥행입니다.”

보한은 비틀거리면서 벽에 등을 기대고 무서운 눈초리로 신부를 쏘아보았다.

"어떻게 그것을 모두 알았지요? 당신은 악마요?"

"인간입니다." 브라운 신부는 엄숙하게 대답했다. "인간이기 때문에 이 마음 속에 온갖 악마를 갖고 있는 것입니다. 자, 들어 보십시오."

짧은 사이를 둔 다음 신부는 설명하기 시작했다.

"당신이 한 짓은 알고 있습니다. 적어도 그 대부분은 짐작할 수 있습니다. 당신이 형님과 헤어졌을 때, 절대로 옳지 못하고 사사로운 분노는 아닌 분노가 치밀어 당신은 욕지거리를 하는 형님을 그 자리에서 죽여버리려고 작은 해머를 움켜쥐었습니다. 그러나 아무리 그렇더라도 겁이 나서 당신은 해머를 형님의 머리가 아니라 옷 안쪽에 쑤셔 넣었습니다. 그리고 교회로 뛰어들어가 천사의 창문 밑이며 발코니 위며, 그보다도 한층 더 높은 발코니 위를 여기저기 옮기면서 필사적으로 빌었지요. 가장 높은 발코니에 왔을 때 대령의 저 동양제 모자가 기어다니는 녹색 벌레의 등처럼 보였습니다. 그 순간, 당신의 영혼 속에서 무언가가 탁 끊어져 당신은 신의 벼락을 내던진 것입니다."

윌프레드는 힘없이 손을 머리에 올려놓고 조그마한 소리로 물었다.

"형의 모자가 녹색 벌레로 보였다는 것을 어떻게 아셨습니까?"

"아, 그것 말입니까?" 상대편은 빙그레 웃으며 말했다.

"그것은 상식입니다. 그것보다도 아직 할 말이 있습니다. 나는 모든 것을 알 수 있지만 다른 사람은 아무도 이것을 알지 못할 것입니다. 다음 단계는 당신이 결정해야 합니다. 나는 이제 참견하지 않겠습니다. 이것은 하나의 고백으로서, 내 가슴 속에 자물쇠로 잠가 간직해 두겠습니다. 왜냐고 이유를 물으신다면, 거기에는 많은 이유가 있지만 당신과 관계 있는 이유는 하나뿐이라고 대답하겠습니다. 당신에게 모든 것을 맡기는 까닭은 아직도 당신은 암살자로서 그다지 타락하지 않았기 때문입니다. 하려고 들면 간단하게 할 수 있었는 데도 당신은 대장간 주인에게 죄를 씌우는 데 가담하지 않았고, 그의 부인에게 대해서도 마찬가지였습니다. 당신은 바보 조를 범인으로 만들려고 했는데, 그것은 조라면 괴로움을 모르리라고 믿었기 때문입니다. 그러한 조그만 정이랄까, 빛을 암살자의 마음에서 발견하는 것이 내 직업이지요. 자, 내려가서 마을로 갑시다. 그 다음은 바람과 같이 사라지든 말든 당신 마음대로입니다. 나는 이미 마지막 말을 했습니다. ”

두 사람은 묵묵히 아무 말도 없이 둥근 계단을 내려와 햇빛이 쏟아지는 밖으로 나가 대장간 옆으로 왔다.

윌프레드 보한은 뜰의 나무문을 조심스럽게 열고는 경감 앞으로 가서 말했다.

“자백하겠습니다. 내가 형을 죽였습니다. ”

아폴론의 눈

템즈 강의 저 이상한 수수께끼인 뭐라 형용할 수 없는 희미한 번쩍임, 모든 것이 하나로 섞여 녹아들었으면서도 투명하기만한 그 현상, 그것이 지금 태양이 웨스트민스터의 하늘 높이 절정을 향해 올라감에 따라 시시각각으로 회색에서 찬연한 광채로 변해가고 있었다.

마침 그 무렵 웨스트민스터 다리를 건너가고 있는 두 남자가 있었다. 한 사람은 매우 키가 컸으며 또 한 사람은 아주 작았다. 좀 과장해서 비교하면 의사당의 저 건방지기 이를 데 없는 시계탑과 보다 소박한 웨스트민스터 성당의 꾸부정한 모습이 어깨를 나란히 하고 있는 것 같았으며, 실제로 작은 남자는 성직자의 옷을 입고 있었던 것이다.

큰 남자를 정식으로 소개하면 이름은 헬큐르 프랑보우라고 하며 직업은 사립 탐정으로, 지금 웨스트민스터 성당 입구 반대쪽에 있는 빌딩 일부를 차지한 자기의 새로운 탐정 사무실로 출근하는 참이었다. 몸집이 작은 남자는 역시 정식으로 소개하면 J. 브라운이라는 성 프랜시스 지비엘 성당(캠버웰)의 신부로, 지금 캠버웰의 임종자에게

병자의 성사를 주고 친구가 새로 차린 사무실을 보러 가는 길이었
다.

그 빌딩은 하늘을 찌를 듯한 높이며 전화나 엘리베이터 등의 설비
가 편리하게 잘 되어 있는 점이 그야말로 미국 식이었다. 그러나 아
직 완성했을까 말까 한 무렵이어서 안에서 일하는 사람의 수는 아주
적었다. 세를 들 사람은 아직 세 사람밖에 이사오지 않았으며, 프랑
보우의 사무실이 있는 층의 윗사무실과 바로 밑의 사무실은 사람이
들어 있었지만 하나 뛰어 위층과 또 그 위층과 하나 뛰어 아래의 세
층, 모두 합해 다섯 층은 아직 완전히 비어 있었다.

그러나 이 새로 세를 얻은 사무실의 고층 건물은 한 번 보기만 해
도 매우 눈길을 끄는 것이 또 있었다. 아직 여기저기 눈에 띄는 공사
용 발판 말고도 뭔지 번쩍번쩍하는 것이 꼭 하나 프랑보우의 사무실
위층 밖에 붙어 있었다. 그것은 사람의 눈을 본떠서 만든 터무니없이
큰 금박의 간판으로, 주위에 빛을 뿜는 금빛 광선이 사무실 창문 두
세 개 정도의 공간을 차지하고 있었다.

"저건 도대체 뭐요?"

브라운 신부는 물으면서 우뚝 멈추어 섰다.

"뭘요, 신흥종교입니다." 프랑보우는 웃는 소리로 말했다. "본디
죄 같은 것은 없다면서 사람의 죄를 사하는 새로운 종교의 하나랍니
다. 왜 그 크리스찬 사이언스라는 일파와 같은 것이지요. 자칭 카론
이라는 남자인데…… 본명은 뭐라고 하는지 모르겠습니다만, 카론이
아닌 것만은 확실합니다. 그가 내 바로 위층에 방 두 개가 붙어 있는
것을 얻었습니다. 밑의 층에는 여자 타이피스트가 둘 들어 있으며,
위층에 온 사람은 그 악명 높은 사기꾼입니다. 자신을 가리켜 '아폴
론을 섬기는 새로운 성직자'라고 일컬으며 태양을 숭배하고 있습니
다."

　"그 사람은 조심하는 게 좋겠군요." 브라운 신부는 말했다. "태양이라는 것은 모든 신 가운데서 가장 잔혹한 신이지요. 어쨌거나 저 터무니없이 큰 눈은 무엇을 의미하는 거요?"

　"내가 알고 있는 바로는 저 일파의 이론에 자신의 정신만 똑똑하면 어떤 일에도 견딜 수 있다는 항목이 있습니다. 저들의 심벌은 두 가지가 있는데, 태양과 눈이 바로 그것으로서 정말로 건강한 사람이라면 태양을 똑바로 바라볼 수 있다는 설을 갖고 있습니다."

　"정말로 건강한 사람이라면," 브라운 신부는 말했다. "태양을 똑바로 쳐다본다는 그런 귀찮은 생각은 안 날 텐데."

　"이 신흥종교에 대해 내가 알고 있는 것은 그 정도입니다." 프랑보우는 무관심하게 말했다. "물론 어떤 육체적 병일지라도 고칠 수 있다는 선전입니다만."

　"단 하나인 영혼의 병은 고칠 수 없을까?"

　브라운 신부는 호기심이 생겨 열심히 말했다.

　"그 단 하나인 영혼의 병이란 뭡니까?"

　프랑보우는 웃는 얼굴로 되물었다.

　"자기가 아주 건강하다고 생각하는 일이지요."

　프랑보우의 관심은 위층의 화려하기 이를 데 없는 예배당보다도 아래층의 차분한 사무실 쪽에 있었다. 그는 정신이 똑똑한 남국인이므로 자신을 가톨릭교도나, 그렇지 않으면 무신론자나 그 둘 중의 하나라고 생각할 수밖에 없었다. 당연히 머리는 좋지만 안색은 창백하다는 그런 신흥종교는 별로 그의 관심을 끌지 못했다. 그에 비해 사람이라는 것에는 언제나 흥미가 있고, 특히 그것이 아름다울 경우에는 더 현저했다. 그뿐이랴, 아래층의 여성들은 각각 특징이 있는 인물이므로 더욱 그렇다. 아래층에 사무실을 갖고 있는 두 여성은 자매간인데, 둘 다 몸이 가냘프고 피부색은 검었지만, 한 사람은 키가 커서 남의 눈길을 몹시 끌었다. 옆얼굴은 가무잡잡하고 열의가 담겼으며, 매부리코가 특징적이어서 본인을 상기하면 으레껏 그 옆얼굴이 머릿속에 떠오르는 여성이었다. 어떤 무기의 산뜻하게 갈아놓은 칼날을 생각하면 큰 차이가 없다. 사실 그녀는 인생을 분명하게 걸어가는 것 같았다. 그 눈이 또 놀랍도록 맑은 빛을 냈는데, 그것도 다이아몬드라기보다는 강철의 빛이었다. 몸매는 곧고 날씬했으나, 아름다운 셈 치고는 좀 지나치게 굳은 느낌이었다. 동생은 언니보다 키가 작을 뿐, 언니와 똑같았으며 살결이 조금 희어서 전체가 그다지 눈에 띄지 않았다. 두 사람 다 입고 있는 것은 실용적인 검은 옷으로 거기에는 남성적인 커프스며 칼라가 달려 있었다. 이런 산뜻하고 부지런한 여성은 런던 오피스 거리에 수천 명이나 있지만, 이 두 사람의 경우 무엇보다도 흥미로운 것은 그 표면에 나타난 지위보다도 실제의 지체에 있었다.

사실 언니 폴린 스테시는 하나의 가문(家紋)과 한 주(州)의 절반, 게다가 말할 나위도 없이 거대한 재산을 물려받은 신분이었다. 그녀는 갖가지의 성이며 정원에서 자랐는데, 그러는 동안에 현대 여성 독특한 냉랭한 거칠음이 작용하여 보다 험악하고 보다 괴상하다고 스스로 생각되는 생활로 돌진했다. 물론 재산을 양도해 버리는 짓은 하지 않았다. 그런 행위는 그녀의 완성된 공리주의에 어울리지 않는 로맨틱하고 초속적인 멸사봉공에 지나지 않았을 것이다.

그녀는 실용적인 사회목적을 위해 쓸 것이라고 하며 자신의 부를 계속 지녔다. 그 일부는 장사에 투자되어서 모범적인 타이프 인서(印書) 회사의 중핵이 설립되고, 또 일부는 그러한 일에 여성을 진출케 하기 위한 연맹이며 운동에 기증되었다.

그런데 이 약간 산문적인 이상주의에 동생인 공동 경영자 존이 어느 정도까지 동조하고 있었는가는 알 도리가 없었다. 그래도 동생은

지도자의 입장에 있는 언니를 묵묵히 따랐다. 그 충견과도 같이 애정을 기울이는 방법은 어딘지 모르게 비극미를 띠고 있어 언니의 냉엄하고 고매한 정신보다도 왠지 매력적이었다. 비극이라고 하면, 폴린 스테시는 전혀 관계없는 사람이었다. 비극의 존재를 부정하고 있다고밖에는 생각되지 않았다.

이 여성의 딱딱한 신속성과 냉담한 성급함은 프랑보우가 처음으로 이 빌딩에 들어왔을 때에 적지않이 그를 흥미롭게 했다. 그는 입구의 홀에 서서 엘리베이터 보이가 오기를 기다리고 있었다. 그런데 이 눈이 빛나는 독수리 같은 처녀는 그런 격식 때문에 늦어지는 것은 견딜 수 없다는 것을 공공연히 표명하며, 엘리베이터에 관한 일이라면 뭐든지 알고 있다, 나는 보이 따위에게——다시 말해서 남자 따위에게——의지하는 짓은 하지 않는다고 서슴없이 말했다. 그녀가 얻어서 든 방은 불과 3층 위였지만, 엘리베이터가 올라가는 얼마 되지 않는 사이에 그녀는 아무렇게나 마구 지껄이는 말투로 자신의 기본적인 견해를 여러 가지 말해 주었다.

그것을 요약하면, 그녀는 현대 직업 여성으로 현대의 사무 기계화가 매우 좋다는 것이었다. 기계 과학을 비난하며 로맨스의 부흥을 요구하는 사람들에 대해 그녀는 추상적인 노여움으로 검게 빛나는 눈이 이글이글 타올랐다. 내가 이렇게 엘리베이터를 다룰 수 있듯이 사람은 누구나 기계를 다룰 수 있어야만 한다고 말하는 그녀는 프랑보우가 엘리베이터의 문을 열어 주려고 하자 화를 낼 것 같은 기세였다. 이리하여 우리의 신사는 자신의 이러한 기사도 정신을 복잡한 감정으로 되새기고 혼자 빙그레 웃으면서 자기 방으로 올라갔던 것이다.

그녀의 기질은 확실히 민첩하고 활발했으며 실제적이었을 뿐더러, 그 가늘고 점잖은 손의 움직임은 당돌하고 파괴적이기까지 했다. 어느 때 프랑보우는 타이프 인서의 일로 그녀의 사무실을 찾아간 적이

있었다. 들어가 보니, 그녀는 동생의 안경을 마룻바닥 한복판에 메다
붙이고 발꿈치로 밟는 참이었다. 그리고 재빠르게도 장광설을 늘어놓
아 '병적인 의학사상'의 잘못임을 비난하고, 안경 같은 기구를 사용하
는 것은 병적으로 약함을 고백하는 거나 같다고 나무랐다. 이런 인공
적이고 건강하지 못한 잡동사니를 두 번 다시 여기에 가지고 들어오
면 용서하지 않겠다, 대체 너는 나에게 목제 의족이며 가발이며 유리
눈알을 박으라는 말이냐. 이런 식으로 떠들면서 그녀는 영락없는 수
정체(水晶體)처럼 무섭게 눈을 번들거리는 것이었다.

이 광신적인 태도에 기겁을 한 프랑보우는 아무래도 거기서 폴린
양에게 대체 어째서 안경이 약함의 표시로서 엘리베이터보다도 병적
인가, 과학이 하나의 방향에서 사람을 돕는 거라면 다른 방향에서 그
렇게 해서 안 되는 까닭이 어디에 있느냐고, 간명한 프랑스식 논리로
추궁하지 않을 수 없었다.

"그것은 큰 잘못이에요," 폴린 스테시는 위압적으로 말했다. "배
터리나 모터나 그 밖의 여러 가지 것은 모두 사람의 힘의 표시입니
다. 프랑보우 씨, 그것은 여자의 힘의 표시이기도 하지요. 거리를 단
축하고, 시간에 도전하는 위대한 엔진에 이번에는 우리 여성들이 손
을 댈 차례예요. 기계는 비약적이고 당당해요. 그것이 참다운 과학이
라는 거예요. 그런데 의사들이 파는 이런 치사스러운 물건이나 고약
은 별것도 아닌 얼빠진 기장(記章)에 지나지 않아요. 의사들은 마치
우리가 처음부터 불구자나 병의 노예로 태어나기라도 한 것처럼, 팔
이니 다리를 만들어 붙입니다. 그렇지만 나는 자유롭게 태어났답니
다, 프랑보우 씨. 세상 사람이 이런 것을 필요하다고 생각하는 것은
힘과 용기를 배우는 대신 공포를 배웠기 때문이며, 이를테면 얼빠진
보모가 아이에게 해님을 보아선 안 된다고 말하니까 아이들은 해님을
보면 반드시 눈을 깜박거리는 것입니다. 정말 우스운 일이에요, 수많

은 별 가운데 꼭 하나만 사람이 보아선 안 되는 별이 있다니. 해님은 나의 지배자가 아닌걸요. 나는 언제라도 마음이 내키면 눈을 뜨고 태양을 똑바로 본답니다.”

“당신의 눈이야말로,” 하고 프랑보우는 이국적인 절을 한 번 꾸벅하고 말했다. “해님의 눈을 부시게 할 것입니다.”

프랑보우는 이 묘하게 딱딱한 미인에게 찬사를 보내는 것이 무척 재미있었다. 그것도 한 가지는 그녀가 이것으로 조금 평형을 잃고 어쩔 줄 몰라했기 때문이었다. 그러나 위층 사무실로 돌아오는 도중, 그는 깊이 숨을 들이마시고 휘파람을 불며 “결국 이 위에 있는 저 금빛 눈의 사기꾼 손 안에 그녀가 잡힌 셈이로군” 하고 혼잣말을 했다.

프랑보우는 카론의 새로운 종교에 대해 그다지 알지 못하고 마음에도 두고 있지 않았지만, 태양을 똑바로 보라는 특별한 주장은 들은 일이 있었던 것이다.

그 뒤 얼마 되지 않아 알게 된 일인데, 위층과 아래층 사이의 정신적인 결부는 상당히 밀접해서 지금도 그것은 강해져 가고 있었다. 카론이라고 자칭하는 남자는 당당한 인물로 아폴론의 제1사제(司祭)가 되기에 어울리는 체격을 가지고 있었다. 키는 프랑보우보다 조금 못할 정도이나 미남자라는 점에서는 훨씬 월등했고, 금빛 수염을 기르고, 파란 눈은 매우 정력적으로 날카로운 느낌이었고, 갈기머리가 사자처럼 뒤를 향해 달리고, 몸집은 실로 니체의 금빛 털이 난 짐승과도 같았다.

그러나 이러한 모든 동물적인 아름다움은 가짜가 아닌 지성과 정신성으로 높아졌고 닦아졌고 부드러워졌다. 이 남자는 색슨의 위대한 왕의 한 사람을 닮았으면서, 동시에 성자(聖者)를 겸한 왕의 한 사람을 닮기도 했다. 더욱이 그것은 그의 환경이 참으로 런던식에 어울리지 않는다는 사실에도 불구하고 그러했던 것이다. 그의 사무실이 빅

토리아 거리의 빌딩 중간쯤의 높이에 있다는 사실, 커프스와 칼라가
달린 옷을 입은 사무원이 그의 방과 복도 중간에 있는 별실에서 일하
고 있다는 사실, 그의 이름이 놋쇠판에 새겨지고 그의 교리의 상징이
거리 위에 금빛으로 매달려 안과의사의 광고인가 하고 착각을 일으킨
다는 사실, 이런 모든 속된 것이 얼마쯤 모여도 통칭 카론이라는 이
남자의 육체에서 오는 활기 있는 압박감과 영감을 그에게서 빼앗아
버릴 수는 없었다.

어떻게 말한다 하더라도 결국, 이 사기꾼 앞에 나온 사람은 모두
위대한 인물 앞에 있다고 느끼지 않을 수 없었다. 풍신한 린네르 재
킷을 작업복으로 입고 있을 때도 그는 매혹과 위엄에 찬 모습이었다.
흰 제복(祭服)으로 몸을 싸고 금테를 머리에 끼고 일과인 태양 예배
를 할 때에는 더없이 위엄 있는 빛을 뿜었으므로, 길을 가는 사람들
의 웃음이 그대로 입술 위에서 얼어붙는 일도 있었다. 이 현대의 태
양 숭배자는 하루에 세 번 발코니에 나타나 웨스트민스터 일대를 얕
보며 빛나는 주군에 대해 기도를 드리는 것이었다. 세 번이라는 것은
새벽과 해 진 뒤와 그리고 정오로서, 프랑보우의 친구 브라운 신부가
처음으로 카론을 본 것은 바로 그 정오의 종소리가 국회 의사당과 교
회의 종탑에서 희미하게 울려퍼졌을 때였다.

프랑보우는 이 태양신 숭배의 일과를 이미 지긋지긋하도록 보았으
므로 친구인 신부가 따라오는지 어떤지를 확인하지도 않고 큰 빌딩
입구로 뛰어들어갔다. 그런데 브라운 신부는 의식이라는 것에 직업상
관심이 있는 탓인지, 아니면 사기꾼에 대해 개인적인 흥미를 강하게
갖고 있기 때문인지 걸음을 딱 멈추고 태양 예찬자가 있는 발코니를
뚫어지게 올려다보았다. 〈펀치와 주디〉의 인형극이 걸려 있었어도 역
시 그랬으리라고 생각될 만큼 열심이었다.

예언자 카론은 벌써 똑바로 일어서서 순백색 옷에서 손을 높이 쳐

들고 있었다. 태양에 대한 찬가를 읊는 그 묘하게 배어드는 듯한 목소리는 소란한 거리를 어디까지나 퍼져나가 멀리서도 들을 수 있었다. 기도는 이미 중간쯤에 이르고 있어 그의 눈은 금빛으로 타는 원반을 뚫어지게 보고 있었다. 물건이거나 사람이거나 과연 이 땅 위에 있는 것이 그의 눈에 단 하나라도 보였는지 어떤지는 의문이다. 하물며 발육이 불완전한 둥근 얼굴의 신부가 밑의 군중들 속에 섞여 눈을 깜박거리면서 그를 올려다보고 있는 것이 보였을 리는 절대로 없다. 아무리 서로가 인연이 먼 사람들끼리라 할지라도 이렇게 큰 차이는 없었을 것이다. 브라운 신부는 무엇을 보거나 눈을 깜박거렸지만 아폴론의 사제는 눈썹 하나도 까딱하지 않고 이 한낮에 태양을 똑바로 응시할 수 있는 것이었다.

"오오, 태양이여." 예언자는 불렀다. "오오, 별이여. 별부스러기의 동료로 넣기에는 너무 큰 별이여. 오오, 샘물이여. 저 우주라고 불리는 비밀스러운 곳에서 소리 없이 흐르는 샘물이여. 모든 희고 발랄한 것, 흰 불꽃, 흰 꽃, 흰 산꼭대기, 그 모든 것의 흰 아버지여. 그대는 그대의 티 없이 조용한 아이들 모두 보다도 더욱 깨끗하나니…… 원초의 순백함, 그 평화 속에……."

그때, 요란한 굉음이 들리고 로켓이라도 추락한 것 같은 큰소리가 났으며, 그것을 찢어 내는 듯한 비명이 길게 이어졌다. 다섯 사람이 빌딩으로 뛰어드는 것과 엇갈려 세 사람이 뛰어나와 한순간 이 사람들은 저마다 큰소리를 질러 서로의 귀를 멍멍하게 했다. 무언가 완전히 느닷없이 밀려온 공포를 느낀 길거리의 사람들은 한순간 불길한 소식을 들은 듯한 심정이었다. 그 내용을 아무도 알 수 없기 때문에 더욱 더 불길하게 생각되는 나쁜 소식. 이 벌컥 뒤집힌 듯한 소란이 끝날 때까지 태연하게 서 있었던 것은 단 두 사람, 위의 발코니에 선 아폴론의 아름다운 사제와 그 바로 밑에 있는 브라운 신부뿐이었다.

이윽고 프랑보우의 정력이 넘치는 우람한 몸이 빌딩 입구에 나타나 거리의 작은 군중들을 제지했다. 호각 소리처럼 한껏 목소리를 높여 그는 누구라도 좋으니 외과의사를 불러다 달라고 부탁하고는, 그대로 곧 혼잡을 이룬 어두운 입구로 사라졌다. 친구 브라운 신부는 그 뒤를 쫓아 몰래 조심스럽게 들어가려고 했다. 군중을 헤치며 앞으로 나가는 신부의 귀에 아직도 들리는 것은 태양신의 사제가 여전히 샘물과 꽃의 친구인 행복한 신을 부르고 있는 목소리의 낭랑한 멜로디와 모노톤이었다.

브라운 신부가 들어가자, 여느 때라면 엘리베이터가 내려오는 통처럼 생긴 곳의 주위에 프랑보우를 비롯하여 6명 가량의 사람들이 모여 있었다. 그러나 엘리베이터는 거기에 내려와 있지 않았다. 무언가 다른 것이, 사실은 엘리베이터로 내려올 것이 내려와 있었던 것이다.

벌써 4분 동안이나 프랑보우는 그것을 내려다보고 있었다. 그것, 다시 말해서 비극의 존재를 부정한 그 아름다운 여성의 피투성이가 된 몸과 깨어진 머리를 보고 있었던 것이다. 그것이 폴린 스테시라는 데에 그는 조금의 의심도 없었다. 그리고 또 스스로 의사를 부르러 보내긴 했지만 그녀의 맥박이 이미 멎어 있다는 것도 의심할 나위가 없었다.

이 여자를 자기는 좋아했는지 싫어했는지 똑똑히 생각나지 않았다. 그만큼 호감을 가질 수 있는 면과 그렇지 않은 면이 한데 섞여 있었던 것이다. 어찌 되었거나 그녀는 프랑보우에게 있어 살아 있는 인물이었으며, 그 세세한 특징이나 버릇이 견딜 수 없는 페이소스를 가지고 그의 마음에 되살아나 이미 돌이킬 수 없는 상실감이 무수한 바늘처럼 그의 가슴을 찔렀다.

그녀의 아름다운 얼굴, 그 건방진 말투가 지금 갑자기 은밀한 생생함을 띠고 상기되었다. 그것은 죽은 사람에 대하여 누구나 통한(痛

恨)과 함께 느끼는 생생함이었다. 저 아름답고 그리고 도전하는 듯한 육체가 눈 깜짝할 사이에 엘리베이터의 승강로 밑바닥을 향해 곧장 떨어진 것이다.

그것은 자살일까? 그토록 사람을 얕보는 낙천가의 일이니까, 그것은 아무리 생각해도 불가능한 일이다. 그럼, 살인인가? 그러나 아직 빈 방이 많은 이 빌딩 안에서 그런 엄청난 짓을 할 사람이 누구인가? 프랑보우는 억센 어조라고 생각하고 말했는데, 실제로 입 밖으로 나오자 약하디약해진 쉰 목소리로 카론이라는 남자는 어디에 있느냐고 다급하게 물었다.

무게 있고 조심스러우며 충실한 목소리가 카론은 요 15분 동안 발코니에서 예배를 드리고 있었다고 말했다. 그 소리를 듣고 동시에 브라운 신부의 손이 어깨에 닿는 것을 느끼고 프랑보우는 가무잡잡한 얼굴을 그쪽으로 돌리며 불쑥 말했다.

"그가 내내 그곳에 있었다면 이것은 대체 누구의 짓일까요?"

"뭐, 위로 올라가 보면 알 수 있을지도 모르오. 경찰이 움직이기 시작할 때까지 아직 30분쯤 시간이 있소."

살해된 여자 상속인의 몸을 의사들에게 맡기고, 프랑보우는 계단을 뛰어올라가서 타이프 인서를 하는 사무실로 뛰어들었다. 그러나 텅 비어 있는 것을 깨닫고 이번에는 자기 방으로 들어갔다가 곧 다시 되돌아왔는데, 그의 얼굴 표정은 전과는 달랐으며 더욱이 핏기를 잃고 창백해져 있었다.

"동생은," 그는 진지한 태도로 말했다. "동생은 산책하러 나간 모양입니다."

브라운 신부는 고개를 끄덕였다.

"어쩌면 그 태양 사내의 방에 갔는지도 모르지. 나라면 그것을 확인하고 난 다음 당신 방에서 충분한 이야기를 나누기로 하겠소. 아니, ” 갑자기 신부는 무엇을 생각해낸 것처럼 말을 덧붙였다. “도무지 안되겠군. 이 멍텅구리는. 이야기를 나누는 것은 물론 아래의 타이프 인서 사무실에서 해야지. ”

프랑보우는 눈을 동그랗게 떴다. 그래도 몸이 작은 신부를 따라 계단을 내려가 스테시 자매의 인적 없는 사무실로 들어갔다. 괴상하고 엉뚱한 신부는 입구에 있는 큼직한 빨간 가죽 의자에 앉아 계단과 층계참이 보이는 그 위치에서 대기했다.

오랫동안 기다릴 것도 없이 4분쯤 지나자 세 사람이 계단을 내려왔다. 그들에게 있어서 공통된 점이라면 그 어마어마한 위엄뿐이었다. 맨 앞에 있는 사람은 죽은 여자의 동생 존 스테시로 아무리 보아도 지금까지 분명 아폴론의 임시예배당에 있었던 것 같다. 다음에는 아폴론의 사제 바로 그 사람으로, 이미 기도를 끝내고 모든 사람들이 보는 것도 아닌데 위풍당당하게 계단을 내려왔다. 그 흰 옷이며 수염이며 둘로 나누어 빗은 머리카락이 도레가 그린 〈재판정을 나서는 그리스도 그림〉의 그리스도의 얼굴과 어딘지 모르게 흡사한 데가 있었다. 세 번째는 프랑보우로, 그는 이마를 잔뜩 찡그리고 약간 당혹해 있는 것 같았다.

가무잡잡한 얼굴이 굳어 보였으며 머리에는 새치가 희끗희끗 섞여 있는 존 스테시 양은 곧장 자기 책상 앞으로 걸어가자 서슴지 않고 익숙한 솜씨로 서류를 펴놓았다. 아무렇지도 않은 동작에 모두들 퍼뜩 제정신으로 돌아갔다. 존이 범인이라면 이 범죄인은 말할 수 없이 냉정한 사람이라는 말이 된다. 브라운 신부는 묘한 미소를 띠고 잠시 그 모습을 보고 있더니, 이윽고 존에게서 눈을 떼자 다른 한 사람에게 말을 걸었다.

“예언자 어른. ” 신부가 이야기를 건 상대는 아마도 카론인 모양이다. “당신의 종교에 대해 여러 가지를 알고 싶소. ”

"자랑스러이 그렇게 하고 싶지만," 아직도 관을 쓰고 있는 머리를 수그리며 카론이 대답했다. "나 같은 게 뭘 압니까."

"뭘요, 어려울 것 없습니다." 브라운 신부는 자기도 알 수 없다는 것을 솔직하게 나타내며 말했다. "만약 정말로 좋지 않은 원칙을 신조로 하고 있는 사람이 있다면 그것은 어느 정도 그 당사자의 탓일 테지요, 우리는 이렇게 배우고 있습니다. 그러나 그렇다고는 하지만 실은 거울처럼 더럽혀지지 않은 자신의 양심을, 그것이 궤변으로 흐려졌기 때문에 모멸하고 있는 사람이라면 이것은 별도로 취급해야 합니다. 그래서 묻겠소만, 사람을 죽인다는 것은 옳지 않다고 생각하십니까?"

"이건 범인의 고발입니까?" 카론은 매우 조용하게 물었다.

"원, 천만에요." 브라운도 질세라 조용하게 대답했다. "고발은커녕 변호하는 말입니다."

어안이 벙벙한 듯 모두들의 침묵이 언제까지나 계속되는 가운데 아폴론의 사제가 천천히 일어섰다. 실로 태양이 일어선 듯 싶은, 아니, 해돋이를 연상케 했다. 카론이 이 방 가득히 자신의 빛과 생명을 충만하게 한 그 광경을 보면, 이 남자라면 솔즈베리의 들판 역시 어렵잖게 채워버리고 말 것이라는 생각이 들었다. 법복을 입은 훌륭한 모습은 이 방 전체에 고전적인 벽걸이를 드리운 것처럼 보이고, 그 영웅적인 몸놀림은 방안의 넓이를 한층 더 확대하여 장대한 것으로 만들어서 마침내는 현대 성직자의 검은 옷에 싸인 빈약한 몸은 엉뚱한 곳에 잘못 들어온 침입자, 태양신의 영관(榮冠)에 붙은 동그란 한 점의 얼룩처럼 보였다.

"마침내 만났군요, 카야파 귀하." 예언자는 그리스도에게 사형을 선고한 유대의 성직자 이름으로 신부를 불렀다. "귀하의 성당과 저의 교회, 이 둘만이 이 지상에서의 유일한 현실입니다. 저는 태양을 숭배하고 귀하는 태양의 그늘을 찬양합니다. 귀하가 받드는 것은 죽으려고 하는 신, 제가 기도하는 것은 살아가고 있는 신——귀하가 현재 행하고 있는 의혹과 중상은 귀하의 그 신부복과 교리에 알맞습니다. 귀하의 성당의 모든 조직은 하나의 비밀 경찰밖에는 안됩니다. 달콤한 말이건 고문이건 온갖 수단을 다하여 사람들에게서 죄의 고백을 끌어내려는 스파이나 탐정, 그것이 당신들의 정체인 것입니다. 당신은 사람들의 죄를 고발합니다. 저는 그 무죄를 선고합니다. 당신이 사람들에게 죄를 납득시키면 저는 그들에게 미덕을 납득시킵니다.

　악의 책을 읽는 분이여, 귀하의 그 근거 없는 악몽을 날려 버리기 전에 한 마디만 더 하겠습니다. 저로서는 귀하가 절 유죄라고 선고하건 말건 그런 일은 전혀 아무렇지도 않지만, 이것은 귀하가 알아 줄 도리가 없는 일이겠지요. 모욕이니, 끔찍한 교수형이니 하는 것도 저에게는 어른에게 있어서의 아이들의 그림책에 나오는 사람을 잡아먹는 괴물과도 같은 것. 귀하는 말씀하시었소, 변호의 말을 하는 것이라고. 그에 대해 이 공허한 인생에 미련이 없는 전 굳이 고발의 재료를 제공하려는 것입니다. 이 사건으로 저에게 불리한 점이 꼭 하나 있습니다. 그것을 제 자신이 자진해서 말씀드리겠습니다. 저 죽은 여성은 제 애인이며 신부였습니다. 당신네들의 싸구려 성당이 법에 맞는 결혼이라고 부를 만한 그런 것이 아니라 좀더 순수하고 엄격한 규율에 의한 결혼인 것입니다. 그녀와 전 당신과는 전혀 다른 세계를 걸으며, 당신이 벽돌로 만들어진 터널이나 복도를 무거운 걸음으로 걷고 있는 동안 수정의 길을 밟고 있었지요. 아니오, 잘 알고 있습니다. 경찰관이란 신학의 경찰관인 당신들이나, 보통 경찰관이나, 사랑이 있는 곳에는 반드시 미움이 있다고 생각하는 것이니까요. 그래서 당신은 저를 고발할 첫째 논거를 얻은 것이 되지요. 그리고 둘째 논거가 있으면 더욱 강력하지만 그것도 저는 아낌없이 제공하려는 것입니다.

폴린이 저를 사랑했었다는 것은 사실일 뿐만 아니라, 그녀는 오늘 아침 죽기 전에 저 테이블에서 유서를 써서, 저와 저의 새로운 교회를 위해 50만 가량의 유산을 약속했습니다. 자, 플리이즈! 수갑은 어디에 있습니까? 제가 어떤 어이없는 취급을 받더라도 그런 것을 마음에 둘 생각은 없습니다. 징역 따위는 길거리에서 그녀가 오기를 기다리는 것과도 같은 것, 교수대라 할지라도 스피드 카로 곧장 그녀가 있는 곳으로 가는 것과도 같은 것."

카론의 이 이야기는 듣는 사람의 마음을 덜덜 떨리게 할 만한 권위를 띤 웅변조였기 때문에 프랑보우와 존 스테시는 어이가 없으면서도 감탄하는 눈으로 그를 지켜보았다. 한편 브라운 신부는 그 얼굴에서 어떻게도 할 수 없는 고민의 표정밖에 볼 수 없었으며, 이마에 한 줄의 처참한 주름을 잡고 바닥에 눈을 떨구고 있었다. 태양의 예언자는 맨틀피스에 편안히 기대서서 또 떠들어대기 시작했다.

"저는 몇 마디의 말로써 저에게 불리한 점을 전부 털어놓았습니다. 그밖에는 불리해질 만한 점이 전혀 없습니다. 그래서 이번에는 더욱 적은 말로 그 불리한 점을 흔적도 없이 산산이 날려 버리기로 하겠습니다. 제가 이 범죄의 하수인인가 어떤가, 그 진상은 다만 한 줄로 말해 버릴 수 있습니다. 즉 저로서는 절대로 그런 짓을 할 수 없었다는 것입니다. 폴린 스테시는 12시 15분에 2층에서 1층 바닥으로 떨어졌습니다. 몇 십 명이나 되는 사람들이 증언대에 서서 말할 것입니다. 카론은 12시가 울리기 조금 전부터 15분이 지날 때까지 다른 때와 마찬가지로 사람들이 보는 앞에서 드리는 공개 기도를 위해 자기 방의 발코니에 나와 있었다고, 저의 사무원 그는 클라팜 출신의 훌륭한 젊은이로서 저와는 아무런 연고도 없습니다——은 맹세코 말할 것입니다. 자기는 오전 중 줄곧 복도에

가까운 별실에서 사무를 보고 있었는데, 그 동안에 드나든 사람은
아무도 없었다, 카론이 온 것은 넉넉히 정오 10분 전이었고, 그 사
고의 소식이 전해진 시각의 15분 전이며, 그 이후는 내내 사무실에
서도 발코니에서도 떠나지 않았다고 증언해 주겠지요, 이렇게 완전
한 알리바이가 있을까요 ? 웨스트민스터의 모든 주민을 절반이나
증인으로 소환할 수 있습니다. 수갑은 아무래도 집어넣으시는 편이
좋을 것 같습니다. 이것으로 모든 것이 끝나는 것입니다.

그러나 마지막으로 한 마디 더 이 얼빠진 혐의가 완전히 밝혀지
도록 당신이 알고 싶어하시는 모든 것을 말씀드리겠습니다. 저의
불행한 친구가 죽은 데 대해서 저로선 그 진상을 알 수 있을 것 같
습니다. 원하신다면 그 일로 저를 비난하고 적어도 저의 신앙과 철
학을 규탄할 수는 있습니다. 그러나 그것으로 저를 단단히 묶을 수
는 절대로 없습니다. 고원(高遠)한 진리를 배우는 사람이라면 누
구나 다 알고 있는 일이지만, 달인(達人)이나 철인(哲人)이 공중
을 떠돌아다니는 능력을 체득한 일은 역사적인 사실이 되어 있지
요, 이것은 저희들의 신비학의 요점인 물질의 전면적 정복이라는
테마의 일부에 지나지 않습니다. 그것은 어찌 되었거나 불행히도
저 폴린은 충동적이고 야심이 강한 여자였기 때문에 제 생각으로는
자기의 실력 이상으로 신비의 깊은 뜻을 밝혀냈다고 생각한 모양입
니다. 그리고 보니 엘리베이터로 함께 내려올 때 곧잘 말하곤 했습
니다. 의지만 강하면 새의 깃털처럼 가볍게 살짝 날아서 조그만 상
처 하나도 입지 않고 내릴 수 있다고, 그런 형편이었으니까 그녀는
고매한 생각의 황홀경에 빠진 그 순간에 기적을 해치우려고 했을
것입니다. 그런데 그녀의 의지 또는 신념이 큰 일을 해내려는 바로
그때에 그녀를 배신하고, 보다 하등의 물질 법칙이 두려운 복수를
한 것입니다. 이런 것이 여러분, 이 사건의 진상이며, 이것은 매우

슬픈 일입니다. 여러분의 생각으로는 우쭐해서 남을 깔보는 못된 소행이라고 하시겠지만, 아마도 범죄라고 말하기는 어려우며, 저와 는 아무런 관계도 없습니다. 법정의 속기록을 적는다면 이것은 자 살이라고 기록하는 편이 좋을 것입니다. 이것을 과학의 진보 때문 에 생긴 실패, 하늘을 향한 완만한 등산의 영웅적인 실패라고 불러 야만 하겠지요."

브라운 신부의 패배한 모습을 프랑보우는 처음으로 보았다. 아직 앉은 채 바닥을 내려다보고 있는 신부의 얼굴에는 부끄러워하는 듯 처참한 주름이 여러 겹 잡혀 있었다. 예언자의 고조된 말에 선동되어 누구나가, 직업상 사람을 의심하기만 하는 음험한 남자가 바야흐로 타고난 자유와 건강을 지닌 자랑스럽고 순수한 정신에 압도되어 있는 것이라고 느끼지 않을 수가 없었다. 신부는 가까스로 궁지에 빠진 사 람처럼 눈을 꿈적이며 말했다.

"그런 것이었다면 선생, 아까 말씀하신 유언장을 주머니에 넣고 마 음대로 어디로든지 가시면 되지 않겠습니까. 그 불쌍한 여성은 그 것을 어디다 두었을까?"

"문 옆에 있는 책상에 있을 겁니다." 카론이 말했는데, 그 참으로 당당하고 결백해 보이는 태도로 보아도 그가 아무런 죄가 없다는 것 은 우선 틀림이 없었다. "그녀는 그것을 오늘 아침에 쓸 작정이라고 했고, 실제로 오늘 아침 제가 엘리베이터로 올라올 때 쓰고 있는 모 습이 보였습니다."

"그때 문이 열려 있었나요?"

신부는 매트의 끝을 보면서 물었다.

"네." 카론은 조용히 말했다.

"호, 그 뒤로 주욱 열려 있었겠군요."

신부는 또다시 묵묵히 매트를 노려보았다.

"여기 서류가 한 장 있습니다." 꽤나 기묘한 목소리로 말한 것은 전혀 웃음기라고는 없는 존 양이었다. 어느 틈에 그녀는 언니의 책상으로 걸어가 지금 그 손에 한 장의 파란 종이를 들고 있는 것이었다. 그녀의 얼굴에 떠올라 있는 빈정거리는 듯한 미소는 이런 장면이나 경우에 어울리지 않는 것이었으므로 프랑보우는 점점 얼굴을 찡그리면서 그녀를 보았다.

예언자 카론은 이제까지 그를 훌륭하게 받쳐 온 왕자와도 같은 초연한 태도를 유지하며 서류에 가까이 가려고도 하지 않았다. 그러자 프랑보우가 그것을 존의 손에서 받아 읽기 시작했다. 읽어 가는 프랑보우의 얼굴에 여우에게 홀린 듯한 표정이 나타났다. 분명히 그것은 보통 유언장 형식으로 시작되어 있었지만, 〈내가 죽을 때에 소유하고 있는 것 모두를 아래에 적은 사람에게 유증(遺贈)한다.〉까지는 좋다고 치더라도 거기서 글씨가 딱 끊어져 있고 펜으로 긁은 듯한 흔적이 있을 뿐, 가장 요긴한 유산 수취인의 이름은 하나도 없었던 것이다. 프랑보우는 의아해하면서 그것을 친구에게 내주었다. 신부는 그것을 흘끗 보더니 잠자코 태양신의 사제에게 건네 주었다.

한순간 뒤, 이 사제는 훌륭한 법의로 주위를 떨쳐 버리듯 성큼성큼 두 걸음으로 방을 가로질렀다. 그리고 파란 눈을 데굴거리며 존의 앞에 떡 버티고 섰다.

"그대는 여기다 어떤 재주를 부렸소?" 그는 목소리를 크게 했다.

"폴린이 쓴 것은 이것만이 아니오."

그가 전과는 전혀 다른 목소리로 소리치는 것을 듣고 모두들 깜짝 놀랐다. 가락이 높은 양키 사투리가 있는 것이다. 그의 장려하고 점잖은 영어는 이에 이르자 마치 외투처럼 벗겨지고 말았다.

"책상 위에 있는 것은 그것뿐이에요"라고 말하며 존은 여전히 악의가 담긴 미소를 띠고 그를 상대했다.

정말로 별안간 남자는 온갖 욕설을 다 퍼부었다. 믿어지지 않을 정도의 욕이었다. 이 벗겨진 가면 뒤에는 무어라 말할 수 없는 전율적인 것이 있어 가면 아닌 진짜 얼굴이 떨어지는 것처럼 생각되었다. "잘 들어." 그는 욕설을 퍼붓는 데 지쳐 숨이 막히자, 미국 사투리를 그대로 드러내며 소리쳤다. "나는 모험가일지도 모르지만, 그대는 살인자이다. 그렇지요, 여러분. 이것으로 폴린의 죽음에 대한 설명이 되겠습니다. 공중을 떠다니느니 하는 말을 꺼낼 필요가 없어요. 그 여성은 나에게 유리한 유언을 썼었습니다. 거기에 이 동생이 와서 펜을 빼앗고 언니를 엘리베이터로 끌고 가서 던져 넣은 거요. 유언장을 다 쓰기 전에. 이게 무슨 짓이란 말이오. 역시 수갑이 필요할 것 같군."

"당신의 말씀대로" 존은 얄밉도록 침착하게 대답했다. "당신네의 사무원은 매우 훌륭하신 분이어서 선서라는 말의 뜻을 아시겠지요. 그러니까 그 사람은 어느 법정에서고 증언해 줄 것입니다. 언니가 떨어져 죽기 전후 20분 동안 내가 당신 사무실에서 타이프 일에 대해 의논하고 있었다는 것을. 프랑보우 씨도 내가 거기에 있는 것을 보았다고 말씀해 주시겠지요."

잠시 침묵이 흘렀다.

"그렇다면," 프랑보우가 괴상하고 얼빠진 소리로 말했다. "폴린은 떨어졌을 때 혼자 있었던 것이 되니까 그건 자살이오!"

"분명히 혼자이긴 했지만," 브라운 신부가 말했다. "자살은 아니오."

"그럼, 어째서 죽었습니까?" 프랑보우는 안타깝게 말했다.

"살해되었소."

"혼자 있었는데요?" 사립탐정이 이의를 말했다.

"혼자 있는 바로 그때에 살해되었소." 브라운 신부가 말했다.

　모든 사람은 일제히 신부를 주시했으나 그는 여전히 얻어맞은 듯한 모습으로 둥그런 이마에 주름을 잡고, 개인적인 것이 아닌 부끄러움과 슬픔의 밑바닥에 가라앉아 있는 것 같았다. 목소리까지도 생기가 없고 슬픈 듯했다.

　"대체 언제가 되면," 카론은 괘씸한 듯 소리쳤다. "이 피에 굶주린 사악한 여자를 잡으러 경찰이 온단 말인가? 이 여자는 육친을 죽이고 게다가 내 신성한 소유가 된 50만 파운드를 가로채 버렸어……."

　"자, 예언자 어른." 옆에서 프랑보우가 놀려대는 어조로 말했다.

　"이 세상은 모두 공허한 것이라고 말한 사람은 누구였지요?"

　태양신의 도사는 어떻게든지 하여 다시 원래의 지위로 기어올라가려고 했다.

　"단순히 돈 문제가 아니오," 그가 소리쳤다. "물론 돈이 있으면 이 종교를 세계에 넓힐 무기가 되겠지만, 그보다도 이것은 내가 사랑하는 사람이 소망하는 일이었소. 폴린에게 있어 그것은 신성한 일이었습니다. 그녀의 눈으로 보면……."

　별안간 브라운 신부가 일어섰다. 그 굉장한 기세에 신부의 의자가 뒤로 쓰러졌을 정도였다. 신부는 죽은 사람처럼 얼굴이 창백했다. 그러면서도 희망에 불타는 것처럼 눈이 번쩍이고 있었다.

　"그것이오," 신부는 맑은 목소리로 말했다. "그것이 바로 시작의 문구요. 폴린의 눈……."

　키가 큰 예언자는 미친 사람처럼 이성을 잃고 키 작은 신부의 앞에서 뒤로 물러섰다.

　"그건 어떤 의미요? 용케도 뻔뻔스럽게……."

　"폴린의 눈" 하고 신부는 자신의 눈을 한층 더 빛내면서 되풀이했다. "자, 어서 계속하시오. 무슨 일이 있더라도 계속하시오. 악마가 부추긴 어떤 비열한 죄도 참회를 하면 가벼워지지요. 자, 어떻게든 참회하시오, 내 뒤를 계속하시오, 폴린의 눈……."

"비켜라, 악마!" 카론은 쇠사슬에 묶인 거인처럼 몸부림치며 고함쳤다. "대체 당신은 뭐요? 내 주위에 거미줄을 치고 밀정처럼 들여다보기도 하고 빤히 남의 속을 비춰보기도 하다니. 길을 비키라니까."

"붙잡을까요?" 프랑보우가 출구 쪽으로 급히 달려가면서 물었다. 카론은 벌써 문을 활짝 열어젖히고 있었다.

"아니, 나가게 해주시오." 브라운 신부는 묘한 한숨과 함께 말했다. 깊은 우주에서 솟아 나오는 것 같은 깊은 한숨이었다. "카론으로 하여금 나가게 하시오. 그는 신의 것이니까."

카론이 나가 버린 뒤 실내에는 언제까지나 침묵이 계속되었다. 이 수수께끼가 궁금해서 좀이 쑤시는 프랑보우의 성급한 마음으로는 도무지 견딜 수 없는 시간이었다. 존 스테시는 냉정하게 책상의 서류를 치우고 있었다.

"신부님." 프랑보우는 마침내 입을 열었다. "이것은 호기심뿐만이 아니라 저의 의무이기도 하므로, 될 수 있으면 범인이 누구인지 알고 싶습니다."

"어떤 범죄를 말하는 것인가요?" 신부가 말했다.

"물론 지금 다루고 있는 것이지요." 프랑보우는 성급하게 말했다.

"다루고 있는 범죄라면," 브라운 신부는 말했다. "두 가지요. 중요성도 크게 다르지만, 또한 범인도 크게 다른 두 가지 범죄이지요."

존 스테시는 이미 서류를 다 모아 처리하고 이번에는 서랍의 자물쇠를 잠그기 시작하고 있었다. 브라운 신부는 그녀가 신부를 무시하고 있는 것과 마찬가지로 그녀를 무시하고 다음 말을 계속했다.

"이 두 가지 범죄는 같은 약점을 이용하여 그 돈을 빼앗기 위해 행해졌소. 큰 범죄 계획자는 작은 범죄 계획자에게 보기 좋게 당했소. 작은 범죄 계획자가 돈을 손에 넣은 것이오. ”

“강의를 하는 것 같은 말투는 제발 그만두십시오. ” 프랑보우가 투덜거렸다. “두서너 마디의 말로 간단하게 부탁합니다. ”

“한마디로 말할 수 있소. ”

존 스테시 양은 작은 거울 앞에서 아무렇지도 않은 듯이 태연하게 얼굴을 찡그리고 까만 모자를 머리에 쓰고 핀을 찌르자, 대화가 아직 계속되고 있는데도 침착한 동작으로 핸드백과 우산을 집어들고 방에서 나갔다.

“진상은 한 마디로 충분하오. 그것도 짧은 한 마디로, ” 브라운 신부는 말했다. “폴린 스테시는 장님이었소. ”

“장님 ! ” 프랑보우는 앵무새처럼 똑같은 말로 되묻고는 천천히 등을 쭉 펴며 일어섰다.

“유전으로 장님의 피가 흐르고 있었던 것이오. ” 브라운은 설명을 하기 시작했다. “동생은 언니만 허락하면 안경을 쓰고 싶었소. 그런데 폴린의 미신이랄지 철학은 이런 병에 지고 마는 것은 병을 조장하는 것이 되므로 안 된다는 것이었소. 그녀는 눈이 어두운 것을 인정하려 들지 않았소. 의지의 힘으로 그것을 떨쳐 버리려고까지 했소. 이리하여 눈은 지나친 피로로 자꾸만 나빠져 갔지요. 그냥 있어도 악화되고 있는데 더없이 심한 부담이 생겼소. 그 부담을 가져다 준 것은, 카론인지 뭔지는 모르지만 저 자칭 예언자가 육안으로 대낮의 태양을 쏘아보라고 그녀에게 가르쳤기 때문이오. 그것이 아폴론을 받아들이는 것이 된다고 가르친 것이오. 아니, 그러한 새로운 이교도들이 만약 고대의 이교도였다면 조금은 더 현명했을 것을. 옛날의 이교도들은 무조건 자연 숭배를 하는 데는 잔혹한 일면이 있다는 것을 알고 있었소. 아폴론의 눈이 화상을 입게 하여 장님을 만든다는 것을 알고 있었소. ”

잠시 숨을 돌리고 나서 신부는 상냥한 목소리로 거의 끊어질 듯 말 듯하게 말했다. "그 못된 사람이 고의로 그녀의 눈을 멀게 했는가 어떤가는 어찌 되었거나, 그 먼 눈을 이용하여 그녀를 살해했다는 것은 의심할 나위도 없소. 이 범죄는 어찌나 단순한지 속이 메스꺼워질 정도요. 카론과 그 여성은 계원의 도움을 받지 않고 엘리베이터를 오르내리고 있었소. 그 엘리베이터가 또 얼마나 매끄럽게 소리도 없이 움직이는지 당신은 알 것이오. 그런데 카론은 엘리베이터를 타고 폴린이 있는 층까지 와서 열려 있는 문으로 그녀가 약속해 두었던 유언을 장님답게 천천히 쓰고 있는 것을 확인했소. 그러한 그녀를 보고 카론은 엘리베이터가 기다리고 있으니 하는 일이 끝나거든 나오라고 명랑하게 불렀소. 그러고는 버튼을 눌러 소리도 없이 쓰윽 자기의 층으로 엘리베이터를 올리고 자기 사무실을 지나 발코니로 나가 혼잡한 거리 바로 위에서 아무 걱정 없이 기도를 시작했소. 그 무렵 쓰던 것을 끝낸 여성은 불쌍하게도 사랑하는 사람과 엘리베이터가 기다리고 있을 곳으로 기운차게 뛰어가 거기에 발을 올려놓았소……"

"이젠 됐습니다!" 프랑보우가 외쳤다.

"엘리베이터의 버튼을 누르는 것만으로 카론은 50만 파운드를 벌 수 있었던 거요." 작은 신부는 이런 끔찍스러운 이야기를 말할 때면 언제나 내는 그 담담한 목소리로 계속했다. "그런데 그것이 엉망진창이 되고 말았소. 어째서 안 되었는가 하면 그 말고도 또 한 사람, 그 돈을 욕심내는 사람이 있었기 때문이오. 그 사람도 폴린이 눈을 쓸 수 없게 되었다는 비밀을 알고 있었소. 그 유서에는 아무도 알아차리지 못한 점이 하나 있소. 그것은 미완성으로 서명이 되어 있지 않은데, 존과 그리고 그녀들을 섬기고 있는 누군가가 증인란에 서명하고 있었소. 존은 그야말로 여성답게 법률적인 수속 따위는 아무래도 좋으니까 언니는 나중에 서명하면 된다고 하면서 맨 처음에 서명했소.

다시 말해서 존은 언니가 진짜 증인이 없는 곳에서 서명하기를 바라고 있었던 것이오. 그 이유는? 나는 폴린이 장님이라는 사실을 아울러 생각하여 폴린에게 혼자서 서명하게 하려고 했던 것은 실제로는 한 자도 서명하게 하고 싶지 않았기 때문이라고 확신했소.

스테시 자매와 같은 사람은 언제나 만년필을 쓰게 마련이오. 그리고 만년필을 쓰는 것은 특히 폴린에게 있어서는 당연한 일이었소. 습관과 강한 의지와 기억력 덕분에 그녀는 아직 눈이 잘 보였던 때와 마찬가지로 훌륭하게 글을 쓸 수 있었지만, 아무리 그렇더라도 언제 만년필에 잉크를 넣으면 되는가 하는 것까지는 알지 못했소. 그렇기 때문에 그녀의 만년필은 어느 것이나 동생이 유의해서 잉크를 넣곤 했었소. 그러나 하나만은 별도였소. 그 하나는 동생이 조심해서 잉크를 넣어 두지 않은 거요. 전에 쓰다 남은 잉크는 두서너 줄을 쓰는 동안은 충분했지만 그 이후는 완전히 잉크가 나오지 않았소. 그런 이유로 예언자는 50만 파운드를 날려 버리고 인류 역사상 보기 드물게 잔학하고 지능적인 살인을 범하고서도 보수는 제로인 결과가 되고 말았소."

프랑보우는 열린 문으로 나갔는데, 거기서 계단을 올라오는 경찰관의 발소리를 들었다. 뒤를 돌아보고 프랑보우가 말했다.

"10분 동안에 카론이라는 것을 알았으니, 신부님은 어지간히 치밀하게 모든 점을 조사하셨군요."

브라운 신부는 갑자기 깜짝 놀라며 말했다.

"아아, 카론 말이오? 그렇지 않아요. 내가 치밀하게 조사를 하여 알아내야만 했던 것은 존과 만년필에 관한 것이었소. 카론이 범인이라는 것은 현관에 들어가기 전부터 알고 있었지요."

"농담 마십시오." 프랑보우가 말했다.

"정말이오." 브라운 신부는 말했다. "그가 무슨 짓을 했는가를 알

기도 전에 그가 한 짓이라는 것을 알고 있었소."

"어떻게 그런 것을?"

"저러한 이교적인 스토익(스토아학파의 철학자)은," 브라운 신부는 차분하게 말했다. "반드시 자신의 힘으로 실패하지요. 요란한 굉음과 비명이 바깥 거리에까지 전해져도 아폴론의 예언자님은 꿈틀하지도 않고 주위를 두리번거리지도 않았소. 그것이 어떤 일인가는 알 수 없었지만, 카론이 그것을 미리 예기하고 있었다는 것은 그 자리에서 당장 알 수 있었지요."

부러진 검

나무숲에서는 수천 개나 되는 나무들의 팔이 회색으로 빛을 잃고, 백만 개나 되는 손가락이 은빛으로 빛나고 있었다. 석판을 연상케 하는 진한 녹청색 하늘에는 얼음조각 같은 별이 황량하게 반짝이고, 빽빽한 나무숲에 덮여 인가가 드문 이 일대는 약하고 심한 서리로 딱딱하게 굳어 있었다. 나무 줄기 사이의 캄캄한 공간은 저 헤아릴 수 없는 혹한의 지옥, 스칸디나비아 반도의 밑바닥 없는 동혈과 흡사했다. 교회의 네모진 돌탑마저도 이교적인 느낌을 줄 만큼 북방적이고, 아이슬랜드 연안의 암초에 치솟은 미개인의 탑을 연상케 했다. 누구든 간에 이런 밤에 교회의 묘지를 찾는다는 것은 보통 일이 아닐 것이다. 그러나 반면, 이것은 충분히 찾을 만한 보람이 있는 묘지인지도 모른다.

묘지는 회색 숲의 황무지에서 불쑥 나온 혹 같기도 하고 어깨 같기도 한 대지에 있으며 그 초록빛 잔디밭은 별빛으로 뿌옇게 보였다. 대부분의 무덤은 비탈에 있어서 교회로 올라가는 오솔길은 계단처럼 가파랐다. 이 언덕 꼭대기에서도 한층 두드러지게 눈에 띄는 평지에 유명한 기념비가 서 있었다. 이 토지가 유명한 것은 이 기념비 덕분이다. 이 상(像)은 주위에 무리져 있는 묘비와 기묘한 대비를 이루고 있었다. 현대 유럽의 일류 조각가가 만든 것이기 때문이다. 그런데 이 작자의 명성은 그가 만든 조상(彫像)의 남자의 인기에 압도되어 곧 잊혀지고 말았다.

은 연필로 그은 자국 같은 빛을 던지는 별빛 아래서 보니, 그것은 누워 있는 군인의 큼직한 상이었다. 마주잡은 그 억센 두 손은 영원한 기도를 드리고 큰 머리는 총을 베개삼고 있었다. 지금의 그 엄숙한 얼굴에는 옛날의 뉴컴 대령과 같은 무게 있어 보이는 턱수염이 있었다. 아니, 그것은 구레나룻이라고 하는 편이 좋다. 군복은 약간의 단순한 조각으로 표현되어 있을 뿐이며, 현대전에서 입는 옷이다. 왼쪽 옆구리에는 검이 놓여 있는데, 그 끝이 부러져 있다. 왼쪽에는 성서가 있었다.

찬연한 여름날 오후에는 이 묘지를 구경하려는 미국인이나 시골의 문화인들을 가득히 실은 합승마차가 속속 밀려오지만, 그런 때에도 구경꾼은 묘지와 교회가 육중한 둥근 천장처럼 솟아 있는 광대한 숲을 보고 마치 세상에서 버림받은 듯한 묘하게 고요한 장소라고 느껴지는 것이었다. 하물며 이 얼어붙는 듯한 한겨울밤이 되면 이곳을 찾는 사람은 별과 함께 오직 혼자서만 남겨진 듯한 심정이 되기도 했다. 그러나 이 얼어붙은 숲의 고요함을 깨뜨리고 나무문 소리가 끼익하고 나더니 검은 옷을 입은 희미한 사람의 그림자가 둘, 묘지를 향해 오솔길을 올라가는 것이 아닌가.

쓸쓸하고 추운 별빛은 매우 희미하여 두 사람의 자세한 모습을 알아볼 수는 없었으나, 모두 검은 옷을 입었으며 한 사람은 터무니없이 큰 몸집이고, 상대편은——아마도 대비되는 탓인지——놀랍도록 작은 남자라는 것을 알아볼 수 있었다. 두 사람은 역사상 유명한 그 장군상의 큰 묘비가 있는 곳까지 올라가서 그 앞에 선 채 몇 분 동안 물끄러미 응시하고 있었다. 주위에는 넓은 범위에 걸쳐 사람은 물론 동물도 없었을 것이다. 아니, 병적인 공상벽을 가진 사람이라면 이 두 개의 모습도 과연 사람일까 하고 의심했을 것이다. 어찌되었거나 이 두 사람이 나누는 대화의 첫 부분을 만일 다른 사람이 들었다면 기괴하게 들렸을 것이다. 잠시 잠자코 있다가 작은 남자가 이렇게 말했던 것이다.

"현명한 사람이라면 조약돌을 어디에 감출까?"

그에 대해 큰 남자가 작은 소리로 대답했다.

"바닷가 모래밭이겠지요."

작은 남자는 고개를 끄덕이고 잠깐 잠자코 있다가 "현명한 사람이라면 나뭇잎은 어디다 감출까?" 하고 물었다.

그러자 "숲 속입니다" 상대가 대답했다.

다시 한번 침묵이 흐른 뒤 큰 남자가 또 입을 열었다.

"그렇게 말씀하시는 것은 현명한 사람이 진짜 다이아몬드를 감추어야 할 때에는 가짜 다이아몬드 속에 섞어 넣을 것이 뻔하다는 뜻입니까?"

"아니, 아니" 작은 남자가 웃는 소리로 말했다. "과거는 과거의 물에 흘려 버립시다."

그는 시린 발을 잠깐 구르고 나서 덧붙였다.

"내가 생각한 것은 그 일이 아니라 좀더 다른 일이오, 어느 편인가 하면 매우 엉뚱한 일이지요, 성냥 좀 그어주시지 않겠소?"

큰 남자는 주머니 속을 부시럭거리며 뒤지더니 이윽고 성냥을 긋자 기념비의 넓적한 옆면 전체가 금빛으로 떠올랐다. 거기에는 이제까지 헤아릴 수 없이 많은 미국인이 경건한 마음으로 읽은 유명한 글귀가 검은 글씨로 새겨져 있었다.

〈영웅이며 순교자인 아더 세인트 클레어 육군 대장의 성비(聖碑).
클레어 장군은 언제나 적을 정복하고 늘 적을 용서했으나, 끝내 부
실한 적에 의해 쓰러지다. 원하건대 장군이 신뢰한 신께서 장군의
죽음에 보복을 해주시옵소서.〉

성냥은 큰 사람의 손끝을 태우고 땅에 떨어졌다. 계속해서 또 한
개를 그으려 했으나 같이 온 작은 남자가 그것을 말렸다.

"이젠 됐소, 프랑보우. 보고 싶은 것은 보았소. 아니, 보고 싶지
않다고 생각했던 것을 보지 않았다고 하는 편이 좋겠지. 자, 이제
부터 저 길로 1마일 반 가량 걸어 다음 여관까지 가야만 하오. 그
런 다음 이 이야기의 자초지종을 들려주리다. 적어도 맥주라도 있
어야지, 이런 이야기를 그냥 해줄 순 없소."

두 사람은 좁고 가파른 언덕길을 내려가 녹슨 나무문의 고리를 걸
고, 힘차게 발을 내딛어 서리로 얼어붙은 숲 속 길을 사각사각 소리
내며 걸어갔다. 넉넉히 4분의 1마일은 걸었을 무렵 비로소 작은 남자
가 입을 열었다.

"그렇지, 현명한 사람들은 조약돌을 바닷가에 감추지. 그러나 바닷
가가 없을 때는 어떻게 하지? 당신은 세인트 클레어의 대 불가사
의를 아오?"

"영국의 장군들 일 따위는 전혀 모릅니다." 웃으면서 큰 남자가 대
답하였다. "영국 경찰관의 일이라면 조금은 자세히 압니다만. 제가
알고 있는 것은 신부님에게 먼길을 끌려다니며, 저 누구인지도 모르
는 남자의 명소 유적을 하나도 빠짐없이 찾아다녔다는 것입니다. 마
치 그 남자는 여섯 군데나 다른 묘지에 분산되어 묻혀 있는 것 같습
니다. 웨스트민스터 성당에서 세인트 클레어 장군의 기념비를 보았는
가 하면, 템즈 강변에서도 같은 장군님의 용감한 승마복 차림의 모습
을 보았으며, 장군이 태어난 거리에서는 그 대훈장을 보았고, 결국

마지막에는 당신이 주위가 어두워진 다음 저를 이런 한적한 시골 묘
지로 끌고 와서 그의 관을 보여주었습니다. 이렇게 되니 이 위인에게
도 적지않이 싫증이 나는군요. 그가 어떤 사람인지도 모르는 나로선
더군다나 그렇습니다. 대체 당신은 이런 묘지나 동상을 두루 찾아보
아 무엇을 얻으려는 것입니까?”

“단 한마디의 말을 찾는 것이오.” 브라운 신부가 말했다. “어디에
도 존재하지 않는 말을 말이오.”

“그래, 그 이야기를 해주시겠지요?” 프랑보우가 말했다.

“이야기라면 우선 2부로 나누어야겠소.” 신부가 말했다. “제1부란
세상 사람이 모두 알고 있는 일이고, 제2부는 내가 알고 있는 일이
오. 모두가 다 알고 있는 이야기는 간단하고도 뚜렷하며 동시에 거짓
말이기도 하오.”

“그렇습니다.” 프랑보우라고 불린 큰 남자가 명랑하게 말했다.

“그 거짓말이라는 이야기부터 꺼내 보시지요. 모두가 다 아는 진실
아닌 이야기부터 시작하십시오.”

“일반적으로 알려져 있는 이야기는 완전한 허위는 아니라 할지라
도 적어도 극히 불완전한 것이오.” 브라운은 말했다. “실제로, 세상
사람들이 알고 있는 일이라면 아더 세인트 클레어가 영국의 장군으로
위대한 성공자였던 것, 인도와 아프리카에서의 수많은 눈부시고도 신
중한 작전을 한 뒤 장군은 저 브라질의 대 애국자인 올리비에가 최후
통고를 했을 때에 대 브라질 전의 지휘관이 되었던 것, 그리고 그때
세인트 클레어는 아주 적은 수의 부대로 올리비에 휘하의 대군에 공
격을 시작하여 영웅적인 항전 끝에 사로잡힌 몸이 되어 가까운 나무
에 목을 매달려 문명 사회를 떨게 했소. 다시 말해서 브라질 군이 퇴
각한 뒤 부러진 검이 목에 찔려 공중에 매달린 장군의 시체가 발견되
었다는 것, 이것만이 모두에게 알려진 사실이오.”

"그런데 이 속설이 거짓말이라는 겁니까?"

프랑보우가 물었다.

"아니오, 이 이야기 그 자체엔 거짓이 없소." 상대는 조용한 어조로 말했다.

"이야기 자체만으로도 매우 지나치게 심한데요." 프랑보우가 말했다. "그렇지만 속설이 옳다면 어디가 이상한 겁니까?"

작은 신부가 이 말에 대답한 것은 두 사람이 을씨년스러운 회색나무를 몇 백 그루인지 지나친 뒤였다. 신부는 골똘히 생각에 잠기면서 손가락을 입에 물고 말했다.

"알겠소? 이것이 인간 심리의 수수께끼요. 아니, 그렇다고 하기보다 두 인물의 심리적 수수께끼라고 말하는 게 좋겠소. 지금 이야기한 브라질 전쟁의 경우, 현대 역사상에서 특히 유명한 인물이 둘, 똑같이 평소에 난 평판과는 정반대 행동을 하고 있는 것이오. 알겠소? 올리비에와 세인트 클레어는 둘 다 영웅이었소. 둘 다 노인이고, 잘못을 저지를 리가 없지요. 마치 트로이 전쟁의 용사 헥토르와 아킬레스의 대전과 흡사했소. 그런데 그 아킬레스가 겁쟁이고 헥토르가 배신자였다면 당신은 뭐라고 말하겠소?"

"그 다음을 계속해 주십시오." 큰 남자는 또 손가락을 물고 있는 상대를 보고 안타까운 듯이 말했다.

"아더 세인트 클레어 경은 구식 성직자 타입으로, 벵골 토민(土民)의 반란에 즈음하여 영국인을 구한 그런 군인이었소." 브라운은 이야기를 계속했다. "경은 무조건 돌진하는 유형이기보다 의무를 존중하는 인물로서 개인으로는 용맹한 사람이었으나, 지휘관으로서는 신중하여 특히 병사의 목숨을 헛되이 잃게 하는 일에는 분격하는 사나이였소. 그런데 그러한 그가 이 마지막 전투에서는 갓난아이도 알 수 있을 만한 어리석은 작전을 기획한 것이오. 전략가가 아닐지라도

그 작전이 무모하기 이를데 없는 것임은 알 수 있었을 것이오. 그것
은 버스가 오면 비켜야만 한다──그런 것은 전략가가 아니더라도
알고 있지요──는 것과는 다름없는 것이었소. 자, 이것이 제1의 수
수께끼요. 다시 말해서 이 영국 육군 대장의 두뇌가 어찌 되었는가
하는 의문이오. 제2의 수수께끼는, 브라질 대장군의 심정은 어떠했는
가 하는 문제요.

올리비에 대통령을 몽상가니 골칫거리라고 부르는 것은 상관없지
만, 그가 기사 수업(騎士修業)중인 용사를 연상케 할 만큼 관대한 사
람이었던 것은 그의 적들도 인정하는 바로서, 그에게 사로잡힌 병사
는 거의 풀려나고, 경우에 따라서는 헤아릴 수 없는 은혜를 입기까지
했소. 그에게 마음으로부터 적의를 품고 있던 자도, 그의 단순한 인
정미에 감동하여 돌아왔소. 그러한 그가 어째서 일생에 꼭 한 번 극
악무도한 보복을 했는가? 더욱이 자신의 몸에 위험이 미칠 걱정도
없는 하찮은 공격에 대하여 그런 짓을 했다는 것이니, 더욱 이상한
이야기가 아니겠소? 자, 문제점은 바로 여기에 있소. 세계에서도 유
순한 현자가 이유도 없이 백치와도 같은 행동을 취하고, 세계에서 으
뜸가는 착한 사람이 이유도 없이 악마와도 같은 소행을 하기에 이르
렀다──한 마디로 말하면 그런 것이오. 그 다음은 그대의 판단에
맡기겠소."

"아닙니다. 그러지 말아 주십시오." 상대는 코를 울리며 말했다.

"당신께 맡겨 드리겠습니다. 모든 것을 이야기해 주십시오."

"그래요?" 브라운 신부는 다시 이야기를 시작했다. "세상 사람들
이 생각하고 있는 것은 아까 내가 말한 일뿐이라고 단언하는 것은 공
정하지 못하오. 다시 두 가지 일이 그 뒤에 일어났기 때문이오. 이
두 가지 사건은 아무에게도 이해되지 않는 일이므로 사건 해명에 도
움이 되는 새로운 광명을 던져주지는 못했소. 오히려 새로운 그늘을

던졌소. 새로운 방향으로 그늘을 던졌다는 말이오. 그 첫 사건이란 세인트 클레어 집안의 주치의가 클레어 일족과 다투고 격분한 투의 기사를 차례로 발표했는데, 그 가운데에서 의사는 고 클레어 장군은 광신자였다고 주장했소. 그러나 그 이야기만으로는 장군이 종교적인 사람이었다고 하는 의미로밖에 받아들여지지 않았소. 아무튼 이 이야기는 어이없이 사라져버리고 말았소. 세인트 클레어가 신앙심이 깊은 청교도에게 흔히 있기 쉬운 기벽을 가지고 있었다는 것은 말할 나위도 없이 누구나 다 아는 사실이었으니까 말이오.

제2의 사건은 이보다 더 흥미를 느끼게 하는 것이었소. 저 브라질의 블락크 강변에서 무모한 공격을 행한 엄호 부대도 없는 불운한 연대에 키스 대위라는 남자가 있었소. 그는 그 무렵 세인트 클레어의 딸과 약혼을 했다가 뒷날 그 처녀와 결혼한 남자인데, 이 대위도 올리비에에게 사로잡힌 한 사람으로, 클레어 장군을 제외한 다른 모든 사람들과 마찬가지로 역시 융숭한 대우를 받아 즉시 석방된 모양이었소. 거의 20년이나 지난 뒤 이때에는 중령이 되어 있던 이 키스라는 남자는 〈버마 및 브라질에서의 한 영국 사관의 수기〉라는 자서전을 출판했소. 이 책을 읽은 독자가 세인트 클레어 장군의 비극에 대해 무언가 쓴 것이 없나 하고 찾아보았더니 어떤 곳에 이런 문장이 있었소.

'이 책의 다른 곳에서 필자는 모든 사건을 있는 그대로 정확하게 기술해 왔다. 왜냐하면 대영제국의 명예는 충분히 성숙한 것으로 새삼스레 배려를 필요로 하지 않는다는 예스러운 의견을 필자는 갖고 있기 때문이다. 그러나 이 블락크 강변에서의 패배에 대해서는 필자는 예외를 마련하여 진상을 피한다. 그 이유는 개인적인 것일지라도, 고귀하고 또한 필수적이다. 그리하여 두 사람의 뛰어난 인물이 죽은 뒤의 명성에 공정을 기해서 다음 말을 덧붙인다. 세인트 클레어 대장은 이 전투에 있어 무능했다고 비난받고 있으나, 적어도 필자는 이 작전이야말로 장군의 일생에 있어서 가장 뛰어나고도 깊은 생각에서 감행한 전투라는 것을 증언할 수 있다. 올리비에 대통령 또한 같은 근거없는 소문에 의해 무자비한 악한이라고 비방하고 있지만, 필자는 적장의 명예를 위해서 올리비에가 이 전투에 즈음하여 평소 이상의 선량한 인간미를 갖고 행동했음을 단언하는 것을 나의 책무라고 느낀다. 이 일을 간명하게 바꿔 말하면, 세인트 클레어는 절대로 표면으로 본 것 같은 어리석은 사람이 아니며, 올리비에 또한 겉으로 보는 것처럼 잔인무도한 사람이 아님을 필자는 우리 동포에게 확신케 하는 바이다. 필자가 말하려는 것은 이것뿐이며, 어떠한 사정이 있다 하더라도 더 이상 쓸 생각은 없다.'"

번쩍이는 눈덩이를 생각케 하는 크고 추워보이는 달이 두 사람의 양쪽에 있는 얽힌 나뭇가지 사이로 보이기 시작하여, 그 빛을 받은 이야기꾼은 인쇄한 종이 쪽지를 보면서 키스 대위에 대한 기억을 되살아나게 할 수 있었던 것이다. 그 종이 쪽지를 접어 주머니에 집어 넣었을 때, 프랑보우가 프랑스인 특유의 몸짓으로 한 손을 들었다.

"잠깐만," 그는 흥분한 듯이 소리쳤다. "어쩐지 맨 첫 번 한 마디로 맞힐 수 있을 것 같습니다."

그리고 검은 머리와 굵은 목을 앞으로 쑥 내밀고 숨소리도 거칠게 성큼성큼 달리기 선수처럼 걷기 시작했다. 작은 신부는 '이거 참 재미있군' 하고 흥미를 느꼈지만, 상대에게 뒤떨어지지 않고 걷기는 조금 힘이 들었다. 두 사람의 앞길에서 양쪽 나무들이 얼마쯤 뒤로 물러나고, 길은 달빛을 받은 밝은 골짜기를 직각으로 내려간 다음 벽처럼 가로막아 서는 새로운 숲 속으로 다시 토끼처럼 달려들어갔다. 이 양쪽에 보이는 숲의 어귀는 작은 동그라미로 보이고, 먼 곳에서 시커멓게 입을 벌린 철도의 터널을 연상케 했다. 그러나 프랑보우가 또다시 이야기를 시작했을 때에는 그것이 몇백 야드 이내로 좁혀져서 동굴처럼 큰 입을 딱 벌리고 있었다.

"알았다." 그는 마침내 큰소리로 말하고 큰 손으로 무릎을 탁 때렸다. "4분 동안 생각했는데, 이제 이것으로 저도 사건의 경위를 모두 이야기할 수가 있습니다."

"좋소." 상대는 동의했다. "말해 보시오."

프랑보우는 머리를 들었다. 그러나 목소리는 낮추었다.

"아더 세인트 클레어 장군은 정신 이상이 유전되어 있는 집안에 태어났습니다. 그래서 장군의 소망은 오로지 이 사실을 딸에게 감추고 가능하면 미래의 사위에게도 감추려고 한 것이었습니다. 이 예감이 맞았는지 어떤지는 별도로 하고, 아무튼 그는 결정적인 발병이 멀지 않았다고 느끼자 자살을 결의했습니다. 그러나 흔해 빠진 자살법으로는 자기가 두려워하고 있는 사실을 오히려 세상에 퍼뜨리는 결과를 가져오게 하는 것이 됩니다. 전투가 절박함에 따라 어두운 구름이 클레어의 머릿속에 드리워지고 마침내 그는 광기의 발작으로 공적인 책무를 희생하더라도 사적인 의무를 다하기에 이르렀습니다. 그런데 생각했던 바와는 달리 사로잡히는 불명예밖에 얻지 못했음을 알자, 뇌 속에 들어 있던 폭탄이 마침내 터져 장군은 스스로 검을 부러뜨리고 목을 매어 자살해 버린 것입니다."

프랑보우는 앞에 가로막고 선 회색 숲을 뚫어지게 쏘아보았다. 거기에는 시커먼 구멍이 동굴 입구처럼 보이고, 그 구멍에서부터 길이 숲 속으로 들어가 있다. 이렇게 길이 별안간 숲 속으로 빨려들어간 모습이 매우 기분 나쁘기 때문에 프랑보우의 머릿속에 역력히 떠오르는 비극의 광경이 더욱 더 강조된 것일까? 그는 부르르 몸을 떨었다.

"무서운 이야기군." 신부는 머리를 수그린 채 되풀이해서 말했다.

“그러나 그것은 진상이 아니오”라고 말한 다음 그는 절망적인 몸 짓으로 머리를 뒤로 젖히고 “그것이 진상이라면 고맙겠지만!” 하고 소리쳤다.

키다리 프랑보우는 머리를 홱 뒤로 돌리고 상대를 물끄러미 쏘아보 았다.

“당신의 이야기는 나무랄 데가 없소.” 말하는 브라운 신부의 목소 리는 감동한 어조를 띠고 있었다. “상냥함이 넘치는 순수하고 옳은 이야기이며, 저 달처럼 공명하고 순백하오. 광기와 절망뿐이라면 죄 는 없소. 이 세상에는 그보다 더 심한 일이 있다오, 프랑보우.”

프랑보우는 상대가 말하는 달을 미친 듯한 눈초리로 올려다보았다. 그의 위치에서 보니 시커먼 큰 나뭇가지 하나가 악마의 뿔처럼 둥근 포물선을 그리고 달에 걸려 있다.

“신부님.” 프랑보우는 프랑스 인다운 몸짓을 하면서 외치고 전보 다 더 빠른 걸음걸이로 걷기 시작했다. “진상은 이보다 더 심하다는 것입니까?”

“훨씬 더 심하지요.” 대답하는 상대의 목소리는 무거운 산울림 같 았다. 때마침 두 사람은 암흑에 싸인 숲 속으로 들어가 양쪽에는 나 무 줄기가 희미한 발을 친 것처럼 쭉 늘어서서 마치 꿈 속의 어두운 길을 가는 것 같았다.

오래지 않아 숲의 가장 깊숙한 곳에 이른 그들은 눈에 보이지 않는 나뭇잎을 몸 가까이에 느끼고 있었다. 그때 문득 신부가 또 입을 열 었다.

“현명한 사람은 어디에 나뭇잎을 감출 것인가? 숲 속일 것이다. 그러나 숲이 없을 경우에는 어찌하겠는가?”

프랑보우는 안타깝다는 듯이 소리쳤다. “글쎄요, 어떻게 할까요.”

“나뭇잎을 감추기 위해 숲이 생기게 하겠지.” 모호한 목소리로 신부가 말했다. "가공할 만한 죄악이지만 말이오."

"아시겠습니까?" 상대는 더 이상 견딜 수 없다는 듯한 어조로 소리쳤다. 주위의 숲의 어둠과 신부의 어둠과도 같은 말투가 어지간히 화를 돋군 것이다. "이 이야기를 해주실 생각입니까, 싫으신 겁니까? 이밖에 어떤 증거가 있습니까?"

"그밖에 단편적인 증거가 세 가지 있지요. 그것은 내가 여기저기서 알아낸 것인데, 이야기를 하자면 연대순이 아니라 논리적인 순서를 따라 말하리다. 우선 첫째로 말할 나위도 없이 그 전투의 경과에 대한 권위 있는 증언은 올리비에 자신의 공식 보고서 바로 그것인데, 이 보고서는 명확한 것이오. 올리비에는 블락크 강을 내려다보는 대지에 2내지 3연대를 이끌고 진을 치고 있었소. 강 저쪽 대안은 훨씬 낮고, 브라질 군 측의 강기슭보다 심한 늪지대였소. 그 등 뒤에는 또 완만하게 솟아오른 높은 지대가 있고, 거기에 영국군 제 1 전초 진지가 있으며, 이 부대는 훨씬 후방에 위치한 다른 부대에 의해 지원되고 있었소. 영국군의 총수는 훨씬 우세했지만 이 전초 부대는 주력으로부터 상당히 떨어져 있었기 때문에 올리비에는 도강 작전을 실시하여, 이 부대를 고립시키려는 계획을 생각했을 정도였소. 그러나 해가 질 무렵까지는 그는 현재의 진지를 고수할 결심을 하고 있었소. 그것은 특히 강하고 굳은 진지였기 때문이오. 이튿날 새벽, 올리비에는 기겁을 했소. 글쎄, 예의 후원 부대를 동반하지 않은 소수의 영국 부대가 절반은 오른편 다리를 건너고 다른 절반은 좀더 상류의 얕은 여울을 걸어서 건넌 다음 바로 눈 아래 늪지대에 집결하고 있었던 거요.

그런 작은 부대로 이런 단단한 진지를 공격해 오리라곤 생각도 못한 일이었소. 그런데 그것보다도 특히 비상식적인 일이 올리비에의 눈에 비쳤소. 그것은 즉 이 미친 부대는 견고한 발판을 확보하려 하지 않고 단 한 번의 무모한 돌격으로 강을 건너고 말았을 뿐, 꿀에 덤벼드는 파리 떼처럼 늪지에 달라붙어 있는 것이오. 말할 필요도 없겠지만 브라질 군은 거기에 포격을 퍼부어 대형에 큰 틈을 만들었는데, 그에 대해 영국군 위세는 당당하지만 점차 약해지는 소총사격으로 맞서는 것이 고작이었소. 그래도 영국군은 사방으로 흩어지지 않았소. 그리고 올리비에의 간명한 보고는 어리석은 적군의 용전 태도에 대한 강한 어조의 칭찬으로 끝나 있소. '우리 전선 부대는 최후로 전진하여 적을 강 속으로 몰아넣고 세인트 클레어 대장 본인을 비롯하여 다른 장교 몇 명을 포로로 했다. 적의 대령 및 소령은 전투 중 쓰러졌다. 이 여느 궤도를 벗어난 연대의 행위와 최후의 항전은 역사상 드물게 보는 숭고한 것이라 단언하지 않을 수 없다. 부상을 입은 장교가 병사의 시체에서 소총을 빼앗아 들고 장군 자신은 모자도 쓰지 못한 채 말을 타고서 부러진 검을 들고 아군에 대항했다'고 올리비에는 쓰고 있는데, 나중에 장군의 몸에 닥친 일에 대해서는 키스 대위와 마찬가지로 한 마디도 언급하지 않았소."

"과연 그렇군요." 프랑보우는 신음 소리를 냈다. "그럼, 다음 증거로 옮겨 주십시오."

"다음 증거는 찾아내기까지 퍽 많은 시간이 걸렸지만 이야기를 하는데는 별로 시간이 걸리지 않을 것이오. 난 가까스로 랭커셔의 늪지대에 있는 양로원에서 한 늙은 병사를 보았소. 이 남자는 블랙크강의 싸움에서 부상을 입었을 뿐만 아니라, 연대장인 대령이 숨을 거두었을 때에 실제로 그 곁에 무릎을 꿇고 임종을 지켜본 남자였소. 연대장은 크랜시 대령이라고 하는 아일랜드 태생의 우악스러운 남자였는데, 대령이 죽은 것은 적탄 때문만이 아니라 격분한 마음을 풀 길이 없었던 탓도 있는 모양이오. 어찌되었거나 저 멍청한 공격의 책임은 대령에게는 없었소. 아무래도 장군이 무리하게 강요한 모양이었소. 대령이 마지막으로 한 의미심장한 말은, 그 늙은 병사의 말에 의하면 이런 것이었소. '저 늙다리 멍텅구리가 끝이 부러진 검을 가지고 저런 곳을 가고 있어. 부러진 것이 머리였더라면 좋았을 것을' 하고 말이오. 이것으로 보더라도 모두들 이 부러진 검에 대해 깨달았던 모양이었소. 물론 일반 사람은 고 크랜시 대령님과는 달리 이 부러진 검을 숭배하여 받들고 있는 셈이지만. 그럼 제3의 단편적 증거로 옮기도록 하지요."

숲길은 오르막이 되어 이야기꾼은 그 다음을 계속하기 전에 잠시 입을 다물고 숨을 쉬었다. 그리고 전과 다름없는 실무적인 어조로 이야기를 계속했다.

"불과 한 달인가 두 달 전에 어떤 브라질 장교가 영국에서 죽었소. 이 사람은 올리비에와 말다툼을 하여 조국을 떠난 남자인데, 영국에서는 물론 유럽 대륙에서도 유명한 사람으로 에스파드라는 스페인인이오. 나 자신도 이 남자를 알고 있었소. 누런 얼굴에 매부리코의 멋쟁이 노인이었소. 여러 가지 개인적 이유로 나는 그가 세상에 남기고 간 서류를 구경할 수 있었소. 물론 그는 가톨릭 신자였으며, 임종이 가까워지자 나는 그의 곁에 붙어 있었던 것이오. 그의 서류에는 특히 세인트 클레어의 수수께끼를 조금이라도 해명할 만한 항목은 보이지 않았지만, 보통 볼 수 있는 흔한 노트가 대여섯 권 있었는데 어떤 영국군 병사의 일기가 가득히 씌어 있었소. 아마도 이것은 전사한 영국군 병사의 시체에서 브라질 병사가 발견해 온 것이었겠지요. 그것은 어찌되었든 간에 이 일기는 전투 전날 밤에서 딱 끊겨 있었소.

그러나 이 불운한 병사의 마지막 하루의 기록은 분명히 읽을 만한 가치가 있는 것이었소. 그것을 나는 지금 가지고 있지만 이렇게 어두워서는 읽을 수가 없으니 그 내용을 간추려서 이야기하겠소. 이날의 마지막 부분에는 콘도르라는 별명이 붙은 한 인물에 대한 농담이 마구 튀어나오지요. 이것은 병사들 사이에서 주고받은 농담을 쓴 것이 틀림없을 거요. 이 콘도르라는 사람은 정체가 분명치 않았지만 아무래도 병사들의 동료는 아닐뿐더러 영국인도 아닌 모양이었소. 그렇다고 명확하게 적측의 사람이라고 씌어 있지도 않았소. 아무래도 이 지방에서 사는 비전투원인 알선군으로서 안내인이나 신문기자였던 것 같소. 이 남자는 크랜시 노 대령과 밀담을 한 일이 있는데 그보다도 종종 소령과 이야기를 하는 것을 본 사람이 있소. 그러고 보면 이 소령은 병사의 일기 속에서 상당히 눈에 띄는 존재로, 이야기로 살펴보면 검은 머리의 여윈 남자로서 이름을 말레라고 하며 아일랜드 북부 출신인 청교도였소. 이 아일랜드 남자의 냉엄한 태도와 크랜시 대령의 명랑함이 비유가 되는 대조적인 우스꽝스러움이 언제나 농담거리가 되어 있었소. 또한 콘도르가 화려한 옷을 입고 있는 것도 매우 놀림을 받고 있었지요.

그런데 이러한 들뜬 소란도 이른바 나팔 소리가 들리자 산산히 흩어지고 말았소. 영국군의 진영 뒤에는 이 지방에 셀 수 있을 정도밖에 없는 큰 길 중의 하나가 거의 강과 평행을 이루며 달리고 있었소. 진영 서쪽에서 이 도로는 강 쪽으로 구부러져 전에 이야기한 그 다리에서 강을 건너고 있었소. 동쪽에서는 도로가 등 뒤의 황야로 꺾여 2마일쯤 간 곳에 다음의 영국군 전초 부대가 있었소. 도로의 이 방향에서 그 날 밤, 번쩍이는 기병대 한 대가 말굽 소리도 요란하게 도착했는데, 놀랍게도 그 속에 막료들을 동반한 장군의 모습이 섞여 있었소. 그 사실은 이 단순한 일기를 쓴 필자로서도 알 수 있었소.

장군이 탄 말은 신문의 사진이나 왕립미술관의 그림으로 눈에 익은 그 큰 백마였소. 거기서 병사들이 한 경례가 단순한 의례(儀禮)가 아니었음은 틀림없을 것이오. 장교들 사이에 섞이자 비밀인 듯한 이야기를 그래도 힘찬 어조로 시작했소. 이 일기를 쓴 남자의 마음을 가장 끈 것은 장군이 특히 말레 소령과 문제를 논하고 싶어하는 것 같았었다는 사실이오. 그러나 특히 소령을 상대로 골랐다고 해도 별로 부자유스러운 일은 아닐 것이오, 이 두 사람은 서로 잘 맞도록 되어 있었던 것이오. 모두 '성서를 읽는' 친구이며 신앙심 깊은 구식 장교들이었으니까요. 그것은 어쨌든 간에 장군이 다시 말에 올랐을 때에도 장군은 이 말레와 열심히 이야기했던 것이 확실하고, 장군을 태운 말이 강 쪽으로 천천히 걷기 시작했을 때도 키가 큰 아일랜드 인은 아직 그 말재갈 옆을 함께 걸으면서 열심히 의논을 계속했던 것이오. 병사들은 그 뒷모습을 바라보았는데, 이윽고 두 사람은 길이 강 쪽으로 구부러지는 모퉁이에 있는 숲 그늘에 가려 보이지 않게 되었소. 대령은 자기의 텐트로 돌아가고 병사들도 소초 부서로 돌아가고 말았는데, 일기를 쓴 남자는 그 뒤로 4분 동안 그 자리에 남아 있었소. 그리하여 심상치 않은 광경을 목격한 것이오.

조금 전에 분열 행진과도 다름없는 완만한 걸음으로 길을 걸어간 큰 백마가 이번에는 경주중인 듯한 필사적인 기세로 길을 다시 뛰어 되돌아오지 않았겠소. 처음에는 모두 말이 기수를 태운 채 난폭하게 굴기 시작한 모양이라고 생각했으나, 곧 우수한 기수인 장군이 직접 말을 전속력으로 몰고 있는 것을 보았소. 사람과 말이 한 덩어리가 되어 한무리의 회오리바람처럼 그들에게로 달려오자, 장군은 비틀거리는 말의 고삐를 잡아당기면서 불꽃처럼 시뻘건 얼굴을 돌리고 죽은 자를 불러 깨우는 나팔처럼 큰소리로 대령을 불렀소.

　상상하건대 대지를 뒤흔드는 듯한 이 파국의 사건은, 일기를 쓴 남자와 같은 사람들의 마음에는 모두 한쪽에서부터 차례로 연달아 쓰러지는 재목처럼 느껴졌을 것이오. 꿈을 꾸고 있는 것 같은 자신을 잊은 흥분 상태 속에서 그들은 어느 틈에 대열을 짜고 있었소. 그리고 곧 도강 공격이 행해진다는 것이 알려졌소. 장군과 소령이 다리에서 무엇인가를 발견했는데, 이렇게 되면 이제는 목숨을 걸고 공격하는 한 가지 방법밖에 없다는 이야기였소. 소령은 뒤쪽에 있는 예비군을 불러모으려고 이미 되돌아갔으나, 아무리 재빠르게 원조를 구해보아도 원군이 늦지 않게 올 수 있을지 어떨지는 의문이라는 것이었소. 아무튼 부대는 그 날 밤중에 강을 건너기로 하고, 아침까지 적의 고지를 확보해야만 한다는 것이었소. 이 가슴이 두근거릴 것 같은 로맨틱한 밤 행군의 흥분을 마지막으로 일기는 돌연 끝나고 있소.”

　브라운 신부는 앞장서서 언덕을 올라갔다. 숲 속 언덕길은 점점 좁고 험해지면서 굽었다. 마침내는 길은 나선 계단을 오르는 듯한 형세가 되었다. 신부의 목소리가 어둠 속에서 위로부터 들려왔다.

　“그밖에 또 하나 대수롭지 않은 듯하면서도 엄청난 일이 있었소. 장군이 부하에게 용맹 과감한 돌격 명령을 내렸을 때에 그는 칼집에서 검을 절반쯤 꺼냈는데, 이런 연극 같은 지휘법이 부끄러워졌던지 곧 다시 집어넣고 말았던 것이오. 여기서도 검이 나온다오.”

　그물코처럼 엇갈린 머리 위의 나무가지 사이로 희미한 빛이 새어들어 발 밑에 기분 나쁜 그물의 그림자를 던졌다. 두 사람은 훤하게 밝은 탁 트인 땅을 향해 오르고 있는 것이었다. 프랑보우는 자기의 주위 일면에 드리워진 사건의 진상을 느꼈다. 관념으로서가 아니라 분위기로써 직감했던 것이다. 혼란스런 머리로 그는 대답했다.

　“검이 어쨌다는 것입니까? 장교가 검을 갖는 것은 당연하지 않습니까?"

"현대전에서 검의 이야기가 나오는 것은 참으로 드문 일이오" 상대는 냉정하게 말했다. "그런데 이 경우에 한하여, 가는 데마다 여기 저기에서 이 고마운 검이 얼굴을 내민단 말이오."

"그게 어떻게 되었다는 것입니까?" 프랑보우는 신음하듯이 말했다. "노장군의 검이 마지막 전투에서 부러졌느니 하는 것은 2펜스에 팔고 있는 컬러로 인쇄한 그림에 안성맞춤인 장면이니까, 신문이 그 것을 알아내는 것은 당연한 일입니다. 장군의 어떤 비석이나 상(像) 을 보아도 검은 반드시 끝이 부러져 있소. 설마 당신께선 그림에 대한 기호를 가진 두 남자가 세인트 클레어의 부러진 검을 보았다는 그 이유만으로 극지를 탐험하는 것처럼 이런 곳까지 끌고 나온 것은 아 니시겠지요?"

"아니" 하고 소리치는 신부의 목소리는 피스톨의 총소리처럼 날카 로웠다. "그러나 장군의 부러지지 않은 검을 본 사람이 있습니까?"

"뭐라고요?"

상대는 큰소리로 말하고 별 하늘 아래 우뚝 섰다. 두 사람은 이때 잿빛 숲의 출구에서 어느새 밖으로 나와 있었던 것이다.

"적어도 일기를 쓴 남자는 그것을 보지 못했소. 장군은 눈 깜짝할 사이에 칼집에 도로 넣었기 때문이오."

프랑보우는 달빛이 쏟아지는 주위를 둘러보았다. 그 모습은 햇빛이 쨍쨍 내리쬐는 속에서 갑자기 장님이 된 사람이 두리번거리는 것과도 같았다. 신부는 이때 처음으로 열성적인 어조가 되어 이야기를 계속 했다.

"프랑보우, 이렇게 묘지를 찾아 돌아다녀 본 끝에도 이 설을 증명 할 수 없소. 그러나 확신은 있소. 매우 세세한 일이지만, 모든 것 을 밑바닥에서부터 뒤엎어 버릴 또 하나의 사실을 말하겠소. 기묘한 우연으로 그 대령은 처음의 적탄으로 쓰러진 한 사람이었소, 양군이 접근하기 훨씬 전에 맞은 것이오, 그런데 그러한 그가 세인트 클레어의 검이 부러진 것을 목격하고 있소, 어째서 부러졌는가? 어떻게 부러졌는가? 알겠소? 검은 전투가 시작되기 전에 부러져 있었던 거요, "

"그래요?" 상대는 쓸쓸해 보이는 우스꽝스러운 모습으로 말했다.

"그래, 그 부러진 부분은 어디에 있습니까?"

"그것을 나는 잘 알고 있소," 재빠르게 신부가 대답했다.

"벨파스트의 프로테스탄트 교회 묘지의 북동쪽 구석에 있다오, "

"정말입니까? 찾아보셨습니까?"

"찾기는 불가능했소, " 브라운 신부는 분함을 감추려고도 하지 않고 대답했다. "그 위에는 큼직한 대리석 기념비가 올라앉아 있어서 말이오, 저 유명한 블랙크 강의 싸움에서 명예로운 전사를 한 영웅 말레 소령의 기념비요, "

갑자기 프랑보우는 전기에 감전이라도 된 것처럼 활기를 띠었다.

"그렇다면, " 커다랗고 쉰 목소리로 그는 말했다. "세인트 클레어 장군은 말레 소령을 미워해서 싸움터에서 소령을 살해했다는……, "

"아직도 당신의 마음은 선량하고 때묻지 않은 순진한 생각으로 꽉 차 있군요, 진상은 그보다도 훨씬 더 심하오, "

"원 참, 나쁜 짓에 대한 제 상상력은 이미 씨가 말랐습니다, "
프랑보우가 말했다.

신부는 어디서부터 이야기를 시작하면 좋을까 하고 망설이는 듯 했으나, 가까스로 전에 한 말을 되풀이해서 말했다.

"현명한 사람은 나뭇잎을 어디에 감추겠는가? 숲 속에 감추지요, "
상대는 아무런 대답을 하지 않았다.

"숲이 없을 경우에는 자신이 숲을 만드오. 그러므로 한 잎의 고엽을 감추려고 생각하는 자는 고목 숲을 만들 것이오."

여전히 대답이 없었다. 신부는 한층 더 조용한 어조로 덧붙였다.

"시체를 감추려고 생각하는 자는 시체 더미를 만들어 그것을 감출 것이오."

프랑보우는 시간으로 보나 거리로 보나 늦어지는 것이 견딜 수 없다는 듯한 태도로 세차게 발을 내딛으면서 앞으로 나가기 시작했다. 브라운 신부는 마치 마지막 선고를 읽어 내려가는 것처럼 이야기를 계속했다.

"조금 전에도 말한 대로 아더 세인트 클레어 경은 자신만의 방식으로 성서를 읽는 남자였소. 그의 문제는 거기에 있지요. 자신만의 방식으로 성서를 읽고 다른 모든 사람의 성서를 읽어보지 않는 한 아무 소용없다는 것을 세상은 언제라야 이해할까요. 인쇄업자는 오자를 찾기 위해 성서를 읽어요. 몰몬교도는 몰몬교의 성서를 읽고 거기에서 일부다처제를 발견하오. 크리스천 사이언스(모든 병에는 정신적 원인이 있으며 신앙에 의해 고쳐질 수 있다고 하는 일파)의 신자도 역시 전문적인 성서를 읽고 사람에겐 손도 발도 없다고 생각하오. 세인트 클레어는 인도에서 자란 영국인으로 프로테스탄트의 노병이었소. 자, 그러면 어떻게 되었는지 생각해 보시오. 다만 그에 대한 설교는 사양하겠소. 다시 말해서 이것은 열대의 태양이 내리쬐는 동양 사회에서 살며, 양식(良識)도 지도도 없이 동양의 서적을 탐독한 육체적으로 힘에 겨운 남자라고 하게 될지도 모르는 것이오. 물론 그는 신약 성서보다도 오히려 구약을 읽었소. 물론 자기가 구하고 읽은 모든 것——육욕도 전제(專制)도 반역도 모두 구약에 실려 있었기 때문이오. 그 남자가 정직한 사람이었던 것은 부정하지 않소. 그러나 정직하지 못한 것을 예찬한다면 아무리 정직하다 한들 무엇하겠소.

　그 남자는 신비적인 열대의 어느 나라에 가거나 하렘에 첩을 두고, 증인을 고문하고, 옳지 못한 부를 모았소. 그런데도 당사자의 말을 들으면, 그것은 주님의 영광을 위해 한 짓이라고 눈길을 피하지도 않고 말해 버렸을 것이오. 나 자신의 신학으로 말하면 그것은 어느 쪽 주님이오? 아니면 신이오, 악마요 하고 묻고 싶은 바요. 아무튼 이러한 악은 그 성질상, 차례차례로 지옥의 문을 열고 점점 좁은 방으로 들어가는 것이오. 범죄가 좋지 못한 것이라는 진정한 이유는 사람이 점차로 분방해지기 때문이 아니라 오직 비열해지기만 하기 때문이오. 세인트 클레어는 이윽고 뇌물이나 공갈 협박의 고통으로 숨을 쉴 수 없게 되어 더욱더 현금이 필요해졌소. 이리하여 블락크 강의 전투를 할 무렵에는, 계속 타락한 끝에 마침내 단테가 우주의 밑바닥으로 본 그 장소까지 떨어져 있었던 것이오.”

“그것은 어떤 뜻입니까?” 상대는 또 물었다.

“그대로의 뜻이오.” 신부는 되받아 말하고 별안간 달빛에 빛나고 있는 한 쪽에 얼음이 얼어붙은 연못을 손가락질했다. “꽉 막혀 있는 얼음 세계에 단테가 어떤 사람을 넣었는지 기억하고 있소?”

“배신자겠지요.” 프랑보우는 말하고 자신도 모르게 몸을 떨었다. 조롱하는 듯하며 음란하다고까지 말할 수 있는 모양을 한 나무들의 비인간적인 풍경을 둘러보고 있자, 그는 자기가 단테이고, 시냇물과도 같은 목소리로 이야기하고 있는 신부가 영원한 죄의 세계를 안내해 주는 베르길리우스인 것 같은 환상에 사로잡히는 것이었다.

신부의 목소리는 계속되었다.

“잘 아는 바와 같이 올리비에는 돈키호테적인 이상가로, 첩보활동이나 스파이를 허용하지 않았소. 하지만 다른 많은 것과 마찬가지로, 이것도 역시 그에게 보이지 않는 곳에서 가끔 행해졌소. 이것을 행한 것이 저 에스파드라는 남자요. 그야말로 저 화려한 옷을 입은 멋쟁이로, 그 매부리코에서 콘도르라는 이름이 붙여진 인물인 것이오. 전선에 서성거리는 박애주의자로 둔갑하여 그는 영국군 내부를 찾아다니면서 마침내 한 사람의 타락한 남자를 찾아냈는데, 그것이 알고 보니 최고의 지위에 있는 장군이었던 것이오. 세인트 클레어는 돈이 몹시 필요했소. 더구나 거액의 돈이 말이오. 신용을 잃은 클레어 집안의 의사가 그 무렵, 바로 그 심상치 않은 폭로를 하겠다고 협박하고 있었던 것이오. 이 폭로는 훨씬 나중에 행해지려다 그대로 사라진 셈이오. 전에 파크레인 거리에서 일어난 추하고 괴상하기 짝이 없는 사건들——어떤 복음주의 파의 영국인이 저지른 인간의 희생이며 노예 무리의 냄새가 나는 나쁜 짓을 폭로하려고 한 것이오. 돈이 필요했던 것은 또한 딸의 지참금 때문이기도 했소. 그에게는 부호라는 평판도 부 그 자체와 마찬가지로 바람직했던 것이오. 그리하여 마침내 마지막 일선을 넘어 브라질 측에 비밀을 누설하자, 영국의 적으로부터 부가 속속 굴러들어왔소. 그러나 그 밖에 또 한 사람, 콘도르 에스파드와 이야기를 한 남자가 있었소. 저 아일랜드 출신의 머리 빛깔이 검은 무뚝뚝한 청년 소령이 바로 그였으며 소령은 어떻게 해서인지 추악한 진상을 느끼고 있었던 것이오. 그래서 장군과 소령이 둘이서 다리 쪽으로 걸어갔을 때 말레는 장군에게 당장 사직하라, 그렇지 않으면 군법회의에 돌려 총살할 것이라고 다그쳤던 것이오. 장군은 간신히 이야기를 속이면서 다리 가의 열대 나무숲까지 끌고 가서 소리내어 흐르는 강과 종려나무 숲 옆에서——내게는 그 광경이 역력히 보이오——군도를 뽑아, 그것으로 소령의 몸을 찔렀소."

거무스름하고 무정한 모양의 수풀이며 풀숲에 덮여 서리가 몸에 배는 듯한 산등성이에서 길은 구부러져 있었다. 프랑보우는 그 저편에

서 별빛도 아니고 달빛도 아닌 훤한 빛의 한 끝을 본 것 같았다. 그
것은 사람이 일으킨 불처럼 보였다. 가만히 그것을 지켜보고 있는 동
안에 이야기는 종말에 가까이 다가가고 있었다.

"세인트 클레어는 악귀였소. 아니, 태어날 때부터의 악귀였소. 그
는 발 밑에 말레가 싸늘한 시체가 되어 쓰러졌을 때야말로 그의 머
리가 가장 맑고, 가장 똑똑했을 때였을 것이오. 키스 대위가 말했
듯이, 클레어가 거둔 수많은 승리의 어떤 것보다도 세상 사람들이
싸늘한 눈으로 바라보고 있는 이 마지막 패배에 있어서야말로 그는
가장 위대했소.

그는 피를 닦아내려고 냉정하게 검을 보았소. 그러자 상대의 어
깨와 어깨 중간을 찌른 칼끝이 부러져서 몸 안에 남았다는 사실을
깨달았소. 그 순간 그는 마치 클럽의 유리창 너머로 들여다보고 있
는 듯한 침착한 모습으로 이 뒤에 올 사태를 내다보고 있었소. 이
수수께끼의 시체를 부하들이 발견하고 시체에서 수수께끼의 칼끝
을 꺼내면 역시 수수께끼의 부러진 검도 알아차릴 것이 틀림없었
소. 검을 감추어 보아야 그것도 의심받을 것이 뻔하오. 방해자를
죽이기는 했으나 입을 다물게 한 것은 아니니까요. 그러나 이런 참
에 이 예기치 못한 지장에 대해 그의 뻔뻔스러운 지혜가 승리를 차
지했소. 아직 하나, 해결책이 남아 있었던 거요. 시체의 수수께끼
를 그럴싸하게 할 수가 있었던 것이오. 시체의 산더미를 만들어 이
한 시체를 덮어버리면 되는 거지요. 그리하여 그 20분 뒤, 800명
의 영국 병사가 죽음의 행진을 시작하고 있었던 것이오."

거무스름한 겨울 숲 그늘에서는 훤하게 빛나는 그 따뜻함을 띤 불
그림자가 한층 더 풍부한 밝기로 보이고, 빨리 그곳에 닿으려고 프랑
보우는 성큼성큼 걸음을 옮겼다. 브라운 신부도 걸음을 빨리 했으나
이쪽은 자신이 하고 있는 이야기에 한결같이 열중하고 있는 것 같았

다.

"천 명 가까운 영국군 병사의 용감성과 지휘관의 천재적인 기량으로 만약 영국군이 즉시 적의 언덕을 공격했다면, 이 광기의 진격도 무언가 요행을 만나지 못했다고만 할 수는 없을 것이오. 그러나 병사를 전당포에 맡긴 물건과 마찬가지로 농락한 부정한 마음의 소유자에게는 그 외의 이유와 목적이 있었소. 적어도 영국 병사의 시체가 첩첩이 가로누워 신기해지지 않을 때까지는 다리 밑의 늪지에서 결코 움직여서는 안 되는 것이오. 게다가 또 백발의 성자 같은 장군이 더 이상의 살육을 구하려고 끝이 부러진 검을 버리고 항복한다는 최후의 장려한 장면을 위해서도 그것은 필요했소. 정말이지 즉흥적인 것으로서는 대단한 연출이었소. 그러나 내가 생각하건대 증명은 할 수 없지만 부대가 늪지에 옴짝도 하지 못하고 못박혀 있는 동안 누군가가 괴이하게 생각하기 시작했소. 그것을 깨달은 자가 있었을 것이오."

여기서 신부는 잠깐 입을 다물었다가 말을 이었다. "어디선지도 모르게 어떤 목소리가 나에게 고하는 것이오. 알아차린 남자는 저 애인, 다시 말해서 장군의 딸과 결혼할 예정이었던 저 대위였다고 말이오."

"그렇지만 올리비에의 일이며 목을 매단 것은 어찌됩니까?" 프랑보우가 물었다.

"첫째로는 기사도 정신에서, 둘째로는 정책에서 올리비에는 진군에 걸리적거리는 포로를 끌고 다니는 짓은 절대로 하지 않았소. 대개의 경우 모조리 석방했소. 이 경우에도 모두 석방했소."

"다만 장군을 제외하고 말이지요?" 프랑보우가 말했다.

"한 사람도 남기지 않고."

프랑보우는 검은 눈썹을 찡그렸다.

"아직도 도무지 이해할 수가 없는데요."

"또 하나 다른 정경이 있소, 프랑보우." 전보다도 더 신비로운 낮은 목소리로 브라운 신부는 말했다. "증명할 수는 없소. 그러나 증명 이상의 일, 다시 말해서 눈앞에 볼 수가 있는 것이오. 나무 한 그루 나 있지 않은 열대 언덕인 거기서는 아침이 되자 진영이 해체되고 브라질 군의 제복을 입은 병사가 여러 무리의 종대를 이루어 행군이 개시되기를 기다리고 있었소. 올리비에의 빨간 셔츠, 검고 긴 수염도 보이오. 그 셔츠와 수염을 바람에 나부끼면서 서 있는 그의 손에는 테 넓은 모자가 쥐어져 있었소. 바야흐로 그는 석방 직전의 위대한 적장——백발의 단순한 노병에게 이별을 고하고 있는 참이오. 영국의 노병은 부하를 대신하여 감사의 뜻을 표하오. 그 등 뒤에서는 살아남은 영국병이 차렷 자세로 서 있으며, 그 옆에는 후퇴용 식량이며 차량이 늘어서 있었소. 북소리가 울려 퍼지고 브라질 군은 움직이기 시작했소. 영국병은 여전히 동상처럼 곧게 서 있었소. 떠나가는 적군의 마지막 웅성거림과 번쩍이는 금속 빛이 열대의 지평선에서 사라질 때까지 그들은 그대로의 자세를 유지하고 있었소. 이윽고 약속이라도 한 것처럼 전원이 마치 죽은 사람이 되살아난 것처럼 한꺼번에 자세를 허물어뜨리고 그 쉰 개의 얼굴을 장군에게 돌렸다오. 잊혀지지 않는 얼굴, 또 얼굴."

프랑보우가 펄쩍 뛰었다.

"뭐라고요?" 고함 소리가 입에서 튀어나왔다. "설마⋯⋯."

"말 그대로요." 브라운 신부의 목소리는 굵고 낮으며 감동적이었다. "세인트 클레어의 목에 밧줄을 감은 것은 한 영국인의 손이었소. 내가 믿건대, 그것은 클레어의 딸의 손가락에 결혼 반지를 끼워 준 것과 같은 손이었을 것이오. 장군을 오욕의 나무에 매단 것은 틀림없는 영국 병사의 손, 그를 숭배하고 승리를 구하여 그를 따르던 부하들의 손이었소, 이국의 햇빛을 받으면서 푸른 종려나무 교수대에서 흔들리는 시체를 지켜보며 '장군이여 지옥에 떨어지라'고 증오를 담아 기도한 것은 다름 아닌 영국 병사의 혼이었소."

산등성이에 이른 두 사람의 눈에 갑자기 들어온 것은 빨간 커튼을 둘러친 영국의 여관에서 새어나오는 강한 진홍빛이었다. 그 여관은 도로에서 조금 옆으로 들어간 곳에 있었으며, 손님을 잘 대접하려고 의식적으로 옆으로 비켜서 있는 것 같았다. 그 세 개의 문은 "어서 오십시오" 하는 것처럼 활짝 열려 있었으며, 아직 거기에서 제법 떨어져 있는 두 사람의 귀에도 행복한 하룻밤을 지내고 있는 사람들의 웅성거림이며 웃음소리가 들려왔다.

"그 다음은 이야기할 것도 없겠지." 브라운 신부는 말했다. "병사들은 장군을 황야 한복판에서 재판하여 그 목숨을 끊었소, 그리고 영국과 딸의 명예를 생각하여 이 나라를 팔아 돈을 번 암살자의 부러진 검의 진상을 영원토록 비밀에 붙이기로 맹세했소, 그리고 그들은 아마도 이것을 잊으려고 했을 것이오, 신이여, 그들을 구원해주옵소서. 자, 우리도 이런 것은 잊어버리기로 합시다. 보시오, 여관에 도착했구려."

"어떻게 해서든지 잊어버리고 싶습니다." 프랑보우가 소음에 찬 밝은 바에 발을 들여놓으려고 하는 찰나, 자기도 모르게 뒷걸음질치다가 하마터면 길 위에 넘어질 뻔했다.

"이건 또 어찌된 일이람!" 하고 고함치며 프랑보우가 손가락으로 가리키는 곳을 보니 한 장의 네모난 나무 간판이 길에 쑥 나와 있었다. 자세히 보니 거기에는 잔인한 모양의 군도 자루와 끝이 없는 칼날이 희미하게 보이고, 이상하게도 예스러운 서체로 '부러진 검의 간판'이라고 새겨져 있었다.

"짐작하지 못했소?" 브라운 신부가 다정하게 말했다. "클레어 장군은 이 지방에선 신처럼 여기고 있소. 우선 공원이나 여관의 절반쯤에 장군이며 그의 전기와 인연 있는 이름이 붙여져 있지요."

"그 사람과는 완전히 인연이 끊어진 줄만 알았는데."

프랑보우는 소리치며 길 위에 침을 뱉었다.

"영국에 있는 한 그 남자와는 인연을 끊을 수 없을거요." 신부는 고개를 숙이며 말했다. "놋쇠며 구리가 튼튼하고, 돌이 썩어 버리지 않는 한은 무리요. 이 남자의 대리석상은 앞으로 몇 세기 동안이나 긍지 있고 순진한 소년들의 영혼을 분기시키고, 시골에 있는 그 무덤은 백합 향기와도 같이 충절의 향기를 풍길 것이오. 끝까지 그 정체를 알 수 없었던 몇백만이나 되는 사람들은 아버지와도 같이 그를 사랑해 가야만 하는 것이오. 그 정체를 확인한 살아남은 몇몇 사람이 외면한 그 남자를 세상 사람들은 아버지로 우러러야만 하는 것이오. 그 남자는 성인으로 갑자기 받들어져서 그 진상이 좀처럼 밝혀지지는 않을 것이오. 나는 입을 다물기로 마음을 결정했소. 비밀을 폭로한다는 데는 장점과 단점이 모두 많기 때문에 비밀을 지키려는 나는 일종의 내기를 걸고 있는 셈이오. 장군의 기사를 실은 신문은 모조리 없어지고 말 것이며, 반 브라질적인 풍조도 이미 없어져서 올리비에는 곳곳에서 존경받고 있소. 그러나 만일 어디에서든 크랜시 대령이나 키스 대위나 올리비에 대통령이나 그 밖의 죄 없는 사람의 이름이 금속이거나 대리석이거나 아무튼 피라밋처럼 영원히 남을 물건에 새겨지고 부당한 비난의 말이 씌어졌다면, 그때에는 진상을 털어놓겠다고 결심했소. 그러나 세인트 클레어가 부당하게 찬미되고 있다는 것만이라면 나는 침묵을 지키고 싶소. 아무래도 침묵을 지킬 것 같소."

두 사람은 빨간 커튼을 친 여관으로 들어갔다. 안은 쉬기에 편할 뿐만 아니라 호화롭기까지 했다. 테이블 위에 백발의 머리를 드리우고 부러진 검을 곁에 놓은 클레어 장군의 묘비 모양을 본뜬 은제 모형이 서 있고 벽에는 몇 장인가의 컬러로 인쇄된 사진이 붙어 있었는데, 그것은 동상의 장면이거나 그것을 구경하는 관광객을 태우고 오는 합승마차의 사진이었다. 두 사람은 쿠션이 달린 앉기 편한 긴 의자에 앉았다.

"어쩌자고 이다지도 춥담." 큰소리로 브라운 신부가 말했다. "포도주나 맥주를 한잔 해야겠군."

"브랜디도 좋지요." 프랑보우가 말했다.

세 개의 흉기

사람은 누구나 죽었을 때에는 위엄이 있기 마련이라는 것은 직업상으로나 또한 신념으로나 브라운 신부가 다른 사람보다 한층 더 몸에 스미도록 느끼는 일이었다. 그러나 그 신부조차도 새벽녘에 문을 두드리는 소리에 놀라 깨어나 에얼론 암스트롱 경이 살해되었다는 말을 들었을 때에는 묘하게 실감이 나지 않는 그 무엇을 느끼지 않을 수 없었다. 경만큼 상냥하고 인기가 있는 인물에 대하여 암살의 폭력을 휘둘렀다는 것은 어딘지 모르게 조리에 맞지 않고 어울리지 않는 점이 있었다.

에얼론 암스트롱 경의 상냥스러움은 도가 지나쳐서 익살기마저 띠고 있어 그 인기가 전설 속의 인물처럼 취급되고 있었기 때문이다. 경이 살해됐다는 것은 명랑하고 쾌활한 짐이 목을 매어 자살했다든가, 피크윅 씨(디킨스의 소설 주인공. 호인이며 단순한 사나이)가 한웰의 뇌병원에서 사망했다는 것과 다름없는 뉴스였다. 그것은 즉 에얼론 경은 자선가이며 그렇기 때문에 사회의 암흑면을 상대로 하고 있었는데, 그것을 가능한 한 명랑한 태도로 실행하는 것이 경의 자랑이었기 때문이다. 경의 정치며 사회에 대한 연설에서는 재미있는 이야기와 떠들썩한 웃음소리가 끊이지 않을 뿐 아니라, 육체의 건강은 터질 듯했고 도덕관은 낙천주의로 일관되었으며 그가 즐겨 다루었던 음주문제에 대해서는 부유한 완전 금주주의자에게서 곧잘 보게 되는 불멸하며 단조로운 명랑성을 갖고 논하고 있었다.

정설이 된 경의 개종담은 비교적 딱딱한 강연의 자리에서 환영받았으며 경이 어렸을 때 어떻게 하여 스카치의 신학에서 스카치 위스키로 전향했는지, 나아가서는 스카치의 신학에서나 위스키에서도 탈퇴하여 현재 있는 그대로의 자기——라고 경은 조심스럽게 칭하고 있었다——가 된 경위를 이야기했다. 그렇지만 경의 크고 흰 턱수염이며 천사도 무색할 만한 순진한 얼굴이며 번쩍이는 안경이 나타난 헤아릴 수 없이 많은 만찬회 또는 회의 출석자들은 설마 이것이 일찍이 왼손잡이나 칼빈교도가 될 만큼 병적인 남자였던 일이 있다고는 쉽게 믿어지지 않았다. 누구나가 경이야말로 세상에 드문 근엄하기 이를 데 없는 명랑한 사람이라고 느끼고 있었던 것이다.

경이 살고 있던 집은 햄스테드의 시골 같은 교외에 있는 훌륭한 집으로, 그것은 위로는 높지만 옆으로는 좁아 마치 탑 같은 현대식이고도 산문적인 건축물이었다. 그 좁은 경사면에서도 특히 가장 좁은 면은 철도 노선이 달리는 가파른 푸른 둑을 덮쳐누르듯 치솟아 있어 열차가 지나가면 몹시 진동하는 형편이었다. 본인이 열심히 설명한 바에 의하면, 에얼론 암스트롱 경은 신경질적은 아니었던 것이다. 그것은 어찌 되었든 비록 열차가 이제까지 여러 번 경의 집에 충격을 주어 왔다 하더라도 이날 아침에는 그것이 뒤바뀌어 집이 열차에 충격을 주게 되었다.

기차는 속도를 떨어뜨리고 잔디가 깔린 가파른 비탈 위로 이 집의 한 모퉁이가 내밀어져 있는 지점의 바로 앞에서 멎었다. 대개 기계를 멈추는 데는 시간이 많이 걸리게 마련이다. 그런데 이 경우, 기차를 멎게 한 원인이 된 생물의 동작은 민첩하기 짝이 없었다. 완전히 까맣게 옷을 차려입고 놀랍게도 까만 장갑까지 낀 남자가 기관차가 향하는 쪽 둑 위에 나타나 그 검은 손을 흑표범 가죽으로 만든 풍차처럼 마구 흔들었던 것이다. 이것만으로는 느릿느릿 움직이는 열차일지라도 멎게 할 수는 없었을 것이다. 그런데 그 남자의 입에서 나중에 소문이 자자했던 그 철저하게 부자연스럽고 생전 처음 들어보는 듯한 고함 소리가 나왔다. 그 말은 잘 알아듣지 못했다 하더라도 끔찍스러울 만큼 또렷했던 고함 소리는 다름아닌 "살인자!"라는 말이었다.

그렇지만 기관차의 기관사가 단언하기를, 만약 이 말을 알아듣지 못하고 그 끔찍하고도 또렷한 목소리밖에 듣지 못했다 하더라도 역시 급정거하지 않을 수 없었을 것이라고 했다.

일단 열차가 멎어버리자, 아무리 피상적인 눈길을 돌려도 비극의 흔적이 역력하게 보였다. 파란 둑 위에 서 있는 검은 옷의 남자는 에얼론 암스트롱의 하인 마그나스였다. 주인인 준남작은 타고난 낙천주의여서 이 음산한 하인의 검은 장갑을 종종 웃음거리로 삼고 있었지만, 이번만은 어느 누구도 마그나스를 보고 웃는 사람이 없었다.

무슨 일이 일어났는가 하고 한두 명의 승객이 노선에서 떠나 매연으로 더러워진 생울타리를 넘어 나와 보자 눈이 번쩍 뜨일 만큼 선명한 붉은 안감을 댄 실내복 차림을 한 노인의 몸이 둑 밑바닥 가까이에서 뒹굴고 있었다. 다리에는 몸부림치는 동안에 얽혔는지 한 가닥의 짧은 밧줄이 감겨 있고, 아주 적은 양이었지만 핏자국이 한 두 군데 보였다. 그러나 몸이 구부러진 형편이며 뒤틀린 모습은 아무리 보아도 산 사람으로서는 불가능한 자세였다. 시체는 에얼론 암스트롱이었던 것이다. 그런 뒤 몇 초 동안 어찌할 바를 몰라 쩔쩔매는 순간이 계속되고 있는 동안에 금빛 수염을 기른 큰 남자가 나타났다.

이 남자는 승객 중에서도 그를 알아보고 인사를 한 사람이 두서넛 있었던 죽은 사람의 비서 패트릭 로이스이며, 일찍이 보헤미안의 사교계에 이름을 날렸을 뿐만 아니라 보헤미안 예술계에 있어서도 유명했던 남자이다. 마그나스에 비해 애매하긴 하지만 사람을 납득시키는 점에서는 오히려 박력이 있어 로이스도 또한 하인과 같은 비통한 소리로 외쳤다.

이 집안의 제3의 인물인 죽은 사람의 딸 앨리스 암스트롱이 비틀거리면서 뜰에 나왔을 무렵에는 벌써 기관사가 차를 움직이기 시작하고 있었다. 기적이 울리고 열차는 다음 역에서 응원을 구하기 위해 헐떡거리며 다시 나아가기 시작한 것이다.

이리하여 브라운 신부가 한때는 보헤미안이었던 큰 남자인 비서 패트릭 로이스의 요청에 따라 허둥지둥 불려나오게 되었다. 로이스는 아일랜드 태생이며 완전히 궁지에 빠지지 않는 한 자신의 종교를 생각해 내는 일이 없는 변덕스러운 가톨릭 신자였다. 그러나 만약 공식계통의 탐정 한 사람이 사립 탐정 프랑보우의 친구이며 숭배자가 아니었다면 로이스의 요청도 이렇게 즉각 응락을 얻을 수 없었을 것이다. 프랑보우의 친구라면 싫더라도 브라운 신부에 관한 이야기를 수없이 듣지 않을 수 없었으리라. 이렇게 되어서 이 마튼이라는 이름의 청년 형사가 몸집이 작은 신부를 안내하여 들판을 가로질러 선로에 접근해 갈 때 두 사람 사이에 오고 간 이야기는 전혀 보지도 못하고 알지도 못하는 사람끼리의 대화보다도 훨씬 흉금을 털어놓은 것이었다.

"제가 알고 있는 한도 내에서는," 마튼 씨는 솔직하게 말했다. "이 사건은 뭐가 뭔지 도무지 짐작이 가지 않습니다. 수상하다고 생각할 만한 사람은 한 사람도 없습니다. 마그나스는 근엄하기만 한 늙다리 무능자이므로 그런 바보에게 살인이 가능할 리가 없습니다. 로이스는

최근 몇 해 동안 준남작의 으뜸가는 친구였고, 그 딸이 로이스에게
반했던 것만은 분명합니다. 첫째로 모든 것이 이치에 맞지 않습니다.
대체 누가 암스트롱 같은 명랑한 노인을 살해하려고 생각하겠습니
까? 테이블 스피치 명인의 피로 누가 두 손을 적시려는 마음을 일으
키겠습니까? 마치 산타클로스를 살해하는 것과도 같지 않습니까?"

"그렇소, 분명히 명랑한 집안이었지요." 브라운 신부가 맞장구를
쳤다. "경이 살아 있는 동안은 명랑한 집안이었습니다. 그런데 경께
서 세상을 떠난 지금도 역시 명랑할까요?"

마튼은 깜짝 놀라며 생기를 띤 눈으로 상대를 보며 신부의 말을 되
뇌었다. "경께서 세상을 떠난 지금?"

"그렇소." 신부는 얼빠진 사람 같은 어조로 이야기를 계속했다.

"그 사람 자신은 명랑했지만, 그러나 과연 그 명랑함이 다른 사람
에게도 전달되었을까요? 털어놓고 말해서 저 집안에서 경 외에 명
랑한 사람이 또 있었던가요?"

마튼의 마음의 창에서 저 이상한 빛——전부터 알고 있던 것을 처
음으로 똑똑하게 인식케 해주는 저 광명이 별안간 비쳤다. 마튼은 저
자선가에 대한 용무로 이제까지 몇 번이나 암스트롱 집안을 찾곤 했
었는데, 지금 새삼스럽게 생각해 보니 이 집의 구조부터가 침울했다.
어느 방이나 천장이 터무니없이 높고 매우 을씨년스러웠으며, 장식물
도 거의 없다시피 보잘 것 없고, 바람이 문틈으로 새어드는 복도의
조명은 달빛보다도 황량한 전등이었다. 분명히 늙은 주인의 시뻘건
얼굴이며 은빛 수염은 하나하나의 방 또는 복도 안에서 차례로 난로
불처럼 빛났지만 그 뒤에는 따뜻한 기운이 하나도 없었다. 물론 유령
의 집과도 같은 이 집의 불쾌함은 첫째로 주인의 넘칠 듯한 활력이
원인이 되었던 것도 부인할 수 없다.

주인은 늘 입버릇처럼, 자기는 난로도 램프도 결코 필요하지 않다,

그 대신 몸 안에 감추어 둔 따뜻한 기운을 어디로나 가져간다고 말하곤 했었다. 그런데 지금 마튼이 이 집안의 다른 사람들을 생각해보니, 그 사람들도 건물과 마찬가지로 주인의 그림자에 지나지 않는 존재였다고 인정하지 않을 수 없는 것이다.

저 꼴사나운 검은 장갑을 낀 까다롭고 무뚝뚝한 하인은 바로 악몽 그 자체이며, 비서 로이스만 하더라도 목동처럼 몸이 꽉 짜인 큰 남자로 트위드 옷을 입고 짧은 수염을 기르기는 했지만 그 누르스름한 수염은 옷과 마찬가지로 희끗희끗 낡았으며 보는 사람을 놀라게 하고 넓은 이마에는 주름살이 여러 개나 새겨져 있었다. 로이스는 또 호인이었지만 그것도 침통한 호인으로 실로 마음에 깊은 상처를 입고 있는 것 같았다. 그에게는 어딘지 모르게 인생에 실패한 사람 같은 모습이었다.

또한 암스트롱의 딸은, 그녀가 저 준남작의 딸이라고는 꿈에도 생각할 수 없을 것 같은 사람이었다. 그만큼 그녀의 얼굴은 창백했고 몸매는 신경질적이었던 것이다. 점잖은 처녀이긴 했지만 그 버들가지를 연상케 하는 모습 자체가 늘 와들와들 떨고 있었다. 그녀가 겁을 먹게 된 것은 곁을 지나치는 열차의 굉음 때문이 아닌가 하고 마튼은 생각한 일이 있었다.

"아시겠소?" 브라운 신부가 겸허하게 눈을 깜빡거리면서 말했다.

"과연 암스트롱의 명랑성이 다른 사람들에게 그다지도 명랑한 것이었는가는 실로 의문스럽소. 아무도 그런 유쾌한 노인을 살해할 수는 없다고 당신은 말하지만, 나에게는 그런 확신이 없소. 우리를 시험하지 마시옵소서(마태오복음 제6장)" 하며 신부는 아주 가벼운 어조로 "만일 내가 살인을 한다면 죽이는 상대는 낙천주의자일 거요" 하고 덧붙였다.

"어째서입니까?" 마튼은 재미있어 하며 큰소리로 물었다. "당신의 말씀은, 세상 사람은 명랑한 것을 싫어한다는 뜻인가요?"

"세상 사람은 너털웃음이라면 좋아하겠지요. 그러나 언제나 맥없이 떠오르는 미소에 대해서는 싫증을 내지 않을까요? 어쨌든 유머가 없는 쾌활함이란 정말 견딜 수 없는 것이니까요."

선로 곁의 바람을 세게 맞는 둑 위를 두 사람은 잠시 말없이 걷고 있었다. 죽은 암스트롱의 집이 길다란 그림자를 떨어뜨리고 있는 지점까지 오자 갑자기 브라운 신부는 마음의 부담스러운 생각을 진실하게 들고 나온다기보다 떨쳐버리려는 것처럼 이렇게 말했다.

"물론 술 그 자체는 좋지도 나쁘지도 않지만……내가 이따금 싫어도 느끼는 바로는 암스트롱 같은 사람은 슬픔을 맛보고 싶은 마음에 때때로 술이라도 한 잔 마시고 싶어졌던 것이 아닐까요?"

마튼의 윗사람인 길더라는 이름의 흰머리가 섞인 유능한 형사가 둑 위에 서서 검시관이 도착하기를 기다리면서 패트릭 로이스와 이야기하고 있었다. 로이스의 큼직한 어깨와 억센 머리카락이 형사의 머리 위에 치솟아 있다. 로이스의 큰 키가 이때 특히 눈에 띤 것은 평소 그는 강한 듯이 몸을 구부리고 걸어 마치 무소[水牛]가 유모차를 끌고 있는 것 같은 둔중하고 비하된 모습으로 자질구레한 사무며 집안 일을 처리하고 있었기 때문이었다.

신부의 모습을 보자 로이스는 전에 없이 기쁨에 찬 표정을 나타내며 머리를 들고 신부를 두서너 걸음 떨어진 장소로 데리고 갔다.

한편 마튼은 나이가 위인 형사와 이야기를 했다. 그 말투에는 경의가 담겨 있으면서 어린아이 같은 안타까움이 느껴지기도 했다.

"길더 씨, 수수께끼는 웬만큼 해결점에 접근했나요?"

"수수께끼가 어디 있겠소." 길더는 꿈꾸는 듯한 눈으로 새의 무리를 바라보며 대답했다.

"그렇지만 적어도 내게는 수수께끼입니다." 빙그레 웃으며 마튼은 말했다.

"일은 매우 단순하오." 연장자인 탐정은 빳빳하게 선 흰 수염을 쓰다듬으면서 말했다. "당신이 로이스 씨의 신부를 맞으러 나간 뒤 3분이 지나 사건이 모두 판명되었소. 왜 있잖소? 저 열차를 세운 검은 장갑을 낀 창백한 얼굴의 하인을 당신은 아시지요?"

"그라면 어디에 있든지 금방 알아볼 수 있지요. 그를 보면 왠지 모르게 소름이 끼치거든요."

"그런데 말이오." 길더가 거드름을 피우며 천천히 말했다. "저 열차가 또 달리기 시작하자 그도 함께 없어졌단 말이오. 경찰을 부르러 가는 열차에 편승하여 도주하다니 정말 그 범인은 상당히 냉정하오. 그렇게 생각되지 않소?"

"정말로 그가 주인을 살해했다는 확신이 있으십니까?"

청년 형사가 물었다.

"으음, 있구 말구요" 길더는 무뚝뚝하게 대답했다. "뭐, 이유는 간단하오. 그는 주인의 책상에 들어 있던 2만 파운드의 지폐를 들고 달아났소. 아무것도 아닌 일이지요. 다만 하나 어려운 점이라고 할 수 있는 것은 살해 방법이오. 두개골이 깨진 형편을 보면 무언가 큰 흉기를 든 채 달아난다는 것은 아무리 살인범이라도 형편이 좋지 않게 생각되었을 거요. 아주 작아서 남의 눈길을 끌지 않는 물건이라면 또 몰라도."

"너무 커서 눈에 띄지 않았던 게 아닙니까?"

묘하게 의미심장한 웃음을 지으면서 신부가 말했다.

이 어이없는 말에 길더는 뒤를 돌아보고 조금 따지는 듯한 어조로 그것은 어떤 의미냐고 브라운 신부에게 물었다.

"좀 바보 같은 말을 했군요." 매우 미안하다는 듯이 브라운 신부는 말했다. "옛날 이야기처럼 들리겠지요. 그러나 암스트롱을 살해한 도구는 거인의 곤봉, 눈에 보이지 않을 만큼 큰 파란 곤봉이며 그 이름은 바로 이 대지입니다. 현재 우리가 서 있는 이 풀에 덮인 둑에 부딪쳐서 저 사람은 머리가 부서진 것이오."

"그렇다면?" 형사가 틈을 주지 않고 물었다.

브라운 신부는 동그란 얼굴을 들고 집의 좁은 정면을 향해 높은 한 점을 응시하며 침울하게 눈을 꿈벅거렸다. 그 눈길을 더듬어가자, 이 건물의 밋밋한 뒷부분 꼭대기에 고미다락방의 창문이 하나 열린 채로 있는 것이 보였다.

"모르시겠소?" 신부는 어린아이처럼 서툴게 손가락질하면서 설명했다. "저곳으로 내던져진 것이오."

길더는 얼굴을 잔뜩 찡그리고 창문을 뚫어지게 본 다음 "으음, 그것도 있을 수 있는 일이오. 그러나 당신이 그렇게 자신만만하게 말하는 것은 이상한데요" 하고 말했다.

브라운은 회색 눈을 크게 뜨고 말했다.

"아니오, 죽은 사람의 다리에는 밧줄이 얽혀 있었는데…… 저것 보시오, 저 창문 구석에도 끊어진 밧줄이 걸려 있지 않습니까?"

그 높이로는 문제의 물건이 아주 희미한 먼지나 털처럼밖에 보이지 않았지만, 눈이 날카로운 늙은 형사는 납득이 갔다.

"정말 당신 말이 맞소, 신부님. 이거 한 대 맞았는데요."

형사가 그렇게 말하고 있을 때, 객차를 한 칸만 연결하여 특별히 꾸민 열차가 세 사람의 왼쪽에 있는 커브에 이르러 정거했다. 차 안에서는 경찰대 제2진이 쏟아져 나왔다. 그런데 도주한 줄 알았던 하인 마그나스의 비굴한 얼굴이 거기에 섞여 보이지 않는가.

"옳지! 저 녀석 잡았군" 하고 소리치면서 길더는 전에 없이 재빠르게 앞으로 나갔다. "그 돈도 찾았소?" 그는 처음에 만난 경찰관을 붙잡고 큰소리로 물었다.

상대는 조금 의아한 얼굴로 길더의 얼굴을 찬찬히 바라보며 우선 "아니오"라고 대답한 다음 "적어도 여기에는 갖고 오지 않았습니다" 하고 덧붙여 말했다.

"어느 분이 경감님이십니까?"

문제의 사나이 마그나스가 물었다.

그 목소리를 듣는 것과 동시에 함께 있던 사람들은 모두 이 목소리가 어째서 열차를 세웠는가를 알았다. 마그나스는 매우 둔감해 보이는 남자로 검은 머리를 찰싹 머리에 달라붙게 빗었고 얼굴은 윤기가 없으며 옆으로 가늘게 찢어진 눈과 입에는 희미하게 동양인적인 풍모가 느껴졌다. 그는 에얼론 경 덕분에 런던에 있는 어느 레스토랑의 급사직에서, 그리고 또 일부의 소문에 의하면, 좀더 저열한 환경에서 구출되었다고 한다.

그러므로 지금까지의 그의 혈통과 이름은 내내 의심스러운 것이었다. 그것은 어쨌든 그의 목소리는 그 죽은 듯한 얼굴과 정반대로 무섭게 활기가 있었다. 외국어를 정확하게 이야기하려는 때문인지 아니면 약간 귀가 멀었던 주인에 대한 동정심에선지 마그나스의 음성에는 쩌렁쩌렁 울려 귀가 멍멍해지는 듯한 일종의 독특한 우렁참이 있었다. 이때에도 그가 입을 연 순간 모든 사람이 놀라 펄쩍 뛰었을 정도였다.

"이렇게 되리라고 생각했었습니다." 마그나스는 뻔뻔스러움과 부드러움이 뒤섞인 어조로 소리 높이 말했다. "나리께서는 제가 온통 까맣게 옷을 입는 것을 놀려대셨지만 언제나 저는 이것은 나리의 장례식에 대비하여 입고 있는 것이라고 말씀드려 왔습니다."

그렇게 말하고 그는 검은 장갑을 낀 두 손으로 순간적인 몸짓을 했다.

"형사부장." 경감인 길더가 마그나스의 검은 장갑을 격분한 표정

으로 보면서 말했다. "왜 그에게 수갑을 채우지 않았는가? 퍽 위험
해 보이는 녀석이 아닌가 말이다?"

"실은 저어……." 형사부장의 얼굴 위에는 여전히 저 의아스러움
에 찬 이상한 표정이 떠오르고 있었다. "수갑을 채워도 되는지를 모
르겠습니다."

"무슨 뜻이지?" 상대는 날카롭게 되물었다. "이 녀석은 체포된
게 아닌가?"

마그나스의 가늘고 긴 입이 희미한 비웃음을 보이며 벌어지고, 때
마침 가까이 다가오는 열차의 기적이 마치 이 조롱에 호응하는 듯이
메아리쳤다.

"그를 체포한 것은," 형사부장이 거드름을 피우는 투로 대답했다.
"그가 마침 하이게이트의 경찰서에서 막 나올 때였는데, 경찰서에
서 그는 주인의 돈을 모두 로빈슨 경감에게 맡겼습니다."

길더는 완전히 어안이 벙벙해서 하인의 얼굴을 멍하니 지켜보았
다.

"어째서 그런 짓을 했나?" 그가 마그나스에게 물었다.

"돈을 범인의 손에서 지키기 위해서가 아니겠습니까?" 문제의 남
자는 태연하게 대답했다.

"누가 생각해도," 길더는 말했다. "에얼론 경의 돈은 에얼론 경의
가족에게 맡겨두면 안전하지 않은가."

이 말의 마지막 부분은 덜컹덜컹하고 대지를 흔들면서 지나가는 열
차의 굉음에 지워졌지만, 이 불행한 집안이 정기적으로 시달리는 지
옥과도 같은 소음 속에서도 마그나스의 대답은 한 마디 한 마디 종소
리처럼 또렷하게 들을 수 있었다.

"에얼론 경의 가족을 믿어도 될 이유가 없습니다."

꼼짝도 않고 우뚝 서 있던 사람들은 몸 가까이에 새로운 인물이 다

가온 기척을 느꼈다. 그래서 마튼이 눈을 들자 브라운 신부의 어깨 너머로 암스트롱 양의 창백한 얼굴이 들여다보고 있었으나 마튼은 별로 놀라지도 않았다. 그녀는 검소하기는 하지만 아직 젊고 아름다운 여자였다. 머리카락은 매우 검고 윤기 없는 갈색이어서 그늘에서는 백발인가 하고 잘못 볼 정도였다.

"말조심하게." 로이스가 불평스럽게 말했다. "아가씨의 가슴이 덜컹 내려앉지 않았나?"

"덜컹 내려앉게 해드리고 싶군요." 마그나스가 또렷한 목소리로 말했다.

처녀가 당황하고 다른 모든 사람들이 이상하게 생각하는 사이에도 마그나스는 말을 계속했다.

"전 아가씨가 몸을 떠시는 데는 상당히 익숙해져 있습니다. 최근 몇 해 동안에도 아가씨께서 자주 몸을 떠시는 것을 보아 왔으니까요. 그것은 추위로 떠는 것이라고 말하는 사람도 있고 불안해서 떠는 것이라고 말하는 사람도 있지만, 저는 증오와 부정한 노여움으로 떠신다는 것을 알고 있습니다. 그 미움과 노여움의 악마들이 오늘 축배를 올린 것입니다. 만약 제가 방해하지 않았다면 아가씨는 지금쯤 애인과 함께 그 돈을 남김없이 빼앗아 갖고 모습을 감추었을 것입니다. 불쌍하신 나리께서 아가씨와 저 주정꾼의 결혼을 못하게 하신 뒤로 줄곧……."

"그만두게." 길더가 준엄하게 가로막았다. "이 집안에 대한 자네의 제멋대로의 공상이나 의심에는 볼 일이 없네. 무언가 현실의 증거가 없는 한 자네의 의견은……."

"좋습니다, 그 현실의 증거를 제공하겠습니다." 마그나스는 또렷하게 대답했다. "저를 소환해 주십시오, 경감님. 그러면 저도 진실을 말해야만 하겠지요. 그 진상이란 이렇습니다. 주인 어른께서 피투성이가 되어 창문으로 내던져진 바로 뒤에 제가 고미다락방으로 뛰어들어가 보니, 아가씨가 핏자국이 묻은 단검을 아직도 손에 든 채 바닥에 쓰러져 계셨습니다. 그 단검도 사건을 다룰 분께 전해 드리기로 하겠습니다."

이렇게 말하고 그는 주머니에서 칼날에 빨간 얼룩이 묻은 뿔 자루가 달린 긴 칼을 꺼내어 공손히 형사부장에게 내주었다. 그것이 끝나자 그는 뒤로 물러섰다. 그 얼굴에는 끈적끈적한 중국인 같은 비웃음이 떠돌고 그렇잖아도 가느다란 눈이 보이지 않게 가늘어졌다. 이 남자의 모습을 보고 있으려니까, 마튼은 정말로 가슴이 울렁거리기 시작했다. 그는 길더에게 귓속말을 했다.

"저 남자의 증언에 대한 암스트롱 양의 변명도 물으시겠지요?"

갑자기 브라운 신부가 얼굴을 들었다. 그 표정은 지금 막 얼굴을 씻은 사람처럼 매우 발랄해 보였다. "물론이지요." 순진하게 얼굴을 빛내며 신부는 말했다. "그러나 아가씨의 말씀은 과연 저 사람의 증언을 부정할까요?"

그러자 처녀가 놀라움에 찬 이상한 소리를 질렀으므로 모두들 그쪽을 보았다. 그녀의 몸은 마비된 것처럼 굳어 있었으나, 검은 갈색머리카락에 에워싸인 얼굴만은 보는 사람도 깜짝 놀랄 만한 놀라운 표정을 띠고 생기가 깃들어 있었다. 마치 던진 밧줄로 목이 졸린 것처럼 우뚝 서 있는 것이었다.

"이 남자는," 길더가 심각하게 말했다. "당신이 범행 직후에 나이프를 쥐고 기절해 있었다고 분명히 말하고 있습니다."

"그건 사실이에요." 딸 앨리스가 대답했다.

다음에 모든 사람이 알아차린 것은 패트릭 로이스가 큰 머리를 숙이고 둥그런 원을 이루고 있는 사람들 사이를 헤치고 들어가, 다음과 같은 기묘한 말을 했다.

"여기를 떠나야만 한다면, 우선 조그만 즐거운 일을 끝낸 다음에 하지요."

로이스의 거대한 어깨가 들썩했는가 싶더니, 그의 무쇠 같은 주먹이 마그나스의 몽고인 같은 넓적한 얼굴을 부서져라고 한 대 먹여 마그나스는 잔디밭 위에 납작하게 나가 떨어졌다. 두서너 경찰관이 재빠르게 로이스를 붙잡았다. 다른 사람들에게는 이치라는 이치가 모두 무너져 버리고 온 우주가 미치광이 광대 놀음으로 바뀌어져 가는 것처럼 생각되었다.

"폭력은 그만 두십시오, 로이스 씨." 길더가 권위 있는 어조로 불렀다. "폭행죄로 검거하겠소."

"아니, 그럴 수는 없소"라고 대답하는 비서의 목소리는 꽹과리가 울리고 있는 것 같았다. "나는 살인죄로 체포되는 겁니다."

길더는 보기 좋게 나가떨어진 남자를 놀라움으로 눈을 크게 뜨고 보았으나, 이 폭행을 당한 사람은 벌써 상반신을 일으키고 그다지 깊은 상처를 입지 않은 얼굴에서 약간의 피를 닦아내고 있었으므로 길더는 "그건 어떤 의미인가요?" 하고 짧막하게 물었다.

"아가씨가 손에 칼을 쥔 채 기절했다는 말은 마그나스의 말대로 사실입니다." 로이스가 설명했다. "하지만 아가씨가 칼을 잡은 것은 아버지에게 덤벼들기 위해서가 아니라, 반대로 지켜드리기 위한 일이었습니다."

"지켜주기 위해서?" 길더가 근엄하게 같은 말을 되풀이했다. "누구에게서 지켜드리기 위해서였지요?"

"저로부터입니다." 비서는 말했다.

그러한 그의 얼굴을 앨리스는 복잡미묘한 표정으로 바라보며 작은 목소리로 소근거렸다. "뭐라고 해도 당신은 역시 용기가 있는 사람이군요."

　"위층으로 와 주십시오." 패트릭 로이스는 착 가라앉은 목소리로 말했다.

　"저 저주스런 현장을 고스란히 보여드리겠습니다."

　문제의 고미다락방은 비서의 방이었으며——덩치 큰 은자(隱者)에게는 너무 좁은 은신처였지만——방안에는 참극의 흔적이 그대로 남아 있었다. 바닥 한 복판에 한 자루의 대형 권총이 그야말로 내팽개쳐진 것처럼 뒹굴고 있고 왼쪽에는 마개는 열려 있지만 완전히 비지 않은 위스키 병이 뒹굴고 있었다. 작은 탁자의 테이블보가 미끄러져 내려와 짓밟혀 있고 시체에 얽혀 있던 것으로 보이는 밧줄 토막이 창문턱에 아무렇게나 걸려 있었다. 난로 위 선반에는 꽃병이 두 개 깨어져 있고, 바닥의 융단 위에도 하나 깨어져 있었다.

　"저는 취해 있었습니다." 로이스는 말했다. 이 남자의 입에서 나온 단순하고도 간결한 이 말에는 난생 처음 죄를 범한 어린아이를 연상케 하는 애절함이 담겨 있었다.

　"여러분은 저에 대해 잘 아시겠지요." 로이스는 쉰 목소리로 계속 말했다. "제 경력의 발단이 어떤 것이었는가는 누구나 아시겠지만, 그것이 시작된 것과 같은 형편으로 막을 닫는 것도 또한 좋겠지요. 전 예전에 영리한 사람이라는 말을 들은 일이 있었습니다만, 행복한 사람이 될 수도 있었을지 모릅니다. 암스트롱은 머리도 몸도 벗어놓은 빈 껍질과 마찬가지의 꼴이 된 저를 바의 세계에서 구출해 주었고, 그 이래로 쭉 그 사람 나름의 친절을 다해 주었습니다. 다만 여기에 있는 앨리스와 결혼하는 것은 승낙해 주지 않았습니다. 세상 사람들은 그것을 당연한 일이라고 말하겠지요. 아니, 결론은 여러분이 자유로이 결정하실 문제이니까 제가 자세한 실정을 이야기할 필요는 없겠지요. 저 구석의 것은 절반 비어 있는 제 위스키 병이고, 저 융단 위의 것은 모조리 쏘아버린 제 권총입니다. 시체에 얽혀 있던 밧</p>

줄도 제 상자 속에 있던 것이고, 시체도 제 방 창문으로 내던져졌습니다. 형사들을 동원하여 저의 비극을 다시 파헤칠 필요는 없습니다. 이 세상에 흔히 있는 잡다한 비극에 지나지 않으니까요. 저는 스스로 교수대에 오르겠습니다. 그것뿐입니다. ”

아주 희미한 신호와 동시에 경관들이 큰 남자의 주위에 우르르 모여들어 데려가려고 했을 때, 브라운 신부가 어이없는 모습으로 나타나 모처럼 일을 조용히 진행시키고 있는 경찰관들을 당황하게 했다. 신부는 문 앞의 융단 위에 팔을 짚고 엎드려 무언가 기도라도 드리는 것 같은 모습을 하고 있었던 것이다. 사람들의 눈에 자기가 어떻게 비칠 것인가 하는 일에는 전혀 관심이 없는 신부는 여전히 이 자세를 유지한 채 밝고 둥근 얼굴로 모든 사람들을 쳐다보며 매우 우스꽝스러운 사람의 머리가 달린 네 발 짐승이 나타났음을 직접 소개한 것이다.

“보십시오. ” 신부는 호인다운 어조로 말했다. “어떻게 할까요? 이것은 아무래도 묘하오. 처음에는 흉기가 전혀 발견되지 않는다고 했는데, 이제 와 보니 모두 나타났소. 찔러 죽이는데 쓰인 칼이 있고, 목을 졸라 죽이는데 쓰인 밧줄이 있고, 쏘아 죽이는데 쓰인 권총이 있으니. 더구나 피해자는 정말은 창문으로 떨어져 목이 부러뜨려졌는데도 말이오 ! 이것은 정말 묘하오. 첫째 불경제적인 이야기요” 라고 말하고 신부는 바닥을 들여다본 채 풀을 뜯어먹고 있는 말처럼 고개를 흔들었다.

길더 경감은 진지한 생각을 말하려고 입을 열려 했으나, 이야기를 시작하기도 전에 바닥의 그로테스크한 인물이 다시 줄기차게 말하기 시작했다.

“그런데 있을 수도 없을 것 같은 사실이 세 가지 있소. 첫째로 이 융단에 뚫린 구멍인데, 이것은 여섯 발의 총알자국이오. 대체 융단에 총을 쏘아대는 사람이 어디에 있겠소? 취한 남자일지라도, 자기 쪽을 보고 히죽거리는 적의 골통을 똑바로 노릴 거요, 설마 상대의 발밑에 대고 싸움을 걸거나 상대의 슬리퍼를 공격하거나 하지는 않아요, 다음에는 저 밧줄인데," 융단에 대해 처리한 신부는 짚었던 두 손을 들어 주머니에 집어넣었다. 그리고 무릎은 아직도 태연하게 땅에 댄 체 말을 이었다. "아무리 술에 취해 있었다 해도 상대의 목에 감으려다가 결국은 다리에 감는 그런 일을 누가 하겠소? 아무튼 로이스는 그다지 취하지 않았었소, 흠뻑 취해 있었다면 지금쯤은 푹 골아떨어져 있을 것이오, 그리고 가장 쉽게 알 수 있는 것은 저 위스키 병이오, 여러분도 추측해보면 알 일이지만 술꾼이 위스키 병을 잡으려고 다투다 그것을 손에 넣었는데 일부러 방구석에 내팽개쳐 속에 든 술을 절반은 엎지르고 절반은 남겨두었다니…… 그런 어리석은 흉내를 낼 술꾼은 아마 아무도 없을 것이오."

이렇게 말하고 신부는 거북하게 몸을 구부리며 일어서더니 스스로 살인범이라며 나선 사람을 향해 죄인이 참회하는 듯한 기운 없는 목소리로 "참으로 안되었소만, 당신의 이야기는 터무니없는 엉터리요" 하고 말했다.

"저어……." 앨리스 암스트롱이 낮은 목소리로 신부에게 말했다.

"신부님과 단 둘이서만 잠깐 이야기하고 싶습니다……."

이 부탁에는 그토록 말이 많던 신부도 문에서 물러나지 않을 수 없었다. 옆방으로 들어가 신부가 한마디도 이야기할 겨를 없이 처녀는 신랄한 어조로 떠들어댔다.

"당신은 머리가 비상하신 분이시군요." 처녀는 말했다. "그리고 당신께선 패트릭을 구하려고 하십니다. 그렇지만 그건 쓸데없는 일이에요, 이 사건의 핵심은 캄캄한 어둠에 싸여 있어 당신께서 여러 가지를 발견하시면 하실수록 제가 사랑하는 불행한 남자가 더욱 불리해 집니다.”

“어째서 그럴까요?” 처녀를 똑바로 응시하며 신부가 물었다.

“이 눈으로 그 사람의 범행을 목격했기 때문입니다.”

처녀의 대답은 당돌했다.

“호오!” 그러나 브라운 신부는 태연자약했다. “그래, 그 범행이란?”

“저는 그 방의 옆방인 이곳에 있었습니다.” 그녀는 설명했다. “문은 양쪽 방 모두 닫혀 있었습니다만, 갑자기 생전 처음 듣는 것 같은 이상한 소리가 나며 ‘이 짐승 같은 놈’ 하고 여러 번 고함치는 소리가 들리고, 그 다음에는 두 개의 문이 권총의 첫 발사음으로 덜컹덜컹 떨렸어요. 제가 문을 열고 연기가 자욱한 방으로 들어설 때까지 총소리는 세 번이나 들렸습니다. 그런데 그 권총은 불쌍하게도 발광한 저 패트릭의 손에 쥐어져 연기를 토하고 있는 게 아니겠습니까? 저는 이 눈으로 그 사람이 최후의 피비린내 나는 총을 쏘아대는 것을 보았습니다. 다음에 그 사람은 너무나 두려워 창틀에 매달려 있는 아버지에게 달려가 덤벼들어 머리에 밧줄을 걸어 목졸라 죽이려고 했지만 밧줄은 아버지의 어깨에서 미끄러져 내려 발에까지 떨어졌습니다. 그리고 밧줄은 아버지의 한쪽 다리에 단단히 감겨 패트릭은 아버지를 광포하게 끌고 갔습니다. 저는 바닥에서 칼을 나꿔채어 두 사람 사이에 뛰어들어 가까스로 밧줄을 끊어버리고는 정신을 잃었지요.”

“으음, 그렇군.” 브라운 신부는 여전히 무표정하게, 그러나 말만은 공손히 말했다. “정말 고맙소.”

참극을 다시 생각하며 처녀가 우울해져 있는 동안에 신부는 옆방으로 갔다. 거기에는 수갑을 차고 의자에 앉아 있는 패트릭 로이스 외에 길더와 마튼이 있었다. 그래서 신부는 경감을 보고 겸손하게 말했다.

"두 분께서 보시는 데서 죄인에게 한마디 이야기를 해도 좋을까요? 그리고 잠시 동안 이 우스운 수갑을 풀어주실 수 있겠습니까?"

"로이스는 굉장한 장사입니다." 마튼이 나지막하게 말했다. "어째서 수갑을 풀라고 하시지요?"

"아니오, 뭐, 그저." 신부는 조심스럽게 대답했다. "어쩌면 이분과 악수할 영광을 얻을지도 모른다고 생각하고 있기 때문이오."

두 형사가 놀라 눈을 크게 뜨는 동안 브라운 신부는 계속 말을 했다.

"어떠시오, 로이스 씨? 모든 것을 이야기해 주시지 않으시려오?"

의자에 앉아 있던 남자가 그 헝크러진 머리를 내젓자 신부는 안타까운 듯이 돌아앉았다.

"그럼, 내가 말해버리겠소." 신부는 말했다. "세상의 평판보다는 개인의 생명이 중대하오. 나는 산 사람을 구하고 죽은 이는 죽은 이로 하여금 땅에 묻히게 할 작정이오."

신부는 저 숙명의 창문까지 걸어가 깜빡거리는 눈으로 밖을 보며 이야기를 계속했다.

"나는 아까 이 사건에는, 흉기가 너무 많은데 비해 시체는 하나밖에 없다고 말했소. 그런데 이번에는, 저 도구는 모두 흉기가 아니라고 말하겠소. 즉 살인을 위해 사용된 것이 아니라고 말씀드리겠소. 고리 모양의 밧줄이며 피투성이의 칼이며 불을 뿜는 권총 등 저 기분 나쁜 도구는 어느 것이나 실은 색다른 자비의 도구였어요. 그것은 에얼론 경을 살해하기 위해서가 아니라, 구하기 위한 것이었소."

"구하기 위해서였다고요!" 길더가 앵무새처럼 되받았다. "대체 무엇으로부터 구하기 위한 것이지요?"

"경 자신으로부터지요." 브라운 신부는 말했다. "그 사람은 자살광이었소."

"뭐라고요?" 마튼이 설마라고 말하고 싶은 듯한 어조로 소리쳤다. "그렇지만 그 싱글벙글하던 종교는……."

"그것은 잔혹한 종교여서 말이오." 창문으로 밖을 보면서 신부는 말했다. "세상 사람은 어째서 그에게 조금도 눈물을 흘리게 해줄 수 없었을까? 그의 선조는 모두 울었소. 그가 생각하는 계획은 몹시 딱딱하고, 훌륭한 의견도 싸늘했으며, 저 유명한 가면 뒤에는 무신론의 허망한 마음이 숨어 있었소. 그리고 드디어 어떻게든 세상에서 체면을 계속 유지하고 싶은 마음에 오랜 옛날에 끊었던 술을 마지막 의지로 삼게 되었지요. 그러나 독신인 금주주의자가 알코올 중독자가 되면 굉장히 끔찍한 일이 일어나는 법이오. 결국 그는 자신이 다른 사람에게 경고하고 있던 심리적인 지옥의 세계를 머리 속에 그리고 예상하게 되었소.

불쌍하게도 암스트롱 씨는 그런 나이도 아닌데 그 망상에 사로잡혀 오늘 아침에는 이미 증상이 악화되어서 여기에 주저앉아 딸로서도 누구의 목소리인지 분간할 수 없을 만큼 미친 듯한 목소리로 나는 지옥에 있는 짐승이라고 마구 고함을 치고 있었소. 무턱대고 죽고 싶어하며 미치광이 같은 분별 없는 짓으로 자기 주위에 여러 가지 죽음의 도구를 흩뜨려 놓았소. 고리 모양의 밧줄, 로이스의 권총, 게다가 한 자루의 칼을 여기저기 뿌려놓은 것이오. 거기에 우연히 들어온 로이스는 전광석화와도 같은 기세로 행동했소. 우선 칼을 뒤의 매트 위로 던져버리고 권총을 와락 나꿔채어 속에 든 총알을 뽑아낼 겨를이 없었기 때문에 총구를 바닥으로 향해 한 발 또 한 발 발사하여 비워버렸소.

그러자 자살한 남자는 네 번째로 죽는 방법이 생각나 창문을 향해

돌진했소. 그를 구하려는 로이스 씨는 자기에게 남겨진 유일한 수단
을 취했소. 다시 말해서 밧줄을 들고 상대를 쫓아가 팔다리를 꽁꽁
묶어 버리려고 했던 것이오. 거기에 운 나쁘게도 따님이 뛰어들어와
이 격투를 살인으로 착각하고 아버지의 밧줄을 잘라서 풀어주려고 있
는 힘을 다했소. 그런데 처음에 로이스의 손가락 관절에다 칼을 찔렀
기 때문에 이런 작은 사건에서 그토록 피가 흐르게 되었던 거지요.
이렇게 말하지 않더라도 물론 당신네들은 로이스가 저 하인을 때렸을
때, 상처가 나지 않았는데도 피가 묻어 있던 것을 깨달으셨겠지요?
그런데 따님은 정신을 잃기 직전에야 겨우 아버지의 밧줄을 끊어서
풀었소. 그래서 암스트롱 씨는 저 창문으로 무섭게 뛰어내려 영겁의
세계로 떨어져 갔던 것이오."

그 자리에 있던 사람들은 모두 물을 끼얹은 듯 조용했다. 이윽고
길더가 패트릭 로이스의 수갑을 푸는 소리가 들렸다. 길더가 로이스
에게 말했다.

"처음부터 진상을 털어놓았더라면 좋았을 것을. 당신과 앨리스 양
을 암스트롱 씨의 사망 기사 내용과 바꿀 수는 없지요."

"그런 사망 기사 따위는 아무래도 좋습니다." 로이스가 거칠게 소
리쳤다. "앨리스에게 알리고 싶지 않은 마음에서 한 짓이라는 것을
당신들은 모르시오?"

"알리고 싶지 않다니, 무엇을 말입니까?" 마튼이 물었다.

"뻔한 일이잖소. 앨리스가 자기 아버지를 죽였다는 것 말이오. 참
둔감하군요." 로이스가 짖는 것처럼 대답했다. "앨리스가 방해만 하
지 않았다면 저분은 지금까지도 살아 있을 것입니다. 그런 것을 알면
저 여자는 미쳐 버릴지도 모르지 않습니까?"

"아니오, 미치리라고는 생각하지 않소." 브라운 신부는 모자를 집
어들면서 말했다. "이야기하는 편이 좋을 거라고 나는 생각하오. 아

무리 피비린내 나는 큰 실수라도 죄와 달라서 인생을 해치는 일은 없는 것이오. 그건 그렇다 치고 이것으로 두 분은 행복해질 수 있겠군요. 자, 나는 이제 농아학교로 돌아가야겠소."

신부가 세차게 바람이 불어대는 풀밭으로 나가자 하이게이트에서 온 낯익은 남자가 그를 불러 세우고 "검시관이 도착했소. 조사가 시작되는 참이오"라고 말했다.

"나는 농아학교로 돌아가야만 하므로." 브라운 신부는 대답했다.

"유감스럽소만, 조사에 입회하고 있을 수가 없군요."

낡은 우산을 든 얼뜨기 신부탐정

　추리소설에서 활약하는 수많은 탐정 가운데 가장 색다르고 더욱이 사랑스러운 풍채와 성격으로 묘사된 점에서, 체스터튼이 창조한 브라운 신부보다 뛰어난 이는 없을 것이다.

　이 매우 키가 작은 로마 가톨릭의 성직자는 20년 가까운 옛날 시카고의 어떤 교도소에서 신자들을 위해 교도소 사목 신부로 있었던 일이 있다. 그는 웨섹스 주 코보울 교구의 신부이며 캠버웰의 성 프랜시스 자비엘회 성당에 속하기도 했으나 뒷날에는 런던에서 일하게 되었다.

　경단처럼 동그란 얼굴에 동그란 코가 붙은 얼빠진 얼굴 생김새로 늘 눈을 깜빡거리고 있다. 잘라버린 나무 그루터기 같은 다갈색 머리에 조용한 잿빛 눈이어서 날카로운 점은 조금도 없다. 그 모양 없이 작은 몸집은 자기의 모자와 우산을 주체하기도 힘든 인상이다. 우산은 버리면 아무도 주워가지 않을 것 같은 낡은 까만 우산이고, 모자는 영국에서는 별로 볼 수 없는 크게 우그러진 까만 것으로, 소박하고 무능해 보이는 인간상을 그대로 드러내고 있는 것 같다.

더욱이 그 크고 낡은 우산을 줄곧 떨어뜨렸다 잊어버렸다 하여 참으로 칠칠치 못하고 느려빠진 분별 없는 존재로 보일뿐더러, 목소리마저 힘없이 들려 어느 모로 보나 시대에 동떨어진 가난한 성직자에 지나지 않는다.

그러면서도 좀처럼 우습게 볼 수 없을 뿐 아니라, 얼토당토않은 탐정적 수완이 풍부하다. 3개국의 경찰이 필사적으로 찾고 있는 도둑——카이젤에 못지않을 만큼 위풍당당한 국제적 존재였던 프랑보우를 파리 경시청의 유명한 탐정 봐랑땅을 젖혀놓고 힘들이지 않고 혼내주는 기상천외한 책략을 지니고 있는 것이다.

신부를 가리켜 '평소에는 말이 없지만 묘하게 동정심이 많은 작은 남자'라고 지은이는 말하고 있다.

그는 심사숙고하는 사람으로서 단순하지만 끈질기다. 그는 무의식적으로나마 물어야 할 일이 있으면, 모든 질문을 자기 자신에게 던져 될 수 있는 대로 많은 답을 스스로 얻는 자문자답을 하지 않고는 있을 수 없는 성격이다. 그러므로 어떤 작은 일일지라도 자신이 이해할 수 없으면 생각을 멈추지 않는다. 이를테면 《기묘한 발소리》의 사건이 바로 그러하다. 이 사건은 신부가 있는 방문 옆을 지나치는 평범한 발소리에 정신을 쏟은 일로부터 시작된다. 순간적으로 들으면 어느 호텔에서나 들을 수 있는 그러한 것이었으나, 그러면서도 매우 기묘한 것을 깨닫는다. 다시 말해서 신부는 사물을 따져 물어 밝히지 않고는 못 배기는 성질의 머리를 갖고 있었다. 그래서 이 얼핏 보기에 사소한 문제에도 머리가 깨질 것 같았던 것이다.

그렇기 때문에 이 경건하고 소박한 인품의 신부는 시체를 보고도 놀라지 않을 뿐만 아니라, 잘려나간 목에 대해서도 여느 때와 마찬가지로 눈을 깜빡거리면서 주의 깊게 검사하고 또 머리가 벗겨진 누런 목을 재빠르게 굴려 치워 버리고 그 대신 옆에 있던 백발의 목을 올려놓는 데 태연할 수도 있었다(《비밀의 정원》). 직업상으로나 신념상으로나 그는 누구이건 사람이 죽었을 때에는 엄숙해야 한다는 것을 대개의 사람보다도 잘 알고 있었음에도 불구하고 어떠한 살인 현장을 목격한다 해도 당황하지 않고 순식간에 그 면밀한 사고벽(思考癖)을 활동시키지 않고는 배기지 못하는 것이다.

이 신부는 도일의 홈즈와 나란히 추리소설의 탐정 중 쌍벽을 이룰 만큼 유명한데, 브라운을 사립 탐정인 홈즈와 마찬가지로 다루어도 좋을지는 조금 염려스럽다. 신부는 과연 탐정 역할을 하고 있기는 하지만 탐정 그 자체를 목적으로 한 일도 없거니와 탐정적 재능을 함부로 자랑하지도 않는다. 어디까지나 내성적이며 조심스러운 성격을 발휘하고 있으며, 이따금 범죄나 사건에 부딪쳐 부득이하게 탐정적 역할을 다하는 데 지나지 않는다. 즉 신부로서는 죄를 범하지 않은 사람이 의심을 받고 있는 것을 그대로 내버려 둘 수 없기 때문이며, 또 죄인을 단호하게 법의 재판에 맡기려고도 하지 않는 점에 가톨릭 신부의 면목이 생생하게 나타나 있다.

사실상 세상에서도 신부를 탐정으로서 대우하고 있는 것은 아니다. 그 수완을 인정하고 그를 초대해서 어려운 사건의 해결을 의뢰하려고는 생각지 않는다. 한편인 프랑보우가 사립 탐정의 간판을 내걸고 있기 때문에 그 뒤에 붙어서 아장아장 돌아다니며 지혜를 제공한다는 장면이 있을 뿐이고, 수수께끼를 풀어 모두를 놀라게 하고 나면 그 뒤에는 언제 그랬더냐는 듯이 시치미를 떼고 있으므로 세상에서도 이 얼빠지고 가난한 신부의 존재는 잊어 버리고 말아 명성이 자자하다고 할 수는 없는 것이다.

그의 탐정법은 물적 증거의 과학적 분석을 필요로 하지 않는다. 물적 증거나 상황 증거를 직감적인 추리로 꿰맞추어 해결한다. 다시 말해서 얼핏 보기에 도무지 알 수 없어 보이는 사건을 이치가 닿도록 설명하는 것이다. 《이즈레일 가우의 명예》를 예로 들어 보자. 이것은 신비에 싸인 백작의 생사 여부를 조사하는 이야기인데, 신부가 오기 이전에 프랑보우와 경시청 경감이 백작의 성 안에 흩어져 있는 설명할 수 없는 물품의 목록을 만들어 가지고 기다리고 있다. 첫째로 전혀 아무런 세공도 하지 않은 매우 많은 다이아몬드 류, 둘째로 그릇에 들어 있지 않은 여러 무더기의 흩어진 코담배, 셋째로 마치 장난감 시계를 뜯어놓은 듯한 자디잔 금속 조각의 묘한 무더기, 넷째로 양초——더욱이 촛대는 보이지 않는다. 이 네 항목으로 신부는 여러 가지 해석을 끌어내어 두 사람을 얼떨떨하게 한다. 백작이 프랑스 혁명 전의 옛 제도를 동경하는 광신자의 한 사람으로 마지막 부르봉 왕가의 가정 생활을 과장 없이 재현하려 했던 것이라고 말하기도 하고, 또 백작이 앞뒤를 가리지 않는 강도로서 제2의 어두운 생활을 보내고 있었기 때문이라고 말하기도 하고, 그가 영지 내의 동굴 속에 있는 다이아몬드를 찾고 있었기 때문이라고 말하기도 한다. 그러나 신부는 이 네 가지 사상을 잘 결부시킬 수 없으므로 이런 암시를 했을 뿐이다. 이에 들어맞는 엉터리 가설은 얼마든지 있지만 나는 정말로 참된 설명을 하고 싶은 것이라고 하며 또 다시 몇몇 물건을 내보이고는 진상을 간파한다.

그러나 실제로는 브라운 신부의 진상 해명은 전에 들었던 세 가지의 착상적 설명과 거의 비슷한 데가 있다. 그것은 즉 전에 해결한 어느 하나를 보나 신부라면 쉽게 독자를 납득시킬 수 있게 그 뜻을 풀이하여 들려 줄 수 있기 때문이다. 체스터튼의 뛰어난 역설과 비현실적인 분위기 묘사 때문에 독자는 문제없이 추상 논리의 세계로 끌려가서 수긍해 버리고 마는 것이다.

추리소설의 전형으로 인정되고 정통파 작가의 대표로 인정받는 도일의 작품에 오히려 트릭 있는 것이 의외로 적고, 체스터튼의 트릭

창안율(創案率)이 가장 높다고 지적한 사람도 있다. 체스터튼의 브라운 신부 시리즈는 확실히 수수께끼가 있고 트릭도 참신하고 풍부하여 일단 정통파 추리소설에 속하는 것처럼 보이지만, 정말은 일종의 독특한 본격소설이다. 체스터튼이 만일 그가 다루는 소재를 사실적인 수법으로 그린다면 아마도 어린아이를 속이는 듯한 지리멸렬한 작품이 만들어질 것이 틀림없다. 그것을 체스터튼의 추상적 표현이 커버하고 있는 것이며, 언어의 마술에 걸려 있다.

브라운 신부의 추리는 데이터에 의한 귀납적 추리보다 그 반대인 연역(演繹)으로 달릴지도 모르는 경우가 많다. 이를테면《부러진 검》은 두 사람의 문답으로 시작되고 있다. '현명한 사람이라면 조약돌을 어디에 감출까?' '바닷가에.' '현명한 사람이라면 나뭇잎은 어디에 감출까?' '숲 속에.' 그럼, 바닷가와 숲 속이 없다면 어찌하겠는가 하는 자문자답으로부터 시체를 감추기 위한 기상천외한 방법을 추측해 나간다. 많은 군중 속에서 모두가 무언가 다른 것에 넋을 잃고 보고 있을 때가 쉽다는 사고 방식으로, 이러한 심리의 맹점을 찌르는 데 묘를 얻은 체스터튼은《세 가지 흉기》에서도 너무나도 커서 눈에 보이지 않는 흉기를 착안했고,《보이지 않는 남자》에서는 너무 많이 보아 왔기 때문에 주의를 하지 않는 인물을 그려내고 있다.

아마도 플롯만 들어서는 어리석게 생각될 만한 줄거리가 많으나, 이 소탈하고 구김살 없는 시골 신부의 입으로 쏟아져 나오는 역설이며 경구며 인간 관찰을 듣고 지은이에 의해 용의주도하게 마련된 배경인 무대 효과의 정묘함을 대하면 현실에서 동떨어진 사건이라고는 전혀 생각할 수 없다.

첫째로, 탐정역에 평범하기 짝이 없는 가톨릭 신부를 억지로 데리고 온 것부터가 체스터튼의 역설이었다. 지은이는 신부를 될 수 있는 대로 얼뜨기이고 초라한 인물로 그려서 그 판단력의 탁월하고 기발함을 효과적으로 이끌었던 것이다.

브라운 신부에 대해 지면을 너무 많이 허비했기 때문에 지은이 체스터튼의 상세한 전기는 뒤로 미루고 간단히 소개하겠다. 영국 일류의 평론가이며 작가로서 이름을 날린 그는 1874년 런던에서 태어났다. 성 폴 학원에서 《트렌트 최후의 사건》을 쓴 E.C. 벤트리와 둘도 없는 친구가 되고, 다시 런던 대학 부속인 슬레이드 미술학교에 입학하여 화가에 뜻을 두었으나 대성하지 못하고 그 대학에 재학 중이던 21살에 평론가로서의 첫발을 내디뎠다. 그 뒤 수없이 많은 정기 간행물에 건필을 휘둘러 정치론, 수필, 시, 문학평론 등의 영역에 걸쳐 활약했다. 그의 문학평론가로서의 면목은 《브라우닝 전》《디킨즈 론》《스티븐슨 론》 등에서 볼 수 있어 세상 사람들의 호평을 얻었는데, 한편 1천 페이지로 엮어진 길고 짧은 시를 보아도 짐작할 수 있듯이 그 자신은 시인으로서 가장 자신을 품고 있었던 것 같다.

추리소설적 작품으로는 1905년의 《기괴한 장사꾼 클럽》, 1908년의 《목요일의 사나이》가 있고 브라운 신부를 주인공으로 하는 것은 이 책 《브라운 신부의 동심(1911년)》을 비롯하여 《브라운 신부의 지혜》《불신》《비밀》《추문》 등 5권의 51편이 있다. 그리고 1927년의 《시인과 광인들》, 1936년 세상을 떠난 해에 간행된 《폰드 씨의 역설》 등이 있다.

통렬한 풍자와 가톨리시즘의 인생관을 그 바탕에 둔 브라운 신부 이야기는 추리소설의 시조인 포의 작품과 나란히 가장 문학적이고도 추리소설의 특징을 고도로 발휘하고 있다. 그의 이름은 문학가로서보다는 브라운 신부의 창조자로서 길이 남게 될 것이다.